야망의 활화산

정권섭 장편소설

야망의 활화산

도서출판 답게

이 땅의 춘추전국시대
불타는 야망의 기념비

유구무언 소이무답
(有口無言 笑而無答)

무술년 봄날 - **정 권 섭**

목 차

은선의 외출

상쾌한 햇살이 쏟아져 내리고 있었다. 어제 종일토록 억수같은 비가 내린 뒤끝이어서일까, 은선의 심정은 스스로를 가눌 수 없을 만큼 공중에 뜬 풍선같이 마냥 들떠 있었다.

그러나 한편으로는 불길한 일이 생길 것만 같은 예감이 스치기도 했다. 이럴 때일수록 정신을 바짝 차려야 한다고 은선은 자신을 다잡았다. 그렇지만 은선은 자신의 앞길에 아직도 너무나 많은 장애물과 시련이 기다리는 듯했다. 발버둥치면 칠수록 망상과 번뇌가 더욱 옥죄어 오는 듯하였고 이런 순간엔 차라리 미쳐 버렸으면 좋겠다는 생각에 이르기도 했다.

시골 외할머니 댁에나 가서 푹 쉬다올까? 아니면 무작정…. 은선은 이렇게 중얼거려 보다가 '무작정'이란 말 앞에서 갑자기 소름이 끼치도록 무서워졌다. 꿈 많던 한 소녀가 졸업 2년 만에 이렇게 변한 것을 생각하니 그녀는 스스로의 삶이 허망하기도 하고 우습기도 했다. 바로 엊그제 같은 2년전의 일이 떠올랐다. 그러니까 고등학교

3학년말 쯤이었으리라.

미술을 가르치는 L선생님. 그는 대학 졸업한 지 얼마 안 되어 첫 번째로 은선의 학교에 부임해왔다. 가끔 농담도 잘하고 미남형으로 잘생긴 총각 선생님이었기 때문에 학생들 사이의 인기는 단연 으뜸이었다. 선망의 눈길을 보내기 위한 경쟁은 뜨거웠다. 같은 반의 미숙이는 자살소동까지 일으키지 않았던가.

유난히 얼굴이 예뻤던 미숙이는 L선생님을 짝사랑한 나머지 식음을 전폐하고 단식투쟁 끝에 약까지 먹었던 사건의 주인공이었다. 결국 L선생님은 남이 겪지 않아도 될 고초까지 감수해야 했다. 고 3의 열병치고는 미숙이도 심했지만 L선생님도 몸과 마음이 편치 않았다.

은선 역시 선생님을 흠모하기는 했으나 열병을 앓을 정도는 아니었다. 그녀는 자제력이 있었으며 선생님을 향한 사랑의 마음은 자신만의 것이어야 한다고 믿지는 않았다. 당시 그녀는 크게 문제가 있는 학생은 아니었다. 그런 마음 상태로 그녀는 졸업을 했다. 그리고 어언 2년의 세월이 흘러갔다. 은선은 마침 취업차 면담을 마치고 늦게 집으로 가던 중 우연히 돈암동 태극당 앞에서 L선생님을 마주치게 되었다. 바로 어제의 일이다.

"어머! 선생님 아니세요? 참 오랜만에 뵙네요. 안녕하셨어요?"

"어! 이게 누구야? 은선이 아냐? 야, 오랜만이다."

"네."

하고 막 돌아서는 순간 "은선아!"하고 다시 부르는 소리가 들렸다.

은선은 다시 돌아서서 L선생님 앞으로 다가섰다.

"마침 내가 은선이한테 할 얘기가 조금 있는데…."

은선은 순간 가슴이 두근거렸다. 선생님이 자기에게 할 이야기가 있다니…. 학창 시절의 풋사랑의 감정이 샘솟는 듯하였다.

"무슨 이야기요?"

"그냥 따라와 봐."

그냥? 은선은 어쩐지 자신이 지금 설레고 있는지 모른다고 느꼈다. 또한 그녀는 자기가 평소와는 달리 손가락을 괜히 꼬물거리고 있다는 것을 알게 되었다.

그들은 아무 말 없이 한참 동안 걷다가 어느 조그만 경양식 집으로 들어갔다. 식당 중앙 테이블에는 예쁜 꽃꽂이가 놓여 있었다. 그 위엔 틀립 모양의 실내등 주변엔 편안한 자연목 의자들이 널찍하게 놓여져 있었다. 꽃과 나무를 주제로한 실내장식. 남녀가 어울리기엔 더없이 좋을 듯 싶었다. 전체적인 분위기가 안락하기는 했지만 한편으로는 애잔함도 곁들여져 있는 듯했다.

L선생님은 의자에 앉자마자 연거푸 담배만 피워물었다. 그는 긴장하고 있는 듯했고 뭔가 말못할 괴로움으로 고통스러워하는 것 같았다. 그러다가 어느 순간 결심이라도 한 듯이 비로소 말문을 열었다.

"은선이는 선생님을 어떻게 생각하고 있지?"

그녀는 무슨 큰 죄나 지은 듯이 얼굴이 확 달아오르면서 어떻게 답변을 해야할지 몰랐다.

"예? 저어 그냥 선생님으로 생각하고 있어요."

라고 하긴 했는데 어떻게 말을 했는지조차 생각이 잘 나질 않았다.

"음, 그 당시 학생들 간에는?"

"학생들도 그랬었어요."

이제야 선생님이 무슨 뜻으로 그러시는지 그녀는 알게 되었다. 그러자 마음이 다소 진정되는 듯 싶었다. 선생님은 일종의 피해망상증 같은 게 있는 모양이구나 하는 생각에 이르자 그녀는 2년 전 미숙이 사건으로 해서 입장이 매우 난처했던 L선생님의 지금 모습이 꼭 어린애처럼 보이면서 불쌍하기까지 했다.

학교를 그만 두셨나? 금방이라도 눈물이 나올 것만 같은 선생님 의그런 모습이 은선은 이상하게도 우습기까지 했다. 그러나 그녀는 L선생님의 이런 모습을 혼자만 볼 수 있다는 것이 마냥 좋았다. 피차 이상한 사랑의 열병 같은 부담은 갖지 말자, 우연히 만난 두 사람은 이런 식으로 마음을 나누는 터였다.

은선이 먼저 웃음을 보였다. 마음 놓으세요 라는 뜻이다. 선생님도 계면쩍은 듯이 씨익 웃으면서,

"참, 은선이, 저녁 뭘 할까?"

"아녜요. 저는 됐어요. 집에 가서 먹으면 돼요."

"아냐, 아냐, 여기서 먹고 들어가자구. 저어, 여기 주문 받으세요."

한 아가씨가 주문서를 가져오자,

"여기 맥주 두 병하고 식사는…, 비후까스 하나."

"선생님은요? 식사를 하셔야죠."

"아냐, 난 됐어. 예쁜 은선이가 먹는 것만 봐도 행복할 거야."

순간 은선의 눈가가 파르르 떨렸다.

'예쁜 은선이, 선생님 입에서….' 하긴 은선은 예쁘긴 예뻤다. 군살 없는 체형에 청순하고 수려한 이목구비는 누가 보아도 우아하고 귀티가 있었다. 그러나 그녀는 자신의 미모를 과신하거나 그것을 밑천 삼아 출세를 해 보려는 생각은 꿈에도 해본 적이 없는 순진파였다.

그런데 앞자리에 앉은 선생님이 너무나 그윽한 눈으로 자기를 바라보는 것이었다. 하긴 어떠랴. 이제는 엄연히 졸업생인데, 설혹 선생님과 이런 이야기를 한다고 해도 크게 문제될 것은 없지 뭐, 하는 생각에 이르자 은선도 은근슬쩍 용기가 솟았다.

"선생님도 여전히 멋지셔요."

"그런가? 하하하, 고마워."

"은선이는 가족사항이 어떻게 되지?"

"네, 저하고 어머님하고 남동생 한 명요."

"아버지는?"

그녀는 이런 말이 나올 것을 예상하고 이미 마음을 먹고 있는 참이었다.

"아빠는 제가 중3 때 돌아가셨어요."

"저런, 쯧쯧쯧."

그녀의 입장이 더 이상 난처해지지 않도록 화제를 돌리는 선생님이 은선은 무척 고마웠다. 솔직히 말해서 그녀는 아버지의 존재를 잊어 버리는 것이 차라리 편했다. 한때는 증오와 저주도 해보았지만 지금 은 그럴만한 가치도 없는 인간, 그는 은선에게 그런 존재였다.

엄마의 기구한 운명을 생각하면서 그녀는 갑자기 현기증이 날 것 만 같았다. 어느 땐 가련한 엄마마저 미울때도 있지 않았던가. 지난 봄에 아버지가 잠시 오셨을 때의 일이다. 엄마는 우시면서 아버지 품 에 안기었었다. 정붙이가 무엇인지, 평생 역마살이 끼어 밖으로 떠 돌고 바람만 피우는 인간을 그래도 서방이라고 품에 안기다니, 그녀 로서는 엄마마저 미울 수밖에 없었던 것이다.

"참, 은선인 앞으로 희망이 뭐야?"

엉뚱한 생각을 하고 있을 때 L선생님이 물었다.

"저요, 별로 없어요."

"왜, 은선이는 얼굴도 예쁘고 공부도 잘하고 웅변도 잘 했잖아?"

"칭찬해 주셔서 고맙습니다."

은선은 예의바르게 답하긴 했지만 지금의 자신의 처지가 불안하긴 했다. 그렇다고 선생님 앞에서 그런 표정을 짓긴 싫었다.

"천천히 맛있게 드세요."

아가씨가 주문한 음식을 테이블에 놓으며 말했다.

"예, 고마워요."

"자, 비후까스는 은선이가 먹고 나는 맥주나 한 잔 할게."

실내는 'Love Story' 경음악이 잔잔하게 깔리면서 분위기를 한결

포근하고 아늑하게 만들고 있었다. 그녀는 모든 것이 너무나도 갑작스럽게 일어난 일들이라 맛이 어떤지도 모른 채 식사를 하는 중이었다. 그동안 L선생님은 맥주 두 병을 다 마시고 나서 연거푸 담배만 피고 있다가 맥주 두 병을 추가로 주문하고 있었다.

오랜 침묵이 이어졌다. 도대체 할 이야기가 무엇일까? 은선은 그것이 못내 궁금했지만 묻지 않기로 했다. 어차피 짐작이 가는 바가 있었다. 여자의 육감이라면 비록 아직 나이 어리지만 그녀도 느낄 만큼은 느끼는 터였다.

주문한 맥주가 다시 들어왔다. L선생님은 그녀에게도 술을 권했다. 그녀는 사양하지 않았다. 두 병, 그리고 또 두 병. 술은 계속 들어오고 있었다. 그녀는 갑자기 어지럽기 시작했다. 모든 것이 혼란스러워졌다. 선생님과 남자가, 존경과 불륜이, 그리고 엄마와 자신의 운명이 어쩌면 비슷할지도 모른다는 느낌이 스멀스멀 기어올라오는 듯했다.

어느 순간 그들은 누가 먼저랄 것도 없이 동시에 일어서고 있었다.

그리고 밖으로 나와서는 마냥 말없이 걸었다. 할 이야기란 건 이제 두 사람에게 그리 중요하지 않았다. 그녀는 상체를 가누기 힘들만큼 비틀거리면서 인생이 별게 아니라고 생각했다. 흠모했던 선생님과 술이 취해 걷다니. 이게 정말 내가 맞을까, 은선은 자신의 모습이 가당치 않아 어이가 없기도 했지만 다른 한편으로는 L선생님이 자신을 꼭 껴안고 어디론가 데려가 주길 바라고 있었다.

그들은 외지고 한적한 모텔 앞에서 발을 멈추었다. 그리고는 망설임없이 안으로 들어갔다. 은선이 무의식적으로 그를 따라 들어갔다는 것은 거짓말이다. 그녀는 자의반 타의반, 그냥, 무작정 들어갔던 것이다.

그들의 방은 509호실이었다. 처음 들어와 보는 모텔방. 은선은 가볍게 설레기 시작했다. 뒤창 쪽으로는 산이 가려져 있었고 방안 내부는 그녀가 신혼살림을 꼭 이렇게 인테리어를 해보고 싶었던, 아늑하기 그지없는 분위기로 연출되고 있었다.

침대 전면에는 제법 큰 TV가 놓여 있었다. 스위치를 켜자 때마침 화면에는 젊은 남녀가 완전 나체로 뒹굴고 있었다. 은선은 낯이 확 달아올랐다. 보기 민망해서 얼굴을 돌리자 선생님은 그런 모습을 즐기는 듯했다.

TV 좌측 옆으로 자그마한 둥근 테이블과 의자 두 개가 놓여 있었고 침대 옆으로는 대형 거울이 걸려 있었다. 저 거울은 침대 위의 연인들을 적나라하게 다 보여줄 것이다. 그들은 서로를 바라보면서 혹은 거울 속의 서로를 바라보면서 이제 잠시 뒤면 몸을 섞을 것이다. 은선은 마치 화면 밖에서 화면 안을 바라보는 관객처럼, 배우가 된 자신과 선생님의 연기를 짐짓 상상해 보았다.

어느 순간 밖에서 노크 하는 소리가 나고 있었다. 그녀는 그 소리에 화들짝 놀랐다. 마치 수줍음을 도둑질 당한 소녀처럼 그녀의 안색이 창백해졌다. 그러자 L선생님이 그녀의 어깨를 살포시 껴안으면서 엷은 미소를 지어 보였다. 그는 어느새 맥주 두 병을 또 시킨 모양이었다.

둘은 의자에 앉아서 또 술잔을 비우기 시작했다. 말이 어색했기 때문이었으리라. 은선은 가슴이 마구 두근거렸다. 선생님이 무슨 말씀을 하시는지, 자기가 지금 무슨 이야기를 하고 있는지, 도무지 들리지 않았다. 은선이 맥주잔을 반쯤 비우고 나자 L선생님은 마침내 그녀를 번쩍 들어 안아서 침대에 눕혔다. 그녀는 거부하지 않았다. 오히려 이 순간이 오기를 내심으론 기다렸는지도 모른다는 듯이 그녀는 눈을 지긋이 내려 깔고 선생님의 손길에 자신을 맡겼다.

완전히 벗은 그녀의 모습이 곧 거울에 비치었다. 거울 속의 여인은 곱디고운 허연 피부가 금방이라도 터질 듯이 팽팽하게 부풀어 있었다. 저게 내 모습인가? 그녀는 자신의 모습을 바라보며 스물 한 살 고이 간직해 온 처녀성을 송두리째 선생님께 바칠 각오였다. 어이없게도 별 미련이 없는 게 이상하기는 했다.

어느새 선생님도 알몸이 되어 그녀의 몸을 어루만지기 시작했다. 선생님은 눈이 벌겋게 충혈 되더니 차츰 차츰 야성의 사자처럼 변해가고 있었다. 그는 거칠게 숨을 몰아쉬면서 은선의 입술과 목, 가슴 부위를 계속 핥고 있었다. 마치 젖 안나오는 어미젖을 이 젖꼭지 저 젖꼭지 빨고 핥는 강아지처럼.

그녀는 신음을 내기 시작했다. 자신의 몸에 다가오는 첫 남자의 애무를 견딜 수가 없었다. 은선은 자신도 모르게 선생님의 아랫도리

있는 쪽으로 엉덩이를 바짝 밀착시키고 그 부위를 손으로 만지고 있었다. 그녀의 그곳에서는 아주 깊고 깊은 산 속 옹달샘처럼 분비물이 촉촉이 흘러내리고 있었다. 가슴이 콩당콩당 뛰면서 도무지 호흡조절이 되질 않았다.

선생님이 은선의 몸 위에 자신의 몸을 포개더니 방향을 반대로 틀어 은선의 은밀한 곳을 부드럽게 **빨기** 시작했다. 은선은 하마터면 숨이 넘어갈 **뻔**했다. 몸이, 나긋한 자신의 몸이, 마치 쾅 하면서 폭발할 것만 같았다. 두 사람은 서로의 체위 방향이 Six nine 꼴이 되어서 엉킬 대로 엉키는 중이었다.

그녀의 오른쪽 하반신 발바닥과 발목이 갑자기 쥐가 오르기 시작하는 것 같더니만 이윽고 다리 전체가 마비되는 것 같았다. 사랑은 이런 것인가? 그녀는 자신의 서툰 몸이 갑자기 불안해졌다. 그 때, 선생님의 그것이 그녀의 질 입구에서 움찔대고 있었다.

어떤 때는 나비가 너울너울 춤을 추는 것 같기도 하고, 그러다가는 갑자기 묵직한 무엇이 짓누르는 것 같기도 하고, 또 그러다가는 대목수가 큰 장도리를 가지고 두꺼운 송판에 대못을 박는 듯한 느낌도 들고….

"은선아, 사랑해."

"은선아, 사랑해."를 연발하면서, 선생님의 숨소리는 더욱 거칠어졌다.

이것이었던가, 할 이야기란 게. '나의 영혼을, 나의 몸을….' 이제는 아무래도 상관이 없다. 그가 사랑을 연발할 때마다 은선은 연신 고개를 끄덕이고 있었다. 저도 선생님을 사랑해요. 예전에도 그랬고 지금도 그래요. 절 드릴게요. 절 가지세요. 그녀는 내심 이렇게 중얼거리며 자기도 모르게 적극적으로 그를 받아들이고 있었다.

드디어 질 입구에서 미끄러지듯이 그가 깊이 들어오고 있었다. 중간쯤에서 잠시 멈칫하자 그녀는 순간적으로 따끔한 충격을 느꼈다. 그래도 싫지는 않았다. 아마 처녀막이 파열되는 순간인 듯 싶었다. 귀도 멍멍했다. 정신 또한 멍해지더니 꿈과 현실을 분간하기 힘들 지경이 되었다.

언뜻 알프스산맥에서 요들송이 들리는가 싶더니 끝없는 낭떠러지 밑으로 떨어지고 곤두박질 치는 환상도 나타나곤 하였다. 성난 바다가 험한 파도를 치면서 송두리째 자신을 삼켜 버릴 듯한 모습도 보이고, 몸 깊은 곳에서 화산도 터지고 지진도 일어나는 듯 하였다. 은선은 난생 처음으로 자신의 몸에서 일어나는 환희를 맛보았다.

비가 쏟아지기 시작했다. 낮에는 그토록 날씨가 좋았건만 밖에서는 천둥 벼락과 굵다란 소나기가 쏟아지고 있었다. 번개가 번쩍할 때마다 창문을 스치는 광선, 잠시 뒤에 이어지는 하늘이 쪼개질 듯한 천둥소리가 그녀를 더욱더 미치게 만드는 것 같았다.

'저건 나야. 저건 나야. 난 빛나고 난 아픔으로 찢어져. 그러나 지금 이 순간 난 행복해.'

그녀는 이렇게 생각하며 아마도 하늘이 노하여 벌을 주는 것인지도 모른다는 의구심을 스스로 떨쳐버리려 애쓰고 있었다.

얼마나 지났을까. 선생님은 그대로 쓰러져 깊은 잠에 빠져 있었다. 은선이 그의 얼굴을 물끄러미 들여다보니 아직도 홍안의 티가 남아 있고 퍽 평온한 모습이었다.

창문을 열어보니 사방은 칠흑의 고요와 적막뿐이었다. 그녀의 인생 스무 한 돌 역사는 이로써 농익은 여인의 서막을 올리게 된 것이다. 드라마치고는 퍽 싱거운 감도 없지는 않지만….

그녀는 조명등 아래서 또 한 번 거울에 비친 자신의 모습을 바라보았다. 부풀어 오른 유방은 안정이라도 찾은 듯이 말랑말랑해 보였고, 젖꼭지는 꼭 성냥골 모양 조그맣고 빨개져 있었다.

아까는 금방이라도 터질 것만 같았는데…, 지금 시간은 밤 11시 40분. 집에서는 어머니가 기다리고 계실텐데, 취업에 대해서도 물어보실 테고…, 이것저것 생각하면 머리가 터질 것 같아 그녀는 곧 생각을 지우기로 했다. 그래, 이제 나는 나의 길을 가는 거야. 내 인생 내가 개척하며 살겠어. 취업하려면 뭘 못하겠어?

그녀는 선생님을 깨우기가 안쓰러워 조심스럽게 일어나서 옷을 입었다. 그리고는 아무 일도 없었다는 듯이 머리 손질을 끝마치고 거울 앞에서 실성한 것처럼 환하게 웃어본 후 그곳을 빠져 나왔다. 억수같이 쏟아지던 비가 멈추었다.

테이블 위에는 그녀의 메모가 놓여 있었다.

편히 주무세요.

선생님, 사랑해요. 그리고

저를 잊어주세요.

– 은선 –

광야를 달리면서

경철은 충남 아산군 온양읍 용화리에서 태어났다. 당시 그의 부친이 제세당 한약방을 경영한 까닭에 가정형편은 그런 대로 괜찮은 편이었다. 경철이 자신의 생을 돌아보느라 기억을 더듬어보니 윗목에 앉아 한복을 입고 작두로 한약재를 썰고 있는 부친의 모습이 선명했다.

그가 앉은 오른쪽에는 약재함이 있었으며 뒤쪽 창문은 항상 열려 있었고 그래서 따사로운 햇볕이 안방까지 비추어 들던 일이며 틈틈이 감초와 숙지황을 먹었던 일 등이 잇달아 떠올랐다.

대문을 들어서면 오른쪽에 부엌이 있고 왼쪽에는 장독대가 있었으며 그 옆으로는 마당이 있었다. 마루는 제법 큰 듯 싶었다. 뒤채로 들어가는 왼쪽 화단에 백합꽃이 화사하게 피어나던 집, 지붕이 근사한 기와로 덮여있던 집, 이제는 자취를 찾아볼 수 없는 그리운 그곳이 당시 경철의 집이었다.

가족의 운명이 하루아침에 바뀐 것은 전쟁 때문이었다. 부친이 사망하자 재산은 깨진 독 속의 물처럼 빠져나가고 말았다. 그해 11월

경철의 가족은 정든 고향을 떠나 부산으로 피난을 가야 했다.

눈보라가 휘날리고, 땅은 얼고, 밤은 깊어오고, 어머니와 같이 엉엉 울면서 끝이 없는 길을 가던 기억, 온 가족이 새끼줄로 허리와 허리를 묶고 아스라한 낭떠러지를 바라보며 걷던 기억 등이 떠올랐다. 생각해보면 한 자식이라도 잃지 않으려는 간절한 모정이 경철은 새삼 사무쳤다.

그는 어머니가 더욱 그리워졌다. 참담한 상황이 폐부를 찌르는 듯했다. 큰형은 난리통에 육군 소위 계급장을 달고 군에 들어갔고 남은 칠 남매 중 경철과 동생 경국, 그리고 막내 여동생 경숙, 이렇게 셋은 업고 다녔다. 경철은 먼저 세상을 떠난 작은 누나가, 당시는 열두어 살밖에 되지 않을 누나가 자신을 제일 많이 업어준 것을 기억해내고는 눈가가 또 한 번 흐려진다.

그들 가족은 부산에 도착해서 범일동의 남의 집 돼지우리에 짐을 풀어놓고 살아야 했다. 그러고 보니 아이들은 사람 새끼인지 돼지 새끼인지 분간이 가지 않기도 했다. 아침마다 미군 부대 앞에 줄을 서서 꿀꿀이죽을 먹었으니까 그렇게 생각할 만도 했다.

세월이 얼마간 지난 다음 그들이 집으로 다시 돌아왔을 때, 고향 집은 이북 피난민 합숙소가 되어 버렸고 먹을 것이라곤 물밖에 없었다. 경철의 시련과 고달픔은 이 무렵부터 시작되었다.

"아이구, 엄니, 살려주세요. 다시는 안 그럴게요."

"이놈! 임병 땡병 맞어 죽을 놈, 어디서 도둑질 배워 가지고 집안을 망신시키냐, 이 치독 맞어 죽일 놈!"

말하자면 어린 경철은 도둑질을 한 것이었다. 배가 고파서 잠을 잘 수 없는 서러움을 아는가.

비가 오는 날은 어린 소년에게 더 없이 좋은 날이었다. 그런 날에는 검정 광목 팬티만 입고 고구마 밭으로 가곤 했다. 처음엔 멋도 모르고 줄기를 걷어내고 고구마를 캤는데 그 다음날이면 득달같이 고구마 밭주인이 달려오곤 했었다.

그럴 때마다 경철은 한사코 아니라며 거짓말로 일관했지만 어머니한테는 그게 통하지가 않았다. 일단 도둑으로 주목을 받은 자체가 어머니는 견딜 수 없었다. 무조건 하고 매질과 무서운 형벌뿐. 또 다른 이유라든가 어떤 선택의 여지조차 없었다.

"이 웬수 같은 놈. 왜 뒈져버리지 태어나서 에미 속을 이렇게 썩이냐. 오늘이라도 철둑길에 가서 기차올 때 뛰어들어 죽어. 이놈아!"

자식에게 차마 하지 못할 소리를 어머니는 하곤했다. 어느 어머니가 자식이 귀엽고 어여쁘지 않겠는가. 그러나 경철은 자기 어머니가 보통의 다른 어머니와 다르다고 생각할 수밖에 없었다. 내가 어머니의 원수라면 어머니도 나의 원수인 것이다. 지금의 경철이 생각하면 참으로 가당치 않은 적개심이었다.

당시 어린 경철은 자기의 잘못을 책망하기 보다 어머니가 죽는 날을 고대하는 편이었다. 그날은 해방의 날이 될 거라고 소년은 믿고 또 믿었다.

그러나 철이 들면서 경철은 생각이 바뀌었다. 배는 고프고, 잠은 안 오고, 눈에는 고구마가 어른거리고…, 사태가 이쯤 되면 누구든 어린 소년의 입장을 동정할 테지만 그의 어머니는 자식이 도둑으로 주목받는 그 자체가 싫었고 겸사해서 자식들한테 모든 아픔을 이런 식으로 격하게 토해내신 듯 했다.

그러나 아무리 어린 나이지만 자연스레 꾀가 발동하는 것은 당연했다. 그래서 비오는 날을 기다리게 된 것이다. 비오는 날이면 굳이 줄기를 걷지 않아도 두덩에 손을 집어넣으면 손쉽게 고구마가 나오기 때문이었다.

경철에게는 고구마의 슬픈 추억말고도 토마토의 서러운 추억도 있다. 그 무렵 이웃집의 아주머니가 조용히 경철을 찾은 적이 있었다.

그녀는 어찐 일인지 잘 익은 토마토 한 소쿠리를 안고 경철의 집으로 왔다. 아마도 어머니가 있지 않은 것을 확인하고 온 듯했다. 그러더니 집안을 두리번거리면서 귓속말로,

"엄마, 집에 없지?"

"예."

"경철아, 앞으로는 토마토 먹고 싶거든 낮에 이렇게 익은 것만 골라서 따먹어라. 설익은 걸 먹고 밭에다 똥 싸 가지고 아줌마가 넘어져서 옷을 다 버렸다. 자, 이거 먹어 알았지?"

하면서 눈을 찡긋 하고는 가는 것이었다.

순간 어린 경철은 가슴이 뭉클 하면서 삽시간에 두 눈에 눈물이 핑 돌기 시작했다. 토마토가 입에 넘어가질 않았다. 왜냐하면 전날 밤 비올 때 익은 것 안 익은 것 정신없이 따먹고 그 밭에다 볼일을 본 장본인이 자신이었기 때문이다.

그런 날들이 상당 기간 이어졌다. 어느 늦가을이었다. 화사하고 따뜻한 햇볕이 쏟아지고 있었다. 경철은 낮이고 밤이고 워낙 허기져 있는지라 졸음과 하품만 연신 품어대고 있었다. 그의 눈에는 먹는 것만 보이다가 지워지곤 했다. 그럴 때면 입안의 혀가 입속에서 가만히 있지 못하고 공연히 입안을 더듬거리기 일쑤였다.

'밀림의 왕자'를 그런 중에도 킥킥거리면서 재미있게 보았다. 나도 빨리 커서 타잔 철민이처럼 밀림으로 들어가서 호랑이 등에도 타보고 몇 십 미터나 되는 뱀 위에 타고서 으스대며 살아볼 테다. 그곳에는 먹을 것도 얼마든지 있지 않은가? 바나나며 파인애플이며 얼마나 좋은가? 와아 신난다!

그러나 어린 소년이 정신을 가다듬고 보니 그것은 허튼 상상이었다. 상상은 그런 식으로 경철에게 자주 찾아오곤 했다. 꿈이라도 좋다, 배불리 먹을 수만 있다면! 그것은 어린 경철의 소원이었다.

며칠 뒤였던가. 어머니가 큰누나의 첫 아기 산후 뒷바라지 차 서울로 가셨다. 경철은 이 날을 손꼽아 기다리던 중이었다. 해방과 자유의 시간이 그에게 다가온 것이었다.

만세! 이제부터는 자유다. 이미 계획은 짜여 있었다. 어머니가 집을 비운 그날 밤 경철은 철둑길 옆 논으로 달려갔다. 왼손에는 자루를 들고 오른 손으로는 정신없이 벼 모가지를 훑어 내리고 있었다.

이마와 얼굴은 땀으로 뒤범벅이 되었고 온몸이 따가웠다. 어린 소년은 마치 굶주림에 미친 짐승 같았다. 어느덧 자루에는 묵직할 만큼의 벼가 잔뜩 들어있었다. 집에 들어와 보니 시계 바늘이 새벽 2시30분을 가리키고 있었다. 그는 가져온 벼를 툇마루 위에 석회 푸대 봉지를 깔고 널어놓았다. 그리고 피곤에 지쳐 금방 잠에 곯아 떨어졌다.

그는 꿈에 원두막을 보았다. 참외를 배터지게 먹었고, 누군가가 가져다 준 찹쌀밥도 또 먹었다. 걸신들린 듯한 모습으로 허겁지겁 먹고 나자 앉아있을 수가 없었다. 소년은 누웠다. 배가 점점 부풀어올랐다. 그러는가 싶더니 배는 마침내 뺑하고 터져 버리는 것이었다. 아이고 배야, 하면서 눈을 떠보니 해가 중천에 걸쳐 있었다. 배는 바람빠진 풍선처럼 쪼그라 붙어 있었고 막상 일어나려니 현기증이 생겨 핑 돌아버렸다.

경철은 먹어야 했다. 그는 살아야 했고 견뎌야 했다. 무엇보다 옛날에 먹어보던 흰쌀밥이 먹고 싶었다. 소년은 다소 어설픈 동작으로 벼를 나무 절구에다 놓고 살살 찧기 시작했다. 벼 껍질이 벗겨지면서 점점 쌀이 되어가고 있었다. 키에다 쏟아 붓고 까불리기를 할 줄도 알았다. 그리하여 누르끼리한 쌀이 칠 홉 정도 나왔다. 그는 어머니가 밥을 할 때 슬쩍슬쩍 보아둔 어깨너머 실력으로 쌀을 쏟아 붓고 물을 오른손 등이 보이지 않을 정도로만 부은 다음 불을 때기 시작했다.

한 그릇의 쌀밥. 참으로 어렵게 얻은 한 그릇의 쌀밥을 이렇게 해서 경철은 먹게 되었다. 비록 조선 간장에 비벼 먹는 것이었지만 호박풀떼기죽, 밀기울떡, 보리겨떡 등에 비할 바가 아니었다.

경철은 훔쳐서라도 밥을 해 먹었다는 사실에 또 다른 포만감 같은 것을 느꼈다. 그러나 한편으론 동생 경국이와 경숙이 생각에 눈물이 주르르 흘렀다. 얘네들도 먹여야 할 텐데 도대체 어디가서 여태 오지를 않을까. 유년의 늦가을 해는 어느덧 기울어 가고 있었다.

가난은 죄가 아니다. 다만 불편할 뿐이다. 학교의 어느 선생님은 이렇게 말씀하시곤 했지만 실상은 그렇지 않다는 걸 경철은 어린 나이 때부터 잘 알았다. 돌이켜 보면 그의 잘못은 대부분 가난으로부터 비롯된 것이었다.

그러나 가난이 반드시 죄가 되지 않는 경우도 있었다. 아니 사실은 그것이 훨씬 더 많은 편이었으리라. 가난은, 가난은, 서럽고 서글픈 것이었다. 가난에 대해서, 또 무슨 말을 해야 할 것인가. 기억하기 싫은 사건들은 참으로 많기도 했다.

경철은 호박풀떼기 죽 한 사발로는 왕성한 식욕을 견디기 어려웠다. 두 발짝만 걸어도 배는 등창과 맞붙기 일쑤였다. 그래서 등교길에 친구인 병욱이네 집엘 자주 가는 편이었다. 그곳에 가면 일주일에 한두 번씩은 남긴 밥을 얻어먹을 수 있기 때문이었다.

겨울철 어떤 때는 싸리비로 대문 앞 눈도 쓸어주고 돼지우리 청소도 해주고 부엌에서 때다 남은 장작, 삭정이 등을 뒤뜰 쌓아놓은 곳에 가지런히 옮겨주기도 하다 보면 운좋게 밥을 얻어먹을 수 있었다.

그러던 어느 날이었다. 대문을 들어서자마자 왼쪽 구석에 항상 있는 돼지 구정물통 속에 무언가 허연 물체가 둥둥 떠있는 것이 보였다. 그것은 분명 돼지기름 덩어리였다.

경철은 사방을 휙 둘러보고서 잽싸게 건져 가지고 입에다 집어넣었다. 순간 토악질이 일어날 것만 같았다. 그러나 경철은 몇 번이고 입안에서 헹구고 난 다음 용감하게도 꿀꺽 삼켜 버렸다.

병욱이 식사를 마치고 막 학교 갈 차비를 하는데 그 어머니가

"야! 병욱아, 이상하다. 구정물통에 분명히 돼지 비계가 떠 있었는데 금방 없어졌다. 쥐가 물어갔나?"

라고 하는 것이었다.

경철은 낯이 달아올라 못들은 척하고 주눅들은 똥강아지처럼 그냥 걸어가고 있었다. 얼마만큼 가고 있을 때,

"야! 아까 돼지 비계 네가 건져 먹었지?"

"아니."

"뭘 아냐, 임마 네 손바닥 좀 보자."

하면서 병욱은 경철의 오른손을 확 나꿔채는 것이었다. 손바닥이 이미 돼지기름으로 번들거리고 있었으니까 더 이상의 변명은 통하질 않았다. 학교까지 가는 동안 둘은 더 이상 아무 말도 하지 않았다. '병욱아, 미안하다.' '아니야, 경철아, 내가 오히려 미안해!' 두 친구는

아마도 마음속으로 이렇게 말했을 것이다. 아산중학 시절이었다.

그 무렵엔 어둑한 등잔불 앞에서 가족 모두가 너나할 것 없이 황달기 있는 부석부석한 얼굴을 맞대고 호박풀떼기죽으로 저녁을 연명했다. 그래도 어떤날은 꽤 낮은 편이어서 죽 속에 주먹만한 감자가 들어 있기도 하고 질경이도 있곤 했다.

그런 날엔 어머니가 형평의 원칙에 따라 골고루 감자를 배분해 주었다. 동생 경국이를 예외로 하고 말이다. 어머니는 그 날도 어김없이 동생 경국이가 막내고 하니 하나 더 먹어야 된다면서 그의 죽 그릇에 돌멩이 만한 감자 하나를 더 건져주는 것이었다. 흔히 있었던 일인데 경철은 이 날 따라 공연히 심통도 나고 서럽기도 하였다.

수저를 놓고 밖에서 훌쩍거리고 있는데 어머니가 나왔다. 어머니는 경철이가 좀 안됐는지 자상하게 달래기 시작했다. 경철은 자신의 설움에 고조되어 있던 참이라 더욱더 소리내어 울기 시작했다. 딴엔 울고싶을 때 뺨 맞은 격이 되고 말았다.

어머니도 함께 울었다. 방에서 듣고 있던 경국이가 겁먹은 얼굴로 벌레 씹다만 표정을 지으면서

"형! 미안해."

하면서 경철의 손을 꼭 쥐고 있었다.

왼쪽 볼이 볼록한 모습으로 봐서 채 감자가 목구멍에 넘어가지도 않은 상태였다. 세 모자는 서로 엉켜서 오래도록 얼마나 울었는지 모른다. 방으로 다시 들어 왔을 때

"형! 이거 먹어."

경국이 반짝 종이에 싸 놓은 감자를 내미는 것이었다.

"너나 먹어."

그 날은 아무도 감자를 먹지 못했다.

역전 파출소 김순경은 신문을 돌릴 때마다 의자에 기대앉아 한 쪽 발을 책상에 걸친 채 꾸벅꾸벅 졸고 있을 때가 많았다. 어떤 때는 술에 약간 취해 있기도 했는데 그런 경우엔 피하는 게 상책이었다. 그 것은 경철이 신문을 배달하면서부터 세상물정을 조금씩 배워감으로써 터득한 일종의 처신이자 요령이었다.

경철은 오늘도 어김없이 읍공관, 토목관구, 축협, 그리고 역전파출소의 순서대로 신문을 돌리는 중이었다. 구질구질한 하늘에서 비가 간헐적으로 내리기를 몇 번이고 번복하고 있었다. 마침, 역전파출소에 갈 때는 비가 줄기차게 뿌렸으므로 경철은 실내를 확인할 새도 없이 신문뭉치를 든 채 고개를 앞으로 푹 수그리고 잽싸게 뛰어들어가야 했다.

문을 들어간 순간 경철은 그만 뒤로 자빠질 뻔하였다.

"아이. 죄송합니다. 밖에 비가 와서…."

때마침 김순경은 다방 레지를 무릎에 앉혀놓고 젖가슴을 만지고있는 중이었다.

"야, 이 개새끼, 너 이리 와 봐."

"예."

하고 경철이 앞으로 다가서자

"빨리 썩 꺼져, 씨팔놈아. 아이구, 재수 없어."

앞에 있는 재떨이에 가래침을 펙 뱉으면서 거침없이 내뱉는 말이었다.

"잘못 했어유."

"잘못이고 좆이고 꺼지랬잖아, 이 개새끼야."

인간성으로 보자면 옆에 있던 레지가 그래도 낫기는 나았다.

"아이, 왜 그래. 죄 없는 학생한테? 얘, 빨리 가."

나가려는 순간 김순경이 한 쪽 발로 경철의 엉덩이를 힘껏 걷어차는 것이었다. 경철은 두어 발짝 넘어질 듯 하다가는 가까스로 그곳을 빠져 나왔다. 등줄기에 식은 땀이 흐르고 있었다. 태어나서 남한테 모멸감을 당한 것은 이때가 처음이었다.

"아침부터 찜찜하더니 내가 뭘 잘못했다구? 그러나저러나 내일부터 못 오게 하면 어떡하지."

경철은 지은 죄도 없이 공연히 걱정이 태산 같았다. 그의 나이도 어언 15살이었으니 세상 물정을 조금씩은 알만한 나이였다. 이럴 때 일수록 이를 악물고 공부 열심히 해서 판검사가 되어야지. 그때까지만 경찰관 해 먹어라. 그때 가서 좀 보자. 하면서 경철은 이를 악물곤 했다.

그래서 경철의 신문 배달 코스 중 가장 어려운 곳은 물론 역전

파출소였다. 가난한 학생을 격려하고 위로하기는커녕 툭하면 눈치 주고 구박하는 곳. 가기 싫어도 어쩔 수 없이 가야 하는 곳. 정해진 운명을 거역할 수 없듯이 무의식적으로 가야 하는 마지막 코스. 그곳이 바로 역전파출소였다.

그 날도 역시 김순경은 또 자고 있었다. 곱슬머리에 눈은 위로 째져 있고 광대뼈가 툭 불거져 있는 모습이 어디를 봐도 호감 가는 곳이 없는 인물이었다.

책상 위에 풀어 놓은 권총이 있었다. 경철은 벌써 오래 전부터 그것을 탐내고 있었다. 김순경으로부터 저것을 빼앗으리라. 그를 곤경에 빠뜨리리라. 이렇게 다짐하곤 했다.

경철은 일부러 발자국 소리도 크게 내보고 헛기침도 해보았다. 바라던 대로 김순경은 요지부동이었다. 그때, 마침내 악마의 목소리가 경철의 귀에 들려왔다. 때는 지금이다. 원수를 갚아라. 너의 실력을 보여줘라. 쥐도 새도 모르게, 먹이를 낚아채듯 말이다.

경철은 그 목소리에 충실했다. 그는 재빠르게 오른 손으로 권총을 집어 올려 왼쪽 팔 겨드랑이에 끼어 있는 신문지 뭉치 속 움푹 패인 곳에 집어넣었다. 그리고 허겁지겁 그곳을 빠져 나왔다. 순식간 벌어진 일이었다.

경철의 가슴은 쉴새없이 뛰었고 얼굴은 굳어졌으며 다리는 후들후들 떨다못해 공중에 매달린 채로 저절로 걸어가고 있는 것 같았다.

집에 온 시간은 해가 넘어가고 어둑어둑 할 무렵이었다. 그동안 자신의 행적을 경철은 기억하질 못했다. 엄청난 두려움이 몰려와 그는 거의 뜬눈으로 밤을 보내야 했다.

"은혜로우시고 자비가 충만하신 하나님 아버지시여! 거룩하신 아버지의 손으로 우리 자식들을 어루만져 주시옵소서. 우리 자식 중에는 도적질 하는 놈 없게 해주고 막노동하는 자식 없게 해주시고 문전에서 빚 받으러 오는 사람 없게 해 주시옵소서. 하나님께서는 혼자 사는 과부의 동전 한 잎이 천석군의 열 냥보다 나으시다라고 말씀 하셨습니다. 이 불쌍한 과부를 눈여겨보시고 앞길을 인도하여 주시옵소서. 자식 중에 몸이 아프거나 혹 죽을 일이 생긴다면 대신 이 미천한 에미를 아프게 해 주시옵고 제 목숨을 거두어 주시옵소서. 모든 바램은 오직 예수님의 이름으로 기도 드리옵나이다. 아멘."

경철이 비몽사몽간에 어머니의 기도 소리를 들은 것은 새벽 4시였다.

가난 때문에

1964년 1월 6일, 만 18살 나이에 경철은 해병대에 입대하게 되었다. 이해에는 지독히도 추운 날씨가 계속되고 있있는데 마침 입대 하는 날도 눈보라가 매섭게 휘몰아치고 있었다.

경철의 어머니는 오백 원 짜리 지폐 한 장을 아들 손에 쥐어주며 하염없이 울고만 있었다. 아마도 한 많은 인생살이의 설움이 한꺼번에 복받치는 듯 싶었다.

"남들처럼 잘 먹이지도 못하고 입히지도 못하고 가르치지도 못한 이 에미를 용서해라. 내가 배우지도 못하고오, 무식해서 흑흑…, 네가 국민학교 4학년 때 배가 고파 구멍가게에서 물건을 훔쳤을 때 그 추운 동지섣달 너를 빨개 벗겨 가지고 전깃줄로 묶어 학교로 끌고 갔으니…, 이 에미가 죽일 년이지, 흑흑흑…."

순간 그는 감정을 억제 할 수 없어 눈시울이 붉어지고 콧등이 찐해졌다.

"이 추운 겨울에 나이도 어린 네가 하필이면 그리 힘든 해병댈

간다니 이 에미는 가슴이 찢어지고 억장이 무너진다."

어머니의 울음은 점점 처연해져 갔다.

"내가 미친년이지 그때도 내가 모른다고 하면 될 것을 어린 너를 학교까지 끌고 가다니."

그녀의 울음소리에는 박자가 있고 곡이 있었다. 후회와 애끓는 설움이, 안타까움과 걱정이 뒤섞여 독특한 가락을 만들고 있었다. 그것은 마치 창과 타령의 혼합곡 같기도 했다.

경철은 어머니가 금방이라도 미치실 것 같아 겁이 덜컥 났다.

"에이 엄니두 다 지난 얘긴데 새삼스레 왜 그러슈. 지금 뭐 전쟁터 가는 것도 아니고 어차피 갈 군대인데 나만 가는 게 아니잖유. 너무 걱정하지 마세유."

흐느끼고 계신 어머님이 너무 불쌍하다. 내가 무엇이든 할 수만 있다면, 내 육신을 찢어서라도 어머님께 천만 번 효도하고 싶다. 당시 경철은 그렇게 생각했었다.

"엄니, 그렇잖어두 말씀드리려고 했는데, 왜 내 친구 임화 있잖유, 중학교 동창 말예유, 그 친구가 해병대에 먼저 입대했는데 절 고생하지 않는 좋은 곳으로 보내 주겠다고 위에다 다 말해놨어유."

그제서야 그의 어머니는 다 닳아빠진 누리끼리한 막수건으로 코를 횡하니 풀면서

"그게 정말이냐?"

"정말이구 말구유."

"그래 경철아! 고생이 되도 참고 편지 자주하고 그 양반한테도 고맙다고 인사드리고 그리고 경철아 훈련 중에 이 에미가 가진 게 없으니 면회를 갈래야 갈 수가 없다. 그러니 이를 악물고 참고 견뎌라. 알았지?"

"절대 걱정 마세유. 입대하는 대로 편지 자주 할 게유."

그러면서 경철은 그만 자리에서 일어섰다.

나오시지 말라 하여도 버스 타는 것만 보고 들어오신다고 굳이 일어서는 어머니를 부축하고 그는 정류장에 도착했다.

드디어 버스에 몸을 싣고서 차창밖에 울고 계신 어머니를 멀리하고 나니 경철은 한꺼번에 쏟아져 내리는 눈물을 참을 수 없었다. 그랬다. 지난 18년의 세월은 경철에게 참으로 한 많은 삶이었다.

그 당시는 다들 어렵고 고생들을 했지만 경철의 집은 더욱 유별난 편이었다. 그의 어머니는 나이 38세에 청상과부가 되었다. 게다가 8남매를 혼자 키웠으니 그 과정을 어떻게 글로 다 옮길 수 있겠는가?

경철의 어머니는 따뜻하고 인자하기보다는 냉정하고 무서웠다. 험한 세상 힘들게 살아가는 사람들이 으레 그렇듯 매서운 오기와 새파란 독기 없이는 자식 키울 수 없는 게 현실이었다. 그러다 보면 때에 따라서 자식들이 불만을 가지게 마련이었다. 경철이 바로 그런 경우였다.

경철이 입대하기 한 해 전, 그러니까 17살 되던 해에 어머니는 경철의 잘못을 나무라시려 여느 때처럼 매를 들었다. 그러나 경철도 당시엔 기운이 펄펄한 청년이었다. 그는 참을 수가 없었다.

가난과 울분과 핍박과 억울함이 마치 피고름처럼 한꺼번에 터져 나왔다. 그는 스스로 가눌 수 없을 만큼 완전히 야성의 들짐승으로 변해 있었다.

간장독, 고추장, 된장독을 마구 닥치는 대로 부숴버렸다. 간장독은 박살이 나서 시냇물처럼 좔좔 흘러내리고 그토록 무섭고 강하던 어머니는 사시나무 떨 듯 바들바들 떨고 있었다.

"씨팔, 왜 새끼들은 구더기 새끼처럼 까질러 놓고 끄떡하면 자식들만 때리는 거야, 누가 낳으라고 했어. 즈들이 좋으니까 까질러 놓고 말야."

청천벽력의 날벼락 같은 소리였다. 자식으로서 이 이상 불효의 말은 없었다. 그때 그의 어머니는 아궁이 앞에서 쭈그리고 앉아 계셨다. 그 외로움, 그 서러움, 그토록 복받치는 청상과부의 아픔이 패륜의 난동에 눌려 한없이 졸아들어 가고 있었다.

소파에 몸을 묻은 경철은 이 대목에 이르러 자신도 모르게 목이 메인다. 내가 죽을 때까지라도 이 불효를 어떻게 씻겠는가? 어머님, 부디 용서해 주십시오! 이렇게 나지막이 읊조리고 있었다.

경철의 부친은 6·25 전쟁 중에 작고했다. 때가 때인 만큼 장례식도 없이 가마니에 싸서 허겁지겁 청댕이 고개 앞산 마루턱에 묻었다. 경철네 가족의 삶의 어려움도 알고 보면 부친의 부재와 관련이 있지만, 그보다는 제세당 한약방의 주인임에도 불구하고 술과 계집으로 가산을 탕진해버린 그 쓸개빠진 호기 때문이었다.

가산을 탕진한 부친의 부재로 인한 고난의 삶은 자연스럽게 자식들에게 이어지게 마련이다. 그의 큰 형님은 당시 육군소위였고 그 밑에 누님 두 분은 국립병원 간호원으로 근무를 하고 있었다. 그 중에서 작은 누님은 힘든 삶을 감당하기 어려워 수면제 50알을 먹고 22세의 꽃다운 나이로 한 많은 인생을 끝마쳤다. 그 유서가 모두의 심금을 울렸다.

"어머님! 인생을 하직하는 불효여식을 용서해 주십시오. 마지막으로 어머님한테 소원이 한 가지 있습니다. 불효 딸년이 마지막 길을 가면서 어머님께 두 손 모아 빌겠습니다. 어리고 불쌍한 내 동생들 제발 때리지 마십시오. 이 죽음이 헛된 죽음이 되지 않길…."

경철이 지금 생각해 봐도 참 기가 막힌 이야기다.

그 날부터 어머니는 실성한 사람처럼 온양 읍내를 맨발로 다니면서 낮이고 밤이고 중얼거렸다.

"내 딸 살려줘라. 내 딸 어디 갔니?"

"근영아, 에미가 대신 죽을 테니까 살아와 다오."

울부짖고 절규했다. 술에 만취된 채 지쳐 쓰러지면 거리든 논이든 아무 곳에서 잠들곤 했다. 그럴 때마다 집안은 공포와 두려움 뿐이었다. 그녀가 옷고름이 풀어 헤쳐진 채 만취되어 들어오면 집안은 금방 적막해지는 것이었다. 숨소리가 크면 혹시 깰까 봐, 간혹 기침이라도 나올 때는 죽을 힘을 다해서 참아야 되는 고통도 한두 번이 아니었다.

만약 그녀가 깨게 되면 그 다음은 어떤 상황이 벌어질지 아무도 예측할 수 없기 때문이다. 특히 장날은 어김없이 이런 행사가 치러지곤 했다.

경철의 집에 근본적인 변화가 온 것은 종교 때문이었다. 구세주처럼 나타난 침례교회 백 목사가 남편 잃고 딸자식 여읜 그녀를 주님의 품안으로 끌어들였다.

집안은 비록 가난은 했지만 점점 평온을 되찾기 시작했다. 아침저녁으로 찬송가가 울려 퍼지고 누가 봐도 부러울 정도로 집안 분위기는 변해가고 있었다. 그로부터 경철의 어머니는 그 좋아하던 술과 담배를 끊으시고 보따리 행상에 나서게 되었다.

그들은 모두 그런 시절을 견디어 왔다. 그리하여 지금 현재 경철의 위로는 형 셋, 누이, 그 밑으로 남동생, 여동생 이렇게 7남매가 살고 있다. 특히 경철은 남동생에 대한 애정이 많다. 그는 육사 27기생으로서 현재는 D여대 구주어과 교수로 재직하고 있다.

생각해보면 그 당시 세월은 왜 그렇게 춥고 배가 고팠었는지.

호텔 커피숍에 앉아 이 생각 저 생각을 하고 있는데,

"피곤하지 않으세요?"

하면서 애진이 나타났다. 야생화처럼 아주 예뻐 보였다.

"음, 약간. 자, 그만 가자."

그들은 예약해 놓은 룸으로 발길을 돌렸다. 호텔은 오래된 건물인지라 분위기가 약간 음산하고 어두웠다. 산뜻한 맛은 없지만 지금 이 시점에서 콩이니 팥이니 따질 겨를이 없다.

애진은 입을 가린 채 가늘게 하품을 하면서 말한다.

"경철 씨, 저 좀 한 번 안아주세요."

그러자 경철은 아무 말 없이 그녀를 끌어당겨 안아준다.

"저는 당신의 밑바닥에 깔린 그 이면에 숨은 진실이 있다는 것을 느꼈어요. 누가 뭐라든 저는 알아요. 그래서 이렇게 사랑하게 되었나봐요."

경철이는 그녀의 귀에다 대고

"죽는 날까지 너만 사랑하고 싶다. 여보, 당신 사랑해."

애진은 경철의 가슴을 살짝 치면서

"여보란 소리가 좀 그러네요. 전 그냥 애진이가 좋아요."

그녀는 밉지 않은 눈을 흘기면서 약간 흔드는 몸동작으로 어리광을 떤다. 동작 하나 하나에 교태와 요염이 넘쳐났다.

사실 애진이 역시 지금 한창 젊은 나이에 식물인간처럼 살아오고 있는 터에 우연히 경철을 알게 된 것이다. 남편은 무능력하기 이를 데 없고 못된 짓은 골라서 하는 축이다. 처음에는 착한 줄로만 알았는데 결혼 생활 15년 동안 진절머리 날 지경에 이르던 참이었다. 몇 번씩이나 이혼을 시도했지만 실패했다. 그래서 애진은 호기심과 기분 전환 같은 위험을 무릅쓰고 남편으로부터 탈출을 시도하는 것인지도 모른다.

"진실한 사랑이 무엇인지 가르쳐 드릴게요."

경철은 계속적으로 정신적 공황상태에 빠져 있었다.

"우리 맥주 한 잔 하지."

"어차피 친구분과 형님을 만나면 술을 하실 텐데요. 그때까지 우리 누워 있어요."

어제 저녁엔 대전 리베라 호텔에서 밤을 꼬박 새우다시피 했다. 처음 몸을 섞는 사이인지라 서로 조심을 하긴 했지만 아직까지 몸이 안 풀린 듯 싶다.

둘은 침대에 눕자마자 강렬하게 포옹하기 시작했다. 경철은 애진의 입술을 살짝 덮었다. 혀와 혀가 부딪히면서 어느새 몸이 꼬이기 시작했다. 육체끼리의 대화는 이미 시작되었고 경철은 애진의 젖가슴을 어루만지고 있었다.

격정의 시간이 숨가쁘게 이어지면서 서로의 숨결은 거칠어지기만 했다. 애진은 더 이상 못참겠다는 듯 경철의 아랫도리를 꽉 움켜쥐었다.

그녀는 경철의 몸에 전율이 있을 때마다 그와 때를 같이하여 꽉 죄었다 풀어주고 꽉 죄었다 풀어주고 하는 그런 동작을 계속했다.

"음, 억, 음음 억."

비명에 가까운 신음 소리가 룸 밖에까지 들릴 정도였다. 경철 역시 이럴 때면 어느 여자든 간에 습관처럼 하는 말버릇이 있다.

"애진이 누구꺼야?"

애진은 기다렸다는 듯이

"자기꺼야. 음, 억, 그것도요."

경철은 은근히 그리고 강하게 애진의 그곳을 문지른다. 분비물은 양 허벅지 사이를 타고서 촉촉이 흘러내린다. 마치 약수터 바위 틈에서 신비스럽고 귀한 약수물이 나오듯이.

계속해서 애진의 숨결은 더욱더 거칠어만 갔고 비명소리는 점점커진다. 경철의 심볼을 힘주어 그곳으로 끌고 간다.

"음, 억, 음음, 못 참겠어 빨리 해줘. 그리고 깊이 넣어. 음음"

그녀의 이마에는 땀방울이 송골송골 맺혀 있고 그 큰 눈이 더 커졌다 작아졌다 하면서 초점을 잃기 시작한다. 경철도 걷잡을 수 없을 만큼 흥분 상태에 빠지고 만다. 이런 관능적인 모습은 환상적인 무아지경이다.

이럴 즈음엔 으레 몸에 밴 습관이 경철에게 있다. 그는 흥분을 가라앉히기 위해서 엉뚱한 생각을 곧잘 하곤 한다. 집에서 성실하게 있는 아내, 사랑하는 딸들 말이다. 그리고 운길을 만나면 무슨 얘기를 할까?

경철은 그녀의 양 허벅지에 흘러내리는 분비물을 오른손 검지, 중지, 약지 세 손가락을 합쳐서 그곳 양곁을 살살 마사지하듯 문지른다. 그러면서 간헐적으로 중지 손가락으로만 핵심인 그 부위를 강하게, 약하게, 눌러준다. 감촉이 기가 막히다.

경철은 어쩌면 사랑의 원리에 접근해 보고 싶은 지도 모른다. 매 순간 끊임없는 기쁨을 맛보고 매 순간 끊임없는 새로운 것을 발견하는것 말이다. 신비의 동굴은 들어갈수록 새로운 느낌이 있게 마련이다. 그러나 어느 동굴이 감히 여기에 비교가 되겠는가? 지금 흐르는 매끈하고 매끈한 이 약수물은 맑고 부드럽고 신선한 무공해 천연수보다 더 좋은 인체수일 것이다. 이 지상 최대의 고급 물질이 자신의 체내에 들어간다면 어디 녹혈이나 인삼즙 따위에 비교가 되겠는가? 경철은 확신했다.

생각이 이쯤 이르고 있을 때 애진이 잽싸게 경철의 몸 위로 올라온다. 귀여운 다람쥐처럼 사뿐사뿐 그렇게 유연할 수가 없다. 얼굴과 몸이 땀으로 뒤범벅이 된 채 그녀는 금방이라도 죽을 듯이 숨을 몰아쉬고 있었다.

경철은 속으로 킥킥 웃고 있었다. 그녀의 그런 모습이 어항 속의 금붕어가 소독을 독하게 하면 옆으로 누워서 입만 뻐금뻐금 하는 모습을 연상시켰기 때문이다.

이번에는 경철이 애진 위로 올라간다. 다 죽어가던 금붕어가 금방 팔팔해진다. 생기가 돋고 얼굴색이 밝아진다. 경철은 양쪽 어금니로 유두를 살짝 살짝 깨물기 시작한다. 그러면서 애진의 둔부를 오른쪽 다리 무릎으로 짓누르며 동작을 가속화한다.

애진의 신음소리가 더욱 거칠어지면서 양다리는 V자형으로 자연스레 벌어진다. 어느새 경철은 자신도 모르는 사이에 애진의 질 입 구

깊숙이 혀를 대고 빨고 핥고 미친 듯이 빠져든다.

그녀의 액체는 분명 투명하고 맑다. 꼭 오뉴월 앵두가 익을락 말락 할 때의 색깔처럼 질 안은 발그스레한 빛이 감돈다. 그러면서 그 무엇인가 꿈틀꿈틀 움직이고 있다. 질 안에서 제법 큰 알갱이가 위로 거칠게 올라오면서 분비물을 콱 쏟고는 다시 질 속으로 들어가고 하는 그런 동작이 계속 이어지고 있다. 흡사 고래가 등에서 물을 뿜는 것과 비슷하다.

애진은 사정없이 경철의 입에 분비물을 토해내고 있다. 그것은 경철의 기도를 타고서 그의 체내로 들어간다. 아니 경철은 스스로 있는 힘을 다해서 그녀의 체액들을 흡입했는지도 모른다. 경철은 그 맛이 언뜻 옛날에 먹었던 토룡탕과 비슷하다고 느낀다.

드디어 삽입이 시작된다. 경철은 스키가 매끄럽게 미끄러지듯 애진의 속으로 깊숙이 처박혀 들어간다.

"음, 억 억 으으흐."

그녀의 신음과 비명은 탄성 그 자체다.

"당신 사랑해. 넌 내꺼야."

애진은 괴성 아닌 신음 소리다.

"더 빨리 빨리 음, 헉헉헉."

격렬한 시간이 지속되더니 마침내 똑같은 시간, 똑같은 찰나에, 두 사람은 동시에 낭떠러지 끝까지 떨어지고 있다. 좀처럼 느끼기 어려운 황홀경이다. 거친 파도가 한 순간 가라앉은 듯 두 사람의 호흡은 서서히 제자리를 찾아간다.

"피곤하죠?"

"음"

"좋은 꿈꾸세요."

"으음, 그래. 애진이도."

모든 사람들은 어쩌면 불란서 영화 같은 그런 사랑을 꿈꾸고 있으리라. 단지 결혼했다는 이유만으로 그런 꿈을 박탈당하고 살아가고 있는지도 모른다. 경철은 특히 애진을 만나면서 성도덕의 양면성에 대해서도 새삼스레 느끼는 게 많았다. 파란만장한 자신의 삶에 찾아온 애진은 그에게 분명 쾌락의 천사였다. 해서 안 될 사랑이란 없다. 용기가 없으면 천사도 찾아오지 않으리라. 이렇게 생각하면서 경철은 깊은 잠 속으로 아스라이 빠져들었다.

귀신 잡는 해병

"여러분들! 이곳으로 모이세요. 자, 오늘 아침 기분 어떻습니까? 앞으로 여러분들께서는 대한민국의 용감한 해병대가 되는 것 입니다. 리퍼브릭 오브 머린 코프스, 대한민국 해병대 알겠습니까?"

"예."

일제히 함성을 울리며 대답을 했다.

"식사는 많이들 하세요."

씨익 웃으면서 지나가는 조교나 교관들의 모습이 너무나 친근감 있고 서당의 훈장 선생님같이 자상하기가 그지없었다.

드디어 1964년 1월 6일 입대식이 거행되고, 선서식이 끝나자마자 반뚜껑 머리로 전원 이발을 하게 되었다. 이발소에 앉아 있는 동안 분위기는 처음의 그것이 영 아니었다. 모두의 얼굴에는 공포와 두려움이 번지고 있었다.

"야! 이 개새끼야! 어디다 털어. 이 새끼 첫날부터 기합이 빠져부르가지고 확 직여불라, 느미 씨발놈."

이발하는 동안 그대로 석고처럼 가만있어야지 움직이거나 꿈틀대면 이발 기계로 머리통, 어깨 가리지 않고 사정없이 후려 패는 것이었다.

"움직이지 말드라고 잉. 느거들은 앞으로 죽었다고 복창하랑께이."

전원 이발이 끝나자 곧바로 소대 편성에 들어갔다. 경철은 이미 제정신이 아니었다. 그는 신병 149기 3중대 2소대에 편성되었다. 군번 9310462.

일단은 중대별로 집합이 시작되었다. 1소대장 모 교관이 단상에 올라섰다. 그는 카우보이 모자에 짙은 선글라스, 오른쪽에 권총을 차고 있었다.

"에– 지금부터 너희들은 본관 말을 잘 듣길 바란다."

"야, 이 개애새끼들아! 앞으로 너희들은 집에서 키우던 소, 돼지, 닭이 부러울 정도가 될 것이다. 알겠나? 하나, 둘, 셋, 넷, 다섯, 여섯, 일곱."

"스톱, 일곱 번째 나왓!"

"너, 이 새끼야 본관이 말씀을 하고 있는데 왜 몸을 비비꼬고 흔들흔들 하고 있어. 너 같은 놈은 처음부터 길을 들여야 돼. 엎드려 뻗쳐!"

닥치는 대로 사정없이 기합이 가해지기 시작했다. 차마 눈뜨고는 못 볼 만치 참담한 광경이었다. 고요와 적막이 덮쳐왔다. 개미새끼 한 마리까지 꼼짝 못하게 하는, 모두가 조각된, 천하장군 장승처럼 굳어 있었다.

"여기 있는 본관은 여러분들이 말만 잘 들으면 양처럼 순하다. 그러나, 끝으로 3중대에서는 본관이 선임 소대장이란 것을 명심하기 바란다. 이상!"

양의 가죽을 쓴 늑대, 혹은 지옥에서 온 사탄이 어디 따로 있을까. 어제까지 씨익 웃으면서 인자한 모습을 보여주었던 사람이 바로 저 사람이 아닌가?

말로만 듣던 지옥훈련이 시작되었다. 첫날은 나무 그늘 밑에 모여 '해병대 곤조가'를 배웠다.

흘러가는 물결 그늘아래 편지를 쓰고요
흘러가는 물결 그늘아래 춤을 춥시다.
처녀 열여덟살 아름다운 꿈속의 아이러브 유
라이 라이 라이 라이 차차차
당신만이 그리워서 키쓰를 하고요
당신만이 그리워서 핸드프레이
오늘은 어느 곳에 땡깡을 놓고
내일은 어느 곳에 신세를 지나
우리는 해병대 알 오 케이 엠 ― 으씨
헤이 빠바리바 헤 ― 이 빠바리바
때리고 부시고 마시고 라

혜 – 이 빠바리바

아침에는 식사당번 저녁에는 불침번에

때때로 완전무장 연병장을 구보하네

이것이 신병생활 저것이 해병생활

알고도 모르는 게 군대인가 하노라

부르기도 쉽고 가사도 꽤나 재미있다. 이 노래만 배워도 해병대가 된 듯 경철은 제법 어깨가 으쓱거려 진다.

한 달 동안은 일절 면회 사절이다. 20일 정도가 흘렀다. 이때는 서로의 몰골이 말이 아니다. 눈은 퀭하니 깊이 들어가 있고 광대뼈는 다 튀어나왔으며 머리는 단발머리에다 얼굴은 새까맣고 이빨만 하얀 것이 꼭 아프가니스탄이나 방글라데시 그런 인종 비슷해져 있었다.

"제– 둘 번 맞춰 갓!"

"앗앗앗앗 앗앗앗앗…"

해병대 구령은 하나, 둘, 셋이 아니다. 무조건 악, 아니면 앗! 외에는 없다.

"왼편 돌아갓, 오른편 돌아갓."

그러다가 교관 역시도 너무 재미없어 질 때는

"여군 번호 맞춰 가."

간드러지는 여성 음성으로,

"하나, 둘, 셋, 넷 하나, 둘, 셋, 넷" 한다.

"육-군 번-호 맞-춰-가"일 때는

"하나-두-울-서-이-너-이-"

2월 7일은 연병장에서 진해 시내 외곽에 있는 해발 약 500m 천자봉을 구보하는 날이었다. 약 12km, 물론 왕복거리인데 완전무장 차림으로 출발하는 것이다. 그 날은 눈발이 휘날리고 있었다.

때마침 이화여대 학생들이 진해를 방문했던 터라 한 쪽으로 도열해서 손수건을 흔들어 격려를 보내주었다. 코끝이 찡하니 눈물이 핑 돌았다. 이날의 구보는 낙오없이 잘 해냈다. 경철은 한 시간 일찍 취침에 들어갔으나 잠은 이내 오지 않고 이 생각 저 생각에 뒤척이고 있었다.

아아 그때의 권총은 어찌 되었던가. 그 때문에 김순경은 파면되지 않았던가. 시절은 또 얼마나 어수선한 때 이던가. 5 · 16 군사혁명이 일어나고 2년이 지날 즈음 사회도 혼란스러운 때였다.

이 무렵, 그러니까 어수선한 사회 혼란기를 틈타 경철은 무언가를 계획하고 있었다. 그는 무엇을 하려 하였으며 왜 그랬던 것일까.

우선, 그는 자신이 뒤집어쓰고도 남을만한 꺼멓게 물들인 광목을 구하고 그 다음에 운동화에 10cm 정도 높은 굽을 다는 일, 언어 사용법, 수사방향이나 각도를 엉뚱한 곳으로 집중시키는 일, 알리바이 조작, 범행날짜, 시간 등을 나름대로 주도면밀하게 준비했다.

또한 평소 눈여겨 봐놓았던 온천 국민학교 정문 앞 우체통에서 장갑을 끼고 남의 편지도 구해놓았다. 장갑을 낀 채로 역전 벤치에서 남이 피던 담배꽁초도 구했다.

도대체 이 소년은 무얼하려 했던 것일까. 범행! 바로 그것이었다. 그는 훔친 권총으로 어딘가를 털 작정이었다. 당시 그는 '아르센 루팡', '8·13의 비밀' 같은 탐정 소설을 좋아하던 터였다. 모방 심리가 강했던 것일까, 아니면 범죄에 대한 막연한 동경 때문이었을까. 지긋지긋한 가난에 시달리던 한 소년이 작심을 하는 데에는 그리 큰 어려움이 없었다. 그는 중국집을 털기로 했다.

밤 11시가 막 넘으려는 순간, 그는 중국집 영화원永和삐으로 들이닥쳤다.

"꼼짝마라카이, 손 버쩍 들고 구석으로 모이라. 지금부터 내 말을 잘 듣거라. 만약 소리를 질렀다카믄 여기있는 짱깨놈 모조리 직인다. 알겠나?"

모두가 4명이었다. 중국집 주인은 연신 허리를 굽히고 양손을 비비면서 쉴새없이 쉐, 쉐 하면서 굽신거린다. 말은 통하진 않지만 거동으로 보아서 목숨만은 살려달라는 뜻을 대뜸 알 수 있다.

"순순히 시키는 대로 할 때는 생명은 지장 없다. 이놈아가 필요한 것은 돈이다. 돈 있는 대로 이 자루에 담으라 어서, 빨리!"

"와, 니기미 씨발놈들 동작이 뜨나? 직이뿌리기 전에 빨리 햇!"

장롱을 열고 돈을 푸대에 담기 시작했다. 구호품 밀가루 푸대에 삼분의 이쯤 들어갔다. 유네스코 마크든가 운크라든가? 밑에는 한미

양국이 손과 손끼리 악수하는 그런 그림이 있었던 것 같다.

"머리통 이불 속에 박아, 그리고 꼼짝 마!"

이때까지는 그런 대로 일이 순조롭게 진행되었다. 그러나 세상은 결코 호락호락하지 않는 법이다. 신출내기 강도가, 그것도 단독으로 일을 성사시키기는 쉽지 않았다. 경철이 푸대를 거머쥐고 막 나오는 순간, 그의 주도 면밀한 계산 속에는 없었던 돌발상황이 발생했다. 주인이 냅다 소리를 지른 것이었다.

"강도야, 강도오! 불이야, 불!"

순간, 경철은 지루고 운동화고 다 벗어 던지고 삼십육계 줄행랑을 치는 외에는 아무 방법이 없었다. 한심하고 어이없는 실패였다. 강도는 아무나 하나?

집에는 어떻게 왔는지 아무 생각도 나지 않았다. 심장은 뛰다 못해터질 것만 같고 천장에서 쥐새끼가 찍찍거리기만 해도 경철은 깜짝깜짝 놀랬다. 밤새 자면서 가위에 눌려 할 소리 못 할 소리를 다 했던 모양이다.

평소와 달리 어머니의 표정이 돌처럼 굳어있었다. 여느 때 같으면 '너 무슨 일 저질렀냐, 왜 그러냐?' 하실 텐데 전혀 말씀이 없었다. 어머니는 정확히 직감하고 계셨다. 너무 엄청난 일이라 할말조차 잊으신 게다.

그로부터 몇 달 동안 경철은 어머니 얼굴에서 웃는 모습을 보질 못했다. 훗날 알게 되었지만 그의 집에서 3km 남짓 되는 곳에 밤줄이란 방죽이 있는데 그곳에다 총을 버렸다는 얘기를 경철은 군대갈 무렵 들었다. 제발 사람 좀 되어서 나와다오! 어머니에게 이런 마음이 없지는 않았을 게다.

1964년 4월 5일 내일이면 신병훈련 수료식 하는 날이다. 동료들은 너, 나 할 것 없이 해골을 뒤집어 쓴 그야말로 처참한 모습들이다. 저녁을 먹고 내무실에서 각자의 옷에다 교관이 가르쳐 주는 대로 이등병 계급장과 명찰을 달고 있었다.

"여러분들 잠시 주목하시기 바랍니다. 그동안 고생 많이 했습니다. 내일부터는 대한민국 해병대 R. O. K. M. C. 진짜 군인이 되는 겁니다. 우리 소대는 낙오자 한 명 없는 모범소대로써 3개월 동안의 혹독한 훈련을 마쳤습니다. 여러분들한테 인간이하로 모질게 대했던점, 이 자리를 빌어 사죄하니 용서하기 바랍니다. 사회적으로는 형님, 동생뻘인데 어쩔 수 없는 운명의 만남이라 생각하고 널리 이해해줄 것을 바랍니다."

내무실은 금방 조용해졌다. 한 쪽 어디선가 흑흑 하는 울음소리가 들렸다.

"끝으로 본 교관이 돈이 좀 많으면, 오늘 저녁만큼은 막걸리에다 돼지고기라도 실컷 먹였으면 좋으련만 그렇지 못한 것이 가슴이 매우 아픕니다. 더 이상 목이 메어 여기서 마치겠습니다."

손수건을 꺼내자마자 내무실을 빠져나가는 교관의 뒷모습에 소대원 전원이 울어버렸다. 경철은 지금도 그때를 회상하면 한 편의 드라마 같은 애틋한 마음이 솟구치곤 한다.

노고지리야! 더 높게!

"와! 이 니기미 씨발놈, 니 뒤질락카나 살락카나? 마, 대갈통을 확 뿌쇠뿔라."

"야! 니 까불래? 이 충청도 촌노무새끼야 꺼져 뿌라 안카나, 눈깔을 마, 빼뿔라."

산 너머 산이다. 아니 언덕 피하고 보니까 거대한 산이 가로막혀 있다. 아닌 말로 이럴 줄 알았으면 좆 빨려고 해병대 입대했나? 옛말에 '좆'도 모르고 '불알' 보고 탱자탱자 한다더니만 경철이 꼭 그 꼴이되고 만 것이다.

배치 받은 곳은 해병 제1 상륙사단 사단본부 고급 부관실 행정과였다. 누가 들어봐도 좋은 곳임에는 틀림없다. 글자 그대로 고급 부관실이다.

그런데 이곳은 최소한 고등학교 졸업자 이상만 갈 수 있는 데였다. 경철이 운 좋게 들어가긴 했는데 동기생들 사이에서 마음이 편치 않았다.

그의 동기는 모두 19명이었다. 그 중 경상도 10명, 서울 4명, 전라도 3명, 충청도는 경철과 충북 충주에서 온 변종복이란 자, 2명뿐이었다. 변종복. 이 작자야말로 충청도의 대표적 인물임에 틀림없다.

"야! 궤리띠는 바짝 졸라매고 주먹에 호다이는 감고 꼭 옛날 영화에 나왔든 꼬쓰까이하고 똑 같혀."

전형적인 충청도 촌놈이었는데 경철은 앞으로 이 작자 때문에 피해가 클 지도 모른다는 예감을 가지게 되었다.

실무생활에 대한 기대는 산산조각이 났다. 근무할 의욕은 점점 없어지고, 경상도 놈들은 저희들끼리 떼로 뭉쳐서 웅성대고, 기가 막힌 노릇이었다. 이런 환경에서 아무리 높게 날아봤자 노고지리처럼 아름다운 목소리가 나올 리 만무했다. 실무생활 5개월쯤 지난 어느 날이었다. 부산이 고향인 손영찬 대원이 경철에게 시비를 걸어 오기 시작했다.

"니, 앞으로 군대생활 편케 할라믄 시키는 대로 퍼뜩 퍼뜩 잘 해래이. 식사 당번도 순번 관계없이 알아서 하고 불침번도 알아서 해라 알겠나?"

그렇지 않아도 엊저녁에 불침번을 20분 정도 더 서준 건 경철이었다. 고맙다는 인사는 고사하고 염장 지르는 소리를 주억거리고 있는 것이었다. 그러니까 앞으로도 식사당번이고 불침번이고 알아서 잘해봐라? 더군다나 선임도 아닌 동기생이, 순간 경철은 눈이 뒤집혔다.

"너 지금 나보고 뭐라고 그랬어?"

"이노무 자석, 몰라서 묻나? 뒤질락꼬 환장했나?"

"너, 이리와. 촌놈하고 계집은 두들겨서 길들인다고 했는데 누가 촌놈인지 확실하게 본때를 보여주마."

경철의 주먹이 영찬의 얼굴에 퍽- 소리와 함께 날아갔다. 선제공격을 당한 영찬은 중심을 잡지 못하고 비틀거리고 있었다. 경철은 그 틈을 놓치지 않고 완 투 스트레이트, 어퍼컷, 옛날 배운 실력을 맘껏 휘둘렀다.

어차피 이판사판 공사판 죽음을 각오한 터라 눈에 보이는 게 없었다. 순식간에 눈자위는 시퍼렇게 부어 올랐고 입술은 찢어지고 코피는 터지고, 급기야는 사건이 크게 터졌다.

화들짝 놀락 대원들이 엉켜 붙어 싸움은 일방적 공격으로 끝나고 말았다. 그 날 경철은 호된 기합과 빳다를 16번까지 센 기억만 날 뿐 그 후는 어름어름 한 것이 모든 것이 희미할 뿐이었다.

경철은 자신이 영찬과 이렇게 되리라고는 전혀 예상치를 못했다. 그 당시는 리더격인 운길을 맘 속으로만 지목하고 있을 때였다. 왜냐하면 이 놈이 항상 선두주자인데다 태권도 무덕관인지 뭔지 저녁 잠자리 들기 전에는 반드시 한 번씩 시범을 보이는 바람에 나머지 놈들 은 와- 하는 탄성과 함께 기가 죽곤 했었다.

그것은 운길의 무언의 엄포였다. 양발차기, 뒤로 돌려차기, 점프하면서 연속 앞차기, 그 중에도 양발차기는 일품이었다. 저럴 땐 양손을 가위표로 모아 가지고 파고만 들면 어느 손에 걸려도 걸릴

텐데….

언제 저 떼거리 놈들을 상대하나? 저 운길이만 때려잡는다면 나머지 놈들은 자동으로 내 손아귀에 들어오겠지.

이런 생각을 하고 있을 때니까 영찬은 경철의 안중에도 들지 못했던 것이다. 여하튼 영찬과의 사건이 있은 후로는 옛날처럼 노골적으로 무시하고 깔보는 일은 없어졌다. 저희들끼리 쑤군쑤군대거나 서로 마주치면 눈길을 피하는 일이 잦아졌다.

경철은 문제를 근본적으로 해결하는 스타일이었다. 찜찜한건 체질상 싫었다. 운길과 한판 붙자! 그렇게 해서 결전의 날이 잡혀졌다. 토요일 오후 3시.

막상 호기는 부렸지만 경철은 시작도 하기 전에 가슴과 손, 양다리 사지가 덜덜 떨리기 시작했다. 싸움이 시작된 지 5분이 지났을까, 경철은 이미 패색의 그림자가 짙게 다가옴을 느끼고 있었다.

돌려차기, 양발차기가 연속적으로 명치와 턱에 정확히 꽂히는 것이었다. 이미 앞도 안보이고 턱 한쪽은 떨어져 나간 느낌이었다. 역불급. 자신의 실력으로는 도저히 당할 수가 없다는 걸 그는 절실히 깨달았다.

그런 어느 순간 두 사람의 몸이 어떻게 엉키게 되자 경철은 운길의 허벅지를 이빨로 물어 버렸다. 운길의 비명 소리는 하늘을 찌를 듯했고 그럴수록 그는 더욱더 물고 늘어졌다.

비겁해도 좋다. 지금 나한테는 방법의 여지라든가 선택의 여지를 생각해 볼 그럴 겨를이 없다. 싸움은 이기고 보는 거다. 경철은 이렇게 생각하면서 일방적으로 얻어터진 분풀이를 하는 것이었다.

결국 운길은 의무실로 떠업혀 가야했다. 경철이 내무실에서 빨간 소독약으로 얻어터진 곳을 소독만 한 데 비하면 그는 어찌 되었거나 패잔병이 된 셈이었다.

이 싸움의 결과를 제일 즐거워한 것은 의외로 변종복이었다. 그는 경철과 눈이라도 마주치게 되는 경우면 한쪽 눈을 찔끔하고 피시식 웃곤했다. 무언의 응원 또는 격려임에 틀림없다. 방법이고 나발이고 일단 이겼으면 됐다는 신호가 아니었을까. 허긴 꿩 잡는 게 매이니까. 경철은 이심전심으로 이렇게 받아들였다.

싸움의 결과는 의외로 좋았다. 전화위복이라더니 옛날보다 동기생들 사이의 분위기가 한층 더 좋아지고 밝아졌다. 고양이와 개처럼 앙숙으로 지내던 것도 없어지고 서로 위하고 서로 보살피는 '화목' 그 자체가 되었다.

자대배치 8개월만에 경철은 첫 휴가를 가게 되었다. 정기휴가 15일. 그러니까 군에 입대한 지 11개월만에 휴가를 가는 것이었다. 휴가 전날 경철은 도무지 잠을 이룰 수가 없었다. 수만 가지 생각이 밀려왔다 밀려가고 생겨났다가는 없어지며 공연히 눈물도 나오고….

마침내 경철은 부푼 가슴을 안고 부대정문을 나와 열차에 몸을 싣고서 온양으로 향했다. 열차가 왜 그렇게 느리게만 가는 것 같은 지

경철은 답답했다. 그는 여러 가지를 꿈꾸었다. 특히 온양 시내를 멋있는 해병대 군복을 입고 걸어본다는 자체가 그에게는 가히 환상이었다.

그러나 막상, 온양에 도착해 보니 썰렁하기 그지 없었다. 혹시 역전광장에 '아산의 아들 여경철 기어코 해냈구나! 장하다!' 이런 현수막쯤 걸려있지 않겠나? 하는 착각 속에 빠지곤 했었다. 사실 경철은 개선장군 같은 기분이었다.

경철은 일주일쯤 지내다가 귀대하기로 마음을 먹었다. 더 이상 다녀봐야 민폐만 끼치게 되고, 시시해지기도 하고 왠지 조금 불안하기도 하고. 입대 전 그 사건말이다. 경철은 왠지 찜찜했다. 세월이 흘렀는데도 터미널, 역전근방은 형사들이 쫙 깔려 가지고 흡사 독수리가 먹이감을 발견하려는 듯 눈을 번뜩이고 있었다.

경철이 휴가기간의 절반을 남기고 귀대하자 부관실 행정과장, 인사과장이 난리법석이다. 안면에 희색을 띄고 무슨 시골에 잔치나 난 듯 좋아들 했다. 한데, 때마침 급한 전갈이 왔다.

고급 부관 안호균 중령의 호출이었다. 경철은 그 앞에 부리나케 가 잔뜩 겁을 먹고 부동자세로 서 있었다. 혹시 입대하기 전 그 사건이 불거져 말썽난 것 아닌가.

"음 귀관이 여경철인가?"

"넷, 부관님."

"여기 편히 앉어."

"괜찮습니다."

"편히 앉으라니까."

"넷."

"자네 집이 온양이고, 음…, 아버지는 6·25때 돌아가시고, 휴가 갔다 왜 일찍 부대에 귀대했나?"

"더 있어 봤자 민폐만 끼칠 것 같아서 일찍 귀대했습니다."

"음…, 배과장? 이 놈이 지난번 싸웠다는 놈인가?"

"예 그렇습니다만."

"음…, 알았어. 나가 봐."

"옛! 필승!"

경철의 등허리에 진땀이 후줄근히 배어 있었다. 내무실까지 오는 동안 정신이 하나도 없었다. 며칠 후 절대권력자의 호출명령이 떨어졌다. 그 당시 고급 부관실에는 무소불위로 군림하던 '절대권력자'가 있었다. '중사 이수우.' 그는 계급만 중사이지 대원들의 존재는 물론 생명까지도 좌지우지하는 힘을 가지고 있었다.

자라보고 놀란 가슴 솥뚜껑보고 놀란다더니 경철은 호출 소리만 들으면 간이 콩알만해지곤 했다.

"니, 깜상 안있나? 지금 막바로 관품정리하고 곰봉 메고 다시 온나, 알았지?"

드디어 올 것이 오고야 말았구나. 진작부터 각오는 했지만 이렇게 빨리…. 눈물이 핑 돌았다. 못 배우고 가난했던 것이 이토록 군에 와서까지도 나를 질기게 잡아매고 있으니…. 별명이 온양 깜상인 경철은 설움에 복받쳤다. 눈물을 감추고 겨우 앞에 서 있는데 의외로,

"니 영관 클럽 바로 옆 군사우체국 알재? 그곳으로 가는 기다 알겠나? 열중 쉬엇! 차렷! 왼편으로 돌아 뛰어갓!"

상상치도 못했던 영전 중의 영전, 한 마디로 천국행 티켓이 그에게 쥐어지는 순간이었다. 이곳은 민간인 셋, 군인 셋 그야말로 치외법권지역이다. 군사우편, 1급 비밀 취급 인가증, 권총휴대…, 일반인들이 생각하기엔 그저 우체국 정도로만 우습게 생각할지 모르겠지만 일반인들의 우체국 개념하고는 거리가 멀어도 한참 멀다. 완전 별천지가 바로 이곳이다.

있는 끗발 없는 끗발 다 부릴 수 있고 세상만사 오케이다. 소속은 고급 부관실인데 방첩대의 고정 중사 한 명이 파견 근무된다. 그는 고작 하는 일이 편지 검열이다. 남의 연애편지만 훔쳐보는 것이 하루일과라고 해도 과언이 아니다. 밉보인 놈 있으면 그놈 편지만 집중적으로 뜯어보다 보면 뭐가 걸려도 걸리게끔 되어있다. 그때나 지금이나 이현령비현령은 마찬가지다.

하루 한 번씩 부대편지 발송 차 포항 우체국에 들러서 부대로 오는 편지, 전보, 소포, 1종 · 2종 · 3종 문서 등을 싣고 와서 분류 작업하는 것과 사단 내의 예하 부대에서 갖고 온 개끗발도 써먹기에 따라서 왕끗발도 될 수 있다는 철학을 일찌감치 터득하고 있는 참이라 경철의 머리 속과 시야에는 벌써부터 뭔가 보이기 시작하는 것이었다.

'개끗발을 왕끗발로 써먹기!' 경철은 그런 비상한 재주가 있었다. 그러니 그의 생활은 군대생활이 아니라 재벌집 아들이 유학 온 듯한 즐거운 나날이었다. 돈 벌기 참 쉬웠다. 포항 우체국에 가서 관보용지에다 포항 우체국장 직인 찍어 오는 것은 식은 죽 먹기보다 더 쉬웠다.

"모친 위독 급래 요망"
아산군수 확인

군대에서 휴가 외에 바랄 것이 뭐 있겠나?

그 당시는 봉급이 이병 130원, 일병 150원, 상병 180원, 병장 200원 정도였다. 그런데 경철이 일병 때, 그는 대담하게도 관보 한 장에 500원씩 밀거래 하기 시작했다. 그 정도면 엄청난 거금이었다.

여하튼 경철은 행운의 보직 덕분으로 순풍에 돛단 듯 제대 말년까지 무사히 지낼 수 있었다. 물론 절대권력자를 3년 동안 수족이 닳도록 모시고 지냈었다.

그동안 운길과는 도저히 떼 놓을 수 없을 만치 가까워지고 있었다. 경철은 인생의 전환점을 군에서 맞게 되었다. 특히, 운길에게 받은 영향이 컸다. 운길은 절대권력자인 수우 형님의 모습을 그대로 답습하고 있었다. 올바르고 정직하며 강인한 정신력과 굳센 의지를 가진 남자 중의 남자!

운길과는 울기도 많이 울었었다.

노고지리야! 더 높게!

창공을 드높게 올라 너의 그 아름다운 목소리를 내 보련!

사랑에 눈 멀고

몇 해전까지만 해도 그랬다. 죽어서 다시 태어나게 되면 누구하고 결혼을 하겠느냐고 물어보면 경철은 서슴지 않고 현재의 부인과 결혼하겠다고 대답을 했었다. 그런데 지금은 절대로 아니다.

왜냐하면 경철의 안식구는 그로 인해 너무 많은 고생을 했고, 제대로 나래 한 번 펴 보지 못하고 숨막히는 생활만 해 왔기 때문에, 내 생에는 다른 사람과 짝하는 것이 좋겠다는 게 경철의 생각이었다.

경철은 잘 생기지 않았고, 그렇다고 요상하게 생기지도 않은 평범한 남자다. 하긴 외모가 무슨 상관이랴. 어떻게 살았는지가 문제라면 문제지. 결혼생활 30년 동안 바람만 피운게 바로 이 사내다. 이놈이야말로 뻔뻔스럽기 그지없는 놈이니 뻔뻔 불감증 환자라고 하는 게 속 편할 듯 싶다.

여기에 비해 그의 부인은 수더분하고 싱그러운 전형적인 가정 주부이다. 때로는 감각도 있고 재치도 있는 여자인데 워낙 된놈을 만나서 평생 주눅들어 살아온 것 또한 사실이다. 하니 경철로서도 이제는 내자를 불쌍히 여길 만도 했다.

그러나 불쌍히 여기는 것과 사랑하는 것과는 또 별개의 문제였다. 지금 그의 옆에는 엊저녁의 정사가 너무 피곤했던지 천사처럼 그의 팔을 양쪽 손으로 끼고 잠들어 있는 애진이 있다. 경철은 그런 그녀가 사랑스럽다 못해 측은하기까지 할 정도다. 예명이 애진인 그녀. 그녀의 원래 이름은 은선이었다.

경철은 개선장군처럼 핸들을 잡고 대구로 향하고 있었다. 가벼운 흥분과 설렘이 그와 동승하고 있었다. 그러나 이유도 없이 자꾸만 눈물이 나오기도 했다. 원래 연극성 성격장애자의 성향이 있는 터여서 경철은 그것이 환희의 눈물인지 비애의 눈물인지 자신도 알 수 없었다. 그는 감격에 꽉 차 오르는 마음을 스스로 즐길 줄 알았다.

속도 계기판이 140km까지 올라가고 있을 때 애진이 엷은 미소를 머금고 "경철 씨"하며 부르고 있었다. 그는 반사적으로 대답했다.

"응."

"지금까지 오시면서 무슨 생각을 그렇게 골똘히 하셨어요?"

"아니, 별 생각 안 했는데."

대답은 그렇게 했지만 그는 약간 당황했다. 사실은 이 생각 저 생각을 많이 하고 있었으니까.

"전 다 알아요. 지금은 경철 씨 눈썹만 봐도 얼른 알 수 있거든요."

"으응, 어떻게 하면 애진이를 더욱더 사랑해줄 수 있을까를 생각했지."

"거짓말인줄 알지만 그렇다고 해둘게요."

"아냐, 정말야."

"우리는 하늘에서 짝을 맺어준 것 같아요. 같은 생각, 같은 감정들이 딱 들어맞을 때가 참 많았어요. 그렇죠?"

"응, 그래, 가만있자, 그거 보고 뭐라 하드라. 왜 하는 말 있지?"

"텔레파시?"

"음, 맞아. 바로 그거야."

"경철 씨, 지금 불안하죠?"

"아니, 왜 그런 말을 하고 그래. 애진이가 불안해?"

"아뇨."

"그럼 됐어. 오늘만큼은 모든 걸 다 잊자구."

"응, 경철 씨도 그렇게 할거지?"

반말을 섞어가며 고갯짓을 하면서 대답하는 애진의 모습이 예쁘기만 하다.

솔직히 말해서 경철이란 놈은 늑대 같은 존재다. 어떤 면에서는 인간미도 넘치고 감정이나 감수성 또한 예민하기가 그지없다. 하지만 여자를 보면 잡놈 중에 잡놈일 정도니까 두 말할 것도 없다.

하긴 경철이나 애진이나 가정을 지니고 있는 유부남, 유부녀인 만큼 왜 불안한 마음이 없겠나?

어느새 차는 구미를 지나고 있었다. 목적지 대구는 거의 다 와가고 있었다.

"애진아!"

"예."

"혹시, 쇠고랑 찰까봐 겁나?"

"저는 상관없어요."

"음, 나 역시 그래. 그런데 만일 우리가 법정에 서서 최후진술을 하라고 할 때 애진이는 뭐라고 말할 거야?"

"아이, 이젠 그만해요. 공연히 불안하기만 해요."

"아냐, 한 번쯤은 긱오는 해야 될 것 같아. 그런 일이 없다고 보장된 건 아니잖아?"

순간 애진은 경철을 정면으로 응시하면서

"도덕적으로는 용서받지 못하겠지만 우리 둘은 너무 너무 사랑했습니다. 그것이 죄라면 형벌을 달게 받겠습니다."

의외의 대답에 경철은 가벼운 흥분까지 일기 시작했다. 그는 세상을 자기 손에 넣은 듯한 황홀함에 흠뻑 젖어가는 중이었다.

"경철 씨, 우리 둘의 사랑은 끝이 있을까요?"

갑작스런 질문에 당혹스럽기까지 한 그는

"글쎄, 끝이 있겠지."

"어떤 끝인데요?"

"죽을 때까지 사랑한다. 그게 끝 아냐? 애진이와는 마지막 사랑이니까."

"아이, 마지막이란 말은 왠지 싫어요."

"그런 뜻이 아니고 나한테는 애진이 외엔 더 이상 어떤 여자도 없다는 뜻이야."

대화가 잘 통하지 않는다는 듯이 애진의 표정이 약간 일그러져 있었다.

"모래성 쌓아 보셨어요?"

"응, 어렸을 때 냇가에서 쌓아 봤지."

"그게 아니고요."

"그럼 뭔데?"

"우리 둘의 사랑 말이에요. 모래성 쌓기보다 더 힘들단 말이에요."

대화가 이상하게 꼬이기 시작했다. 현기증이 날 정도로 경철 역시 답답했다.

"왜 힘이 드는데?"

애진은 답답해 죽겠다는 표정을 지으면서

"모래성은 쌓아 놓으면 부서지고 또 부서지잖아요. 우리 사랑도 모래성처럼 부서질까봐 겁도 나고 두려워요."

그제서야 경철은 어렴풋이 가닥을 잡을 수 있었다.

"아, 그런 뜻이었구먼, 원래 진실한 사랑은 이렇게 어렵고 힘든 거야. 진실한 사랑은 형체도 없고 색깔도 없고 보이지도 않고 냄새도 없는 것이라잖아."

즉흥적으로 말은 했지만 경철은 내심 마음이 편치 않았다. 두 사람의 대화는 더 이상 이어지지 않았다. 서로를 쓸데없이 자극할 필요는 없었으리라.

어느새 지루하지 않게 대구에 도착했다. 톨게이트를 빠지자마자 대구 파크 호텔 이정표가 있었다. 표시대로 주행하다 보니 호텔에 들어섰다. 긴장감도 풀리고 엊저녁에 대전 리베라 호텔에서의 밤샘 탓인지 피로감이 한꺼번에 몰려오기 시작했다.

경철은 모든 것이 궤멸되듯 삽시간에 자신의 몸이 무너져 내려앉는 것 같았다. 나이 마흔이면 불혹의 나이라고 했거늘…. 그때 갑자기 온양에 있는 친여동생 같은 혜란이 경철의 뇌리에 떠오르고 있었다.

"오라버니, 사랑을 추구하게 되면 사는 맛이 나고 생동감, 활력, 신비로움이 샘솟는데요. 그렇게 할 수 있는 것도 능력 아니겠어요? 할 수만 있으면 하는 것도 좋다고 생각해요."

감히 범접할 수 없는 30대 중반 여인이지만 경철에게는 여러모로 편한 상대가 혜란이었다. 내가 하는 것은 로맨스고 남이 하는 것은 불륜이고 이런 고루한 생각은 아집이 아닐까? 경철은 애정 행각을 벌이면서, 말하자면 모든 불륜을 용서하고 싶었다. 사랑의 이름으로 말이다.

프론트로 가서 방을 예약했다. 애진도 무척 피곤한 모양이다.

"경철 씨, 저 지금 사우나 하고 싶어요."

"그렇게 해. 난 저기 골프연습장에 있을 테니까 끝나는 대로 그

곳으로 와. 내가 먼저 끝나면 커피숍에서 기다릴게."

"알았어요."

생긋 웃으면서, 살짝 윙크를 하면서, 뒤돌아 가는 모습이야말로 꼭 사막에서 오아시스를 만난 듯한 감격, 무한한 꿈속 그 자체라고 경철은 느꼈다. 그는 아마도 자신의 운명과 인생관이 애진으로 인해 확 바뀔 것 같은 느낌을 그녀를 만나면서부터 가졌던 것 같다. 애진은 그만큼 경철에게 소중한 여자였다. 그것은 입장을 바꿔도 마찬가지 였다. 남편이 있다는 게 애진은 오히려 거추장스러웠다.

경철이 골프연습장에서 몸을 푸는 동안 애진은 오지 않았다. 아마도 지난밤의 피곤이 잘 풀리지 않는 모양이라며 경철은 커피숍으로 향했다. 소파에 깊숙이 몸을 묻은 채 경철은 그의 가장 절친한 친구인 운길이와 존경하는 용우 형님을 떠올리고 있었다. 그는 이곳 대구에서 그들을 만날 작정이었다. 애진이와 함께 말이다.

운길은 한국통신 과장직에 비교적 젊은 나이에 승진되어 수년간 재직 중에 있고, 용우 형님은 중앙일보 영남지구 총본부장으로 재직하고 있는 중이었다.

생각해보면 두 사람 때문에 인간 여경철이 지금껏 존재하고 있는지 몰랐다. 알게 모르게 받은 영향력이며 삶에 대한 가치관이 정립된 것도 그들 때문이었다. 한마디로 올바른 정신을 가지고 현실을 직시하는 판단력을 갖게 된 것도 이들의 절대적인 그늘인지도 모른다고 경철은 생각하는 것이었다.

불현듯 경철은 운길이 입버릇처럼 하던 이야기가 떠올랐다.

"철아! 니는 꼭 볼쌀 소쿠리 쥐눈 같데이."

목적 달성을 위해서는 어떤 고난과 역경을 이겨내는 경철의 모습을 운길은 곧장 그렇게 표현하곤 했다.

"니가 많이만 배웠다면 아주 유명한 인물이 되고도 남았을 텐데 니나 내나 워낙 집구석이 가난해 갖고, 에이 씨발, 참으로 안타까운기라."

늘상 이렇게 푸념으로 끝맺는 것이었다. 경철은 운길을 생각할수록 지나온 과거의 아픈 상처가 새록새록 돋아나는 것이었다. 지난 과거의 아픈 상처…. 급기야 그는 어머니를 떠올리게 되었다.

어머니! 경철은 속으로 나지막이 어머니를 부르고 있었다. 그때가 언제였던가.

회전목마

경철이 술집을 개업한 지도 거의 한달 쯤 된 것 같다. 제대를 하고 이런 저런 일을 하다가 마침내 새로운 도전을 해 보기로 했다. 동작구 상도1동에 파레스 싸롱을 무작정 차려 영업을 해보니까 꽤 잘되는 편이었다. 젊은 사람이 뭐 할 일이 없어 술장사를 하느냐구? 그런 말엔 개의치 않았다. 경철은 돈을 벌고 싶었다. 아니 그는 돈을 벌어야 했다. 그러려면 언제나 건강해야만 했다.

경철이 새벽마다 관악산을 오르내리며 열심히 아침운동을 하다 보니 그의 인생에서 또 다른 체험을 하게 되었다. 비가 올 듯 말 듯 우중충한 날씨의 늦여름 오전, 그는 아침 등산치고는 좀 느즈막이 산을 오르고 있었다. 중턱쯤에 이르자 평소에는 서너 명 아니면 너댓 명이나 되는 커피 파는 아줌마들이 한 사람밖에 없었다. 40대가 훨씬 넘어 보이는 아줌마였다. 평소에 안면이 있던 터라,

"안녕하세요? 늦게까지 계시네요?"

하고 인사를 건네자

"오늘은 늦게 오셨네. 이리 와서 커피 한 잔 하세요."

"예, 그러죠."

경철이 아줌마 앞으로 다가서면서

"커피 한 잔, 아니 두 잔 주세요."

하면서 이야기가 시작되었다.

고향은 경기도 수원. 서울 온 지는 13년째. 자녀 둘. 고1 여학생과 중2 여학생을 둠. 아들을 원하다가 막내 5살, 아들을 늦게 얻었다는 말도 덧붙였다.

"그럼 아저씨는 무슨 일 하고 계시는데요?"

순간 중년 부인의 얼굴이 일그러지기 시작했다. 눈은 금방 독기 오른 오뉴월 푸독사처럼 변하면서

"있으면 뭣해요. 날이면 날마다 소주병을 옆구리에 차고 다니는 것이 또 픽하면 방구석에 처박혀 있고…, 그런 인간은 없느니만 못해요. 차라리 죽어 없어지기라도 하지…."

아마도 그 남편은 알콜 중독자인 듯 싶다. 경철이 그녀를 자세히 보니 아까 와는 사뭇 달랐다. 처음엔 그냥 사십대의 평범한 모습이었는데 지금은 분노와 울분, 세상풍파에 한 서린 지친 모습이 처연하게 다가선다.

"아주머니, 그만하세요. 세상 살다보면 누구나 다 어렵사리 고비 넘기지 않는 사람이 어디 있습니까? 그분께서 있으나마나한 존재이겠지만 그래도 그게 아닌 겁니다. 휠체어를 타고 다닐망정 호적상에

남편이 있는 것하고 없는 것하고는 하늘과 땅 차이라고 합니다. 막상 아저씨가 안 계시면 그나마 이 장사라도 하겠습니까? 그만 진정하세요."

경철은 자기 딴엔 장황하게 일장연설을 늘어놓았다. 그녀는 조금 부끄러웠던지 그 기세가 금방 수그러들었다.

"미안해요. 공연히 쓸데없는 소리를 한 것 같습니다."

"자, 돈 받으세요. 그만 가 봐야죠."

커피 값 삼백 원을 주는데도 아주머니는 멍하니 경철의 얼굴을 응시한 채

"뭘 그렇게 바삐 가시려고 해요. 조금만 더 얘기하다 가요."

"일단은 돈 받으세요."

경철이 의자에 다시 앉으면서

"아주머니 처녀 때는 미인이셨겠어?"

"남들이 그때는 꽤 고왔다고 했죠. 우리 동네에서는 나보다 예쁜 처녀들이 없었으니까, 호호호."

인간이란 묘한 동물이다. 아까 분위기와는 전혀 다른 상태가 되었음을 경철은 파악했다. 이 중년부인이 왜 조금만 더 얘기하고 가라고 그랬을까, 혹시 속셈은 이런 마음이 용트림했었나?

순간 중년부인의 욕정 어린 눈빛이 이글거리는 것을 경철은 재빨리 감지했다.

"젊은 아저씨가 바람둥이 같애. 그 전부터 첫눈에 눈여겨봤었지."

"아줌마가 알긴 알았네. 날 왜 눈여겨봤대?"

"언젠가는 아줌마가 먹으려고 ! "

사방을 휙 둘러보고는 와락 끌어안으면서 입맞춤으로 시작이 되었다. 11시 방향으로 잔뜩 끌려있는 경철의 아랫도리를 꽉꽉 주무르면서 그녀는 몸 전체에 전율을 풍겨오고 있었다.

아줌마는 경철의 손을 잡고 커피 좌판대 오른쪽 밑으로 30m쯤 내려갔다. 희한하게도 오목한 곳이었는데 경철은 그곳에서 바지 지퍼를 내렸다. 아줌마가 자동으로 허리를 구부린 채 앞으로 숙인 형태였기에 경철의 심볼은 순식간에 질 깊숙이 삽입되었다. 꼭 개들이 길거리에서 교미할 때의 형태와 별 다름이 없었다. 몇 번을 뒤에서 굴렀는지, 몇 분 동안인지? 허겁지겁 사정을 하고 나니 경철은 그렇게 시원할 수가 없었다.

언제 그런 일이 있었냐는 듯이 커피 좌판대에 둘은 태연스레 다시 앉았다.

"커피 한 잔씩 더 합시다."

"커피를 두 잔씩 먹게 되면 몸에 해롭대요. 오늘은 늦었으니 마나님한테 혼나기 전에 빨리 집에 가요."

경철은 이렇게 배려해주는 그녀의 모습이 싫지 않으면서 고맙기까지 했다.

"이름도 성도 모르는 젊은 아저씬지 총각인지 우리 이따 오후쯤 다시 만날까?"

"어디서요?"

"요 밑에 버스 주차장 네거리에서 상도3동 가는 쪽 바로 왼편에 2층 장미 여인숙이라고 있는데 3시에 만나 어때?"

"그러죠."

경철은 헤어져 집에 오는 동안 그냥 씁쓸하기도 하고, 허탈하기도 했다. 섹스로써 진한 맛을 느끼지도 못했고 그럴 상황도 아니었다.

쌍말로 이런 걸 보고 도둑섹은 아니고 번개섹이라고 하는지도 모르겠다.

세상에서 못 믿을 것은 굶은 씹구멍이라고 한다더니만 경철은 그 말이 헛소리만은 아닌 듯 싶었다. 인심 좋은 년은 속옷 마를 사이 없고 남의 말 다 들어주다가는 화냥년 된다고 하듯이 이 아줌마가 그럴 것이라고 경철은 생각했다.

또한 능란하고 태연한 폼을 봐서는 의뭉한 년이 고추 따며 똥누는 척 한다더니 오늘 같은 짓거리를 비단 자기하고만 했으랴, 하는 생각에 이르니 경철은 집에는 왔어도 싱숭생숭 일도 손에 잡히지 않고 마음은 애당초 콩밭에 가 있었다. 라디오에서는 무시무시한 내용의 뉴스만 흘러나왔다.

계엄령 선포, 유신헌법, 대통령선거 등 생업에 종사하는 선량한 국민들이 허리띠를 바짝 졸라매야 겨우 생계유지를 빠듯이 유지할 수 있을 정도였다.

경철이 장미 여인숙에 도착한 시간은 2시 50분쯤 이었다. 베개를 등받이하고 멀쩡하니 천정만 보고 있자니 한심하기 그지없었다. 귀신에 홀린 듯도 싶고 헛구렁에 빠져 헤어나올 수 없을 것도 같았다.

아주머니는 3시가 조금 넘어서 왔다.

자세히 보니까, 키는 1m62cm 정도에 얼굴은 갸름한 편에 교양도 좀 있어보이고 그런대로 괜찮은 편이다. 그러나, 이거 영? 옷을 벗길 때마다 실망과 분노, 희비가 엇갈리고 있었는데, 유방은 바람 빠진 풍선모양 주저앉아 있었고 엉덩이는 얄팍하고 납작했다. 둔부에 난 털은 닳았는지, 부스러졌는지? 몇 가닥뿐이 없고 사십대의 풍만한 곳이라곤 찾아볼래야 찾아볼 수가 없었다.

굶주린 중년부인의 성욕은 몸부림 칠 정도로 불타 오르는 데도 그곳의 애액은 한 방울도 나오 질 않았다. 북어 두들겨 패 가지고 꾸들꾸들 해지면 물만 뿌려놓은 듯한 여자. 역시 여자도 잘 먹고 잘 지내야 육체의 풍만함도 따라주는 것이라고 경철은 속으로 툴툴거렸다. 그리고는 서둘러서 방사를 해버렸다. 맨홀 속 하수구에서 빠져 나오는 것처럼 부랴부랴 옷을 주워 입기 시작하는데

"어때?"

"그게 무슨 소리야?"

"흔히 남자들은 여자하고 하고 난 다음에 맛이 있네 없네 하잖아?"

"아, 그냥 그렇지 뭐."

"그래도 맛이 없다는 것보다는 고맙네."

경철은 대꾸도 하지 않고 나와 버렸다. '세상 살다보니 원 별 여자

다 보겠네! 그래도 맛이 없다는 것보다는 고맙다구? 그 말 들으니까 눈물도 나구 욕두 막 나온다. 이 씨팔년아! 이 우라질 복도 없이 불쌍한 년아!'

경철은 그 날 이후로는 아줌마를 한 번도 보질 못했다.

어제 저녁 매상장부를 가지고 영복이 왔다. 장부 칸이 **빡빡한** 걸 보니 손님이 많았나 보다. 아가씨들이 평균 2, 3 테이블, 많이 뛴 아가씨는 4, 5 테이블을 돈 모양이다.

그렇다면 자기들 몫의 팁은 제대로 챙겼을 것이다. 5천 원 정도면 수입이 괜찮은 편이니까. 많이 받은 아가씨 들은 만 원까지 되었을 것이다. 경철은 아무리 아가씨 장사를 하곤 있지만 그래도 언제나 그들 편에 서서 걱정을 하는 편이었다. 이를테면 아가씨들이 출근비라 해서 2백 원씩을 멤버한테 주는 관습을 경철은 수긍할 수 없었다. 그러나 당시 서울 업소들의 통례였으므로 경철로서도 특별히 자기만 뛰고 싶지는 않았다. 다만 그는 인간적으로 아가씨들에게 좀더 잘해 주리라 하는 쪽으로 생각을 돌렸다.

"형! 영업준비 때문에 가 볼게요. 편안히 쉬십시요."

영복이 허리 굽혀 인사하고 휑하니 나갔다. 경철은 영복이 옆에 있어서 항상 든든하고 고마웠다. 평소에는 별 말 없고 눈만 껌벅이면서 경철의 눈치만 살피지만 목숨이라도 걸 상황에는 가차없이 몸을 내던지는 놈이다.

"형님이 위태로울 땐 이 목숨을 아낌없이 바치겠습니다."

영복이 입버릇처럼 내 뱉는 말이었다.

원래 온양에서도 항상 그림자처럼 따라 다녔는데 그때는 경철이 잘해줄래야 가진 게 없어서 마음뿐이었다. 서울로 자리를 옮기면서 사정이 좀 나아지기는 했다. 그러나 경철은 충직한 영복을 생각하며 앞으로는 더 잘해주어야겠다고 다짐하곤 했다.

영복에게 있어서 경철은 곧 우상이자 법이었다. 경철의 한 마디 한 마디를 영복은 곧바로 실천에 옮기는 스타일이었다. 한 번은 이런 일이 있었다.

경철이 온양 있을 때의 일이었다. 온양에서 12km 떨어진 도고를 지나가다 시골집 담벼락에 있는 요상한 돌을 보고 "야! 저 돌 잘 생겼다." 하면서 지나간 적이 있었다.

그런데 어느 날 그 돌이 경철의 집에 와 있는 것이었다. 비가 억수처럼 내리던 날 영복이 그걸 리어커에 싣고 왔다는 것이다. 경철은 기가 막혔다. 무심코 지나가는 말로 한 이야기인데 영복은 왕복 60리 길을 리어커로 끌며 밤을 꼬박 새워 돌을 가지고 온 것이었다.

영복은 그런 사내였다. 경철이 영복과 함께 죽는 날까지 같이 살리라 다짐한 것은 남아 대장부로서 당연한 결정이었다. 때로는 의형제가 형제보다 더 진한 우정과 의리를 나누곤 한다. 경철과 영복도 그런 관계였다.

장사한 지도 6개월이 넘어섰다.

초저녁부터 손님 네 명이 들어왔는데 세 명은 넥타이 차림에 말쑥하고 한 명은 꾀죄죄한 모습이 꼭 거지처럼 보였다. 그는 술이 들어갈 때마다 연신 카운터에 나와서 얼마냐고 확인하고는 들어갔다. 이에 반해 신사복차림의 손님들은 술값에는 전혀 개의치 않고 호탕하고 질펀하게 마시고 있었다.

아마도 저들은 건축회사의 간부들이리라. 초라한 모습의 저 사내는 벽돌 쌓는 조적공인 듯한데…. 아마도 하청업자이겠지. 경철은 대충 짐작이 갔다. 이제는 관상만 봐도 무슨 일을 하는 사람인지 집히는 바가 많다.

역시 예상이 맞았다. 계산은 그 사람 몫이었다. 그러나 주머니를 다 털어도 빠듯이 술값 정도밖에 되지 않았다. 아가씨들 팁이 모자랐다. 할 수 없이 계산 속에서 아가씨들 팁을 보충해 주기로 하고 일행들은 나갔는데 그 하청업자는 나가면서도 연신 굽실굽실 했다.

경철은 비애를 느꼈다. 술 사는 사람이 죄지은 놈 모양 허리를 조아리고, 얻어먹은 놈들은 개선장군인양 큰 소리 뺑뺑 치고 있으니 도대체 입맛이 씁쓸했다.

파레스 싸롱에는 남자종업원이 열한 명, 여종업원이 서른 명, 총 사십 명 정도가 있었다. 여종업은 홍마담 패, 청마담 패 두 패가 있는데 월말이면 매상 합계를 내가지고 홍이든 청이든 단체에는 금반지

10돈, 개인별로는 5돈, 3돈, 2돈… 하는 식으로 매월 시상을 하곤 하였다.

특번, 0번, 1번, A번…. 통상 이런 식으로 서로 아가씨 등급을 매기는데 0번, 1번, A번은 순번이 엎치락뒤치락 하기 일쑤지만 특번 만큼은 일년내내 요지부동이다. 그 자리는 감히 넘보지도 않을 뿐더러 완전 철밥통이다. 그 대신 특혜도 상당히 주어진다.

모든 종업원들은 반드시 직함을 부르게끔 정해져 있다. 유독 경철만이 룰을 무시하고 꼭 여종업원에 한해서만 이름을 불렀다.

홍마담 정숙이, 청마담 현실이, 특번 난희, 0번 은정….

아마도 상술로써의 어떤 계략적인 면도 깔려 있었고 또 다른 의미가 있었을 게다. 허나 그들은 이름을 불러주면 다들 좋아했다. 각 홀마다 불문율도 있었다.

● 단골 외 첫 손님 한 명은 받지 말 것. 특히 안경 쓴 사람은 절대적이다.

● 첫 손님 동반 남·여도 받지 말 것.

● 첫 손님이 와서 술을 먹지 않고 나갈 경우에는
문 앞, 화장실, 주방에 굵은 소금을 뿌릴 것.

● 여종업원 중에 임신한 자가 있을 시는 발견 즉시 해고시킬 것.

● 영업시간 내 테이블에서 섹스 행위시 즉시 퇴장.

비록 술장사는 하지만 경철은 나름대로 진솔한 삶과 철학과 진리를 간직하고 싶었다. 험악하고 더럽게 돈을 벌어도 지켜야 할 것은 지켜야 했다.

손님들의 술 마시는 모습은 참 가지가지다.

직업별로는 외국 바이어들이 오면 로비 전문담당, 소위 술상무 정도가 가히 프로급이다. 쓰다 달다 일체 시비를 걸지 않는 것이 이 사람들의 특징인데 외국 바이어 파트너만 맘에 들게 하면 만사 O.K. 자기 파트너는 찌그러진 메주 덩어리에다 허리통은 절구통 만하고, 치마만 입혀 놓으면 무조건 미스 코리아!

그리고 OB맥주나 크라운맥주 본사에는 개업집만 찾아다니는 전문 파트가 있는데 이들 역시 굿 매너. 그리고 주먹잽이들도 마찬가지. 그도 그럴 것이 술 먹는 것이 거의 직업적으로 먹기 때문.

경철이 술장사를 해 보니 가장 추잡한 놈들은 엉뚱한 곳에 있다는 걸 알았다. 소위 사회 지도층 인사입네 하고 목덜미, 어깨쭉지에 힘 주는 놈들, 어느 어느 계통에 '~사' 자 붙는 놈들, 이 놈들이야말로 꼴불견에 가관이지 않던가.

이성을 잃고 나면 광견병 걸린 미친개하고 똑같다. 눈깔딱지는 벌겋게 충혈되어 가지고 저런 사람들이 어떻게 해서 '~사' 자 붙었나? 이성을 잃고 맘대로 뜻대로 안될 땐 환장병 들린 놈처럼 날뛰는 꼴이란 차마 눈뜨고 볼 수 없을 정도다. 처음엔 있는 점잖 없는 점잖

다 빼기가 일쑤이다.

"아가씨는 뭔데 필요해? 술 따를 아가씨 한 명이면 된다구."

어김없이 내뱉는 말이다. 그러다가 술기운이 거나해지면 너도 한 명 나도 한 명 끼고서는 먹게 된다. 그러나 여기까지는 좋은데 생전에 섹스 못한 걸신들린 놈처럼 손가락은 아예 여자의 구멍에다 쑤셔 처넣어둔 채 마셔대고 있다. 어떤 놈은 깨물고 어떤 놈은 꼬집고 난리통이다. 특이한 것은 이 개뼈다귀 같은 놈들이 그 다음날 술이 깼을 때는 천하없는 양이 되면서 그 자리를 의젓하게 지키고 있는 것이다.

계면쩍은 표정에 어깨 힘은 빠져 있는 듯 하면서,

"어제 정신없이 먹어 가지고 나 실수 많이 했지?"

"아이, 실수는요, 호기방탕하셨죠."

마담들은 이렇게 대꾸해 주기 마련이지만 경철은 어째 씁쓸하다. 그래, 이 개뼈다귀만도 못한 놈아, 세상 참 요지경이더라!

오늘은 마포동에 있는 양지 싸롱이 개업하는 날이다. 파레스 싸롱이 개업한지도 1년이 넘어 2년 가까이 되고 있었다.

사실 경철은 며칠 전부터 홍마담 정숙과는 쏙닥이를 맞춰 놓았다. 이날 난희와 같이 갈 수 있게끔 사전 교감이 있었던 터라 둘은 동행은 자연스러웠다. 정숙이 주선해준 덕분이다.

양지 싸롱 내부는 아담하고 깔끔한 게 분위기도 멋스러웠다. 천장

중앙에는 오색찬란한 샹제리아 조명 불빛이 산들산들 돌아가고 있고 홀 전체는 뭉게구름이 둥둥 떠다니는 듯한 분위기였다. 그리고 무대는 야자수 나무며 바다에 파도가 일고 있는 듯한 배경으로 치장되어 있었다.

지배인과 영업부장이 연신 허리를 굽신대며

"1번 웨타! VIP 손님이니까 특실 아니면 별실로 모셔라. 형님, 마음 푹 놓고 편히 쉬시다 가십쇼" 한다.

안내된 룸은 완벽한 방음 장치가 되었는지 시끌시끌한 음악소리, 손님 모시는 소리가 잘 들리지 않는 아주 편한 곳이었다. 경철이 앉아 있는 바로 정면 벽에는 그럴싸한 서양여인의 나체벽화가 새겨져 있고 조명 대신 사방에 대형 촛불이 네 군데에 켜져 있었다.

"난희야! 그동안 장사하느라고 우리집에서 고생만 했는데 오늘은 편하게 한 잔 하자 어때?"

"예, 좋아요, 사장님."

"나 역시도 오늘은 술이 땡길 것 같으니까 맘 편케 한 잔 할란다. 자, 내 시계를 네가 차고 있어. 11시 되면 나한테 알려줘."

담당 웨터와 보조가 양주 한 병과 안주를 푸짐하게 들고 왔다. 경철은 먼저 난희 잔에 한 잔을 따랐다. 이어 난희도 경철의 잔에 한 잔을 부었다.

"자! 난희와 경철이 우리 두 사람의 건강과 행복을 위하여!"

단숨에 들이켰다. 흐트러짐이 없이 꼿꼿하게 앉아 있는 난희의 모습은 무척 아름다웠다. 눈은 매혹적이면서도 서구적인 분위기에다 콧날은 오똑하니 인위적으로 조각한 모습이었다. 전체적인 마스크가 너무 뚜렷해서 어지간한 사내들은 함부로 범접할 수 없는 약간의 거만함도 곁들어 있다.

체형은 준 글래머 스타일에 헤어스타일은 언제 보아도 어깨까지 자연스럽게 흘러내린다. 가슴은 손만 대면 터질 듯이 정면으로 뻗어 있고, 그런데 섹시함을 느끼는 건 난희의 턱이다. '턱', 뭐라고 말을 해야 되려나? 메기 턱처럼 약간 튀어나올 듯 말 듯한 것이 경철로 하여금 관음증을 유발시키기엔 부족함이 없다. 아마도 너무 정면으로 응시한다든지 가슴 부위만 쳐다보게 되면 난희로 하여금 정이 떨어질까 봐, 턱만 쳐다보다가 경철이 이런 충동을 느끼는 게 아닌가 싶다. 술 한 병을 거의 다 비워갈 때쯤이었다.

"난희야, 이 자리에서만큼은 나보고 사장님 사장님 하지 말고 오빠라고 불러라. 개뿔이나 술집 하는 놈이 무슨 놈의 사장야! 사장놈들 다 얼어죽었겠다. 안 그래?"

"싫어요, 오빠라고 부를 바에야 경철 씨가 더 좋겠어요."

"좋지. 좋아. 너한테 경철 씨라고 듣는 자체만도 영광이다. 아니 지금 죽어도 원이 없다."

"어머! 정말이세요. 경철 씨?"

눈을 찜끗 쌩긋하며 되물어오는 순간, 경철의 온몸은 바위처럼 굳어오면서 저려왔다. 이러는 사이에 술은 두 병째 들어왔고 경철은 많이 취해 있었다.

"난희야, 한 잔 더 따러. 이번엔 '노털카'로 쭉 들이키자."

"벌써 많이 취하셨어요. 경철 씨 이젠 그만 하시죠!"

"아, 이번 한 잔만 따러라."

"어머, 벌써 11시예요. 자 이제 그만 가요. 어서요."

"벌써 시간이 그렇게 되었나? 아쉽지만 할 수 없군."

주섬주섬 챙기고 밖으로 나와 심호흡을 하고 나니까 경철은 가슴이 뻥 뚫리듯 마음이 상쾌했다. 밤공기가 제법 찬 것이 술이 깰 듯 말 듯, 정신이 들다가는 다시 취기로 빠지곤 하였다.

"웬 일로 차가 없어요. 인제 열한 시 이십 분인데…."

"난희야! 솔직히 얘기할게. 내가 아까 술 먹기 전에 한 시간 뒤로 돌려놨어. 미안해."

"경철 씨, 이러는 법이 어딨어요. 비겁하게!"

"좀, 봐줘라. 나를 한 번만 믿어봐!"

순간 난희의 팔짱을 끼고 매달리다시피 애걸복걸했지만 아무 소용이 없었다.

"이거 놔요. 왜 이런 유치한 방법을 쓰고 그래요. 경철씨가 입버릇처럼 얘기했죠. 남자놈들은 다 도둑놈들이라고, 경철 씨라고 해서 예외는 아니군요. 똑같은 도둑놈들!"

"제발, 사람 한 번 살려줘라."

"이 손 놓으라니까요. 난 경철씬 뭐가 틀려도 틀린 줄 알았는데. 아퍼, 이 손 놔욧!"

금속성 소리보다 더 날카롭고 표독스러운 소리와 함께 한 쪽에 메고 있던 핸드백이 아스팔트 바닥에 떨어졌다. 사태는 걷잡을 수 없을 만큼 점점 험악해지고 있었다. 통행금지 시간이 넘어서인지 적막감마저 감돈다. 병원 엠블런스 차가 요란한 경적 소리만을 내면서 획 지나간다.

술은 취했지만 경철은 자신의 서투른 행동을 혼자 질책하고 후회하고 원망도 해 보았다. 아무리 그래도 이제는 별 뾰족한 방법이 없었다. 파레스 싸롱의 특빈 난희. 그녀의 마음을 산다는 것은 물 건너 가버렸다. 아닌게아니라 예감했던 대로 순찰차량이 찌익 급브레이크를 밟으면서 멈췄다.

'에라, 모르겠다. 될 대로 되어라. 죽기 아니면 살기겠지.'

"그 쪽 두 분 이리 오세요. 우선 신분증을 꺼내시고 이 차에 타세요. 두 사람 통금위반이니까 즉결재판을 받아야 합니다."

관내 파출소에 도착했다.

"남자부터 여기 의자에 앉으세요. 두 분 관계는 어떤 사이입니까?"

"제가 좀 술이 취했습니다. 이유를 불문하고 잘못했습니다. 저 여자는 안식구 되는 사람인데 먼저 그 쪽에다 물어보시면 고맙겠습니다."

어차피 이판사판 운명에 맡기는 수밖에.

"아주머니 이 사람 남편 맞아요?"

"네."

순간 경철은 의자에 앉아서 머리 숙이고 다소곳이 대답해주는 난희가 눈물이 날 정도로 고마웠다.

"그런데, 왜 이 야밤에 거리에서 소란을 피우세요. 아주머니가 자초지종 먼저 얘기를 해 보세요."

난희는 미동도 하지 않은 채 고개 숙인 채로 침묵하고 있었다.

"말씀 안 하세요? 정 이러시면 두 사람 다 즉결재판 받아야 합니다."

경철은 생각했다. 이쯤이면 난희보다 자기가 먼저 얘기하는 것이 유리할 것 같다고 말이다.

"경찰관님, 사실은 두 살 먹은 애기가 집에 있는데 제가 퇴근을 해서 집에 와 보니까 애 엄마는 없고 애기만 울고 있었습니다. 안식구가 나중에 들어와서 미안하다는 말 한마디만 했으면 싸움도 안 했을 텐데. 언니네 집에 갔다 조금 늦었기로서니 뭘 그렇게 야단이냐며 말대꾸를 하는 바람에 이렇게 됐습니다. 무조건 잘못했습니다."

"아주머님, 이 사람 얘기가 맞아요?"

"네."

"혹시, 맞은 곳은 없어요?"

"없습니다."

"젊은 사람들이고 하니 오늘은 특별히 훈방할 테니까, 조용히 집에 갈 수 있겠어요?"

"예! 감사합니다. 고맙습니다. 안녕히 계십시오."

새벽 한시가 가까이 다가오고 있었다. 공덕동 네거리에서 서쪽 방향으로 200여 미터쯤 가다 보니 첫번째 골목에 자그마한 맘모스 호텔이 있었다.

경철과 난희는 지치기도 하고 술기운도 많이 들고 해서 아무 말 없이 그 곳으로 들어갔다.

다음날이 되었다. 파레스 싸롱은 초저녁부터 손님이 꽉 차 가지고 북적북적 꼭 시골장터 돗대기 시장을 방불케 할 정도다. 경철이 외부에서 전화만 해 보아도 그 날의 손님 상황을 직감으로 느낄 수가 있을 만큼 간파가 되곤 한다.

경철은 난희와는 몇 번이나 눈이 마주쳤지만 그녀로부터 아무런 낌새를 찾아볼 수 없었다. 그녀는 철저할 정도로 평심인 듯했다. 그러나 경철은 어젯밤의 장면이 머리 속에서 끊임없이 돌고 또 돌아 현기증까지 날 정도였다. 너무 피곤해서 열시쯤 퇴근을 했다.

아내와 딸은 깊은 잠에 빠져 있었다. 우두커니 서서, 세상모르고 자는 아내 얼굴을 바라보고 있노라니 경철은 마음이 착잡해졌다. 허공에 뜬 기분…, 경철은 자신이 뿌리 없이 사는 부평초와 같다는 생각이 문득 들었다. 갑자기 대구의 운길이 보고 싶어졌다.

벌써 오 년 전쯤이었나 보다. 경철은 파레스 싸롱을 차리기 전에 상도동 로터리에 조그만 점포를 개업했었다. 뭐라도 해야지 하면서.

시작한 것은 페인트 사업이었다. 문제는 돈이었다. 점포는 가까스로 마련이 됐는데 페인트를 살 돈이 전무한 상태였다. 아무리 궁리해봐도 해결책은 나올 리가 만무했다. 밑천을 마련할 방도가 없었던 게다. 경철은 술을 매우 많이 마시게 되었고 그 상태에서 운길에게 전화를 하게 되었다.

"야, 운길아, 나야, 오래간만이다."

"음, 철이가? 그래 오랜만이다. 별 일 없나?"

"별 일 없지. 그냥 전화 한 번 해 봤다."

"오냐, 근데 니 술 묵었나?"

"한 잔 했지. 세상사는 게 너무 힘들고 괴롭다."

"무슨 일 있나?"

"너 혹시 돈 있으면 오십만 원만 꿔 줘라. 이유는 묻지 말고. 임마. 친구지간에 돈 얘기는 하면 안 되는 줄은 알지만…"

"언제 필요한데?"

"내일이라도 당장!"

"알았다. 야! 철아, 니 술 묵지 마레이, 만나서 자세한 얘기하자."

"미안하다."

전화는 끊어졌지만 경철은 속이 메슥거리고 어지러웠다. 그 돈은 운길의 일 년 치 봉급과 맞먹는 것이었으니까. 운길은 분명히 나에게 무슨 일이 생긴 게 아닐까 하고 걱정하겠지, 그런 마음이 들자 경철은 더욱 더 울적해졌다.

운길은 그 날 밤차로 서울로 출발 다음날 새벽녘에 도착했다. 진열해 놓을 물건이 없어서 빈 통에다 모래를 담아서 점포를 꾸려 놓았던 터라 운길이 혀를 끌끌 차는 건 당연했다. 그 날 즉시 진품으로 교체가 되었다.

"운길아, 고맙다!"

"철아, 이 자슥, 그렇다고 해병이 울기는! 니는 반드시 성공할 기다. 와! 자신 없나?"

"고맙다…. 고맙…다…. 운길아!"

긴말이 필요하지 않았다. 운길은 경철의 부탁을 다 들어주었고, 모든 걸 믿었다. 친구 사이에 구차한 이야기는 피차 하지 않았다. 경철은 정말로 열심히 뛰었다. 그러나 산다는 것은 역시 쉬운 일이 아니었다. 매 번 어려운 고비가 닥쳐왔고 그 때마다 불굴과 투혼의 해병정신으로 버텨나갔다. 가장 잊을 수 없던 일, 그게 무엇이었던가. 경철은 잠든 가족의 얼굴을 보면서 다시 상념에 잠겼다.

어느 이른봄쯤 정도였을까. '한중산업' 이라고 하는 건설회사를 방문하여 어렵사리 김진영 사장과 대면하게 되었다. 경철은 그 자리에서 무릎을 꿇었다. 어안이 벙벙해진 김사장은 몇 번이고 그를 의자에 앉히려고 애를 썼다. 그러나 경철은 막무가내로 무릎을 꿇고 있었다.

"사장님! 오 분만 시간을 허락해 주십시요. 저는 고향이 충남 온양입니다. 배운 것이라곤 도장공사 한 가지뿐인데 집에는 한 살, 두 살짜리 어린 딸들이 있습니다. 무슨 일을 하든 식생활만 해결될 수 있다면 어떤 일이든지 해 보려고 이렇게 무례하게 찾아왔습니다."

사장은 경철의 그런 모습이 기가 막히다 못해 가상했던 모양이었다.

"이봐! 젊은이, 내가 무슨 얘기인지 다 알아들었으니까 의자에 올라와 앉게. 어서!"

반 명령조의 억양에 경철은 그제서야 몸을 조아리고 의자에 앉았다. 김사장은 경철의 인적사항, 경력 등을 상세하게 묻고 나더니 책상 앞의 벨을 눌렀다.

"난데, 영업부장 보고 중국한의원 내역서 가지고 나한테 오라고 그래."

잠시 후 영업부장이 들어왔다.

"박부장! 그 내역서에 도장공사 내정단가를 좀 찾아봐."

"예, 여기 있습니다."

잠시 들여다보고는 빨간 펜으로 옆줄을 쭉 긋고,

"여기에 나와 있는 이 단가로 무조건 이 사람한테 주어봐. 이 사람 능력은 내가 알아서 체크할 테니까. 알겠어?"

"예, 사장님."

"이봐, 젊은이! 이 사람이 우리회사 영업부장이야. 지금 따라나가서 내역서 복사본을 가져가게. 그리고 공사는 내일부터라도 시작하면 되네. 자세한 것은 우리 박부장하고 상의하면 될 거야."

"예, 예 사장님 고맙습니다. 감사합니다."

경철은 끝내 울고 말았다.

"괜찮아, 괜찮아, 젊은 사람이 뭘 이런 걸 가지고 우나. 젊어 고생은 사서도 한다잖는가."

경철은 사력을 다했다. 신명나는 노동의 즐거움을 처음 맛보았다. 그는 점점 성공의 길로 접어들었다. 중고차 짚차도 사게 되고 백색 전화도 사게 되었다. 당시 백색 전화는 거의 집 반 채 값에 육박하였으니 전화 값치고는 우리나라에서 제일 비쌀 때가 아니었나 싶다. 그 때가 오 년 전 일인데 지금은 맥주 싸롱의 사장으로 있는 자신이 경철은 스스로 믿어지지 않을 때가 많다.

차마 김사장한테는 양심이 허락하질 않아서 연락을 못하고 있는 터였다. 경철은 훗날 좀 더 성공해서 반드시 찾아뵈오리라 생각하는 것으로 자신의 잘못을 용서받고 싶었다. 요 다음에…! 그러나 얼마나 많은 '요 다음에…'가 사람을 통분하게 하던가!

경철은 그 날 밤의 난희와의 정사장면이 온통 머리 속에서 맴돌고 있는 걸 느꼈다. 그들이 맘모스 호텔의 방으로 들어왔을 때 경철은 잠만 자고 가도 더 이상 바랄 것이 없었다. 그런데 감히 상상치도 않은 일이 경철의 바로 앞에서 벌어지는 것이 아닌가? 주저하지 않는 난희의 행동에 경철은 자기 눈을 의심해 보고 또 의심해 보았다.

지금 이 광경은 틀림없는 현실이다. 난희는 너무나 침착하고 태연스럽게 자기 옷을 하나 하나 벗고 있으니 말이다. 경철은 야광 조명

탄을 본 듯한 것처럼 눈이 금방 멀 것만 같았다. 호흡도 멈춰진 상태에서 질식될 것 같기도 하고 다리는 후들후들 떨리고 모든 신체기능이 마비되는 것만 같았다.

"경철 씨, 들어가 샤워하고 나오세요."

"응, 응. 그래."

허겁지겁 목욕탕엘 들어오니 경철은 조금 안정이 되는 듯했다. 칫솔질도 하는 둥 마는 둥, 검둥개 미역감듯 서둘러 샤워를 끝낼 무렵, 경철은 생각했다. 이대로 일을 치르다가는 번갯불에 콩튀듯 끝날 것은 불 보듯 뻔한 일. 무슨 방법이 없을까?

경철은 살며시 문을 걸어 잠그고 자위행위를 시작했다. 아닌 게 아니라 예상했던 대로 장마철 논에 봇물 터지듯 삽시간에 터져 나왔다.

타올을 걸치고 방으로 들어오자마자 알몸의 난희가 와락 끌어안고 강렬한 키스를 퍼부었다.

"미안해요. 샤워하고 올 게요."

도저히 정신을 차릴 수가 없을 지경이었다. 꼭 귀신에 홀린 듯 싶어 경철은 자신의 허벅지를 세게 꼬집어도 보았다. 분명히 아팠다. 그저 황송할 뿐인데 키스까지. 그리고 미안하다니.

지성이면 감천이라고 하늘에서 경철이를 불쌍히 보시고 천사를 내려보낸 것이 틀림없다. 그는 욕실을 바라보며 이렇게 생각했다.

"경철 씨, 옆에서 자도 되죠?"

"그럼!"

이미 두 사람 사이는 육체끼리의 대화가 시작되었다. 경철은 어느 덧 마음의 여유를 찾고 있었다. 그토록 갖고 싶었던 여자. 영원히 접근할 수 없을 것 같은 여자가 바로 알몸이 되어 자기 옆에 있지 않은가. 최선을 다해 사랑해 주어야 하는 것은 오랜 기다림에 대한 예의이자 의무였다.

경철은 부풀대로 부푼 난희의 유방을 빨기 시작했다. 그녀의 몸은 서서히 꿈틀대면서 마치 구렁이가 비 온 끝에 햇볕을 찾아가려는 듯이 움직이고 있었다.

유두는 메주콩 만한 것이 물에 불린 듯했다. 정면을 향해 있는 모양은 통째로 먹어도 비린 맛이 안 날 지경이다. 경철은 난희의 몸 중에 있는 구멍이란 구멍은 살살이 빨아댔다. 귓구멍, 콧구멍, 입구멍, 땀구멍, 그리고 아래쪽의 구멍까지 서서히 빨다가는 빨리 빨고, 혀로 핥다가 약하게 세게 깨물고 어느 것 하나 버리지 않고 성심을 다하였다.

난희의 몸은 점점 거칠어졌다. 신음소리와 비명소리가 엇갈리면서 경철의 페니스를 꽉 움켜쥐었다가는 풀어주고 하는 연속적인 행동이 반복되었다.

"음, 이제 그만 넣어 줘, 너무 하고 싶어."

소음순의 색깔은 발갛게 변해 있었고, 꼭 새가 물속에서 나와 날갯짓을 하듯 파르르 경련을 일으키고 있었다. 자궁 속은 붉으레하니 오뉴월 앵두가 막 익을 무렵 그 색깔과 똑같았다.

질속은 이미 무언가를 애절하게 갈구하는 듯이 처절할 만큼, 절규의 소리를 토해내듯이 뻐끔 뻐끔 오므려졌다가 벌어졌다가 하곤 했다. 싱싱한 해삼을 바다에서 갓 건지자마자 손가락으로 꼭 누르면 움츠러들었다가 다시 펴지는 것처럼 그녀의 질은 꼭 그런 모양으로 움직이고 있었다. 그야말로 무아지경이었다. 간헐적으로 희뿌연 우유빛 같은 애액을 뭉클뭉클 내뿜으면서, 난희의 눈빛은 허공을 응시하고 있었다.

이 어디 고려청자나 조선백자와 비교가 된단 말인가? 솔직히 말하자면 경철이 그동안 많은 여자들과 이 짓거리를 한두 번 한 것은 아니었다. 대부분의 여자들은, 아래를 빨다 보면 찝찌 리하고 지린내가 나는 것이 태반이고 항문은 씁쓰레한 것도 사실이다.

그러나, 이 순간의 난희는 그들의 그것과는 상반되고 있었다. 모든 것이 달디달았다. 달콤 새콤, 새콤 달콤한 것이 깊고 깊은 욕망을 자극하고 있었다.

경철이 이번엔 겨드랑이 쪽으로 공격 방향을 돌렸다. 둔부 쪽의 털은 옥수수 수염처럼 보드랍기 짝이 없고 바로 그 밑은 대관령 스키장처럼 매끄럽기 한량없다. 그 일대 모두가 황금의 삼각지대 같았다. 입으로 쭈욱 빨아 보았다. 메추리알 만한 물체가 입 안까지 들어왔다가 서서히 빠져나간다. 난희는 빨리 해 달라며 자꾸만 보챈다.

리드미컬하게 피스톤 운동이 시작되면서 난희의 몸은 공중으로 뜨다시피 요동을 치고 있었다.

"경철 씨, 음, 더 깊게, 더 빨리."

난희의 자궁이 흔들리는 듯하면서 내장까지 흔들리는 것 같았다. 경철은 힘이 미치는 데까지 자궁 질부를 깊숙이 파고 들었다. 그리고, 잠시 멈추고 호흡을 정리했다.

그의 페니스는 사정직전까지 가서는 약간 움츠러들고 그는 정신적 공황상태에 빠져 있었다. 난희의 질 속 깊은 곳에서는 용수철이 움직이는 듯 무언가 움직이고 있었다. 욱 조이고는 경철의 심볼을 상단부로 밀치고 올라왔다가는 다시 잠수함처럼 밑으로 빠지곤 했다.

까무러칠 것만 같은 흥분 상태에서 순간 순간 휴지기를 주면서 경철은 난희의 귓속에다 속삭였다.

"어때?"

"너무 좋아요. 그야말로 환상이에요."

"누구꺼야?"

"당신, 경철 씨 내꺼야."

홍조를 띤 난희의 이마에서 땀방울이 눈 밑으로 주르륵 굴러 내려왔다. 수은 방울이 유리 위에서 댕그르 굴러내리는 듯했다. 경철은 기진맥진한 상태에서 타이밍이 임박했음을 느꼈다. 마침내 거대한 밧줄이 힘없이 스르르 풀어지듯이 대단원의 막이 끝났다.

"경철 씨 행복해? 뺄까?"

"아냐, 빼지마. 이대로 자고 싶어."

"그래요. 그럼 이대로 자요."

눈을 떴을 때 해는 중천에 걸쳐 있었고, 오전 열 한시쯤 된 듯 싶었다. 창문을 뚫고 들어오는 햇살에 눈이 부셨다. 경철은 하늘을 훨훨 날 것만 같은 상쾌한 기분이다.

"저 때문에 피곤 하셨죠?"

어느새 일어나서 샤워를 하고 새로운 모습의 난희가 의자에 앉아서 쌩긋 웃으면서 말을 건네 왔다. 시골길을 걷다보면 맡게되는 냄새, 풋풋한 풀 냄새며 금방 깎은 오이 냄새 같은 신선함이 물씬 풍겨왔다.

"아니, 너무 좋아."

"정말요?"

"지상 최대의 낙원!"

경철은 거울에 비친 자신의 벗은 모습에 순간적으로 또 솟구치는 욕망을 억제할 수가 없었다. 그는 다시 한번 그녀를 끌어안고 아랫도리로 메시지를 전달했다.

"아이, 그만. 엊저녁에 세 번이나 했잖아요. 너무 무리하면 못써. 우리 애기야 알았지? 다음에 얼마든지….."

그 놈의 페니스는 기가 막힐 정도로 말을 잘 듣는 편이었나 보다. 금새 오므라들었다.

"응, 그렇게 할게."

"경철 씨, 저 먼저 갈게요. See you again!"

"응, 잘 가."

경철은 난희가 나간 후 복잡한 감정에 휩싸였다. 회한과 기쁨, 과거의 뼈아픈 추억과 미래에 대한 핑크빛 희망 등이 칡넝쿨처럼 엉켜 도무지 어떻게 설명할 수 없는 상태에 빠져서는 마침내 침대에 엎드려 흐느끼다가는 그만 지쳐 버렸다.

"어서옵쇼."

홀안의 차임벨 소리가 요란스럽게 울린다. 길게 울릴 때는 단체손님 신호이다. 네 명까지는 삑, 삑삑, 삑삑삑-. 이런 식으로 울려주기 때문에 금방 손님 숫자가 감지된다.

손님들은 S여대 농구부 팀들이었다. 스물 댓 명쯤 되는 데 모두 남·여 할 것 없이 츄리닝 차림으로 만면에 희색을 띈 모습이다. 아마도 경기에서 이긴 모양이다. K 감독, B 코치, 약간의 임원들과 나머지는 선수들이다.

홀 안은 단체 테이블을 꾸미느라 분주하게 돌아간다. 각자의 역할분담에 있어서는 흡사, 전투시 함정에서 신속하게 움직이는, 각자의 위치대로 찾아가서 전투준비를 하는 것 같은 실전을 방불케 할 정도다.

주방은 주방대로 웨이터는 웨이터대로 한 치의 착오 없이 빈틈없는 준비를 하게 마련이다. 특별히 밴드는 이날의 오너가 누구인지를 잽싸게 눈치 채고 그 사람의 십팔번을 반주해 주는 것이 최상의 대접인 것이다.

이 팀은 보통 한 달에 한두 번 꼭 오는 지정 단골인데 K 감독과 파레스 싸롱 사장 경철과 아주 각별한 사이다. 벌써 무대에서는 K 감독 지정곡인 이용복의 "눈을 감으면 저 멀리서~" 음악이 잔잔하게 울려퍼지고 있다.

눈치 빠른 웨이터 녀석은 샴페인 준비하고 또 K 감독한테 귀엣말을 주고 받더니 무엇인가를 주고서 씨익 웃고 나온다. 아마도 뱀에서 추출한 엑기스 정제인 모양이다.

"어제 경기 우승한 점에 대해서, 이 자리에 있는 선수, 임원들이 일심동체가 되어 우리 S 여대를 빛내주고 수고해 준 여러분께 감독으로서 진심으로 감사드립니다. 자, 그럼 오늘의 이 영광을 위하여, 우리 모두 부라보!"

동시에 웨이터는 샴페인을 터뜨리고, 무대에서는 팡파레가 울리고 종업원 모두 박수를 쳐준다. 이 팀은 병술이 아니고 아예 짝술이다. 기본이 맥주 10짝이니까 거의 하루 매상 반 정도를 채워주는 특별손님들이다.

술판은 질펀하게 무르익어 갔다. 평소의 감독과 선수라면 하늘과 땅차이일 텐데 분위기가 이쯤 되다 보면 누가 감독이고 누가 선수인지 분간하기 곤란해진다.

송창식의 '한 번쯤'이 연주가 되었는데 가수 뺨칠 정도의 음악 수준에 경철은 그만 넋을 잃고 감상한다. 계속해서 김정호의 '하얀 나비', 남진의 '님과 함께', 최헌의 '세월'…. 한결 같이 노래들을 어쩌면 저렇게 잘 할까? 경철은 이들이 멋있게 한판 노는 것이 남자로서

한 순간 부럽기까지 하다.

술판은 거의 끝날 시간이 임박해 진 듯하다. 전원이 홀 중앙으로 나와서 한 덩어리로 엉켜있었다. K 감독이 마이크를 잡았다. 신중현의 '한 번보고 두 번보고 자꾸만 보고싶네'를 반주에 맞추면서 꼽새 춤을 추는 통에 분위기는 최고조에 다달았다. 노래가 끝나자 손님들과 종업원들은 그야말로 일심동체가 되어 모두 박장대소하고 있었으니 말이다. 술은 역시 먹기 나름이다. 모든이들을 저토록 즐겁게 해주는 걸. 경철은 이런 생각을 하지 않을 수 없었다.

아침부터 가랑비가 내리고 있었다. 경철은 엊저녁 난희와 눈도장을 찍어 놓은 터라 마음이 설레었다. 12시에 명동입구, 코스모스 백화점 지하에 있는 '란'이라고 하는 작고 아담한 경양식 집에서 둘은 어김없이 만났다. 그녀는 긴 머리를 한쪽으로 모아서 살짝 묶었고 옷차림은 체크 바지에다 베이지색 T 셔츠를 입었는 데, 그래서인지 싱그러움까지 풍기고 있었다. 마치 초여름 비 온 뒤의 신록의 푸르름과 같았다.

"난희야! 오늘 옷 예쁘게 입고 나왔네."

"정말?"

"애송이 시골처녀처럼 남자 손끝 하나 타지 않은 처녀 같은데!"

"그래요? 표현이 너무 좋네요. 호호호. 사실 처녀인 것만은 분명하죠. 호적상이지만."

"하늘도 무심해라. 나하고 너하고 같이 산다면 얼마나 좋을까?"

"저도 그래요 경철씨! 우리 같이 살면 안되나요? 이혼은 하지 말고 그냥 한 번 살아보자. 응?"

"그까짓 것 그게 무슨 대수라고."

좀 계면쩍었던지 경철은 얼른 담배를 한 대 입에 문다. 이럴 때면 잽싸게 성냥불을 그어 대주는 난희를 꼬집고 물어뜯고 싶은 충동을 느낀다. 경철은 그녀가 갓 낳은 토끼새끼 같이 마냥 귀엽다. 그 충동을 이기지 못 할 때면 버릇처럼 난희에 손을 잡고 깍지를 끼곤 한다. 있는 힘을 다하여 손목에 힘을 줄라치면

"아퍼, 아야, 변태성욕자 같애!"

하면서 눈을 살짝 흘긴다.

누구 말처럼 눈에 꺼풀이 덮이지 않은 이상 이렇게 매력적이고 예쁠 수가 없다.

"오늘은 난희 어릴 때 얘기하고 학창시절 추억을 듣고싶은데…."

"누구나 다 똑같죠. 어릴 때는 남부럽지 않은 가정에서 태어나서 인천에서 여고까지는 잘 다녔죠. 그런데, 이때쯤 아버님의 사업이 실패, 가세가 기울기 시작했어요."

"잠깐만! 좀더 구체적으로 몇 남 몇 녀이며 아버님은 무슨 사업을 하셨는지?"

"그냥 지나가요. 너무 그렇게 꼬치꼬치 캐물으면 얘기하기 싫어요."

"그래 됐어. 그럼 얘기 계속해."

난희의 밝았던 얼굴에 순간적으로 어두운 그림자가 스쳐지나간다.

경철은 더 이상 묻지 않기로 한다. 난희의 얼굴에서 고생했던 흔적이라고는 전혀 발견할 수가 없었다.

"그러다가 학교 졸업 후 어느 경찰서 부속실에 근무하게 되었어요. 일 년쯤 있다가 그만두고 A 화장품회사 경리직을 맡아 열심히 최선을 다 했어요. 회사니까 잦은 회식이며 철마다 야유회며 무척 즐거운 생활을 하고 있었는데 어느 날 갑자기 상사 부인이 사무실을 찾아온 거예요. 이유는 나하고 그분과의 관계가 어떤 사이냐며 막무가내로 따지는 거예요. 완전히 이성을 잃은 상태에서 악을 쓰다가는 제품에 지쳐 소리내어 울다가, 사무실이 한순간에 난장판이 된 거죠. 정말 나는 억울했지만 이렇다 저렇다 따질 겨를도 없고 따져봤자 결론은 이미 내려져 있는 판에 무슨 소용이 있겠어요? 난 그 길로 사무실에서 나왔어요. 그렇게 해서 그 회사와는 인연이 끊어진 것이죠."

"그리고 그 다음은?"

"이 정도에서 끝냈으면 좋겠어요. 앗 참! 그리고, 친구 셋이서 〈반딧불〉이라고 하는 포장마차도 했었어요. 그 다음엔 경철 씨 말대로 '하늘에서 짝을 지어준' 우리 사이가 되었죠."

둘은 시간 가는 줄 모르고 긴 얘기를 나누었다. 시간은 벌써 오후 다섯 시가 다 되어 가는 중이었다. 주인 아줌마가 테이블로 다가와 앉으면서

"두 사람들은 언제 봐도 그렇게 다정다감하네요. 부담될까 봐 물어 보지 못했는데 혹시 고향이 온양 아니세요?"

"어-어-, 어떻게 아세요?"

"아, 예, 다음에 말씀드릴게요. 오늘은 두 분을 위해서 특별히 내 가 좋아하는 시 한 편을 드릴게요."

"예, 감사합니다."

경철은 여러 가지가 궁금했지만 다음으로 미루어야만 했다. 바쁜 일이 있어 그 자리를 떠야 했기 때문이다. 그들은 '란'을 나와 아쉬 움을 뒤로 한 채 헤어졌다.

낚시

하루 물리는 고기도

하루 물리지 않는 고기도

물리지 않아도

기다려지는 마음!

그런대로 해만

더 있다면!

참 묘한 일이다?!

경철은 밤차를 타고 대구로 가는 중이었다. 그는 운길을 보고 싶었다. 해병대 동기, 영원한 친구를 생각하면 언제나 마음이 든든했다. 차창 밖으로 스치는 밤풍경을 바라보며 경철은 자신의 갓 제대한 무렵을 떠올리고 있었다. 1967년, 부산이었다.

경철은 서대신동에 있는 어느 교회 사택에서 기거하면서 양유^{羊乳}조합 일을 보고 있었다. 때 마침 우유파동이 불어닥칠 때라 양유가 성업을 할 때였다. 우유에 폐균이 득시글거린다고 신문에 떠들어 대고 야단법석 할 때니까.

경철은 그곳에서 검수부원 겸 단속원이었는데 젊은 나이에 꺼덕꺼덕 댈 때였다. 검수부라 하는 것은 생유의 농도, 지방을 측정하는 것인데 그 방법이라든가 절차가 원시적으로 원칙이 없는 엉터리 짓에 했다.

태어나서 여대생들과 접촉했던 것도 이때가 처음인 것 같다. 부산 D대학교 여대생들인데 새벽마다 양유 배달을 하면서 학업에 열중하는 것이었다. 주경야독인 셈이다.

대부분의 학생들이 성실하게, 생활하는 모습을 볼 때마다 경철은 질투 섞인 감명을 받기도 했다. 그런대로 세월은 좋았지만 앞날의 희망은 불투명한 터라 조합에 사표를 제출하고 그만두게 되었다.

여기저기 발길 닿는 대로 쏘다니며 허송생활을 보내다가 남포동과 광복동 사이, 두어 평 정도의 포장마차 정도 할 수 있는 공간을 마련할 수 있었다. 해병대에서 같이 근무했던 선임 원기가 간신히 힘을 써준 덕분이었다.

며칠 동안 리어커 포장, 연탄불 등 장사할 수 있는 준비를 마친 후 오징어, 번데기, 쥐포, 땅 콩, 양유 등을 진열해 놓고 드디어 장사를 시작했다.

예상을 뒤엎고 기가 막히게 잘 되었다. 오후 3시쯤부터 보통 문을 여는데 해만 넘어갔다 하면 그야말로 오줌 눌 틈도 없었다. 역시 제일의 항구도시를 실감케 하였다.

눈이 오는 날은 일찍 문을 연다. 이런 날은 소위 말하자면 대박 터지는 날이다. 아리랑 담배 값이 이십오 원 할 때이고 하루 평균 매상이 오륙만 원 정도 됐으니까 구멍가게 청년 사장은 날이면 날마다 신바람이 난다. 콧노래도 절로 나오고 그저 둥실둥실 좋아 죽을 지경이다. 넉넉잡고 이대로 한 삼 년만 고생하면 마음먹은 것은 다 되리라 생각한다.

그러나 일손이 모자라는 게 문제다. 그래서 궁리 끝에 대구의 운길을 끌어내리기로 한 것이다. 즉시 편지를 보냈다.

보고싶은 운길아!

그동안 잘 있었니? 넌 뭐하고 어떻게 지내는지 궁금하다.
네가 나한테 편지 보냈을 때 미칠락 말락 환장하겠다고 했지?
"할락 말락"이 더 죽겠다고?

시간관계상 지면관계상 요점만 말한다. 이유를 불문하고 이곳에서는

내가 자리를 다잡아 놨으니까. 즉시 내려와라.

아무 걱정하지 말고 만나서 자세한 얘기 나누자.

경철이가

날짜가 지났는데도 운길로부터의 답장은 오지 않았다. 경철은 편지를 또 보냈다.

운길아!

야! 너 임마, 나하고 약속해 놓고 어째 편지도 오지 않고

너도 안 오고 감감무소식이냐? 너, 나한테 이렇게 해도 되는 거야.

쓰든 달든 무슨 얘기가 있어야 될 것 아냐? 이 개새끼야!

하든 말든 너 꼴리는 대로 해. 이 나쁜 자식아

경철

편지는 그 후 며칠 뒤에 도착했다. 봉투가 두툼한 것이 아마 만리장성, 구구절절한 사연인 듯 싶은 게 경철은 예감이 아주 나빴다. 두근거리는 마음을 진정하고 냉수 한 모금을 들이키고 담배 한 대를 피워 물었다. 답장 내용은 대강 이러했다.

보고 싶은 철아!

우선, 흥분하지 말고 차분하게 읽어봐라. 그렇지 않아도 니 놈의 성깔이 지랄 같은 걸 왜 내가 모르겠나? 야! 철아 한마디로 미안하게 됐다. 용서해라. 너의 편지 받고 바로 답장을 쓰려고 해도 미안하고 염치도 없고 해서 차마 쓸 수가 없었다. 너가 날 원망하는 모습을 생각하면 억장이 무너지는 것 같고 무슨 말로 너를 설득해야 할지 도저히 쓸 수가 없었다. 너한테 죽을 죄를 졌다. 용서와 이해를 바랄 뿐이다. 자꾸만 눈물이 나온다. 나를 용서해 주기를 진심으로 빈다. 자세한 내용은…(이하 중략)

경철은 그 자리에서 엉엉 울고 말았다. 희망이 절망으로 변했다. 자신의 처지가 이렇게 비참해질 수가 없었다. 모든 것이 다 싫어지고 그 밝았던 세상이 칠흑처럼 어둡게만 보였다.

돈도 싫고 삶 자체가 무너져 내렸다. 그러면 그렇지 친구? 친구 좋아하네! 군생활 때는 죽는 날까지 운명을 같이해 보자구 수백 번 굳은 약속을 했건만, 너 두고보자 이 배신자 같은 놈!

편지 사연인 즉, 국가 공무원 모집시험이 있어서 다급한 마음에 우선 시험에 응시하였다고 했다. 합격하리라고는 생각지도 않고 시험을 치른 것이 부산으로 오기로 한 약속날짜에 합격 통지서가 왔다는 것이다. 그래서 고민, 고민 끝에 경철한테 답장을 보낸 것이었다.

경철은 마음도 좋지 않고 몸도 안 좋았다. 당분간 장사는 쉬기로 했다. 그러면서 그는 점점 더 방향감각을 잃기 시작했다. 의욕도 상실된 지가 오래된 것 같고 고열이 시작되면서 급박하게 몸이 아팠다. 병원에서 진찰을 해 보니 과로에 영양실조, 거기에 장티푸스까지 겹쳤다고 한다.

그는 약 20일간 사경을 헤매다시피 악몽에 시달렸다. 입원실 밖에서 쑤군쑤군 대는 걸 보니까 심상치는 않은 듯했다. 어머니가 온 것이었다. 경철은 어머니를 보자 하염없이 울었다.

평생을 고생만 하신 어머님한테 열심히 돈 벌어 가지고 효도 한 번 제대로 해보려고 했었는데, '어머니 이제는 내가 먼저 가나 봐…'

그 날 어머니는 통한의 목소리로 울부짖다시피 밤새워 기도를 했다.

"하느님 아버지! 어린 이 자식을 살려주시옵소서. 먹이지도 못하고 보살피지도 못한 불쌍한 내 자식을 그 크신 권능으로 살려주시옵소서. 하느님 아버지께서는 죽은 자도 살리옵고 살 자도 죽는다고 말씀하시지 않았습니까? 이 자식이 이대로 죽는다면 에미 또한 살 수가 없습니다. 부디 불쌍한 내 자식을 살리시고 죄 많은 에미 목숨을 거두어 주시옵소서. 여기 누워있는 경철이 넷째 자식은 너무 불쌍하게 컸습니다. 이놈이 죄를 졌다면 얼마나 많은 죄를 졌겠습니까? 예? 하느님 아버지! 이 놈이 어릴 때 배가 고파 메주를 뜯어먹었는데 무식한 에미 년이 빨래 방망이로 머리통을 때려서, 으으흑흑…."

절규에 가까운 소리로 애절하게 몸부림치는 어머니의 기도소리를 들으면서 경철은 스르르 잠이 들었다.

험악한 계곡이었다. 수마가 지나갈 때의 그런 형상이 보였다. 거대한 물줄기는 굉음을 내면서 빠르게 흘러내렸다. 물줄기 속에는 각종 인간들이 쓰레기 더미처럼 엎어졌다 제쳐졌다 하면서 아우성을 치고 있었다. 아비규환이 따로 없었다.

그 중에 경철도 있었다. 그는 큰 나뭇잎 속에서 비교적 평온하게 떠내려가고 있었다. 모든 것을 체념한 뒤끝의 평온이었나 보다. 그의 눈앞에는 무시무시한 낭떠러지가 있었고 수백, 수천의 인간들이 악을 쓰면서 사라지는 중이었다. 위기의 순간 누군가가 그를 번쩍 안았다.

흰 두루마기를 입고 수염이 하얀 할아버지가 손바닥 위에다 경철을 앉혔다.

"네 이놈! 어디를 가려고 하느냐?"

"할아버지, 저를 놔주세요."

"네 이놈! 하늘 위를 보아라."

경철이 하늘을 본 순간 얕은 하늘에는 작은누나가 쏘아보듯 그를 바라보고 있었고 먼 하늘에는 아버지가 계시었다. 경철은 작은 누나의 손을 잡으려 했다. 그러자 누나는 경철의 손을 소름끼칠 만큼 확 뿌리치는 것이었다.

경철이 눈을 떠보니 꿈이었다. 이불과 요는 땀으로 흥건하게 젖어 있었다. 어머니가 경철의 얼굴을 바라보면서 물수건으로 땀을 닦고 있었다.

"자다가 꿈을 꾼 모양이구나, 비명도 지르고 몇 번인가 놀래드니…!"

경철이 꿈 얘기를 했더니 어머니는 울먹이면서 찬송가를 부르고 또 부르는 것이었다. 그러더니

"너는 이제 절대로 안 죽는다. 하느님께서 이 에미의 소원을 들어주신 게다. 하느님, 감사합니다."

라고 했다.

경철은 거의 한 달 만에 광복동 네거리로 나갔다. 한 달 전만해도 그의 보금자리요 꿈의 터전이었는데, 경철은 자신의 가게가 낯설었다. 무엇보다 제일 반겨주는 사람들은 이웃들이었다. 옆집 전파사 사장, 옷가게 아줌마, 양화점 사장 등 모두가 경철의 회복을 축하해 주었다. 모두 들 하나 같이 좋은 분들이다. 특히, 옷집 아줌마는 틈틈이 저녁때면 음식을 날라다 주었다.

"철아! 이거 묵거라, 묵어야 살제. 돈도 좋지만 네 얼굴이 그게 뭐꼬? 자, 식기 전에 어서 묵어라."

"예, 아주머님 감사합니다."

그녀는 칼국수이며, 국밥, 떡, 부침이 등등 먹을 것만 있으면 손수 가지고 오곤 했다. 아마도 자식 같은 마음에 온정을 베푼 것이리라.

"니 중매는 꼭 내가 할 끼다. 눈 질끔 감고 몇 해만 고생 하그래이."

정말 고마운 아주머님이었다. 경철은 우선 전파사를 들렸다.

"사장님! 안녕하세요?"

"어? 이거 누고? 니 경철이 아이가?"

"예, 사장님. 그 동안 별고 없으셨죠?"

"내야 이러콤 잘 안 있나? 근데 니는 어인 일이고?"

"예, 그동안 몸도 좀 아팠고 해서…."

"그렇지 않아도 무슨 일이 있지 싶은 기다. 그래 지금은 개안나?"

"예, 많이 좋아졌습니다."

"야, 야! 박군아, 니 약방에 가서 드링크하고 영양제 알약 사온나."

전파사 사장의 표정에도 안타까운 빛이 역력했다.

"자 들거라, 경철이 얼굴이 많이 상했다카이." 하면서 그도 잠시 눈시울을 붉혔다.

"그래 철아, 앞으로 어이 할끼고?"

"예, 사장님, 일단은 고향으로 가겠습니다."

"음, 그래 내사마 갔다가 또 오너라. 알겠제?"

"그럼요, 갔다가 꼭 다시 오겠습니다."

그러나 다시 꼭 오마는 약속은 지켜지지 않았다. 경철은 부산시절의 체험을 회상하며 검은 유리창에 비치는 자신의 얼굴을 물끄러미 바라보고 있었다.

대구에 도착했다.

멀리서 운길이 뛰어오고 있었다.

"야! 철아, 니 피곤하지?"

"열차에서 간단하게 요기를 했어. 조용한 곳에서 술이나 한 잔 하자."

"오야 오야, 니 맘대로 하그라."

그들은 허름한 대포 집에서 소주잔을 기울이며 밤새는 줄 모르고 긴 이야기를 나누었다. 군 시절의 추억담, 명문대 출신의 군대 동기를 서울에서 만나고 의기소침해진 이야기 등 이어지더니 드디어 경철의 여자 이야기로 화제가 옮겨갔다.

"철아!! 난희는 우에 됐노?"

"음, 그래서 이참저참 머리도 식힐 겸 온 거야. 정말 사랑하는 여자다. 사랑하면 할수록 괴로움이 커지는 거 있지? 지금, 너무 괴롭다."

"니는 그게 병이라카이, 짐작은 했지만 너무 깊이 빠지지 말라꼬 내가 안카드나?"

"나는 때려죽여도 이혼은 못한다. 독하기로 소문난 놈이지만 난 이혼하는 놈들을 세상에서 제일 독종으로 아니까."

"맞다, 몬살고 살고 간에 이혼은 못한대이. 니 만약에 이혼할 때는 나하고도 끝이다. 알겠나? 이 빙신 같은 놈아, 정신차려라."

"니말이 맞아. 나 하나 좋자구 죄 없는 마누라며 어린 새끼들을 저버리면 천벌 받지. 그래서 죽어도 못하겠다는 것 아니냐?"

"오야 오야, 딴 사람은 뭐라 칼지 몰라도 나는 니를 잘 안다. 철이 본성은 안 착하나? 아이구 이 문디 자슥아, 울긴 또 와우노? 자, 자 이 술 한 잔 받아라."

"너 옛날에 부산 온다 해놓고 왜 안 왔어. 너 혼자 살겠다고. 이 나쁜 자식아!"

"철아! 그만 일어나자 니 술이 많이 취했다."

경철은 억수로 취해 있었다. 새벽에 눈을 떴을 때는 여관방이었다. 머리맡에 운길의 메모가 있었다.

"철아! 잘 올라가거라. 마음 단단히 먹고…. 내일 전화할게."

그리고 그 옆에는 유안진 글 '지란지교를 꿈꾸며'란 글이 예쁜 봉투에 담겨져 있었다.

지란지교를 꿈꾸며

저녁을 먹고 나면 허물없이 찾아가 차 한 잔을 마시고 싶다고 말 할 수 있는
친구가 있었으면 좋겠다. 입은 옷을 갈아입지 않고 김치 냄새가 좀
나더라도 흉보지 않는 친구가 우리집 가까이 살았으면 좋겠다.
비오는 오후나 눈 내리는 깊은 밤에도 고무신을 끌고 찾아가도 좋을 친구.
밤늦도록 공허한 마음도 마음 놓고 열어 보일 수 있고 악의 없이
남의 얘기를 주고받고 나서도 말이 날까 걱정되지 않는 친구가….

사람이 자기 아내나 남편, 제 형제나 제 자식하고만 사랑을 나눈다면
어찌 행복해질 수 있을까? 영원이 없을수록 영원을 꿈꾸도록
서로 돕는 진실한 친구가 진정 필요하리라.

여성이어도 좋고 남성이어도 좋다. 나보다 나이가 많아도 좋고 동갑이거나
적어도 좋다. 다만 그의 인품이 강물처럼 조용하고 은근하며 깊고
신선하며 예술과 인생을 소중히 여길 만큼 성숙한 사람이면 된다.

그는 반드시 잘 생길 필요도 없고 수수하거나 멋을 알고 중후한 몸가짐을
할 수 있으면 된다. 때론 약간의 변덕과 신경질을 부려도 그것이 애교로
통할 수 있을 정도면 괜찮고 나의 변덕과 괜한 흥분에도 적절하게
맞장구 쳐주고 나서 얼마의 시간이 흘러 내가 평온해지거든
부드럽고 세련된 표현으로 충고를 아끼지 않았으면 좋겠다.

나는 많은 사람을 사랑하고 싶지 않다. 많은 사람과 사귀기를 원치 않는다.
나의 일생에 한두 사람과 끊어지지 않는 아름답고 향기로운 인연으로
죽기까지 지속되길 바란다.

나는 여러 나라 여러 곳을 여행하면서 끼니와 잠을 아껴
될수록 많은 것을 구경하였다. 그럼에도 불구하고 그 많은 구경 중에
기막힌 감회로 남은 것은 거의 없다. 만약 내가 한두 곳 한두 가지만

제대로 감상했더라면 두고두고 되새길 자산이 될 걸….

우정이라 하면 사람들은 관포지교를 말한다. 그러나 나는 친구를 괴롭히고
싶지 않듯이 나 또한 끝없는 인내로 베풀기만 할 재간이 없다.
나는 도 닦으며 살기를 바라지도 않고 내 친구도 성현 같아지기를 바라진
않는다. 나는 될수록 정직하게 살고 싶고 내 친구도 재미나 위안을 위해서
그저 제자리에서 탄로나는 약간의 거짓말을 하는
재치와 위트를 가졌으면 싶을 뿐이다.
나는 때로 맛있는 것을 내가 더 먹고 싶을 테고 내가 더 예뻐지기를 바라겠
지만 금방 그 마음을 지울 줄도 알 것이다. 때로는 얼음 풀리는 냇물이나
가을 갈대숲 기러기 울음을 친구보다 더 좋아할 수 있겠으나
결국은 우정을 제일로 여길 것이다.

우리는 흰 눈 속 참대 같은 기상을 지녔으나 들꽃처럼 나약할 수도 있고
아첨 같은 양보는 싫어하지만 이따금 밑지며 사는 아량도 갖기를 바란다.
우리는 명성과 권세 재력을 중시하지도 경멸하지도 않을 것이며
그 보다도 자기답게 사는데 더 매력을 느끼려 애쓸 것이다.
우리가 항상 지혜롭지 못하더라도 자기의 곤란을 벗어나기 위해
비록 진실일지라도 타인을 팔진 않을 것이다.

오해를 받더라도 묵묵할 수 있는 어리석음과 배짱을 지니기를 바란다.

우리는 외모가 아름답지 않다 해도 우리의 향기만은 아름답게 지니리라.

우리는 시기하는 마음 없이 남의 성공을 얘기하며 경쟁하지 않고

자기가 하고 싶은 일은 하되 미친 듯이 몰두하게 되기를 바란다.

우리는 우정과 애정을 소중히 여기되 목숨거는 만용은 피할 것이다.

그래서, 우리의 우정은 애정과도 같으며 우리의 애정 또한 우정과 같아서

요란한 빛깔도 시끄러운 소리도 피할 것이다.

나는 반닫이를 닦다가 그를 생각할 것이며 화초에 물을 주다가 안개 낀

아침창문을 열다가 가을 하늘의 흰 구름을 바라보다가 까닭 없이 현기증을

느끼다가 문득 그가 보고싶어지며 그도 그럴 때 나를 찾을 것이다.

그는 때로 울고싶어 지기도 하겠고 내게 도울수 있는

눈물과 추억이 있을 것이다.

우리에겐 다시 젊어질 수 있는 추억이 있으나 늙는 일에 초조하지 않을

웃음도 만들어 낼 것이다. 우리는 눈물을 사랑하되 헤프지 않게 가지는

멋보다 풍기는 멋을 사랑하며 냉면을 먹을 때는 농부처럼 먹을 줄 알며

스테이크를 자를 때는 여왕보다 품위있게, 군밤을 아이처럼 까먹고

차를 마실 때는 백작부인보다 우아해지리라.

우리는 푼돈을 벌기 위해 하기 싫은 일은 하지 않을 것이며 천년을 늙어도

항상 가락을 지니는 오동나무처럼 일생을 춥게 살아도 향기를 팔지 않는

매화처럼 자유로운 제 모습을 잃지 않고 살고자 애쓰며 서로 격려하리라.
우리는 누구도 미워하지 않으며 특별히 한 두 사람을 사랑한다 하여 많은
사람을 싫어하지않으리라. 우리가 멋진 글을 못 쓰더라도 쓰는 일을
택한 것에 후회하지 않듯이 남의 약점도 안쓰럽게 여기리라.

내가 길을 가다가 한 묶음 꽃을 사서 그에게 안겨주어도
그는 날 주책이라고 나무라지 않으며 건널목이 아닌 데로 찻길을 건너도
나의 교양을 비웃지 않을 것이다. 나 또한 그의 눈에 눈꼽이 끼거나,
이 사이에 고춧가루가 끼었다 해도 그의 숙녀다움이나 그의 신사다움을
의심치 않으며 오히려 인간적인 유유함을 느끼게 될 것이다.

우리의 손이 비록 작고 여리나 서로를 버티어주는 기둥이 될 것이며
우리의 눈에 핏발이 서더라도 총기가 사라진 것은 아니며 눈빛이 흐리고
시력이 어두워질수록 서로를 살펴주는 불빛이 되어주리라.

그러다가, 어느 날이 홀연히 오더라도 축복처럼 웨딩드레스처럼
수의를 입게 되리라. 같은 날 또는 다른 날이더라도, 세월이 흐르거든
묻힌 자리에서 더 고운 품종의 지란이 돋아 피어 맑고 높은 향기로
다시 만나지리라.

이럭저럭 경철이 파레스 싸롱을 경영한 지도 3년여 정도가 지났다. 어느 정도의 재산을 모으긴 했지만 경철은 이것이 자신이 꿈꾸는 삶이라고는 생각해 본 적이 없었다. 우선 그는 아가씨들의 인생이야 어찌 되건 말건 주인은 돈만 벌면 된다는 사고방식을 혐오하였다. 그는 가련하고 나약하며 조그마한 상처에도 부스러지기 쉬운 젊은 여인들의 영혼을 보살펴 주고 싶었다.

그는 영업시작 전 단 십분 간이라도 좌담회를 꼭 하는 나름대로의 경영방식을 고집했다. 영업적인 부분은 물론 마담들의 몫이지만 정신적인 교육은 경철이 직접 했다. 될 대로 되라는 식의 자포자기적인 아가씨들을 위해서 이 시간은 반드시 필요했다.

육체의 병은 현대의학으로 고칠 수 있어도 정신의 병은 고치기 어렵다. 스스로 포기하면 찾아오는 것은 결국 파멸이다. 연꽃을 보라. 그 더러운 진창에서 피지 않는가. 진주는 또 어떤가. 처음에 진주조개 속에 어떻게 하여 이물질이 들어간다. 그러면 조개는 상처가 나고 아픔을 느낀다. 그러나 조개는 그걸로 자신의 몸을 포기하지 않는다. 이물질을 감싸서 통증을 느끼지 않도록 하기 위해 끊임없이 분비물을 흘려보낸다. 진주는 바로 그 노력의 결과이다. 찬란한 보석은 아픔을 감싸며 스스로 보호하려는 마음의 선물이다. 이런 식으로 어쩌구저쩌구 하면서 여기저기에서 주워들은 것을 연설하는 게 경철의 즐거움이라면 즐거움이었다.

그도 그럴 것이 이렇게라도 하지 않으면 아가씨들은 그야말로 위험천만이다. 매일 저녁 술에, 분위기 있는 음악에, 남자에, 걷잡을 수 없을 만큼 타락 속으로 빠져든다. 쉽게 버는 돈은 엉뚱한 놈이 채가게 마련이고 수박밭에 물주는 놈 따로 있고 따먹는 놈 따로 있듯이 남자한테 버림받고 울고불고 그러다가는 또 사귀고 하는 미친 짓거리가 반복된다. 나이가 들어 그나마 이 생활도 못할 때는 틀림없이 가는 코스가 정해져 있다. 거의가 식당 종업원 아니면 다방 주방 보는 일이다. 어쩌다 마주치면 한결같은 대답이다.

불쌍한 밤의 꽃들! 이들은 출발부터 수난을 겪게 마련이다. 대체로 돈이 궁해 일자리를 찾다 보면 자신들이 곧 돈의 노예로 전락되고 만다는 걸 알게된다. 게다가 영업주들과 폭력조직이 연계되어 있기 마련이어서 이들은 아야 소리 한 번 제대로 할 수도 없다.

영업이 잘 되지 않으면 영업주들은 일간지 한 귀퉁이에 광고를 내곤한다.

〈남, 여 종업원 모집〉
(초보자) 지방인 환영, 침식제공
지배인 ◯명, 멤바 ◯명
아가씨 ◯◯명, 웨이터 보조 ◯명
＊가족처럼 우대함, 선불가능＊

이런 광고가 나가면 실직자, 퇴직자들이 몰려오게 되어 있다. 까다로운 면접상담이 끝나면 취업이 되는 것인데 면접이고 나발이고 중요한 것은 보증금의 액수이다.

각자 맡은 직책에 따라서 액수가 정해지는데, 주인은 한 탕에 수십 또는 수백만 원의 돈을 이들로부터 보증금조로 받게 되는 것이다. 그리고 나서는 신고식이라 하고 술 취했을 때 터무니없는 외상용지에 억지로 서명을 받는 방법, 아니면 폭력배를 동원해서 진탕 마시고 그 당사자 앞으로도 서명을 해주는 것으로 발목을 잡았다. 그야말로 칼만 안 들었지 가장 악랄한 비굴한 짓이었다.

백주에 날강도 같은 놈들보다 더 심했다. 멋도 모르고 들어왔다가 순진하기 이를 데 없는 이들은 피박, 광박, 흠뻑 똥바가지 뒤집어 쓰고 아야 소리 한 번 못하고 쫓겨나게 되는 것이다.

그러나 경철은 그래도 하늘을 무서워 할 줄 아는 인물이었다. 공자께서 그러셨다던가. 하늘에 잘못을 하면 빌 곳이 없다고. 정말 무서운 말이다. 양심대로 살아가면 지키기는 어렵지 않은 것인데, 세상일이 어디 그리 마음대로만 되던가. 간혹 나쁜 짓을 할 때도 있는 게 현실이 아닌가.

그러나 경철은 아가씨들을 두고서는 그럴 수 없었다. 게다가 그는 자기 구역의 청소년 선도 위원이 아니던가. 불량하게 될 가능성이 있는 아이들을, 착하게, 좋은 방향으로 이끌어준다. 말하자면 이게 선도인데, 그런 보이지 않은 완장을 차서 그래서인지, 경철은 딴에는 좋은 일을 해 보려고 노력을 하는 것이었다.

그런데 경철의 이런 심사는 싸롱 사장으로서 그의 일부 모습일 뿐이었다. 단호함이 그의 또 다른 일면이었다. 경철은 며칠전 악질 웨이터를 해고시켰다. 손님이 돈이 있다 싶으면 맥주에다 미원을 타고 신경안정제를 타서 혼수상태에 이를 때 돈을 강탈해 가는 녀석이었는데, 아무리 한 식구이지만 그 성질에 용납할 수가 없었던 게다. 녀석은 늘씬하게 맞지 않은 것만으로도 감사하다며 뒤도 안 보고 가버렸다. 신용과 의리, 술장사에서도 이는 지켜야할 철칙이 아니던가.

그러나 싸롱 주인 여경철의 진정한 면모는 전혀 예기치 못하는 또 다른 측면에서 찾아볼 수 있었다.

1974년 여름, 싸롱은 잠시 문을 닫았다. 일시휴업. 그것은 영업정지를 당했다거나 휴가를 가는 사정 때문이 아니라 좀 엉뚱한 사건과 관계가 있었다. 그 해 8월 15일, 29주년 광복절 기념식장에서 영부인 육영수 여사가 저격당해 운명하게 되었다. 경철이 휴업한 것은 바로 그 이유 때문이었다.

그는 해병대 출신이어서 그렇기도 했지만 의리와 충성 하나는 확실했다. 예컨대 그의 충성심은 자기 삶과는 직접적으로 별 관련도 없는 대통령에게 그 정점이 가 있었다. 그는 대통령 하면 무조건 박정희 대통령뿐이었다. 그는 마치 졸개들이 보스에게 충성해야 하듯이, 병사들이 장교에게 충성해야 하듯이, 국민들은 대통령에게 충성해야 한다고 믿었다.

어떤 사람들은 경철의 이런 모습을 보고 민주 의식이 약하다고 비난할 지도 모른다. 경철이 그걸 왜 모르겠는가. 그러나 그는 독재로 인한 불편보다는 가난으로 인한 불편을 더 크게 겪어 온 산중인이었다. 그래서, 어쨌거나 가난과 싸워 이기고 있는 박정희라는 인물이 그에겐 최고의 위인일 수밖에 없었다

온 국민의 슬픔 속에 장례식이 진행되는 동안, 국화꽃으로 단장된 영구차가 출발 직전 대통령이 그를 어루만지는 모습을 보고 있는데 무슨 심정으로 영업을 하겠는가. 싸롱은 그래서, 술집 주인치고는 가지기 힘든 불가사의한 애국심 때문에, 임시로 휴업을 했던 것이다. 경철은 모처럼 온양에 내려왔다. 물론 난희를 대동하고서. 영복을 불러 신정호 저수지에서 셋이 오붓한 휴식을 취했다. 보트도 타 보고 있는 폼을 한껏 잡으며 수상 스키도 탔다. 실력을 다 발 휘하여 묘기를 부릴 때면 관광객들이 아낌없는 박수갈채를 보내 주기도 했다. 경철이 수상 스키의 묘기를 부리다니! 하긴 그는 귀신도 잡는다는 해병대 출신이 아니던가.

난희는 마냥 좋아서 어쩔 줄을 모른다. 왕년에 해병대 때 배운 실력이 제 때에 빛을 발해주는 게 경철은 고맙기만 하다.

"경철 씨! 너무 멋져, 나 한 번만 포옹해줘요."

"사람들이 많은데….."

"그깟 게 무슨 상관이에요, 어서요."

"알았어."

경철은 그녀를 힘차게 끌어안는다. 멀리있던 사람들이 휘파람과 환

호성을 질러댄다. 순간 찰깍찰깍 후레쉬가 터진다. 잘생긴 미국인이
수영복 바람으로 사진을 찍으면서

"넘버원! 뷰티풀. 땡큐 땡큐."

하는 것이다.

경철은 오랜 만에 기분이 날아갈 듯하였다. 이만하면 국제상품으
로도 손색이 없겠다는 착각이 들기도 했다.

"저, 철이 형님! 숙소는 온양관광 호텔에다 예약을 해두었습니다."

"아무러면 어때, 뭘 호텔씩이나?"

"그래도 오랜만에 형수님도 내려 오셨는데요."

영복은 입은 무겁고 말이 없어도 눈치 하나만큼 척 하면 백리 길
이다. 경철이 진실로 좋아하는 여인들한테는 모두 형수님이다. 난희
의 얼굴이 붉그레 해지면서 행복해 보였다.

"영복아! 조용한 곳에 가서 술 한 잔 하자."

"예, 형님. 제가 준비한 곳이 있으니 그리로 가시죠."

셋이서 주거니 받거니 잔이 오고갔다. 멀리 놀이배에서는 한 패거
리들의 질펀한 술판이 벌어진 것 같다.

"에헤라~야노야, 에헤~야~노, 어기여~차~뱃놀이 가잔다~"

인생은 누구든 다 똑같다. 잘난 사람은 잘난 대로 못난 사람은 못
난 대로 다 나름대로 짝이 있게 마련인가 보다.

"경철 씨! 지금 무슨 생각을 하고 있어요?"

"음, 아, 아니."

"저 술 한 잔 주세요. 많이 줘요."

"그래 그래, 자 받어."

경철이 술을 주자마자 난희는 거뜬히 비웠다.

"한 잔만 더요."

"오늘 왜 그래? 무슨 기분 나쁜 일이라도 있었어?"

"아뇨, 기분도 좋고 너무 편안해요, 제가 언제 술 이렇게 먹는 것 봤어요? 아마 오늘이 처음이자 마지막일 거예요."

"뭐, 마지막?"

"경철씨!! 오늘 꼭 드리고 싶은 얘기 좀 할 게요. 언젠가는 해야 할 건데 너무 놀랠까봐 못했어요. 마음을 굳게 먹고 제 얘기를 잘 들으세요."

순간 난희의 눈에는 눈물이 핑 돌고 있었다. 이런 모습은 3년만에 처음 보는 것이라 경철도 주체할 수가 없었다.

"인간은 만나면 헤어지는 법 아네요? 저도 경철씨 곁을 떠나기란 죽기보다 싫어요. 그리고 사모님을 볼 때마다 양심에 가책을 느끼고요. 언제 보아도 사모님은 좋으신 분이에요. 왜 우리사이를 모르시겠어요? 참고 지내는 그 분께도 큰 죄를 짓는 것 같고 날이 갈수록 야위어만 가는 경철 씨 모습을 볼 때마다 얼마나 괴로워했는지 아무도 모를 거예요."

그녀는 걷잡을 수 없이 울고 있었다. 그러나 이미 각오는 굳어진 듯, 잠시 뒤엔 다시 평안을 되찾고 있었다.

"그리고, 경철씨 너무 좋은 분이에요. 전 조금도 원망 같은 것 없어요. 우리 현실이 어쩔 수 없잖아요. 경철 씨는 이혼 같은 것 절대로 할 사람이 아니예요. 해서도 안되지만… 겉으론 냉정하고 무서운 것 같아도 속은 영 딴판이에요. 불쌍한 사람한테 인정도 베풀고 나보다 어렵고 약한 자는 끝까지 도와주려고 하는 마음 다 알고 있어요."

영복이 가시방석에 앉은 듯 안절부절 못하고 있다. 경철은 눈물과 콧물을 손수건으로 '퀭' 풀면서 눈짓으로 그만 가보라고 신호를 했다.

"사실은 저어, 이민가요. 출국 날짜는 앞으로 일주일 남았어요. 두 달 전에 수속은 끝났지만 차일피일 오늘까지 미루게 된 거예요. 울지만 말고 빨리 건강 되찾고 경철씨 답게 헤쳐나가 보세요. 제가 죽는 건 아니잖아요. 언젠가 때가 되면 꼭 올게요. 그리고 편지 꼭 할 거구요."

경철은 느닷없이 한 방 먹었다. 언젠가 일어날 일이었지만 막상 그 일이 지금 일어나고 있다는 게 믿어지지 않았다. 난희가 이민을 간다구! 그는 허물어지고 있었다. 그러나 어쩌랴. 영원 히 소유할 수 없는 사랑. 그럴진대 이쯤에서 헤어지지 않으면 둘 다 상처만 깊어지리라. 이렇게 생각하며 마음을 달래야만 했다. 그래 잘 가라. 난 너의 모든 걸 사랑했어. 다시 만나지 못한다 해도 나 죽는 날, 무덤에까지 널 가슴에 안고 가리라.

둥지를 찾는 남자

난희와 헤어진 후 경철의 생활은 헛헛하기만 했다. 사랑의 열병은 오래도록 그를 붙잡았다. 물론 집에 아내가 있었으나 그는 좀처럼 마음을 다잡을 수 없었다.

그런 사이 어머니가 모처럼 서울나들이를 했다. 바람 따라 구름 따라 인생살이도 흘러간다더니 그녀 역시 많이 늙었다. 깊게 패인 주름살과 유난히 흰 머리카락이 오늘따라 경철은 선연했다.

경철은 어머니를 보자 설움이 갑자기 복받친다. 당당하고 떳떳하게 효도하지 못하는 자신의 신세가 안타깝기만 하다. 그는 어머니가 좋아하는 보신탕이라도 사드려야겠다며 직접 사와서는 데워 드린다.

"어머니, 맛있죠?"

"그래. 너도 좀 먹지 그러냐."

"아네요. 전 종종 먹는 걸요…."

"철아, 너는 부산에서 죽었다가 다시 살아난 몸이니까 술, 담배는 절대로 멀리하거라."

"알았습니다, 어머니."

"그런데, 너 어디 아프냐? 얼굴색도 안 좋고, 힘도 없어 보이고."

"아뇨, 괜찮아요. 요즘 무슨 일 때문에 신경 좀 썼더니…."

"얘, 에미가 몰래몰래 돈을 좀 모아놓은 게 있는데 정히 어려우면 네가 써라. 한 팔십만 원 정도 될 게다. 에미는 그거 없어도 산다."

"별일 아닌데 자꾸 왜 그래요? 돈 때문에 그런 게 아네요."

"그럼 왜 얼굴이 그 모양이냐? 걱정이 돼서 못 보겠다."

"됐어요, 어머니! 젊은 놈이 이럴 때도 있고 저럴 때도 있는 거지."

그는 어머니에게 차마 자신의 아픈 심정을 이야기할 수 없었다. 눈물을 참고 밖으로 나오니 아내가 수돗가에 쪼그리고 앉아서 생선을 열심히 손질하고 있었다.

"여보! 잠깐 나 좀 봐. 내일 어머님 가실 때 당신은 나 몰래 주는 식으로 어머님께 이천 원 드려. 나는 당신 모르게 주는 양으로 삼천 원을 드릴 테니까, 알았지?"

"예, 알았어요."

경철은 항상 자신의 입장을 이해하고 순종해 주는 아내가 고마웠다. 어떻게 생각하면 간교한 방법 같기도 하지만 이 방법은 의외로 효과적이다. 두 내외가 다 알게 오천 원 드리는 것보다는 각자가 이런 식으로 하면 어머니가 너무 좋아한다는 걸 경철은 익히 알고 있는 터이다. 그는 지난 번 온양 갔을 때 어머니 친구를 만난 일을 떠올렸다.

"이게 누구여, 철이 아녀! 오래간만이구먼, 그래 서울에서 돈 많이 벌었다며? 철이 엄마는 오형제 중 철이네만 자식은 자식대로 며느리는 며느리대로 서로 돈을 주려고 안달이라고 해 쌌더만…."

"별 말씀을 다 하십니다. 제가 잘 해드리는 게 뭐 있나요?"

"아녀, 아녀, 최고랴."

알고 보면 효도라는 것은 쉽고도 어려운 것 같다. 경철은 어머니가 아마도 알면서도 속아주는 것이리라 생각했다. 부모 마음이란 다 그런 것 아닌가.

다음날 아침식사가 끝난 뒤였다. 라디오에서 '장수만세'가 신행되고 있었다. 어찐 일인지 어머니가 그 프로그램에 참여하고 싶어했으므로 경철은 뜻밖이었다.

"얘 철아, 에미도 저런 곳에 한 번 나가볼 수 없냐?"

"제가 방송국에 한 번 알아볼 게요."

"그래, 꼭 좀 알아보거라. 그리고 너희들하고 가족사진 좀 찍자꾸나."

"다음 달에 찍어요. 내가 얼굴 좀 좋아지면요."

"으응, 그려, 그려."

경철은 불현듯 불길한 생각이 들었다. 어머니가 평소와는 다르다는 걸 그는 느끼는 중이었다. 장수만세며, 가족사진이 다 뭔가. 혹시 당신의 앞날을 짐작하고 계시는 게 아닌가 하는 의구심을 그는 떨칠 수 없었다. 자기의 가족을 위해 축복의 기도를 하고 온양으로 내려가는 어머니의 뒷모습을 보며 경철은 읊조렸다.

어머님! 조금만 기다려 주십시오. 제가 성공을 하게 되면 어머님의 못 이루신 것 다 해드리고 이 지구상에서 지상 최대의 효도를 해 드리겠습니다. 그때까지 건강하게 사셔야 합니다.

장사가 안될 때는 종업원들끼리 잦은 다툼이 벌어지곤 한다. 엎친 데 덮친 격으로 부가가치세인지 나발인지 해서 장사하는 사람들은 온통 야단법석이다. 매입과 매출의 일치! 그게 어디 말처럼 쉽던가.

당시 국세청장이 신문에 담화문 발표하면서 그야말로 술집들은 초상집이 되었다.

"염병할 세금공화국이 되려고 그러나, 왜 지랄들여, 어찌됐든 국가에서 하자는 데 별 도리 있나? 시키면 시키는 대로 할 수밖에…. 힘없는 놈들은 이래저래 당한다니께."

여기저기서 한 소리씩 한다.

홀 분위기도 썰렁한 게 옛날 같지 않다. 이젠 때려칠 때가 왔나보다며 경철은 한숨을 내쉰다. 카운터 쪽이 꽤 소란스럽다. 0번 웨이터였다.

"이 씨팔년, 이거 씹이라면 환장하는 년 아냐? 넌 씨팔년아, 하루도 안 빠지고 매일 저녁 씹하는 년이 네 구멍은 철판 구멍이야? 어느 정도 매상을 올려놓고 씹을 하든지 말든지 해야지, 이 년아."

몇 번인지는 몰라도 한 아가씨가 고개를 수그리고 훌쩍거리고 서 있었다.

"야! 0번 웨이터, 그만했!"

경철은 버럭 소리를 질러댔다. 술장사라면 진저리가 난다. 아가씨가 가련하고 안타깝기만 하다. 아무리 그래도 그렇지, 저렇게까지 인격을 무시당하며 울고 있는 아가씨가 오히려 바보 같다. 굳이 이렇게까지 하면서 돈을 벌어야 되나? 경철은 점점 넌덜머리가 난다.

자주 걸려오던 난희의 전화도 뜸해지고 있다. 낯설고 물설은 이국 땅에서 바쁘게 살다보니 그런가, 아니면 통화할 때마다 떨리는 내 목소리에서 심각한 징조라도 읽은 것인가. 경철은 아무래도 난희와는 영원히 끝날 것 같은 생각에 온몸이 타들어가는 것 같다. 하루하루가 지옥같이 느껴진다. 목구멍으로 밥알이 들어갈 때마다 가슴이 뻐근한 게 호흡도 힘들 지경이었다. 세월이 약이겠지, 오로지 이 생각뿐이었다.

1974년 11월 7일 아침, 전화가 울렸다.

"따르르르롱"

"여보세요?"

"경철이지? 온양 형인데 너무 놀라지 말고 침착하게 들어라. 어제 밤 1시쯤 어머님께서 주무시다 돌아가셨다."

"옛! 형님 뭐라고요?"

"어머님이 돌아가셨다. 지금 즉시 내려오너라."

경철은 하늘이 무너지고 땅이 꺼지는 충격을 받았다. 아니 지구상의 모든 것들이 뒤죽박죽 엉키고 전체가 없어지는 듯했다. 눈앞이 깜깜한 게 정신을 차릴 수 없을만큼 어지러웠다. 그는 자신이 죽이고 싶도록 미워졌다. 그저 마지못해 하는, 형식에 가까운 처신에 불과한데도 어머님께서는 내가 효자라고 자랑하고 다니셨으니…. 마음에서 우러나오는 진정한 효도 한 번 못 해드렸는데, 아이구 어머니, 우리 어머니…. 경철은 이렇게 절규하면서 몸부림쳤다.

경철이 온양에 도착한 시간은 낮 1시쯤이었다. 어머니는 주무시다 돌아가셨다는 형님 말대로 편안한 모습이었다. 시선이 허공에 떠 있는 큰형이 덤덤하게 말했다.

"그래도 편안히 가셨다. 주무시다 가는 건 복이라더라. 어머닌 그래도 죽음의 복은 타신 모양이다. 철아, 니가 제일 한이 많겠지. 얼마나 효도하고 싶었겠냐?"

경철은 몸을 떨며 오열했다. 옆에서는 큰형수가 서럽게 울고 있었다. 아마도 어려운 집에 시집와서 그 오랜 세월 모진 시집살이며 삶의 어려움들이 한 데 엉겨 회한의 눈물을 쏟고 있을 것이다.

그의 큰형수는 광천 새우젓 많이 나오는 독배 출신인데 그런 대로 남부럽지 않은 집안의 막내딸로써 집안의 귀여움을 독차지하고 자란 사람이었다. 흔한 말로 운명의 장난인지 팔자가 뒤바뀌려고 그랬는지 하필이면 경철의 집으로 시집을 오게 된 것이다.

가난하고 찌든 살림에 있는 것이라곤 악다귀 뿐인 힘든 생활을 하였다. 한국적 표준 여인상에다 언제 보아도 온화하고 밝았지만 이 날

만큼은 처연하고 또 처연했다.

장례는 기독교식으로 진행되었다. 교인들이 만든 흰 국화꽃송이에 쌓여 그의 어머니는 마침내 사랑하는 가족들과 작별했다. 그녀의 운구는 초사리 시골 마을 앞산에 안치되었다. 경철의 마음속에 일고 있는 스산한 바람은 좀처럼 그치지 않았다.

인간이란 한 번 태어나서 언젠가는 죽게 되는 법. 죽음이란 어떻게 생각하면 편안한 것인지도 모른다. 모든 세상만사가 끝인데 서로 아귀다툼을 벌이면서 아옹다옹 살아간다는 것이 무상한 것 같기도 하다. 경철은 이렇게 생각하며 넋이 나간 채 서울로 올라왔다. 아침비가 계속해서 내리고 있었다.

떨어지다 남은 마지막 나무 잎새가 간들간들 안간힘을 쓰다가는 뚝 떨어지곤 어디론가 사라진다. 음산하고 스산한 날씨 탓인지 경철은 도저히 마음을 가눌 수가 없었다.

어머니가 돌아가신 후, 경철의 서울 생활은 말이 아니었다. 아침부터 폭음하기가 일쑤였다. 처음엔 사람이 술을 먹고 술기운이 돌면 술이 술을 먹고 다음엔 술이 사람을 먹는다던데 정말이지 술이 나를 먹어줬으면 좋겠다며 그는 스스로를 내팽개치곤 했다. 택시를 타고 목적 없이 돌아다니다 아무 데서나 내리곤 했다. 발길 닿는 대로 걷고 또 걸었다. 경철은 자신의 발길이 카페 '란'에 이른 것을 보고 깜짝 놀랐다. 낯선 젊은 여인이 나섰다.

"먼저, 주인 아줌마는 어디 가셨나요?"

"아 예, 석 달 전에 주인이 바뀌었습니다. 지금은 제가 주인이구요."

"그럼 어디로 가셨는데요?"

"그건 잘 모르죠."

"예 됐습니다. 술 좀 주세요."

경철은 또 술을 퍼 마셨다. 오늘 그 아줌마 있었으면 받아주던 안 받아주던 간에 실컷 울고 싶었는데 섭섭하기는 했다.

훗날 알고 보니 그 아줌마는 결혼하자마자 이혼을 했다나. 서울의 명문 Y 대 출신이라고 하던데 어떻게 자신의 고향을 알며 '낚시'라는 시 한 편을 주었던 것인지 경철은 지금껏 그 궁금증을 풀지 못하고 있다.

메뚜기도 한철이라고 크리스마스 이브다 연말이다 해서 그런 대로 흥청거리고 있었다. 지배인이 아가씨 한 명을 데리고 경철에게 왔다. 그게 바로 경철의 운명적인 사랑의 시작이 될 줄은 그로서는 짐작도 못했다.

"사장님! 오늘 아가씨 한 명이 새로 왔는데 인사드리려고 왔습니다."

"그래요, 아가씬 그 앞에 앉고 지배인은 나가보세요."

"안녕하세요, 김은선이에요. 앞으로 잘 부탁드리겠습니다."

"본인 출생지, 나이, 최종학력 좀 구체적으로 알면 안 될까?"

"아, 예 본적지는 서울 후암동이고요, 나이는 만 21살 학력은 S여고 나왔어요."

"보아하니 이런 일은 처음인 것 같은데 이거 아무나 하는 게 아냐, 힘이 많이 들 텐데 할 수 있겠어?"

"네, 알고 있습니다. 열심히 해 보겠습니다."

"그래. 나가서 홍마담 언니한테 모르는 것 있으면 물어보고 기초 교육 좀 받도록 해 봐."

"잘 알겠습니다."

인상이 무척 좋았다. 눈썹은 그린 듯이 길게 늘어져 있고, 속눈썹은 유난히도 긴 모양이 사슴 처럼 착하게 보였다. 나갈 때 뒷모습을 흘낏 보니 허리는 잘록하고 엉덩이는 봉우리처럼 볼록 솟아올라 있었다.

술집이란 것이 진짜 묘한 묘짜다. '샘 파면 개구리 보인다.'고 어떻게들 냄새 맡고 찾아오는 지 신기하기 그지없다. 수컷들의 눈은 너나 할 것 없이 똑같은 것도 사실이다. 꾼들 또한 놀아나는 형태가 다 꼭 같았다.

"아이구 사장님! 오랜만입니다. 아~ 글쎄, 이 친구가 충무로 잘 아는 술집을 가자고 하는데 내가 간신히 끌고 택시 타고 여기까지 온 겁니다. 사장님 보러 온 것 아닙니까?"

하며 호들갑을 떨어댄다.

"아, 예, 감사합니다."

경철은 처음엔 멋도 모르고 그저 고마워했었다.

나중에 알고 보면,

"사장 놈 거시기 빨려고 여기까지 오냐? 다 구멍 속에 겉보리 씹는 소리지. 내가 왜 여기까지 왔겠냐? 다 너 때문에 오는 거지."

당연한 소리다.

수컷들은 다 암컷보고 오는 거지. 사장놈 거시기 빨아주려고 오는 건 아닐 테니까. 저녁만 되면 모여든 꾼들은 서로 A번인 은선이를 차지하려고 치열한 경쟁이다.

어느 놈은 술만 시켜놓고 A번 아가씨가 올 때까지 침묵시위 하는 놈이 있는가 하면 어떤 놈은 술집 테이블 앞에서 기도하는 놈도 있다. 같은 남자이지만 경철이 아무리 생각해봐도 우습기만 하다. 터무니없이 술처먹고 주정 떠는 놈은 가차 없이 몸뚱이 찜질이다. 얻어터지고 신고해봤자, 약발이 받을 리 만무하다. 이미 관내 파출소는 다 그렇고 그런 사이인데, 일방적인 이쪽 진술로써 끝나게 마련인 게다.

밤 11시가 조금 넘어서 A번 아가씨가 홀바닥에 쓰러졌다는 전갈이 왔다. 경철이 급히 달려가 보았더니 그녀는 기진맥진한 상태에서 숨만 헐떡거리고 있었다. 은선이다. 우선 찬물로 이마를 닦게 한 다음 안정을 취하도록 눕혀 놓았다.

경험도 없이 이 테이블 저 테이블을 누비다가 결국은 술에 취해 지칠 대로 지친 상태에서 쓰러진 것이다. 일단 재워라. 경철은 안쓰러운 마음을 일부러 나타내지 않았다.

은선은 그 다음날 아침까지 폭 잠이 들었던 모양이다. 그녀가 눈을 떴을 때, 경철은 그녀의 진면목을 볼 수 있었다. 늘 밤에 보던 모습과는 또 다른 면모, 안색이 창백한 것이 마치 색정의 그리움에 지친 마녀처럼 더욱 예뻐 보였다. 이것인가, 손님들이 은선에게 흠뻑 빠지는 이유가, 정복과 보호의 욕구를 치밀어 오르게 하는 이 가녀린 아가씨의 매력이 이것인가? 경철은 은선의 눈을 물끄러미 바라보고 있었다.

"어머! 사장님 죄송해요."

"아니, 괜찮아, 더 누워 있어."

은선의 눈가에는 힘없는 눈물이 고여있었다. 불쌍한 마음이 울컥 들기 시작했다. 아무래도 많이 고통스러워 하는 것 같았다. 오후쯤 지배인 보고 병원에 데리고 가서 간단한 진찰 좀 시켜봐야 되겠구나. 속으로 생각하면서 경철은 집으로 왔다.

집에서 키우는 스피츠잡종 복실이가 한 옆에서 세상 모르고 자고 있었다. 복실이는 부른 배를 땅에 끌다시피하고 다니는, 출산을 앞둔 암컷이다. 잠든 모습을 보며 경철은 저 뱃속에 과연 새끼가 몇 마리나 들었을까 하며 괜시리 손가락을 만지작거려 보기도 한다. 우린 팔남매였지. 어머니가 꽤나 고생하셨지. 많이나 낳지 않았으면 그 나마 덜 하셨을 텐데. 복실아, 너도 한 마리나 두 마리만 낳아서 잘 기르거라. 경철은 그냥 이렇게도 속으로 생각해 본다.

쉬엄쉬엄하는 동안 대구의 운길에게 전화가 왔다.

"철이가! 별일 없재? 그냥 궁금해서 전화 한 번 해 봤다."

"그래, 별 일 없다. 너는 어떻게 지내?"

"오늘 내가 진급했다아이가, 계장으로 승진 한 거지."

"그래, 그래 축하한다. 원래 너는 실력파니까."

"다음에 만나서 소주 한 잔 하재이."

"내가 연락할게."

"음, 그래라, 오야 그만 끊자."

전화를 끊는 순간, 아내의 목소리가 다급하게 들렸다.

"여봇! 이리 나와 봐요. 빨리요. 복실이가 죽었어요."

"뭐? 뭐라고? 복실이가?"

경철이 맨발로 화급하게 뛰어나갔지만 이미 때는 늦었다. 방금 전까지도 곤히 자고 있었는데 운명이란 정말 한 순간인가 보다. 목숨이란 풀잎에 매달린 이슬방울 같다더니만 경철은 복실이의 죽음이 믿어지지 않았다.

복실이는 육교 밑을 지나다가 시내 버스에 치여 그 장리에서 즉사하고 말았다. 배 안에 있는 새끼들을 생각하니 경철은 더욱 마음이 아팠다. 한편으로 하긴…, 하는 생각이 들기도 했다. 아무리 개라도 품행이 방정해야 한다고 경철은 순간적으로 생각하는 것이었다. 아닌게아니라 복실이가 발정이 났을 때 뻔질나게 수컷들을 찾더니, 하루에 아홉 번 교미하는 것도 보지 않았던가. 사람도 마찬가질겨, 하면서 경철은 혀를 끌끌 찼다.

은선의 진찰 결과가 나왔다. 폐가 안 좋단다. 당분간 병원치료를 받고 휴식을 취해야 된다는 의사의 권고였다. 일단은 쉬게 했다. 그 것이 경철이 취할 수 있는 우선적 조치였다. 아는 사람을 통해서 구 입한 독사탕을 먹이기로 하였다. 푹 고아서 짠 국물인데 노리끼리 한 것이 맛은 닭 국물하고 거의 비슷했다. 경철은 보온병에 담아서 직접 먹인다.

"사장님, 정말 죄송해요, 이 은혜를 무엇으로 갚아야 될지 몸 둘 바를 모르겠어요."

"그런 건 신경 쓰지 말고 어서 이 약이나 먹어."

"그런데, 이건 무슨 약이에요?"

"음, 이건 말야 인삼하고 칠면조 새끼 갓 부화한 거 하고 끓인 거야. 사람 몸에는 그만이래다."

순발력 하나 만은 알아줘야 한다. 얼떨결에 느닷없이 나온 말인데 도 그럴 듯하다. 경철은 신출내기 은선을 친동생처럼 잘 돌보아주고 싶었다. 그녀는 충분히 그럴 만했다. 영업을 잘 해주기 때문만도 아 니다. 그녀는 약하고 부서지기 쉬운 유리그릇과도 같았고, 무엇 보다 가정 이 행복하지 못한 외로운 여자였다. 하긴 세상에 이런 여자가 어디 한둘이랴. 하지만 그녀는 이제 경철과 뗄 수 없는 인연을 맺고 있는 터이다.

이럭저럭 이십일 정도가 지났다. 은선은 점차 건강을 되찾으면서 모든 상태가 정상에 이르고 있었다.

"사장님, 저 내일부터 다시 일을 할래요. 이젠 몸도 좋아지고 했으니."

"그건 안 돼. 넌 앞으로 두 번 다시는 이 생활하고는 인연을 끊어야 돼. 알았지? 은선아! 너는 체질적으로도 안 맞아. 매일 저녁 담배, 술…, 네 몸은 다시 망가지게 돼 있어. 처음에도 내가 얘기했지만 이런 생활은 아무나 하는 게 아냐. 내 말 명심해라."

"정 그러시면 저는 다른 곳으로 가서 이 생활을 또 할 수밖에 없어요."

"너, 정 내 말 안 들으면 나한테 혼난다. 우선 며칠 더 쉬었다가 차츰 얘기를 더 해보자. 나도 이모저모 생각할 게 있고 이 장사 오래 할 것도 아냐."

"알았어요. 그럼, 사장님께서 장사할 때까지만이라도요."

경철은 가슴이 답답하다. 외출을 하기로 했다. 한낮인데도 불구하고 관악산엔 사람들이 제법 많이 모여있었다. 봉천 2동으로 넘어가는 작은 샛길이 있는 산중턱에 사람들이 많이 모여 웅성거리고 있었다. 경철은 그곳으로 발길을 옮겼다. 삼 백 년쯤 된 묘소를 이장하는 모양이다. 헌데 옆에서 가까이 보니 놀라지 않을 수 없었다. 시신이 멀쩡한 채로 그대로 보존이 되어있는 것이다. 머리칼, 얼굴 형체도 원형 그대로 있었다.

이는 새로 닦아놓은 듯이 하얗게 윗입술만 약간 쪼그라진 듯 상단부에 치켜져 있었다. 경철은 생전 처음보는 광경이었다. 시신을 감싼

베옷도 선명하게 드러나 있었는데 손길이 닿으면 부서지기는 하였다.

형겊을 태우고 나면 원래의 모양이 있듯이 꼭 그랬었다. 정말 신기한 일이었다. 관을 조심스럽게 끄집어 내 놓았다. 관 밑바닥은 움푹패여 있었는데 흙은 붉은 황토찰흙이었다. 맑은 물도 고여있었고, 조용하고 엄숙했다. 육십 대쯤 된 노인들이 탄성을 지르고 있었다.

"와! 우리 평생에 저 물을 먹어보기란 흔한 일이 아니지."

예닐곱 명쯤 있었는데 서로 앞을 다투면서 손잡이가 달린 파란 플라스틱 바가지로 물을 퍼 마시는 것이었다. 자세히는 몰라도 몸에그렇게 좋을 수가 없단다. 별꼴을 다 보겠다며 경철의 이마가 찌푸려진다.

산에서 내려온 그는 '장승백이'에 있는 '어조원'에 들려 금화조 한쌍을 사가지고 집으로 왔다. 전체가 흰색인데 부리만 홍색인 것이 보면 볼수록 아름다웠다. 먹이를 먹고 나서는 서로 털 고르기를 해 주고 주둥이끼리 서로 부딪혀 보기도 하는 것이 어느 면에선 인간보다도 훨씬 나아보인다. 하루에도 몇 번씩 애정표시를 하고 서로 아껴주고 보살피곤 한다. 그래. 정말 아름다운 삶이구나. 뭐가 부러울 게 있겠누. 경철은 혼잣말로 중얼거려 보기도 한다.

홀에 들렀더니 은선이 술이 취해 나와 있다. 경철 화가 났지만 일단은 참기로 하였다.

"사장님, 저 오늘 술 한 잔 했어요. 너무 혼내지 말아요."

"내가 널 왜 혼내, 술이 많이 취했다. 그만 쉬어라."

"가실 거예요? 오늘 하루만 가지 마세요. 꼭 드릴 말씀이 있어요."

"안 돼! 난 지금 가야돼."

경철이 일어서려고 하는데 은선은 번개처럼 일어나 순간적으로 경철의 목을 끌어안고 매달리고 있었다. 손은 가느다랗게 떨고 있었다.

"오분만요."

낮에는 그렇게 좋던 날씨였는데 저물 무렵부턴 장대비가 쏟아진다. 천둥, 벼락까지 동반하는 것이 무서우리 만치 창문을 흔들리게 하고 있다. 번갯불까지 번쩍이는 으스스한 날씨였다.

"전 지난 번 말씀드린 대로 후암동에서 태어나서 후암동에 있는 S여고를 졸업했어요. 꿈 많던 여고시절에는 오락부장도 맡았었고 명랑 쾌활한 학생이었어요. 특히 미술을 좋아했고 미술 담당 L선생님이 담임을 했었고요. L선생님이 총각이었는데 우리 반 여학생 중 어떤 앤 그 선생님을 짝사랑 하다가 자실소동까지 일어나고 학교 전체가 발칵 뒤집어 지다시피 했죠. 저는 졸업한 지 2년 만에 우연히 L선생님을 만나게 되어 그날 저녁 순결을 뺏기게 되었어요. 아니, 아니, 제가 바쳤어요. 지금은 미련도 없고, 그렇다고 해서 후회도 하지 않아요. 그 후 며칠 방황하다가 이곳으로 오게 된 거예요. 사장님께서는 어떻게 생각하실 지 모르지만, 저는 참 나쁜 계집애인 것 같아요. 그렇죠?"

경철은 계속 듣고만 있었다.

"왜 말씀이 없으세요? 대답 좀 해보세요."

"별 할 말이 없는데…, 그렇게 솔직히 얘기할 수 있다는 것만으로도 넌 착한 애야."

은선은 입을 삐죽거리며 심통 부리 듯

"쳇! 사장님은 남자 아녜요? 남자는 늑대, 도둑놈이라면서요. 이중인격자들 ! "

"사실은 이 말씀을 드리려고 했던 건 아니에요. 저는 어떤 일이 있어도 호스티스 생활을 할 겁니다. 제가 사장님과 이 생활을 할 때까지는 절대로 사생활 간섭하지 말고 옆에서 지켜만 봐 주세요. 솔직히 말씀 드려서 전 이미 사장님을 사랑하고 있거든요. '겉보기엔 너라고 별 수 있냐? 술장사하는 주제에 다 도둑놈일 텐데.' 생각한 것도 사실입니다. 그리고 멀리 떠난 난희라는 여자하고의 관계도 홍언니한테 대충 들었어요. 사장님께서 상처가 컸다는 말도요."

비는 더욱 거세게 내리고 있었다. 은선의 하얗게 드러난 어깨며 젖무덤이 경철이의 시야를 어지럽히고 있었다. 두 번 다시는 아픈 사랑을 하지 않겠다고 이를 갈았는데 지금 이건 또 뭔가. 은선의 태도로 보아서 스치고 지나가는 이야기는 안 것 같은데…. 경철은 난감했다.

"은선아! 술 있니?"

"예, 드실래요?"

그는 꼬냑 두 잔을 연거푸 마셨다. 그러자 조금씩 마음이 진정 되는 듯 했다.

"저를 조그만 계집애로 보지 말아요. 그리고 그런 눈으로 쳐다보는 것도 싫어요. 공적으로 따지면 사장님이지만 사적으로는 남성과 여성 엄연히 이성간이란 말예요."

"사람을 앞에 앉혀놓고 혼자서 술 먹는 법이 어디있어요? 저도 한 잔 따라주세요."

은선의 아랫도리 사타구니 밑으로 음모가 보였다. 몸을 움직일 때마다 자세에 따라서 들랑날랑하고 있었다. 경철은 마른 침을 꿀꺽 삼키면서

"은선아! 너하고 나하고는 나이 차이도 있고 더군다나 난 유부남이다. 처음은 좋아도 나중엔 둘 다 상처만 남게 되는 거란다. 그러니 사랑이니 이성이니 하지 말고 서로 힘들 때 엉겅퀴처럼 살아가자꾸나."

"호호호, 왜, 겁나요, 부인하고 이혼하랄까 봐?"

"아니, 그런 뜻은 아니고…"

경철은 망치로 뒤통수를 얻어맞은 듯 어안이 없었다. 생각보다 당돌하고 당차기가 보통은 넘은 애였다. 밤은 깊어가고 비는 계속 내리고 있었다. 그 날 저녁 그는 그녀를 끌어안고 깊은 잠을 잤다.

서울시내에서 날고 긴다 하는 브로커 세 명이 경철을 찾아왔다. 자기들끼리 하는 얘기로는 고사장, 박부장, 우실장이라는데 똑 떨어지는 놈들처럼 보였다. 경철이 척 보니 이 자들은 '브로커' 라고 얼굴에 쓰여 있다. 상판때기 하며 말하는 폼 하며 옷 입은 꼬락서니가 영락없는 브로커다. 연속극 배역 인물로도 썩 잘 어울릴 듯했다.

"사장님! 처음 뵙겠습니다. 장사는 꽤 오래하셨죠? 요즘 서울 시낸

난립니다. 장사들은 안 되고 세금은 나와 쌌고 죽을 맛이죠."

이들은 막차 탄 싸롱을 전문적으로 끌어들여 무자료 장사를 하는 자들이다. 구체적으로 말하자면 서울시내 각 대리점에 맥주홀 영업자 허가자의 인감과 주류판매 신고필증 복사본 한 통씩을 제출하고 무더기로 술을 구입하는 것이다. 그래서, 다시 되돌려 정상업소에다 파는 수법이다. 말하자면 세금 포탈하는 수법인데 결국 세금 떼먹자는 것이다. 수량이 많고 액수 또한 엄청나니까 모험 한 번 해볼 만하다며 은근히 부추긴다.

"잘, 생각해 보시고 서희늘한테 연락주십시오. 아마 생각보다는 손에 쥐는 돈이 꽤 많을 겁니다."

그들은 이 정도 선에서 이야기를 마치고 돌아갔다. 경철의 최근 심정으로 말하자면 착잡하기 이를 데 없다. 도무지 흥이 나는 일이 없다. 장사도 옛날처럼 잘 안되지, 어머니 돌아가신 후 인생에 대한 무상함을 덧없이 삭히고 있지, 게다가 당돌한 은선이까지 끼어들어 복잡하고 심란하기만 하다. 이럴 때 난희가 있으면 오죽 좋을까, 힘이 절로 생길텐데….

모든 것이 자신이 없다. 의욕도 없고 용기도 없고, 그나마 은선과의 그 날 밤은 일을 저지르지 않아 얼마나 다행인지 경철은 스스로 감사하고 싶다.

이제는 난희를 추억하고 살아가리라. 난희야말로 희망이요, 빛이 아닌가. 앞으로는 누구를 사랑한다 하더라도 정주고 고통스러워하는 그런 날은 없을 것이다. 비 온 뒤에 땅이 굳어지고 아픈만큼 성숙해 진다고 하지 않았는가. 이런 모든 과정이 훗날에는 전화위복될 수 있는 계기가 되었으면 좋으련만….

경철은 이렇게 자문자답하고 자신을 추슬러 본다. 이렇게라도 자신을 위로한다는 것은 인간의 본능인지도 모른다. '이 보 전진을 위한 일 보 후퇴.' 말이야 그럴 듯 하지만 세상사 말대로 뜻대로 되는 법이 있나, 이럴 땐 어느 곳이든 멀리 훌쩍 떠나고 싶은데 마땅한 곳이 별로 없다. 경철이 아무리 생각해도 대구 밖에는 갈 곳이 없다.

이럴 때마다 그는 자신을 경멸할 만큼 꾸짖곤 한다. 왜 남들처럼 개도 좋고 걸도 좋고 이 사람 저 사람 만나서 허허껄껄 히히닥 거리고 어울리질 못하나?

자신이 원망스럽다. 타고난 성격이라곤 하지만 앞으로 세상을 살아가려면 보통 문제가 아니다 때로는 선의의 거짓말도 할 줄 알고 임기응변도 있어야 하며 권모술수도 쓸 줄 알아야 편해질 텐데, 싫어도 싫은 내색 비추지 말아야 되고 성격상 문제가 있는 것도 분명한데….

제법 겨울 날씨처럼 몸이 으스스할 정도로 추웠다. 눈은 내렸지만 폭설은 아니었다. 바람이 불어 댈 때마다 아스팔트 위의 눈발들이 어지럽게 몰려다니고 있었다. 꼭 신병훈련소에서 헤쳐모여 하는 것 같은 착각이 들곤 하였다.

찬바람이 뼛속까지 스며들면서 경철은 등골이 오싹하도록 추웠다.

한편으론 지쳐 있는 자신의 육체에 신선한 쾌감을 안겨주는 환각제 같은 기운이 느껴지기도 했다. 경철은 차창 밖 풍경을 물끄러미 바라보면서 잡다한 생각을 까맣게 잊어버리는 중이었다.

그는 급한 일도 없고 어떤 목적이 있는 것도 아니고 발길 닿는 대로 김천에서 내렸다. 이렇게 마음을 종잡을 수 없을 때면 그저 막연히 사찰에 가 보고 싶은 게 경철의 마음이었다.

그는 직지사를 들려볼 참이다. 들어가는 입구 옆에는 시골 할머니들이 쭈그리고 앉아 고사리, 더덕, 취나물 등 각종 산나물을 팔고 있었다. 신록의 계절은 아니어도 깊은 산골의 정취와 싱그러움이 풋풋하게 배어 나오는 듯해서 그는 기분이 좋아졌다. 꾸부정하게 휘어진 길을 따라 심호흡을 하며 올라가자 경내에 이르렀다.

잠시 동안 그는 마음이 편해졌다. 눈을 지긋이 감고 상념에 잠겼다. 서른 두 살 젊은 나이에 무슨 사연이 이리도 많던가. 그는 돌아가신 어머니 생각이며 불우했던 지난 과거가 너무 슬펐다. 잔잔하게 밀려오는 저녁 밀물처럼 그것들은 경철의 가슴에 서서히 차오르고 있었다. 외국에 간 난희 생각, 또 어느 틈엔가 그 사이를 비집고 들어오는 은선이 생각이 밀물과 함께 오는 숭어 떼들처럼 그의 가슴 속에서 뛰고 있었다.

그래. 은선이 만큼은 끝까지 좋게 해서 보내야지. 짐승은 죽어서 고기를 남기고 인간은 죽어서 이름 석 자를 남긴다고 했는데 그 정도 좋은 일이야 못하랴.

그는 눈을 떴다. 편한 마음은 잠시일 뿐 또 다시 무거워졌다. 동네 어귀를 도는 순간, 슬레트로 덮은 다 쓰러져 가는 집에서 비명 소리가 들렸다.

"아이구 사람 좀 살려주이소. 잘못했심다. 으악, 한 번만 용서….."

"이 놈, 너 죽고 나 살자. 뒤지락 카이, 왜 안 죽고 왜 태어났노, 이 놈아!"

안으로 달려가 보았더니 에미가 자식을 물어뜯고 있었다. 사연은 알 바도 아니지만 일단은 뜯어말렸다. 자식은 여덟, 아홉 살 됐을라나? 그 에미는 생김으로 보아 삼십대 후반쯤 되어 보였다.

살림살이는 구차하기가 짝이 없었다. 아이는 도망쳤고 그 여인은 철푸덕이 주저앉아 통곡하고 있었다.

저 나이면 한창 필 나이인데 무슨 놈의 팔자가 저 모양인가? 경철은 불현 듯 어릴 때 생각이 머리를 스친다. 그래도 우리 어머님은 저 정도까지는 아니었다 싶자 머리가 더 무거워졌다. 그는 부처님 덕에 머리 좀 식히려고 했던 것이 오히려 더 복잡해지고 말았다.

그는 운길을 만나 밤새도록 술을 마셨다. 운길은 승진해서 그런지 더 의젓하고 대견스러워 보였다. 그는 처음부터 끝까지 경철의 이야기를 듣기만 하였다. 그동안 서울에서 있었던 일들이며 은선에 대한 경철의 입장을 고맙게도 이해하는 쪽으로 생각하고 있었다.

묵묵부언으로 있던 운길이 경철의 무자료 장사 이야기를 듣고 나더니 그제서야 심각한 표정으로 입을 열었다.

"철아! 사람이 살다보면 하찮은 것 때문에 자신의 귀중한 근본을 엉뚱한 곳에 버릴 때가 많다. 그것들로 인해서 그들은 매일매일 고통 속에 살다가 비참한 경우를 맞는 경우가 얼마나 많나, 그리고 니는 아직 젊다. 또 한가지, 앞으로 얼마든지 웅비할 수 있는 잠재력이 니한테는 무궁무진하다. 알겠나?"

꼭 사찰의 스님한테나 들음직한 말이었다. 경철은 등골이 오싹할 만큼 창피하고 부끄러운 터라

"알았어. 그냥 없는 얘기로 하자."

하며, 적당히 얼버무리고 지나치려 하였다.

"내 더 이상 긴 말 않겠다. 그 따위 짓 하려거든 내하고 인연 끊자. 아닌 말로 니가 그것 아니고 살길이 없다면 몇 푼 안 되지만 내 퇴직금 미리 갖다 쓰면 안 되나?"

경철은 운길의 입에서 이런 말이 나올 줄은 전혀 예상치를 못했다. 너무나도 단호한 운길이의 얼굴에서 그는 진정한 우정의 힘을 보았다. 꼭 운길이 국록을 먹는 공무원이라서만은 아닐 것이다. 만에 하나 잘못되어 내가 징역이라도 가게 되면 어쩌나 싶어 저러는 것이 분명하다고 경철은 생각했다.

운길의 조언을 듣고 나니 경철은 차라리 마음이 홀가분해졌다. 그래. 아닌 건 아닌거다. 운길은 그걸 너무도 잘 알고있다. 친구가 허우적거리는 것을 더 이상 볼 수 없겠지. 그렇게 생각하자 경철은 운길

의 마음이 더욱 짠하게 느껴진다.

"운길이 네 말대로 난 아직 젊다. 그냥 죽는 한이 있어도 절대로 그런 짓을 안 할 거다. 자, 약속할게."

경철이 새끼손가락을 펼쳐 까닥까닥 너스레를 떨자,

"오야! 오야! 됐다. 난 니를 믿는다. 누가 뭐라캐도 난 니를 잘 안다. 자 술이나 먹자. 철아!"

운길이 누구던가, 경철은 자신과 운길의 관계를 곰곰이 되짚어 본다. 그러면서 친구의 소중함을 일러주는 이야기를 떠올려 보았다.

옛날 아들이 친구 자랑을 하니까 어느 날 아버지는

"네 친구 열 명과 아버지 친구 한 명과 비교하자."

고 했다나. 그래, 아버지는 돼지 한 마리를 잡아서 가마니에 둘둘 말아 지게에 지고 아들로 하여금 친구 집에 찾아가게 했다나. 내가 사람을 죽였는 데 송장을 좀 맡아달라 부탁을 했다지. 그 많던 아들 친구들은 한 명도 나서질 않았다잖아. 그런데 단 한 명뿐인 아버지 친구는 맨발로 뛰어나왔다는 거야. 좋은 친구란 그런 거라구.

그래. 내게도 그런 친구가 있지. 운길이 말이야. 나도 운길이에게 그런 친구가 될 수 있으면 좋겠다. 경철은 운길의 두 눈을 바라보며 스스로 다짐하고 또 다짐했다.

경철이 다시 서울로 올라왔을 때는 온 시내가 하얗게 덮을 만큼 눈이 많이 내렸다. 풀죽은 강아지처럼 은선은 무척 수척해 보인다. 그

날 밤 관계하지 않기를 잘했구나 싶다. 아가씨 대기실로 들어가보니 숨도 못 쉴 정도로 담배 연기가 자욱하다.

올 멤버 전속 아가씨들은 아무래도 눈치를 챘는지 아쉽고 석연찮은 눈빛으로 경철을 바라본다. 영업을 그만둔다고, 뜨내기 아가씨들은 철새처럼 네가 그만두면 우린 딴 곳으로 가면 되지 뭐가 대수냐, 하는 막가는 판국이다.

이런 아가씨들은 도대체 믿질 못하기 때문에 여간 조심하지 않으면 안 된다. 돈 많은 손님이 걸려들면 2차 외박을 나가서는 수단과 방법을 가리지 않고 손님이 잠만 들면 있는 돈 몽땅 털어 가지고 도망가기 일쑤다. 말썽 낼 소지가 있는 아가씨는 눈만 봐도 이제는 금방 알 수 있다. 아무렇지도 않은 일에도 깜짝 놀라고 행동이 어딘가 모르게 부자연스러운 것이 특징이다. 경철은 그만큼 베테랑이 되었다.

아가씨 대기실에는 칸칸이 말들어진 진열대가 있는데 각자 자기 소지품이며 홀복을 벗어 두는 곳이다. 이젠 그 칸만 보아도 얼른 알 수 있을 정도다. 그 정돈이 엉망인데다 사용한 생리대까지 처박아 놓았다면 보나 안보나 뻔한 일이 아니겠는가, 십중팔구 들어맞게끔 되어 있다. 평소에는 그렇지 않은 아가씨가 갑자기 호들갑을 떨면서 설칠 때 는 틀림없이 사건이 생길 징조라고 보면 된다. 그러면 마담은 바짝 긴장되게 마련이다.

이젠 술장사도 신물이 날 정도로 지겨워지는 경철이다. 경철은 마음이 점점 떠나고 있는 자신을 발견한다. 그 때 웬 낯모르는 사십 대 초반 정도의 꼽추 아저씨가 들어온다. 이미 만취해 횡설수설 하는 데 무슨 말인지 알 길이 없다. 사연인즉 육 개월 전에 그의 홀에 나오는 아가씨와 평생을 살기로 살림을 시작했다고 한다. 그런데 아가씨가 며칠 전 5년 동안 부어온 적금을 찾아 줄행랑을 쳤다면서 하소연하는 것이다.

"사장님! 한 번만 살려주십시오. 돈은 안 찾을 테니 그 아가씨만 오게 해주십쇼. 정말 사랑했습니다."

D대학교 수위를 보는 사람이 있었는데 심성은 착하게 생긴 것 같아 보였다. 기가 막힐 일이다. 그 년이 혹시 잡히기만 한다면…, 경철은 간신히 달래가지고 돌려는 보냈지만 뒷맛이 영 씁쓸한 게 기분이 좋지 않았다. 그로서도 무슨 뾰족한 방법이 있을 리 만무하지 않는가 말이다.

마침내 소식이 왔다. 두어 달 전에 해외취업 신청했던 S 기업에서 연락이 온 것이다. 모레까지 사무실로 나오라는 통지였다. 목적지는 요르단. 그 나라 오지에 우리 나라 건설업체가 국민학교를 짓는 일이다.

경철이 하는 일은 그곳에서 태권도 보급을 하면서 국위선양도하고 민간 외교관 역할을 하는 그럴 듯한 직종이다. 청소년 시절에 지도관 공인 2단을 어렵게 따 놓은 것이 이렇게 쓰일 줄은 생각지도 못했던 일이었다. 그래, 애국자가 되는 거지. 이제 사람답게 살아보는거야.

경철은 새로운 가능성이 그에게 다가오고 있음을 가슴 설레게 느끼는 중이었다.

부랴부랴 시간을 맞춰 나갔다. 사무실은 엠버써더 호텔 건너편에 있었다. 담당 직원이 내미는 서류에 이름을 수십 군데나 쓰고 까다로운 절차를 끝냈다. 경철은 속으로 은근히 부아가 치밀어 올랐다. 오버타임, 수당 없이 월 620달러에 체결한 계약서가 마음에 걸렸다.

이까짓 돈은 하루에도 벌 수 있었든 금액이었지만 우선은 돈에는 연연하지 않고 1년만 있다가 올 생각이었다. 여러 가지 마음도 안정이 되지 않은데다 이미 의욕도 잃어가고 있는 때여서 그는 시야를 넓힐 겸 머리도 식힐 겸 그런 마음으로 결행을 한 것이었다.

그런데 경철의 속을 치밀게 하는 게 또 있었다. 그나마 앞으로도 4,5개월 후에나 출국이 가능하다는 것이다. 여기까지는 그래도 참을 만했다. 막 나오려고 하는데 직원이 이상한 눈짓으로 신호를 보냈다. 뭘까, 우회적인 어법으로 빙빙 돌리면서 하는 말이 경철은 무슨 뜻인지 대뜸 알아차리게 되었다. 송출부장과 인력과장한테 급행료를 쓰면 한 달 안에도 출국이 된다는 것이었다.

대략 현지에 가서 받는 봉급 3개월 치나 4개월 치 정도를 주게 되면 그만한 대가가 된다는 것이다. '이곳도 요지경 속이군.' 돌아오는 경철의 발걸음은 아주 무거웠다. 하지만 세상이 다 그렇고 그런 것을 그로서도 어쩔 수 없었다. 싸롱이 하루빨리 처분돼야 할 텐데….

일이 잘 되려는지 금방 복덕방에서 연락이 왔다. 내일이라도 당장 계약을 할 수 있다는 것이다. 어찌됐든 이왕에 맘먹은 거 경철은 미련 없이 팔아치울 작정이다. 불법이 아닌 정상적인 방법으로 처리가 된다니 결과야 어떻게 되든 일단은 편안했다.

인수 기간을 30일로 잡아놓고 계약을 끝마쳤다. D데이 날짜까지는 영복 외에는 아무도 몰랐다. 그때까지는 어느 누구한테도 새 나가지 않도록 단단히 일러 놓았다. 그 날까지 세금이며 공과금 등은 빈틈없이 처리하라는 것까지도….

이젠 홀가분하다. 사람 나고 돈 났지, 아직 젊음이 있으니까 앞으로도 얼마든지 기회가 있겠지, 경철은 이렇게 저렇게 자신을 위로도 하고 각오도 다져본다.

1978년 4월 4일, 식목일을 하루 앞둔 날. 내일이면 인도하는 날.

그는 전 종업원을 모아놓고 사실 얘기를 털어놓았다. 그러나 경철은 이야기 도중 목이 메어 제대로 말을 할 수가 없었다.

"…특히 처음부터 지금까지 즐거움 아니, 모두가 괴롭고 힘든 일들을 저와 같이한 여러분께 진실로 감사드립니다. 여러 가지 사정으로 인하여 여기서 우리는 헤어져야 합니다. 저의 심정도 가슴이 뻐개지듯 괴롭습…. 저는 분명코 확신합니다. 우리가 언젠가는 꼭 만날 날이 있을 것을… 여기 계신 여러분들! 행운과 건강이 항상 신의 가호 아래 충만하기를 빌겠습니다."

홀 안은 금방 울음바다가 되고 말았다. 마지막 음악이 흘렀다.

오랫동안 사귀었던 정든 내 친구야,

작별이란 웬 말이야, 가야만 하느냐,

어디 간들 잊으리요, 두터운 우리 정,

다시 만날 그날까지 축배를 올리자.

　떠날 때를 알고 떠나는 뒷모습은 아름답다고 하지 않았던가. 이별의 서러움, 헤어짐의 아픔, 그러나 참아내는 마음의 소중함도 일러주는 시인 이형기의 '낙화'가 떠올랐다.

가야 할 때가 언제인가를

분명히 알고 가는 이의

뒷모습은 얼마나 아름다운가

봄 한철

격정을 인내한

나의 사랑은 지고 있다

분분한 낙화…

결별이 이룩하는 축복에 싸여

지금은 가야할 때,

무성한 녹음과 그리고

머지 않아 열매 맺는

가을을 향하여

나의 청춘은 꽃답게 죽는다

헤어지자

섬세한 손길을 흔들며

하롱하롱 꽃잎이 지는 어느 날

나의 사랑, 나의 결별,

샘터에 물 고이듯 성숙하는

내 영혼의 슬픈 눈

배암꽃처럼 살련다

은선이 흐느끼면서 전화를 했다.

"정말 그만 두시는군요."

"그래. 이제 뭘 하실 건가요?"

"외국에 나갈 거야."

"다신 만날 수 없나요?"

"그럴지도."

"안돼요."

"잘 살아야 한다."

"지금 나오세요, 제발."

그녀는 연흥극장 앞 다방에 있다고 한다. 그러지 뭐, 잘 다독거려 주어야지. 나이도 어린 게 얼마나 마음 상할까. 경철은 그렇게 마음을 먹는다.

창가 옆 구석자리에서 쭈그리고 앉아있는 은선의 모습이 가련해 보인다. 늦봄 햇살이 초여름 날씨만큼이나 따사롭다. 경철은 다방 안이 싫다. 마음도 무겁고 서로의 얼굴을 바라보고 있자니 처연하기만 하다.

경철은 그녀를 데리고 목적도 계획도 없이 발길 닿는 곳으로 훌쩍 떠나고 싶은 생각이 든다. 원래 여행이란 목적지 보다는 그 과정과 도중에서 귀한 것을 얻는 재미가 중요하다고 했다. 경철은 애시당초 몇 시 출발 몇 시 도착, 하는 이런 여행은 딱 질색이다. 그들은 충북 진천을 거쳐 증평까지 오게 되었다.

경철은 이왕 여기까지 온 김에 음성 꽃동네를 들리기로 하였다. 꽃동네는 두극리 산자락에 자리잡고 있었는데 들어가는 입구에는 '얻어먹을 수 있는 힘만 있어도 그것은 곧 하나님의 은총이라' 는 구절이 쓰여 있었다.

두 사람은 수녀의 안내를 받아 그 안을 들어가 보았다 사회에서 버림받고 냉대받는 자들은 모두 모인 듯했다. 신체장애자, 알콜중독자, 정신박약자, 오도가도 못하는 거리의 부랑자, 그리고 아무런 보수도 받지 않고 이들을 위해 열심히 일하는 자원 봉사자들…. 보기만 해도 그 광경은 너무나 아름다웠다. 특히 수녀님 들은 하늘에서 보내준 천사처럼 보였다. 임종을 앞둔 노약자들을 위해 땀 닦을 새도 없이 같이 아파하고 고통을 같이 하는 모습은 숭고함 그 자체였다.

이 세상은 꼭 거꾸로만 가는 것만은 아니란 것을 경철은 이곳을 와 보고서야 새삼 깨달았다. 그리고 새로 신축되는 인곡리 공사현장을 보고 경철은 더욱 깜짝 놀랐다. 어마어마하고 엄청난 큰 공사였다.

대역사를 이루어 내는 모든 자금은 얼마간의 국고 보조금에다 십시일반 성금으로 충당하는 것이란다. 경철은 자신이 지금까지 부끄럽게 살아온 것에 대해 죄스러움을 금치 못했다.

그는 즉석에서 성금을 냈다. 옆에 있던 은선 역시 동참했다. 덩달아 내는 것 같지는 않은 듯이 보였다. 경철이 그녀의 옆모습을 힐끗 훔쳐보니 오전에 울고 있던 표정은 싹 가신 듯 눈망울이 초롱초롱 빛나는 듯했다. 얼굴 색이며 움직이는 것이 훨씬 활기차고 밝아져 있었다.

경철과 은선은 국도를 따라 걸었다. 늦봄의 해가 어느덧 저물었다. 그들은 서늘한 저녁 공기를 마시면서 많은 이야기를 나누었다.

"오늘 느낀 것 없어?"

"이곳에 오길 잘 했다고 생각했어요."

"나도 인생을 잘못 살았다는 반성도 하고 여러 가지 많은 것을 배우고 느꼈다. 너나 나나 그 사람들에 비하면 얼마나 행복한가 생각해 봤어. 두 다리, 두 팔 다 멀쩡하고 더욱이나 젊고 말이야 안 그래?"

"예."

"오늘 그 사람들 보니까 양다리 없는 사람, 양팔 없는 사람, 차마 눈뜨고는 못 보겠더라. 일 년 열두 달 누워서만 생활하는 사람도 있대. 남이 먹여주면 먹고 누워서 대소변을 보고 차라리 죽는 편이 날 텐데…."

"생에 대한 애착심이 성한 사람보다 훨씬 더한 것 같이 보였어. 은선아, 내 말 잘 들어봐. 너는 체질적으로도 술이 안 받아. 그리고 그 생활은 마약과 비슷해. 한 번 빠지고 나면 점점 힘들고 나중엔 늪에서 허우적거리다가 결국은 그 늪에서 죽음까지 도달하는 무서운 게 바로 거기야.”

“더 이상은 이러쿵 저러쿵 이야기 안 할 거다. 네가 조용히 너 스스로 많은 생각을 하길 바래.”

은선은 말이 없었다. 서울에 올라온 시간은 밤 1시쯤 되었다. 경철은 어떻게든 그녀를 끝까지 보호해 주고 싶었다. 자기가 돌봐주지 않으면 그녀가 죽을지도 모른다는 엉뚱한 상상이 그로 하여금 그런 마음을 갖게 하였다.

은선은 착하고 사랑스러웠으며 너무도 젊고 아리따운, 도저히 술집에 있어서는 안 될 여자였다. 동시에, 유부남을 사랑하며 지금 그 남자 때문에 열병을 앓고 있는 순정파이기도 했다. 그런데 그런 여자를 위해 경철이 해줄 것은 아무것도 없었다. 게다가 그는 지금 그녀로부터 도망을 가려하고 있는 중이다. 이루어질 수 없는 사랑! 사랑하는데, 사랑하자는데, 왜 응할 수 없는지 경철은 은선을 바라볼수록 가슴이 메였다. 잘 들어가거라. 사장님도 안녕.

대구 운길이한테 편지가 와 있었다. 안부 편지였다. 그리고 그 속에 ‘사부시’란 글도 함께 있었다.

사부시

처자와 권속들은 상대같이 걸려있고
금은옥백 온갖보물 구산같이 쌓였어도
죽는날에 다달아선 내한몸만 홀로가니
이것도 생각하면 허망할사 뜬일일세 .

나날이 가로세로 홍진로에 달리면서
벼슬이 조금 높자 머리털은 희어지네
명부의 염라왕이 금어관대 두려하랴
이것도 생각하면 허망할사 뜬일일세 .

비단결에 수를 놓듯 미묘한 무애변재
천편시 문장으로 만호후를 비웃어도
다생에 너다나다 잘난자랑 길렀을뿐
이것도 생각하면 허망할사 뜬일일세 .

입으로 설법하니 구름피듯 비나리듯
하늘꽃 떨어지고 돌사람이 끄덕여도
번죄를 못끊으면 생사고를 못면하니
이것도 생각하면 허망할사 뜬일일세 .

모든 것이 결국은 허망하다는 내용이다. 신라 때의 어느 거사가 쓴 고시古詩라고 한다. 경철이 읽어보니 구구절절 가슴에 와 닿는다. 그러나 만약 자기가 글을 쓴다면…? 하고 상상해 보니까 엄두가 나지 않는다. 역시 쓰는 일은 쉽지 않으리라. 하지만 언제간 나도 나의 성을 쌓으리라.

1978년 7월 11일 오후 7시. 경철이 드디어 출국하게 되었다. 말도 많고 탈도 많던 젊은 날의 파란곡절을 뒤로하고 그는 지금 중동의 요르단으로 가려는 중이다.

두 시 반에 김포공항에 도착하여 4시간 정도 수속 절차를 밟았다. 기능공들과 함께 가는 모양이다. 경철이 자세히 보니 하나 같이 벌레 씹은 얼굴인데, 마치 강제 징용되어 전쟁터라도 끌려가는 화상들이다.

경철은 큰누나의 눈물고인 뒷모습을 바라보며 출구 쪽으로 발걸음을 옮겼다. 마침내 비행기는 굉음을 내며 조국 땅을 이륙하고 있었다. 안녕. 나는 이제 새로운 삶을 찾아 조국을 떠난다.

비행기는 대만, 홍콩, 방콕 등지를 경유했다. 바레인에 도착한 시간은 13일 아침 여덟 시였다. 여기에서 한 시간 정도 쉰 뒤 다시 최종 목적지로 출발했다. 그리 먼 거리는 아닌데 참으로 기나긴 여정이었다.

기내에서 내려다보이는 바다는 장엄하기까지 했다. 흰 물살이 겹치고 넘실대는 모습까지 아련하게 보였다. 옆에 앉은 사람은 그것이 고래 무리들이 지나가는 광경이라고 하였다. 비행기는 10시가 조금 넘어서 도착했다. 2시간 동안의 통관절차가 끝나고 '왁카스'라고 하는 209현장에 도착하니 눈앞이 캄캄해지면서 아무것도 보이지가 않았다. 경철은 순간 아찔했다.

먼저 1년 전에 도착한 사람들의 몰골은 어느 누구 할 것 없이 정상적인 사람 얼굴이 아니었다. 환장을 해서 이성을 잃은, 해병대 신병 훈련받을 때보다 더 가혹하고 혹독한 과정을 치르는 표정을 짓고 있었다.

TV에서나 보았던 캄보디아나 아프가니스탄의 못 먹고 병들어 뼈만 앙상히 남아있는 무기력한 사람들의 그런 모습들이었다. 날씨는 섭씨 46도를 오르내리고 있었다. 내가 이런 곳에 왜 왔던가 하는 생각이 절로 들었다. 경철은 그래도 이를 악다물었다. 아무렴 대한민국 해병대가 이걸 견디지 못하랴. 그래도 조국에서 술장사하는 것보다야 떳떳할 것이라며 마음을 굳게 먹었다.

그러나 마음먹는다고 만사가 해결되는 것은 아니었다. 도착하자마자 오줌은 삐질삐질 칠십 넘은 할아버지 오줌 줄기보다도 더 약하게 나오는 것이었다. 똥은 염소 똥처럼 혹은 숙지황처럼 새카맣게 타 가지고 또박또박 끊겨 나오고, 숨은 입을 벌려야 쉴 수 있을 정도였다.

이곳 209공구장은 사법, 입법, 행정을 다 주무를 수 있는 절대 권력자며 통치자이며 이곳에서 만큼은 대통령이나 진배없다고 한다. 경철은 자신이 혹시 해병대에 다시 입대하지는 않았는지 하는 의구심이 들었다. 그래도 젊은 날의 고생은 사서도 한다는 말을 위안삼아 하루하루를 근근히 버텨나가고 있었다.

현지 주민들의 생활상은 말이 아니었다. 식수는 흙탕물을 길어다 하루 정도 가라앉힌 후 물만 걷어내어 끓여 먹는 원시적 생활을 한다. 주택구조는 흙벽돌 창고 식으로 유리도 없는 창문만 두어 개 삐죽 뚫어놓고 지붕은 갈대나 마 같은 것으로 얼기설기 대충 덮는 둥 마는 둥 해놓고 산다. 밖에서도 내부가 훤히 들여다보일 정도이다. 식생활은 밀가루와 양젖을 섞어서 반죽을 한 다음 둥글넓적하게 만들어 구워 가지고 홍차하고 먹는다.

209현장에서는 한국처럼 쌀밥에 양고기 무침, 양배추 냉국이 나왔는데 경철은 도저히 먹질 못했다. 하루하루가 지옥이었다. 후회도 되고 자신의 신세가 처량하기도 하였다. 그럴수록 오기또한 솟는 것이었다.

사람들은 조금 무지해서 그런지 순박하기 한량없다. 이곳 여자들은 한국 근로자들만 마주치면 집적거리고 얘기하고 싶어서 안달을 하는 것이다. 여기 남자들은 일부다처제인지라 돈푼이 있는 자들은 마누라를 셋, 넷씩 거느리고 산다.

중동지방의 특성 세 가지가 그 중에서도 경철에겐 아주 이색적이었다. 그것은 그들의 표현법 이었다. "인살라", "말라쉬", "부크라"는 각각 "알라신의 뜻이었기에!", "좋다 좋아!", "내일"이란 뜻이다. 네가 잘했니 내가 잘했니 하다가도 "인살라"하면 즉시 논쟁을 중지해야 되는 것이다. "좋다 좋아" 했다가도 내가 언제 그랬어? 하면 이 역시 마찬가지다. "내일"은 이곳에선 한 달도 내일이 될 수 있고 일 년도 내일이 될 수있다. 그들의 "내일" 관념은 한국식으로 말하자면 "요다음에" 정도일 듯싶었다.

흔히 볼 수 있는 광경이 또 있다. 야산 같은 모래산이 있는 데 군데군데 마른 풀을 먹이러 양 떼를 몰고 오는 젊은이들이 있다. 이들은 사람이 있건 없건 발정난 암양의 그곳에다 성교를 하는 것이다.

못 본 체하고 지나치려면 "꼬래꼬래, 유씨!" 하며 고래고래 소리를 질러댄다. 길들여진 앙은 눈을 지그시 감고 궁둥이를 바짝 그 남자 앞에 들이 밀어댄다. 어느 놈은 질외 사정을 하면서 한 쪽 손엔 시거를 깍지에 끼고 서는 연신 빨아댄다. 하루에도 몇 번씩 이런 광경을 보는 것은 그리 어려운 일이 아니다.

왁카스에서 동남쪽 방향으로 5~6km 정도 가게 되면 우물이 있다. 듣기로는 요단강 물줄기를 틀어서 식수를 해결하는 것이라고 하는데 말이 우물이지 그냥 웅덩이에 불과했다. 이곳에 가면 물을 길러온 부녀자들이 옹기종기 모여있다. 고무로 만들어진 자루 같은 곳에다 바가지로 물을 퍼 담고 당나귀 종류인 덩키 등에 양쪽으로 걸치고는 이상하게도, 사람은 반대방향으로 타고서 가는 것이다.

볼거리가 이것뿐이 아니다. 얌전한 여자는 물만 떠가지고 조용히 가는 여자도 있고 몇몇 바람기 있는 여자들은 별 지랄을 다 한다. 남녀노소 할 것 없이 이 사람들 인사법은 "아쌀라비"하면서 오른손만 살짝 들어주면 그만이다. 에너지를 최소한 줄이려고 하는 것인지도 모른다. 얼굴을 보고 안보고는 상대방 마음이다. 아마도 무더운 기후 때문에 오는 습관인 듯싶다.

바람기가 잔뜩 있어 보이는 여자가 한 번은 경철에게로 오더니 어깨를 툭 치고 간다. 그리고 따라오라는 눈짓을 한다. 두 명이서 담배를 피우면서 알아듣지도 못하는 말로 낄낄대고 지껄이고 있었다.

"꼬래! 아랍 매담(여자) 드나(유방) 드스(자궁) 롱 비그(길고 크다)"

엄지 손가락을 치켜든다. 세계에서 자기들이 제일 크다는 뜻인것 같다. 그러면서 포대기 같은 치마를 활짝 들어올린다. 경철이 언뜻 보니 그곳에 나 있는 털도 까만 색이 아니고 누리끼리 한 것이 털도 몇가닥 없어 보였다. 젖은 무등산 수박만큼이나 크다.

일단 아기를 낳은 여자들은 배꼽 밑에까지 젖이 주렁주렁 매달려 있다. '비키비키(성교) 오케이' 하면서 추근대기 시작했다. 이곳의 국법은 세계에서도 유명하단다. 거의 살인적이다.

만약 간통을 하다가 발각 시에는 종신형 또는 죽이기도 하는 것이 이 나라 법이다. 도둑질하다 걸리면 손목을 자른다. 처녀를 손댔을 때는 그 여자가 요구하는 대로 법집행이 된다고도 한다. 어느 경우는 고의적으로 몸을 주고 본인이 가서 고발을 한다니 경철의 조국보다 몇 배 나 무서운 나라가 아닐 수 없다. 이 기간이 지나야 결혼허가를 받는 것이다. 물론 이 기간 동안은 알라신 철저히 믿고 숭배해야 된다.

묘한 것은 이곳 여자들 옆에 가까이 가게 되면 냄새가 지독히 난다는 것이다. 마굿간 냄새에다 옛날 재래식 아궁이에서 풍기던 화덕 냄새 비슷한 것인데 이것 역시 물이 귀하니까 닦지 못하는 탓일 듯싶다.

이곳 돌로 지은 형무소에는 지금 현재도 한국인이 두 명이나 수감되었다고 한다. 동대문의 장 씨, 옥천의 김 씨라고 하는 데 그들의 앞날이 잘 되기만을 경철은 빌 뿐이다.

이곳 주민들은 해만 넘어갔다 하면 빙 둘러앉아 손바닥으로 두들기는 조그만 북을 치면서 신바람나게 흔들어 댄다. 원주민들이 추는 춤, 바로 그런 것이다.

부락마다 언어도 서로 틀리다고 한다. 불과 백 미터 이내에서도 비가 오는 곳도 안 오는 곳도 있으니 희한할 수밖에 없다. 하룻밤 자고 나면 모래 동산은 온데간데없이 없어졌다가는 며칠 후면 다른 형체의 동산이 생기곤 한다. 물론 산다운 산은 있을 리도 만무하지만 어쩌다 그런 비슷한 곳에는 가시 달린 선인장만 키 높이만큼 있는 것이 고작이다. 그 안에는 주로 도마뱀, 독거미, 전갈 등 맹독성을 지닌 파충류만 득실거리고 있을 뿐이다. 목숨이 질기고 모질다고는 하였지만 여하튼 이런 환경에서 살아간다는 아니 살 수 있다는 자체만도 경철은 신기할 뿐이다.

209현장은 이스라엘을 약 2km의 지척에 두고 밤에는 야경을 다 볼 수 있는 팔레스타인 난민촌 가자지구와 경계쯤 되는 곳이다. 옛날 경철이 어렸을 적, 6·25사변이 나고 미군들이 한국에 왔을 당시 "추잉껌 기부미", "죳까라"하면서 양팔로 훌레질을 하듯이 이곳 꼬마 애들도 마찬가지였다. "꼬래 꼬래", "총까라"하면서 그 행동은 다를 바가 없었다.

경철은 십여 일을 고민하면서 하루를 일 년 보내듯 지내고 있었다. 209공구장을 만나 한 시간 정도 상담을 했다. 저쪽 '엘레벤'이라고 하는 현장이 있는데 그 곳 공사가 완공 될 때까지는 놀 수는 없으니까 현장에서 일을 해야 된다고만 할 뿐 구체적인 이야기는 일체 함구였다.

내무실에는 오십 명 정도가 있었다. 내무실이라야 12인치 블록 벽돌로 군대 막사처럼 지었는데 그 안은 찜통더위는 고사하고 한증막보다 더한 곳이었다. 한복판에는 옛날 시골 간이역에 매달려 있던 선풍기가 있었는데 시계방향으로 돌아가는 것이 불안정하기 짝이 없었다. 살도 너 댓 개쯤은 부러져 나가고 돌아가는 소리는 고물 경운기소리보다도 더 컸다. 털털털 털컥, 한 쪽이 기울어진 채 금방이라도 떨어질 듯 불안해서 그 밑을 지날 때면 본능적으로 고개를 삐딱하게한쪽으로 꼬아서 빨리 지나가야만 했다. 그리고 그 선풍기 옆에는 전갈, 지네, 독거미가 끈으로 묶인 채 흔들거리며 매달려 있었다. 아마도 이곳에는 이런 독충들이 많으니까 경각심을 주기 위한 경각심용전시품인 듯싶었다.

이만큼 공들여 전시를 해놨으니 각자가 알아서 조심하라 차후 사고가 발생하여 죽든 말든 우리한테 책임이 없다. 억측으로 얘기하자면 이러한 해석도 가능할 듯싶었다.

낮에는 공포의 더위가 괴롭히지만 밤만 되면 추워진다. 초저녁엔 내무실에서는 도저히 잘 수가 없다. 침대라고 하는 것은 합판 한 장에다 밑에는 벽돌이나 블록을 받침대 하면 그것이 곧 침실이다. 잠잘 때의 모습들은 그야말로 포로수용소를 방불케 한다. 여기저기서 신음소리며, 고통을 참아내는 소리가 들릴 뿐이다.

"아이쿠, 아-휴 나 죽겠네!"

신기한 것은 2억 만리 이국땅이지만 북두칠성만큼은 서울서 보는 거와 별반 차이가 없는 것이다. 거리나 위치가 똑같았다. 경철이 한참동안 북두칠성을 벗삼아 보고 있노라니까 자기도 모르게 두 줄기 눈물이 스르르 흘러 볼을 적시곤 했다.

이곳을 올 때는 회사에서 충분한 설명을 들었었다. 에어컨 시설에 식사는 본인이 원하는 대로 한식과 양식 중 선택하기 달렸다고. 그러나 사정은 달랐다. 현장의 근무조건은 열악했으며 회사 측에서는 개선의 여지마저 보여주지 않았다. 게다가 노무자 기능공 사이에도 첩자가 박혀 있다고 누군가 귀띔을 해주는 것이었다.

관리직 임원한테 빌붙어서 무슨 큰 덕을 보고 왕재수가 터진다고 똥개새끼처럼 꼬리치고 아야, 아부를 하는 놈이 있다니, 경철은 그런 작자들을 생각하며 이를 갈았다.

15일만에 결심을 굳혔다. '요주의 인물'로 꼬리표가 달린 낙인찍

힌 인물이 될지라도 괜찮았다. 각오는 돼있는 터라 그는 두려울게 없었다. 귀국하고 난 후의 일은 그때 가서 닥치는 대로 해결하면 되지 싶었다.

최종적으로 209공구장과 면담을 가졌다. 처음 본 순간부터 밥맛없어 보이던 작자였는데, 그는 경철이 느낀 그대로였다. 깡마른 체형에 키는 삐죽하니 컸다. 가슴팍은 새가슴인 듯 앞으로 불거져 튀어나온 것이 6·25때 얘기들은 인민재판 위원회 간사 정도쯤은 되는 듯한 놈이었다. 수탉이 싸울 때면 고개를 아래로 조아렸다 위로 올리듯이 그는 경철의 아래위를 한참이나 보다가 말문을 열었다.

"이봐요! 내말을 똑똑히 들으시오. 이건 순전히 인간적으로 하는 얘기니까 서운하게 듣지 마쇼. 당신 가는 것도 좋지만 왕복 비행기값에 호텔 체재비에 그거 물어낼 수 있겠소. 이곳에 왔을 때는 피치 못할 사정이 있었을 텐데 그만한 돈이 있겠어요. 그건 그렇다 치고당신 귀국하게 되면 중앙정보부 직원들이 김포공항에 나와 있을 거요. 국제 망신을 시켰으니까 여기 계약한 기간 만큼은 한국에서 징역을 살아야 된다, 이 말예요."

"……"

경철은 할 말을 잊은 게 아니라 하고 싶지도 않고 대꾸도 하기 싫었다.

"다시 한 번 잘 생각해 보시오 당신이 가겠다면 우린 보내주는 걸로 끝나지만 당신이 안되어 보여서 하는 얘기요. 돈벌러 왔다가 돈 물어내게 됐지, 거기에다 콩밥까지 먹어서야 되겠소?"

"아니, 나는 어떤 일이 있어도 갑니다. 비행기 값, 호텔비, 다 물어내고 콩밥도 먹겠습니다."

"허허, 이 양반 당나귀 여씬가? 고집이 세구면."

"고집이 세다뇨, 어디 대한민국법에 해외취업 갔다가 조건이 안 맞아 귀국했다고 감방에 집어넣습니까, 우리 나라가 김일성이 나랍니까? 그런 경우는 듣지도 보지도 못했으니 얘기한 것에 대해서는 책임을 져야 됩니다."

"조건이라뇨?"

경철이 눈을 흘기면서 의자에서 일어났다. 이제는 참을 만큼 참았다.

"당신들. 사기꾼 아냐? 에어컨이다 한식, 양식이다 해놓고 이게 어디 사람취급 받는 곳이야? 개, 돼지만도 못한 곳에 집어넣고 말야, 당신들 계약위반 했잖아."

"뭐, 계약위반?"

"그럼 아냐, 위반했잖아?"

"그래서?"

순식간에 난투극이 벌어지고 말았다. 직원들이 달려와 말리는 바람에 적당한 선에서 끝이 났다. 공구장도 늘씬하게 터지긴 했지만 경철도 맞기는 맞았다. 그러나 경철이 누구냐. 독종 중의 독종이다. 아무리 산전수전 다 겪은 베테랑 공구장이라 하더라도 경철을 기세로 이길 수는 없었다. 굳이 이야기하자면 무승부에 가까운 경철의 판정

승이었다.

"너, 이 자식. 209 공구장놈 잘 들어! 내가 누군지 이제부터 확실히 맛을 보여줄게. 이 개자식아!"

그날 이후부터 영등포 깡패 경철이라고 소문은 금방 퍼졌다. 일이 이 정도 되자 그는 단 하루도 이곳에 있고 싶은 마음이 싹 가시었다. 경철은 공구장과 정면 대결을 벌이기보다 좀 더 현명한 방법을 찾기로 했다.

7월 25일 새벽, 경철은 요르단의 수도 암만까지 가기로 결심하였다. 그곳에는 대한민국 대사관이 있기 때문이다. 설마 이곳에서도 몰인정하게 대하지는 않겠지. 그는 자신만만했다. 그러나 암만 시내에서 내리긴 했어도 대사관이 어디 붙어 있는지 알 길이 없으니 답답하기만 했다.

영어실력도 없었지만 손짓발짓 하다보면 대충은 통하려니 생각 끝에 경찰서로 찾아갔다. 이래 죽으나 저래 죽으나 남은 거라곤 악뿐이었다. 당시에 영화배우 최은희가 납북되었던 때라 긴장감이 감도는 시기였다.

그는 하여튼 죽기 아니면 살기였다. 들어가자마자

"사우스 코리아 신승 코퍼레이숀 엔지니어. 아이 원 투 코리아!"

"오-우 예, 김일성 넘버 원!"

기가 막혔다. 이곳에서는 코리아 하면 무조건 김일성 넘버원이라고 한다더니 말 그대로였다.

"노우, 마이 프레지던트 박정희."

하니까 금세

"박정희 넘버 원."

하는 것이었다.

"올드 이어?"

나이를 묻는 모양이었다.

"원텐, 투텐, 쓰리텐 휘"

경철이 당황하다 보니

"써티휘" 할 것을 열 손가락을 3번 접었다 폈다 하면서 대답했다.

"오-우 예, 아이 노우."

하면서 씨익 웃는다. 현지 경찰관들의 친절한 안내를 받아서 경철
은 마침내 대사관에 도착할 수 있었다. 건너 편에는 영국 대사관이
있었다. 태극기를 보자마자 설움이 복받쳐 올라왔다. 그건 참 신기한
일이었다. 머나먼 이국에서 태극기를 보면 눈물이 나는 것 말이다.
외국에 가면 누구나 애국자가 된다더니 그 말이 실감이 났다.

그는 소상영 대사를 직접 만났다. 대사는 경철을 자상하고 친절히
대해 주었다.

"그런 일이 있었군요. 정확히 알아보고 조치를 취해드리겠습니다."

"꼭 바로잡아야 합니다. 우리들은 인간답게 살아야 할 권리가 있는
것입니다. 안 그렇습니까, 대사님?"

"그럼요. 정말 용기 있는 분이시네요."

"나쁜 놈들이에요. 중앙정보부까지 거들먹거리며 사기를 치지 뭡니까, 나 원 참! 성질 같아선 요절을 내버릴려다가 근본적인 해결책이라는 생각이 안 들었죠. 그래서 찾아 뵈온 겁니다. 그리구 전 더 있고 싶은 생각이 없으니 하루빨리 귀국시켜주기 바랍니다."

"알겠습니다."

경철은 대사와 직접 면담해서 문제를 해결한 동시에 또 하나의 기쁨을 맛볼 수 있었다. 제대로 된 한국 음식을 먹을 수 있었던 것, 바로 그것이었다. 대사 부인이 딱한 자국의 근로자를 위해 정성스레 차린 상을 그는 마주한 것이었다.

경철은 허겁지겁 걸신들린 놈 모양 두 그릇이나 해치웠다. 호박잎과 된장국, 풋고추, 오이…. 국내에서는 너무나 평범한 식단인데 요르단 대사관저에서 먹으니 정말 꿈만 같았다. 경철은 이제야 사람과 물체가 똑바로 보이는 것 같았다.

대사는 경철에게 8월 5일엔 틀림없이 귀국을 시킬 테니 아무 걱정 말고 편하게 지내라고 당부했다. 그리고 만에 하나 무슨 일이 생길 시에는 전화하라고 하면서 '65367'의 전화번호까지 적어 주는 것이었다. 경철은 감사했고 한편으론 득의만만했다.

'왁카스' 내무실에 도착한 시간은 밤 10시쯤이었다. 내무실의 사람 들이 삼삼오오 모여 쑤군쑤군 대고 있다가 그를 보자 모두들 옆으로 모여들었다. 유씨라고 하는 십장 보는 이가 걱정스런 얼굴로 말을 건넸다.

"어떻게 잘 되어 갑니까?"

"잘되나 안되나 내가 무슨 죄졌습니까?"

경철은 어느 놈이 고자질 할 지도 모르고 해서 더 이상의 구체적인 이야기는 하고 싶지 않았다. 그는 몸이 녹초가 되다시피 해서 잠자리에 들어가 누웠다. 하늘에 별은 유난히도 반짝반짝 빛나건만 서른 네 살의 경철은 머리속에서 만감이 교차하고 있었다. 구성진 늑대나 들개들의 울음소리가 음률에 맞춰 그의 귓전에서 울리고는 사라지고 있었다.

여하튼 경철의 귀국은 결정된 상태였다. 앞으로도 귀국하기까지에는 10여 일 정도 기간이 있었다. 어차피 확정된 이상, 경철은 가는 날까지는 마음 편하게 먹을 참이었다. 일부러 여행도 오는 판인데, 근처 좀 돌아다니며 관광이나 하는 수밖에 없었다. 첩자인 듯한 놈이 달려왔다. 209 공구장놈이 좀 봤으면 하는 전갈이다.

"그 자식보고 오라고 그래! 건방진 놈, 누구보고 오라 가라 하는 거야?"

경철은 입에서 나오는 대로 쏘아 부쳤다. 잠시 후 그가 나타났다. 오른쪽 눈 밑에 반창고를 부쳤는데 퍼렇게 멍들어 있었다. 그리고 기가 많이 죽어 있기도 했다.

"여선생! 이왕에 가시기로 결정이 났으니 가실 때까지는 서로 오해 풀고 좋게있다 갑시다. 식사는 사무실에 오셔서 하시고…. 대사관에서 연락을 받았습니다."

"내 일은 내가 알아서 할 테니 당신 일이나 잘 하쇼."

옆에 있던 첩자놈이 웬일인가 싶어 눈이 휘둥그레 진다. 관리직 놈들은 그래도 에어컨 시설된 시원한 곳에서 먹고 싶은 대로 잘 처먹는다는 소리를 익히 들어서 잘 알고 있는 터였다.

예정대로 8월 5일, 귀국하는 날이다. 경철은 그동안 동고동락했던 대원들하고 작별인사를 나누었다. 고향의 형뻘 되는 두일이 형을 못 보고 가는 마음이 무엇보다 짠했다. 경철이 그를 만 난 것은 23일 전 바로 그 날 이곳에 도착했을 때였다.

"야! 철이야! 너 온양 경철이 아냐?"

반색을 하며 달려오는 사람이 바로 두일이 형이었다. 그는 얼굴이 새카맣게 그을려 있는 데다 이만 하얗게 드러낸 채 머리는 어깨까지 길게 기르고 있었다. 한 동안 서로 얼굴만 바라보면서 말이 없었다. 얼마간의 시간이 흐른 다음에야 누가 먼저랄 것도 없이 똑같이 울었다.

"여하튼 이왕 왔으니까 고생이 돼도 참어."

하면서 하루도 빠지지 않고 콜라 두 병씩을 경철에게 꼭 사들고 오던 자가 바로 두일이 형이었다. 이역 만리에서 이렇게 만날 줄은 꿈에서도 생각해 본 일이 없던 경철이었다. 막상 도중에 떠나려니 경철은 두일이 형이 더욱 그리워졌다.

마침내 경철은 귀국 비행기에 올랐다. 사나이답게 돈 벌어 떳떳하게 귀국하고 싶었는데 그게 여의치 않아 경철은 마음이 착잡했다. 그러나 지옥 같은 열사의 현장을 떠난다고 생각하니 한편으론 홀가분하기도 했다.

비행기는 어느덧 방콕에 도착했다. 서울 가는 비행기는 이틀 후에 있었다. 그동안은 이곳에서 지내는 수밖에 없었다. 경철은 호텔에 들어 샤워를 마치고 휴식을 취했다. 그는 잠시 뒤 조금은 가벼운 마음으로 방콕 시내를 나가 보았다. 거리에는 죽은 개가 버려진 채 방치되어 있었고 그 시체 위에는 파리 떼가 들끓고 있었다. 도로변 개천에는 붉은 색을 띤 물고기들이 징그러울 정도로 우글거리고 있었다. 주거 상태는 수상가옥 비슷한 원주민들의 생활상 그것과 비슷했다.

옛날 60년대 청계천 판잣집처럼 도시 건물 미관도 엉망이었는데 경철이 한 눈에 보아도 낙후되었다는 것을 대뜸 알 수 있었다. 점포는 영세성을 면치 못한데다 진열해 놓은 상품들은 먼지가 뿌옇게 쌓여있는 상태였다.

시장엘 들려 보았다. 한쪽 편에선 엠블런스가 대기한 채로 킥복싱을 하고 있었는데 이건 운동 경기가 아니고 실전과 같이 다름없다. 한쪽 선수가 상대방 선수의 안면을 무릎으로 강타했다. 상대방 선수는 온통 피투성이다. 얼굴은 일그러진 채로 그야말로 난투극이며 혈전이었다. 이긴 선수 쪽에서는 괴성과 고성이 오가고 신바람이 나서 펄쩍 뛰고 난리가 났다.

살다보니 또 별꼴을 다 보겠다며 경철은 혀를 내둘렀다. 다른 한쪽에서는 닭싸움이 벌어졌다. 싸움닭 '샤머'였는데 발에다가 칼을 채워서 싸우는 것이 특이했다. 한쪽 닭은 목이 부러진 것 같다. 목을 세우지 못하는 걸로 보아 절망적이었다.

경철이 말귀는 못 알아들어도 심판의 몸짓, 손짓을 보다 보면 감으로 무슨 뜻인지 느낄 수 있을 것 같다. 심판이 목 부러진 계주한테 가서 기권을 종용하는 것 같다. 계주는 손을 가로 저으면서 응하지 않는 모양이다. 싸움은 일방적으로 계속되다가 결국 그 닭은 현장에서 죽어 버렸다.

골목 어귀에 미장원이 있었다. 경철이 호기심에 안을 들여다보니까 외국인이란 것을 알아차렸는지 들어오라고 손짓을 한다. 경철은 염치 불구하고 안으로 들어갔다. 커피도 끓여주고 하면서 신기한 듯 저희끼리 키득키득 웃고 있다.

경철은 여기서 우연히 미스 푹(pook, JITIAPA)이란 19세 된 아가씨를 만나게 되었다. 키도 늘씬하고 얼굴도 예뻤다. 수신호로 의사 표시를 하였는데 자기네 집으로 초청할 테니 갈 수 있냐는 뜻인 것을 간신히 알아차렸다. 무슨 놈의 팔자가 여복이 이렇게 많은지 경철은 스스로 놀랄 뿐이었다.

경철은 그녀를 따라 미장원에서 나와 큰 도로 따라 서쪽 방향으로 몇 백 미터 가다가 좌측 골목으로 들어갔다. 한 칠팔십 미터 가다보면 슈퍼가 있는데 바로 이 앞에 또 골목이 있었다. 양쪽으로 집이 있는데 주택가였다.

슈퍼에서 왼쪽으로 세 번째 집이 아가씨 집이었다. 방은 2개였고 제법 넓은 거실, 목욕탕이 있었는데 방은 온돌방이 아니고, 거실과 방바닥은 길죽길죽한 후로링 나무로 장식이 되었다. 종이를 꺼내서 글로 쓰면서 몸짓, 손짓, 표정 다 동원해서 각자의 소개를 하였다. 미스 푹의 어머님, 아버님은 방콕시내에서 의류장사를 하고 있고 이 집에선 저 혼자 살고 있으며 직업은 가수라고 하였다.

방 한 칸은 무대복 같은 것이 가득히 옷걸이에 걸려 있는걸 보니 가수임이 틀림없는 것 같다. 곰곰이 생각해도 경철은 영문을 알 길이 없었다. 왜 이렇게 친질을 베푸는지?

어쨌든 그는 모험을 해보기로 작정했다. 팥죽을 끓여왔지만 너무 달아서 먹지는 못했다. 뒤뜰을 가 보았다. 바나나가 지천으로 떨어져 있었다. 연시감이 떨어져 있듯 여기저기 바나나 투성이다. 그 옆 나무는 전봇대이상 만큼이나 높았는데 파인애플 나무였다.

경철은 아가씨의 집이 태국에서는 꽤나 부유한 집안이란 것을 느꼈다. 저녁에는 푹이 나가는 야간업소에도 같이 가 보았다. 차는 빨간색 이었는데 앞좌석에는 악보며 테이프가 어지러울 정도로 꽉 차 있었다.

업소 규모는 이류 정도의 레스토랑 같은 육, 칠십 평 정도의 넓이였다. 무대에 올라가기 전에 이곳에서는 '노 댄싱'이라고 설명을 해주었다.

춤은 출 수 없다는 설명을 듣고 경철은 직업적 관록으로 이곳이 2

종 업소란 것을 확실히 알아차렸다. 그녀는 세 곡 정도의 노래를 끝내고 경철의 자리로 돌아왔다. 마침 그의 주머니에 는 비상금조로 오십 달러가 있었던 터라 푹에게 삼십 달러를 건네주면서 네가 알아서 하라는 신호를 보냈다. 푹은 빙긋이 웃으면서 십 달러를 다시 주면서 태국 맥주 'Beer' 다섯 병을 웨이터에게 주문하였다.

그 업소 안에는 그러니까 무대 왼쪽 편에 각종 술만 진열해 놓고 파는 곳이 있었는데 술 한 병을 밴드 마스터한테 갖다주고 오라는 것이었다.

푹이 술 종류 적은 쪽지를 주길래 그 앞에 내 밀었더니 자그만 술 한 병을 주었다. 알려준 대로 마스터한테 주고 자리에 앉았다. 손님들은 꽉 차 있었고 분위기는 젊음의 광장답게 열기에 떠 있었고, 무대에서 "코리아 경철" 호명소리가 들리었다.

심호흡을 하고 난 경철은 관객 쪽을 향해 태국식 인사를 공손하게 하고 난 다음 '아리랑' 을 불렀다. 노래가 끝나자 함성을 울리며 기립박수까지 보내주는 것이 아닌가? 크게 감명을 받고 그에 힘입어 '사랑해 당신을' 조용한 음정으로 최선을 다해서 불렀다. 따뜻하게 대해주는 태국인들에게 경철은 제법 감동이 되었다.

집으로 돌아오니 12시가 되었다. 푹은 자기 옆에 와서 자라고 눈짓을 보내지만 경철은 그럴 용기가 없다기보다는 자신이 없었다. 난희 생각, 은선이 생각, 부인 생각, 별별 생각들이 다 떠올랐다. 베개가 없는 대신 베개 모양의 사람 키만큼이나 긴 것을 꼭 껴안고 자는 푹의 모습이 정말 아름다워 보였다. 내일이면 떠나는 날이다. 지금 현재로서는 경철이 푹에게 해 줄 것이라곤 아무것도 없다. 단지 서울 주소와 사진 몇 장 주는 것 외에는.

아침에 일어났을 때는 찬바람이 살랑살랑 불어주었다. 푹이 아침 식사를 준비해왔다. 제 딴에는 성의를 다해 만들었을 텐데 경철은 너무 매워서 많이 먹을 수가 없었다. 안타까운 표정으로 경철을 바라보던 푹의 눈가엔 어느새 눈물이 고이고 있었다.

그녀는 부처님 상이 박혀있는 동으로 만든 메달과 사진, 자기 집 주소, 그리고 전화번호를 적어 경철에게 주었다.

"멋진 한국 남자여, 그대 이름은 경철. 첫눈에 반했어요. 저를 그대 나라에 데려갈 수 있나요? 아니면 그 메모를 네게 다시주고 여기 살아요."

그녀의 눈은 꼭 이렇게 말하는 것 같았다.

공항까지 마중나온 푹은 풀이 죽어 힘이 없어 보였다. 처음부터 손수건을 꺼내들고 틈틈이 눈물을 훔쳐대고 있었다. 경철은 푹의 어깨를 토닥거리면서 말은 통하지 않았지만 빠른 시일 내에 초청장을 꼭 보내겠노라고 했다. 지금 와서 생각해 보면 그때 같아서는 무슨 방법을 써서 라도 초청장을 꼭 보내고 싶은 마음이 굴뚝같았다. 그게 경철의 마음이었다.

한편의 드라마 같은 연출장면이었다. 울고 있는 푹을 멀리하고 경철은 출구 쪽으로 향하고 있었다. 짧은 시간이었지만 인정 많은 푹을 뒤로하고 떠나려니 발걸음이 잘 떨어지지 않았다.

그렇지 않아도 착잡한 마음이 더 심란해졌다. 패잔병이 되어 귀국하는 마음, 해외취업의 혹독함을 생생하게 체험하고 돌아가는 마음, 삶의 어려움과 모든 번뇌망상을 안고 어쩔 수 없이 살아가야 하는 숱한 사람들…! 아, 인생이란 정녕 무엇이던가?

그럼에도 불구하고

시월의 가을 하늘은 드높고 푸르다. 풍요로운 수확의 계절인 만큼 먹지 않아도 배부를 것 같다. 바람 부는 논과 벌판을 바라보노라면 그야말로 금빛 물결이 일렁거리는 듯해서 경철은 가슴이 뿌듯해 온다.

가는 곳마다 먹거리가 풍성하다. 추석이 곧 다가오는 모양이다. 경철은 배곯던 어린 시절을 생각하며 계절이며 인심이며 하는 것들이 더도 말고 덜도 말고 한가위만 같기를 바라는 마음 간절하다.

경철은 영복과 함께 온양 근교의 광덕산을 오르고 있다. 광덕리가 바로 산행의 기점이 되며 광덕사에서 왼쪽 계곡을 끼고 올라가면 장고개가 나오고 도중에 민가가 여러 채 나오는데 별천지처럼 오순도순 살아가는 모습이 무척 정겹다.

장고개부터 서남능선을 따라 올라가다 보면 싸리나무, 진달래, 각종 잡목들이 빽빽이 들어서 있고, 능선 길을 따라 첫 번째 봉우리를 넘어서면 그곳이 바로 정상이다. 정상에서 바라볼 때 남쪽으로는 광덕사 경내가 들어오고 북쪽으로는 온양 시내가 훤히 보인다.

하산할 때는 서남능선을 타고 가다 보면 좌우 갈림길이 나온다. 서쪽 계곡으로 방아삭골을 경유 계속 가게 되면 송악저수지에 이른다. 남쪽으로 내려가면 엄나무골이 나오는데 역시 계속 가다 보면 큰길이 나온다. 큰길로 쭉 가면 광덕리에 이른다.

원래 광덕산은 육산으로서 돌도 별로 없고 부드러운데다 초보자도 거부감이 없는 것이 특징인 곳이다. 전북 완주와 대전을 경계로 반반씩 자리잡고 있는 대둔산에 비하면 광덕산은 순한 산임엔 틀림없다. 대둔산이야말로 완전 골산, 일명 바위산이다.

그러나 광덕산을 얕보고서 산행을 했다간 큰 코 다친다. 경철 역시 그런 경험이 있었다. 그게 언제였더라….

봄이 되면 광덕산에도 고로쇠나무 수액을 추출하느라 인근 부락민들 일손이 바빠진다. 이곳에도 고로쇠나무가 많기 때문이다. 원래 고로쇠나무는 단풍나무과로 분류되는데 고로쇠란 말은 원칙으론 골이 수骨利水가 맞는 것이다. 그래서 아낙네들이 골다공증 예방차원에서 곧잘 먹는 것이다. 속설로는 남자들도 골이수를 많이 먹으면 그것이 꼴린다는 얘기도 있다.

여하튼 광덕산은 보기처럼 그리 만만한 산은 아닌데, 두 사람은 무슨 모험심이 발동해서인지 그나마 평범한 코스를 버려두고 직코스를 타보기로 하였다. 힘이야 몇 곱절 드는 만큼 남이 느끼지 못하는 짜릿한 스릴을 맛보기 위해서이다.

나뭇가지를 의지하고 죽을힘을 다하여 중턱까지 왔을 때는 온몸이 땀으로 범벅이 되어있었다. 여기저기 눈에 띄는 것이 머루와 으름, 다래들이었다. 머루는 검곤색에 붉은 빛을 한층 멋스럽게 자태를 뽐내고 있었고 으름은 익을 만큼 익어 벌어진 모습이 정말 탐스러웠다. 힘든 만큼 보람도 있었다. 먹을 만큼 따먹고는 빈 배낭에 잔뜩 담아 정상을 향했다.

　정상 도착하는 데 세 시간 정도 걸렸다. 온양, 천안 일대가 한눈에 시원하게 들어왔다. 경철은 가슴이 확 뚫리는 기분이다. 옛말에 이르기를, 사나이는 '호연지기'를 기르라 했는데, 그 크고 거침없는 마음은 이렇게 산 정상에 올라서서야 느낄 수 있는 것만 같았다.

　"영복아, 역시 정상이 좋지?"

　"예, 형님."

　"그래. 인생은 정복하는 멋이 있어야 하는 거야. 자신의 목표를 분명하게 세우고 거기에 도전하는 정신 말이야."

　"명심하겠습니다, 형님."

　"헌데, 난 이제부터 뭘 하지? 술장사를 또 할 수도 없고…."

　"형님 뜻대로 하십시오. 전 죽을 때까지 형님을 모시겠습니다."

　하산할 때는 정해진 코스를 따라 송악저수지 쪽으로 방향을 잡았지만 중도에 강당골로 내려 왔다. 강당골 계곡은 청정계곡이다. 가재도 있고 흐르는 물을 그대로 마셔도 될 만큼 깨끗한 곳이다.

　이곳 강당골에서 3km 남짓 밑으로 내려오면 외암리 민속 마을이 있는 데. 문화부 장관을 지낸 이어령 선생의 고향이다. 사극 촬영을 하는 데 빼놓을 수 없는 단골장소이기도 하다.

경철은 온양까지 약 6km를 계속 걷기로 하고 영복과 소주 한 잔씩을 나누었다. 천성이 말이 없는 녀석이라 별 재미는 없지만 충직한 마음 하나만은 그만이다.

어언간 '전국 백수 연합회' 회원이 된지도 두어 달이 넘어섰다. 아무래도 고향 땅에서 자리를 잡아야겠다고 경철은 생각중이다. 그러나 자신은 있어도 구체적 사항으로 몰입하면 모든 것이 만만치가 않다. 갈피를 잡을 수 없이 어영부영 하는 것도 경철은 제 성질에 마음이 들지 않는다.

그는 하는 수 없이 영복을 데리고 대구에 내려가게 되었다. 폭력조직이 그에게 손짓을 하고 있는 터였다. 그래, 빈둥거리며 놀면 뭐하냐. 빨리 돈 벌어야지. 경철은 그동안 수도 없이 반성해 온 자신의 삶의 행로를 이번에도 바로 잡지 못하는 것이었다.

대구의 폭력조직은 마침 D파, H파로 양분되어 있었던 때라 D파에서는 통합작업이 은밀히 진행되고 있었다. 경철이 하는 일은 D파의 2인자 위치에서 재정을 담당하는 막중한 직책이었다.

그날그날 들어오는 수입금은 상상 의외로 많이 들어왔다. 이것이 바로 이 조직을 살려 나갈 수 있는 유일한 자금이었다. 구두닦이에서 얼음 장사까지 각 업소 각 호텔에서 유형 무형적인 방법으로 들어오는 금액이 주요 수입원이었다.

외형적으로는 어디까지나 합법화 된 것처럼 위장도 해놓고 합리화하기 위한 구실을 최대한 빠져나갈 구멍을 미리 만들어두는 것이 이러한 조직의 생태이기도 하다. 이런저런 이권을 따기 위한 경쟁은 그야말로 치열하다. 공갈과 협박, 폭력, 끝내는 사시미 칼이 모든 것을 해결하는 방법이 되고 마는 것이다.

인간이란 누구든지 죽음 앞에는 굴복하게 되어 있는 법. 그것이 이세계에서만 통할 수 있는 유일한 논리이자 지론이다. 철권정치, 무소불위, 카리스마적인, 이따위 말들은 이 조직에서는 통하지 않는다.

노른자위 자리는 행동대장 몫이다. 행동대원들은 무조건 상명하복이다. 오로지 이 규율만이 존재한다. 조직과 선배를 위한 일이라면 가차 없이 목숨도 바쳐야 된다. 그 외 어떠한 선택의 여지도 없다. 철저한 불문율과 계율만이 있을 뿐이다.

그러나 들어 온 수입만큼 나가는 것도 많다. 변호사 비용, 수감자 가족 생활비, 사식비 등 아무리 쪼개고 쪼개어도 빠듯한 것이 좀처럼의 여유가 없다. 보스 격인 상현 형님은 이럴 때마다,

"조금만 참거라. 좋은 날이 올끼구만."

이라고 말한다. 사실 경철이 그를 만난 것은 부산에 있을 때였다. 기이한 만남이었지만 이번에 또 운명적으로 만나게 되었다.

상현은 평소에는 말이 거의 없는 편이다. 삼사일언三思一言이란 말이 그에게 딱 들어맞지 싶다. 얼굴은 깨끗한 편이고 누가 봐도 귀공자

스타일이다. 그러나 눈매만큼은 날카롭고 무서웠다.

사실 경철이 이 조직에 몸담을 때는 그와 극비의 밀약이 있었다. 차기 대권주자로 경철이 손을 들어주기로 약속이 되어 있었던 것이다. 그리고 경철의 뒤 배경에는 J일보 언론사 모 중진이 적극 천거해준 배려도 크게 작용했던 것도 사실이다.

매월 3주째 일요일은 N, K, P, O 계장 등등 각 경찰서 별로 상납하는 날로 정해져 있다. 과장급 이상 그 윗선은 보스인 상현이 직접 챙긴다. 이런 일은 으레 정해진 월례행사 중의 하나다. 그래야만 사건 시에 펜대 굴리는 향방에 따라 형량의 차이가 가감될 수 있기 때문이다. 단순살인, 우발살인, 과실치사 등은 계획적 살인과는 그 형량의 차이가 하늘과 땅 차이만큼 나는 것을 어찌하랴?

행동대원들 사이에서 때 아닌 촌극도 가끔 벌어지곤 한다. 징역살기를 자처하는 숫자가 많을 때는 엄정한 선별을 실시한다. 보통 사회생활에서는 납득하기조차 힘든 웃지 못 할 광경들이다. 공과를 세워야만 특진 아니면 영전이 되는 것이니까 그럴 법도 하다.

업소의 경우 공과에 따라 적당한 자리가 주어진다. 선거가 끝나고 나면 공과에 따라 자리다툼하는 정치인들과 비슷하다. 하긴 논공행상은 조직사회를 지탱하는 중요한 원칙이 아니던가.

이들 대부분은 단순한 사고방식을 가지고 있다. 원래가 구질구질하게 이 생각 저 생각하는 걸 싫어하는 편이고 특히 논리적인 것을 제일 싫어한다. 다만 흑백논리만 있을 뿐이다. 줄거냐, 안줄거냐?

죽을래, 살래? 이런 식으로 말이다. 한 가지 특이한 것이 있다.

세월이 한 동안 흐르고 나면 목숨까지도 바치려 했던 그 조직원들 사이에서 서서히 대권도전 움직임이 나타난다. 지각 있고 슬기로운 보스는 알아서 물러나야 한다. 아니면 칼부림으로 대단원의 막을 내리는 것이다. 이것 역시 악순환이지만 자연의 법칙인 이상 따르는 수밖에 별 도리가 없다.

경철이 대구시내 최고 번화가인 동성로 거리를 걷다 보면 여기저기서 떡 벌어진 어깨들이 90°각도의 인사를 깍듯이 하곤 한다. 경철은 그게 싫시는 않다. 그러나 한편으론 절친한 친구인 운길의 반응이 무척 걱정스럽기도 하다.

경철이 운길과 소식 끊은 지도 벌써 여러 달째다. 같은 대구 하늘 밑, 엎드리면 코 닿는 지척인데도 소식을 못 전하고 있으니, 경철은 아무래도 태어날 때부터 나쁜 피가 흐르는 모양이라며 자신을 자책한다.

경철이 모처럼 영복과 저녁을 먹었다. 영복의 얼굴이 많이 말라 있다. 말은 하지 않지만 경철의 마음이 짠하게 아프다.

"형이 바쁜 것도 없이 너한테 신경을 못 썼다. 미안해. 모처럼만에 저녁을 같이 하는구나. 오늘은 편안하게 많이 먹어라."

"저는 신경 쓰지 마세요."

"너 집에 가고 싶지?"

"저는 무조건 형님이 하라는 대로 하겠습니다. 형님이 이곳에 계시는 한 전 갈 생각 없습니다."

"조금 고생이 되도 참고 있어 봐. 알겠지?"

"예, 그런데 형님! 서울 형수님한테 전화해 보니까 은선이한테 청첩장이 왔대요, 결혼식 한다고요."

"응, 그래?"

"그럼 네가 그 날짜에 형수하고 갔다 와. 나는 도저히 시간이 안 날 것 같다."

"예, 제가 알아서 하겠습니다."

경철은 그 날 축전을 쳐주었다.

"결혼은 곧 전쟁이다.

두 사람의 행운을 빕니다."

날이면 날마다 하루도 편할 날이 없다. 이권이 있는 곳이면 언제든 H파와 부딪치고 있다.

오늘은 악명 높은 H파의 깡쇠를 해치우자는 간부급의 구수회의가 열리는 날이다. 깡쇠는 몸도 잘 단련된 체구에다 빠르기가 제비보다도 더 날쌘 놈인데 가끔씩 경철의 구역을 침범해서 신경을 거스르고 있다.

해치우자는 데에는 모두가 이론의 여지가 없었으나, 방법론에 대해서는 의견이 분분했다. 이쪽에서 한 명을 선정하여 우발적인 살인으로 가장 하는 방법, 유인납치 하여 쥐도 새도 모르게 죽이자는 방법, 그놈이 잘 가는 곳에 잠복 대기하고 있다가 교통사고를 가장하여 형량이 가장 낮은 과실치사로 꾸미자는 방법 등등, 여러 가지 의견이 나왔으나 결론이 나질 않는다. 일단 보류된 셈이다. 그러나 대상에 오른 이상, 시간만 남았지 목숨은 파리목숨과 똑같다. 내일은 전투가 시작되는 날이다.

전투 전야는 그야말로 초긴장이다. 누구도 눈썹 하나 움직이지 못할 정도로 고요와 적막뿐이다. 어떻게 보면 신라 김유신 장군이 삼국 통일 하듯이 그 분위기는 실로 장엄하기까지 하다.

팔공산 뒷자락 은밀한 장소에서 전투대비를 위한 예행연습을 마치고 행동대장 민철이가 막 들어왔다. 무기고에서는 몽둥이, 쇠파이프, 도끼 등이 이미 빠져나갔다. 출전 신고 차 모두들 보스인 상현 앞에서 일자로 서 있다.

"될 수 있는 한 생명까지는 손대지 마라."

"옛! 나가보겠습니다."

전투할 때의 총지휘권은 행동대장의 고유 권한이다. 인원배치며 방법, 목표물 선정, 일체 간섭을 받지 않는 것도 이 세계에서는 불문율로 정해져 있다. 전투가 끝나면 뒤처리까지도 거의가 행동대장이 마무리를 짓는 것도 특이한 일이다.

대체적으로 전투 시작 전에 이미 각본은 짜여져 있다. 누구누구는 자수하고 누구는 속칭으로 '경찰'을 뜻하는 '곰'한테 잡히는 걸로 예정 되어있는 것이다. 야구경기 할 때 번트가 나오듯이 달리는 대상인물은 초짜가 지목되게 되어있다. 첫번 원스타 진급 시에는 보통 이런 식의 절차를 밟는다.

예정대로 전투는 완승으로 끝났다. 이러한 전투는 항상 선제공격이 유리할 수밖에 없다. 저쪽의 피해상황은 엄청나게 큰 듯하다. 여섯 명이 응급실과 중환자실로 옮겨갔고 일대는 쑥대밭이 된 듯 다음날 각 신문에는 대문짝만하게 사건 관련 기사가 나왔다.

'D파 대 H파 세력다툼'

주도권 잡기 어쩌구저쩌구 하면서 말이다.

이번 전투에서 공을 제일 많이 세운 쪽새와 찍새는 우선 피신시키기로 상부의 결정이 떨어졌다. 둘은 친형제 인데, D파에서는 **빼놓을** 수 없는 간판스타이기도 하다. H파의 악명 높은 깡쇠의 두 다리를 부러뜨렸기 때문이다. 그들은 수사 손길이 덜 닿는 온양 경철의 연고지로 피신했다. 별도의 상부지시가 있을 때까지는 수시로 연락을 취하면서 체력단련을 위한 등산, 낚시로 소일하는 것이 보통이다.

관할 경찰서 N계장한테는 수화기가 닳도록 전화가 왔다.

"니 철이가? 지금 야단났데이. 빨리 바꾸락카이."

이런 일을 한두 번 겪는 경철이 아닌지라 거의 만성이 되다시피 했다.

"누구 말입니까?"

"니 오야 상현이 바꾸라 말이다."

"지금 안 계시는데 들어오시는 대로 즉시 연락드리라고 하겠습니다."

열 번이고 스무 번이고 이 말 외에 어떠한 말도 할 수 없다.

있으면서도 안 바꿔 주는 것을 왜 N계장이라고 모르겠나? 지칠대로 지친 N계장의 숨넘어가듯 다급한 전화는 계속 이어진다.

"니도 뒤잘락 카나? 와 이놈의 새끼 안 바꿔주노?"

"맘대로 하십쇼."

전화를 끊었다. 옆에서 아무 일도 없다는 듯 신문을 보고 있던 상현의 입가에는 엷은 미소가 퍼져 있다.

엉뚱하게도 II파에서는 성철이 지목되어 있다고 소문이 자자하게 퍼졌다. 머리가 비상하고 숨은 인재라고까지 불리다니 아무래도 이젠 그의 목숨도 부지하기 힘든 풍전등화 꼴이 된 셈이다.

이번 전투가 마무리 될 때까지는 행동을 조심해야 된다고 특별히 당부하는 상현이 경철은 뜨겁도록 고마웠다. 신변 경호 차원에서 행동대원 두 명을 따라붙게 했다. 앞으로의 일이 어떻게 될 것인지 한 치 앞을 볼 수 없었다.

그럴 무렵 경철의 아내가 대구에 내려왔다는 전갈이 왔다. 경철은 영복을 시켜 그녀를 H호텔에 여장을 풀도록 해놓았다.

"갑자기 왜 내려 왔을까, 혹시 집에 무슨 일이라도?"

그는 온종일 궁금증에 시달리면서 저녁이 되어서야 아내를 만나게 되었다.

아내는 애써 웃기는 하여도 어딘가는 수심이 꽉 차있는 표정이다.

그동안 못다 한 이야기를 나누다가 그의 아내는 그만 울음을 터뜨리고 만다.

"여보, 제가 이렇게 무릎 꿇고 빌게요. 제가 식모라도 살 테니 우리 제발 콩나물죽을 먹을지언정 온양으로 올라가요. 네? 지금 당신은 옛날 당신이 아니에요. 지구를 다 준다해도 싫어요. 제 소원 좀 한번만 들어주세요. 그동안 당신이 틈틈이 보내준 돈, 십 원도 안 쓰고 여기 다 가지고 왔어요. 이 돈 안 쓰고도 이렇게 살고 있잖아요."

아내는 잔뜩 겁을 먹고 있었고 입술은 경련을 일으키고 있었다. 며칠 전 꿈에 경철이 뱀에게 물리는 장면을 보았다며 너무도 무섭고 생생하여 잠도 제대로 자지 못했다고 했다.

경철도 인간인지라 안 울 수가 없었다. 옆에서 새우잠을 자는 영복의 모습 또한 처량하였다. 그는 아내에게 어떤 언질도 주지 않은 채 다음날 일찍 온양으로 그녀를 올려 보냈다.

오늘은 상현과 N계장이 최종 담판을 짓는 날이다. 그동안 당기고 밀기를 여러 차례 해보았지만 쌍방 간에 조율이 잘 안 되는 것 같았다.

상현은 어떻게 해서든지 쪽새와 찍새만큼은 고수하려는 입장이고, N계장 입장에서는 H파가 너무나 거세게 나오는 판이라 감당하기가 힘든 입장인 듯싶다. 그도 그럴 것이 N계장 입장에서는 양다리를 걸쳐놨으니, 그야말로 사면초가 신세가 된 셈이다.

댓시간 만에 들어온 상현의 얼굴 표정이 돌처럼 굳어 있었다. D요정에서 심야 확대 간부회의가 열렸다. 비상이었다. 이미 쪽새와 찍새는 올라와 있었다. 그야말로 초상집 분위기보다 더 침통했고 암울했다. 한동안 어느 누구도 입을 여는 사람이 없었다.

이윽고 오랜 침묵을 깨는 상현의 목소리가 들렸다.

"쪽새, 찍새 각오는 되어있재? 지금 이 길로 막바로 들어가라. N계장이 기다리고 있을 게다."

"옛! 형님 그동안 옥체를 잘 보존하십시오. 큰절 올리겠습니다."

그들은 상현 앞에서 무릎을 꿇고 큰절을 올렸다.

"지금 갈랍니다."

이것은 무엇인가. 의리인가, 우정인가, 충성인가, 복종인가, 아니면 공경이던가? 그날 밤 그 자리에 있던 사나이들은 모두 굵은 눈물을 주먹으로 닦고 있었다.

다음날, 초짜가 잡히는 것으로 이 사건은 종결되었다. 신문에 어김없이 기사가 실리는 것도 예외는 아니었다.

'조직폭력 D파 일망타진

수사망이 좁혀지자 보스 격인 누구누구 자수!

행동대장 격인 며칠 간 잠복 끝에 체포!

기민한 수사 끝에 올린 쾌거!'

말미에는 약방의 감초처럼 붙는 게 또 있다.

'프로필, 언제 경찰에 투신, 그동안 국무총리 · 장관 표창 등 수십

회, 슬하에 부인과 자녀…. 지금 현재도 슬레트집 방 2칸에서 어렵게 살고 있다….'

그러나 대다수의 경찰이 다 그런 건 아니다. 경철이 소설을 쓰려고 지난날을 회상해보니 다소 과장된 느낌도 없지 않다. 대한민국의 전 경찰은 밤낮을 가리지 않고 직분에 충실하고 있지 않은가 말이다.

한번 발을 들여놓은 조직에서 발을 빼는건 곧 죽음과도 같은 것이다. 요즘 경철의 주변이 심상치가 않다. 보이지 않는 무언가 엄습해 오는 감이 그의 육신을 짓누른다. 아무리 잠을 편하게 자려고 해도 악몽이 괴롭히든지 아니면 밤새도록 가위에 눌려 헛소리를 치곤 한다.

그는 며칠 동안 잠을 설쳐댔는지 얼굴이 말이 아니었다. 도망가고 싶은 마음도 굴뚝같았지만 차마 그렇게는 할 수 없었다. 그는 혼자서만 궤멸되듯 모든 면에서 무너지고 있었다.

마침내 올 것이 오고야 말았다. 박정희 대통령의 장례식이 지난 얼마 뒤였다. 그는 H파 행동대원들의 습격을 받았다. 순식간의 일이었다. 호텔에서 막 나오려고 하는 찰나 '휙' 소리와 함께 그는 쓰러졌다.

병원에서 눈을 떴을 때, 그의 오른쪽 팔은 깁스가 되어 있었고, 동맥은 3개나 끊어진 상태였 다. 통증이 심하게 오는 것이 말로는 표현할 수 없을 정도였다. 경철이 아무리 주위를 살펴보아도 옆에 있어야

할 영복이 없었다. 그는 왠지 불안하기 시작했다. 민철에게 다그쳤다.

"영복이 어디 있어, 왜 대답을 않는 거냐?"

"중환자실에 있습니다. 너무 걱정 안 하셔도…."

"뭐, 중환자실, 거기가 어디냐?"

그는 화급하게 그곳으로 달려갔다. 영복은 산소호흡기를 꽂은 채 의식이 전혀 없었다.

"영복아! 죽으면 안 돼, 죽지마. 내가 잘못했다. 너한테 이렇게 빌 테니 죽지만 말아다오."

경철은 몸부림을 치면서 절규했다. 그러나 이틀 만에 영복은 숨지고 말았다.

경철이 후에 들은 얘기지만 H파의 습격으로 경철이 실신하고 또다시 회칼로 휘두르자 무방비 상태의 경철은 오른쪽 팔목이 거의 끊기다시피 되었다. 재차 심장을 찌르려고 할 때 영복이 몸을 날려 싸안았다는 것이다.

경철은 너무 비통하여 눈물조차 나오질 않았다. 삼일 만에 장례는 끝났다. 영복의 유해는 충남 아산시 도고면 기곡리에 묻혔다.

아내한테 전화가 왔다. 운길이 워낙 채근하는 바람에 더 이상은 숨길 수가 없어 사실대로 털어놓았다고 한다.

창밖에는 함박눈이 소담스럽게 내리고 있었다. 눈을 흠뻑 뒤집어 쓴 채 운길이 방으로 들어왔다. 그는 귀신한테 홀린 듯 망연자실한 채 한 동안 서 있기만 하였다.

"이 놈이 미쳤나, 니 놈이 사람이가, 와 이리 변했냐 말이다."

경철은 둘도 없는 친구 운길이 소리내어 '엉엉' 우는 것을 처음 보았다. 그는 할 말이 없었다. 어떤 말을 해 본들 운길의 귀에 들릴 리 만무하고 운길의 말대로 미친놈이 주절대는 궤변에 불과할 테니까.

경철은 고개를 숙인 채 양손으로 머리만 움켜쥐고 있었다.

"몸은 어떻노?"

"별로야."

간호원 아가씨가 상처 소독을 하러 들어왔다. 새살이 많이 돋아나고 살성이 좋다면서 실밥을 뺄 때까지는 절대로 술은 먹지 말라면서 친절하게 일러주었다.

"몸조리 잘하고 있거라, 갈란다."

본체만체 하고 휭 하니 운길이 밖으로 나가버린다. 경철은 민망했다. 실망하는 운길의 모습이 폐부를 찌르는 듯했다. 그는 지금까지의 자신의 삶이 한없이 원망스러웠다.

나는 무엇 때문에 살고 있는가?

앞으로는 무엇을 위해 살아갈 것인가?

지금 서 있는 현재의 위치는 어느 곳인가?

'과거를 생각하지 않는 사람은 가슴이 없고, 미래를 생각하지 않는 사람은 머리가 없다'고 하는데, 나는 지금 머리가 없는 것인가. 도대체 과연 무엇을 얻고자 하는 것일까?

경철은 점점 격심한 고뇌에 시달리고 있었다. 그러다 마침내 중요한 결정을 내렸다. 그는 보스인 상현을 만났다.

"형님! 용서하십시오. 끝까지 생사고락을 같이 하려고 결심을 했습니다만 미련 없이 떠나겠습니다."

그는 보스의 성격을 잘 아는지라 단도직입적으로 요점만 말했다. 상현도 눈치를 챈 것 같았다. 그는 평소보다 더욱 자상한 표정을 지으며 흰 봉투를 경철 앞에 내밀었다.

"니하고 내하고 인연은 영원히 맺자. 내일 마 2시쯤 앰블런스를 준비해 놓을 테니 칠곡쯤에서 내려 가지고 갈아타고 올라가거라."

"형님! 고맙습니다."

조직을 이탈하지 않는 자연도태를 위장하기 위한 모양새를 꾸며 이토록 배려해주는 상현이 경철은 존경스러웠다.

이렇게 해서 경철의 대구 생활은 끝이 났다. 조직폭력배의 2인자 자리는 칼바람, 피바람과 함께 거품이 되어 스러져갔다. 무엇보다 아끼는 동생 영복의 죽음이 그의 마음을 찢어놓았다. 밤의 사나이들의 세계. 술과 폭력의 세계. 그는 이 두 세계를 넘나들며 젊은 날을 보내고 있었던 것이다. 의리와 우정과 충정은 그의 자랑스러운 재산이었지만 그것만으로 삶은 이루어질 수 없었다.

마침내 경철은 한 쪽 날개가 부러진 채 온양으로 올라왔다. 그래도 고향이라고, 그는 조용하고 포근한 느낌을 몸으로 느꼈다. 흔히들 덧

없는 인생이라고 쉽게는 말들을 하지만 경철은 이때까지도 그 뜻을 실감하지 못하고 계속 헤매고 있었다.

그는 자신을 조용히 분석해 보는 시간을 갖기로 했다. 나는 누구인가, 나는 누구인가? 마치 수행하는 스님들의 화두처럼 그것은 그의 머리속에서 오래도록 떠나지 않았다. 어느 순간 갑자기 '배암꽃'이란 풀이 떠올랐다.

한때는 당뇨병에 특효가 있다 해서 너도나도 뜯어다 삶아 먹은 후에 약효가 없자 하루아침에 천덕꾸러기 신세가 된 풀. 각광받다가 스러지는 모습이 꼭 지금의 경철의 처지와 비슷하다.

어쩌면 경철은 지금 스스로의 무력감에서 벗어나는 중인지도 모른다. 그는 자신이 이 사회에서 앞으로 반드시 필요한 존재가 되리라는 것을 배암꽃 풀을 생각하며 예감하고 있는 중이었다.

그러면서 한편으로는 혈통을 생각하기도 해 보았다. 그는 자신이 좋은 혈통을 가지고 있다는 점엔 추호의 의심도 없었다. 비유하자면 자신은 어쩌면 배암꽃이 아니라 질경이일지도 모른다고 생각했다. 쓰임이 훨씬 많은 건 배암꽃보단 질경이인 게 분명했다.

질경이는 어떤가. 별칭은 질장구, 배부장이, 배합조개 등이다. 한의학에서는 차전초車前草라는 명칭을 쓰고 있는데, 진해, 소염, 이뇨, 안질, 강심, 임질, 신장염, 임신중독, 난산, 출혈, 해열, 지사, 요설, 금창 등 쓰이는 요소가 너무 많다. 그리고 인삼과 녹용 못지 않은 약초 겸 산나물로 귀한 대접을 받고 있다.

인간으로 말하자면 좋은 혈통을 가진 사람이다. 집안으로 보자면 경철도 분명히 질경이 정도는 되는 가문의 후손이다. 명색이 학자 집 안인데다 아직도 일가친척집을 가다보면 촌수가 높아 옛날식대로 큰 절을 받곤 한다. 그런데 어쩌다가 자신이 배암꽃 같은 존재인지 경철 은 스스로 의아스러울 뿐이다. 여하튼 돌연변이 중에도 별종임엔 이 유가 없다. 딴에는 좋은 일도 하고 싶고, 사회나 국가에도 봉사도 하 고 싶건만 뜻대로 되지 않고 있다.

자신이 생각해도 심성이야 얼마나 착한가, 인정 있고, 눈물 많고, 정도 많고, 가슴 또한 따뜻한 게 말이다. 그러나 다 좋은 것만은 아 닌 것도 사실이다. 성장과정 때 삐뚤어진 성격이 그대로 굳어진 때문 일 게다. 매사에 완벽주의자인 데다 부정적 시각이 앞서 있고, 직선 적인 면이 흠 중의 흠이다. 오뉴월 팥죽 끓듯 변덕 심한 것도 빼놓을 수 없다. 그렇다고 또 아주 무지몽매한 것도 아니다.

진짜 특이한 것은 나쁜 쪽의 두뇌회전은 빛의 속도보다도 더 빠른 것이 장점이자 단점이다. 타의 추종을 불허할 만큼. 어떤 면에서는 방어본능일지도 모른다.

경철은 생각했다. 배암꽃이 질경이로 될 수는 없을까? 그러나 그 도 잠시, 그는 지나친 희망은 갖지 않기로 했다. 사람들의 시선을 받 지 못하는 길거리의 풀이라 해도, 자기가 비록 그런 신세로 살아간다 해도, 최선을 다해 살기로 했다.

정치적 역사로 말하자면 80년 차가운 봄이 왔다. 그러나 그 당시 온양 시내는 차갑지 않았다. 요즘 유전공학농법에 의하면 위에는 토마토 밑에는 감자가 나오듯 향락산업이 호황을 누리고 있을 때였다.

온양읍 전체를 봐서도 향락산업이 효자산업이었던 것은 누구도 부인하기 어려웠다. 술집, 다방, 창녀를 포함하면 그 수가 물경 삼천 명 정도는 족히 되었을 것이다. 자그마한 지방 읍 단위의 도시 온양. 그러나 온양은 밤만 되면 환락의 대도시 라스베가스를 연상케 한다 해도 과언이 아닐 정도였다.

옛부터 온양은 천혜의 자원인 온천으로 유명한 곳으로 전국 어디서고 명성을 날리는 곳으로 알려져 있다. 오십 년대, 육십 년대에는 신혼 여행지로 각광을 받기도 했다. 조선시대 세종대왕께서도 다녀가셨다고 한다.

읍단위에 경기가 좋다보니까 전국의 몹쓸 놈들은 너도나도 다 끼게 마련이었다. 사기도박꾼. 부동산 사기꾼, 자해공갈단, 강짜, 통짜, 공갈사기단. 이루 헤아릴 수 없을 만큼 많은 똥파리들이 모여들었다.

곳곳에 독버섯처럼 도사리고 있는 사실들을 햇볕이 잘 드는 곳에는 곰팡이가 살수 없듯이 인간 사회도 마찬가지인 것이다.

강짜(강간), 통짜(간통), 미짜(미성년자)는 은어이다. 친에미가 친딸을 앞세워 지목한 사람한테 접근을 시킬 때 주로 등장하는 용어들이다. 이런 방법은 지목한 사람하고 친한 사람아니면 내부를 잘 아는 놈이 대부분의 정보를 준다.

일단 사냥감이 지목이 되면 수단과 방법을 가리지 않고 숙달된 그

딸년은 몸을 주게 된다. 말로만 열일곱 살, 열여덟 살이지 몸태는 나올 거 다 나와 있고, 벌어질 것 다 벌어졌으니 어느 누가 호적초본 보지 않고 점쟁이가 아닌 다음에야 알 수 있으랴.

이들이 하는 수법은 정해져 있는 법이다. 딸년의 지목대상에 오른 놈들은 대개가 사십대 이상 쉽게 말해서 경제적 기반이 탄탄한 사회적인 유명인도 있고, 계집 좋아하는 인물들이 주류를 이룬다. 딸년은 그거 하기 전 적당한 레스토랑 같은 곳으로 유인, 반드시 맥주 또는 양주를 한두 잔 꼭 마시게끔 스케줄이 잡혀 있다.

그래야만 사건 시에 '아버지처럼 믿고 마셨는데 그 이후로는 기억이 나질…' 할 수 있는 것이다. 통상 수법이다.

그리고 반드시 그 부위에 대한 특이점 또는 특징을 머리 속에 메모리 시켜둔다. 나중에 오리발 내밀 경우에는 핵폭탄 역할을 하기 때문이다. 이렇게만 되면 사건은 엄청나게 커지고 만다.

'40대 중반 남성 미성년자 납치유인. 술에 마취제 타다. 실신한 미성년자 강간', '인면수심! 금수만도 못한…'

방법은 그야말로 똑 떨어진다. 한가롭게 중년을 잘 넘기다 이런 곤욕을 치른 사람이 어디 하나 둘이겠는가, 한 것은 분명하고 아무리 날고뛰고 논다한들 용가리 통뼈인들 무슨 방법이 있겠나. 패가망신 당하고 싶지 않으면 결국 돈으로 땜질하는 방법뿐이 없다.

여기엔 염라대왕 빽줄도 통하지 않는 법이다. 오직 돈이다. 돈. 요즘 떠들고 있는 린다 김은 새발에 피다. 우리나라 국방장관까지 지낸

L씨의 구변이야말로 마개 빠진 놈의 잠꼬대 같은 개소리다. '부적절한 관계' 어쩌구 말이다.

솔직히 육체관계, 성관계, 좀 더 고급스럽게 말하려면 넘어서는 안 될 선이라든지, 막말로 하려면 '씹'이라고 하던지…. 기자회견은 자청하여 '부적절한 관계'란 새로운 유행어를 퍼뜨려 놓느냐 말이다.

일단 딸년이 몸을 주고 나서는 신바람이 나서 유유자적 집으로 온다. 이때부터는 발빠르게 작전계획이 수립된다. 패거리들끼리는 낄낄, 깔깔, 희희낙락, 살판이 난다. 가차없이 그 다음날 목표물을 향해 용감무쌍하게 돌진한다.

그 딸년은 반 죽도록 맞은 것처럼 일단 머리를 헝클어지게 만든다. 다음, 눈 멍들이기. 일단 막걸리 한 잔을 먹여 놓고 눈 위에 수건을 대고 두들겨 패면 눈은 금세 부석부석 하고 약간은 시푸르둥둥 해진다. 그도 그럴 것이 몇 천이 나올지 억이 나올지는 모르지만 나오는 건 볼 보 듯 뻔한 일 아닌가? 굿당에서 굿을 해도 이것보다는 조용할 진대 요란, 소란, 뻐쩍지근한 것이 신바람 나는 판국이다.

에미년은 궁둥이를 씰룩쌜룩 거울 앞에 가서 표정연습 훈련까지 한다.

"야! 이놈 네놈이지, 넌 딸도 없냐? 이 짐승만도 못한 놈아!"

이럴 땐 으레 바람잡이가 있는 법. 옆에서 부추긴다.

"이놈! 너 죽고 나 죽자 이놈아!"

천하장사 영웅호걸 항우장사라도 새파랗게 질리게 되어 있다. 그 다음, 에미년은 실신하는 척 쓰러진다. 이런 연기는 아무리 명배우라고 해도 할 수가 없다. 허기야 밥 처먹듯 이 짓을 했으니까 노련함은 말 할 것도 없다. 입에 거품까지 북적북적 대며 가파르게 호흡을 몰아쉰다. 부축하고 있던 바람잡이한테 그 다음은 대사가 옮겨진다.

"너, 빨리 나가서 신경안정제나 진정제 사왔! 빨리!"

이 순간이 최고 절정기다. 경련까지 일어난 듯 간질증세까지 보이기 시작한다. 양다리는 닥치는 대로 걷어찬다. 차 봤자 허공일 테니까 다칠 염려는 없다.

"안되겠어. 일단 조용한 곳으로 옮기고 보지."

이젠 몸까지 비틀면서 호흡은 더욱 거칠어진다. 이로써 에미의 역할은 한 치의 오차도 없이 훌륭하게 끝난다. 마지막 동작으로 몸을 비트는 것은 이들끼리만 통할 수 있는 무언의 싸인이다.

"뭘 꾸물거려 이 자식들아. 빨리 들쳐업고 나가지 않고서."

"이봐요! 아저씨 이 근처 조용한 곳이 어디예요?"

"아! 예. 요 바로 밑에 ㅇㅇ여관이 있읍죠. 제가 전화를 걸어놓을 테니 그리 우선 가십쇼. 곧 제가 가겠습니다."

그 중에도 인상이 바윗돌처럼 험악한 놈이 이를 악물며 물어보는 것으로써 제 1부는 끝이 난다.

옛말이 하나 틀린 게 없다. '좆', '발', '혀'의 3뿌리를 조심하라고 그렇게 일렀건만 대상자들한테는 '소귀에 경 읽기'다. 그러나 성욕은 식욕이나 수면욕보다 더 센 '욕'이라고 했는데, 이 대상자만 나무랄

일도 아닌 듯 생각된다.

이런 일은 옭아놓고 잡는 것이라 나머지 2부의 걱정은 0.1%도 없다. 이들은 이럴 때 '완빵'이라는 서로 통하는 말이 따로 있다. 뛰어봤자 벼룩일 테고, 돈으로 해결하는 방법 외에 방법이 있긴 있는 데 그것은 죽는 방법이다. 하지만 역사상 이런 일로 해서 죽는 사람은 아직까지는 한 사람도 본 적이 없다.

자기 자궁 속으로 태동시킨 딸년의 자궁을 이용해 돈벌이를 하는 에미년은 불감증증후군이 아니라 태초부터 그렇게 타고난 년인 모양이다. 술 취한 놈한테 '너 취했지?' 하면 교과서에 나온 듯이 답변한다.

"아직 멀었어, 요까짓 것 먹고 내가 취할 것 같아?"

'요까짓것'이 벌써 취했는데도 말이다.

에미년도 틈만 있으면 지껄이는 지정곡이 있다. '나야말로 하늘을 우러러 하늘 끝까지 한점 부끄럼없이 사노라고. 지나가는 개가 웃어도 모자랄 판이다.

아까 그 사람은 혼줄이 빠진 상태에서 정신을 가다듬을 수조차도 없다. 어디서부터 어떻게 수습할 지를 몰라 우왕좌왕 하고 있다. 2부가 진행될 때에는 손쉽게 끝나는 것이 대부분인데 예상외로 길게 나가는 경우도 있다. 마누라가 알게 되고 마누라의 오빠가 Y경찰서 수사과장이다, 혹은 동창 남편이 L검찰청 검사다, 하면 소리가 커지게 되어 있다.

마누라는 분노와 배신감에 울고불고 이혼한다 죽는다 하면서 집 안은 콩가루가 되어간다. 그러나 모든 것은 세월이 약인 법. 시간이 가면 소리만 컸지 결과는 완패로 끝이 난다. 안했다면 몰라도 한 것 은 사실이니까! 그리고 호적상 친엄마인데 누가 감히 끼어들려고 하겠나?

여관방에 들어서는 사람은 정신 빠진 그 사람. 반드시 그 옆에는 어눌적한 놈이 같이 오게끔 되어있다. 심증은 가나 물증이 없듯이 이 놈 행색을 보나, 상판때기를 보나, 이놈이 정보제공자라는 것을 직감 으로 느낄 수 있다.

두 무릎을 꿇고 손이 닳도록 빈 끝에 거금 일억을 주고 해결을 본다.

"구속이 안 된 것만 해도 하늘이 도와준 걸세."

같이 온 놈이 고양이 쥐 생각하듯 건네는 말이다.

이들은 보통 연중무휴로 사업을 한다. 불경기니 뭐니 해도 경기 를 타지 않는 것도 특색이다. 정 일거리가 만만치 않을 때는 전국을 무대로 삼고 포주집을 돌면서 그와 비슷한 방법으로 돈 을 챙기곤 한다. 어떻게 아느냐구? 비밀이란 것은 지키려고 할 때부터 남이 아 는 법!

일반적으로 부동산업자 하면 언필칭 접시하고 연결되는 것이 통념 이다. 접시는 사기그릇으로 만들어졌다 해서 사기꾼이란 뜻인데 과 장된 표현인 듯하기도 하다.

"CO . 대용기획"   공장부지 . 전원주택지 . 임야지 알선

　　　　　　　　토목공사 . 지목변경 . 수속대행

　　　　　　　　콘설팅 . 무료상담

　부동산업은 이런 모습으로 80년대 들어서 여기저기 우후죽순처럼 대한민국 전역에 전염병 퍼지듯 생겨났다. 'CO.'란 뜻은 콘테이너 박스와는 달리 주식회사이며, '대용'이란 뜻은 크나큰 용을 말하는 뜻일 게다.

　용꿈만 꾸어도 무슨 횡재수나 생기지 않으려나 가슴 조이며 사는 순박한 사람들에 비하면 대용기획 직원들은 대단한 사람들임에는 틀림이 없다. 대용기획 상호는 나무랄데 없이 좋다. 겉은 콘테이너 박스지만 안은 그럴 듯하다.

　'대표이사 아무개' 명패 양옆에는 유난히도 커다란 용이 그려져 있다. '전무이사 홍길동' 다 똑같지만 용만 약간 작을 뿐이다. 그리고 부장, 그 다음이 실장이니 실장은 여기에서 말단직인가 보다.

　아마도 여기 부장은 안기부장 정도쯤 되는지도 모른다. 실장은 군사정권 때 악명을 떨치던 서빙고 분실장쯤 될 테고, 이들을 가만히 보면 도무지 모르는 게 없다.

　전화는 후라이팬에 콩 볶듯이 걸려온다. 똥은 똥끼리 뭉친다고 멤버 구성은 기가 막히게 되어있다. 그야말로 콤비네이션 팀웍이다. 이

멤버들이 올림픽 경기에 출전만 한다면 어느 종목이든 금메달은 따논 당상이다.

전화 받는 아가씨는 해병대 특수훈련을 받은 아가씨라도 이 아가씨를 능가하기엔 무엇으로 보나 역부족이다. 사무실에 찾아오는 내빈들을 접대하는 것도 똥인지 된장인지 금방 가려낸다. 보잘 것 없는 손님일 때는 흔하디흔한 녹차 잎 몇 개 띄워주고 뗏에 걸린 사람일 때는 고급스런 주스를 대접한다.

기가 막힌 일이 또 하나 있다. 이들의 의사소통 방법인데 거의 눈짓, 입으로 하는 삐죽짓, 하다못해 코를 들먹거리는 들먹거리 짓으로 의사전달이 되는 것이다.

단, 부득이 입을 열 때는 P씨 K씨 약자만 대도 상대방은 금방 알아듣는다.

"따르르릉."

"여보세요. 대용기획 입니다. 안 계신대요. 누구세요? 어디세요? 왜 그러시는데요? 지금 출장 갔는데요. 언제 오실 지는 모르고요, 이사님한테 전화가 오면 말씀드릴게요."

좁은 공간에 책걸상을 놓은 것이 굼뱅이 제집 찾아들 듯 정돈은 됐어도 거리 공간은 불과 2,3m이니 귓속말도 들릴 수 있는 거리다. 아가씨가 판단이 안 설 때는 '누구세요' 부분에서는 수화기 한 쪽을 손으로 막고서는 상대 쪽 얼굴을 바라보며 'P씨' 한다. 아마도 박씨든 배씨든 사과씨든 누구를 지칭함엔 의심할 여지가 없다.

상대 쪽에서 별 볼 일 없을 때는 'Good Bye' 인사법만 하면 나머지는 아가씨가 알아서 처리한다. 끝나고 피차간에 눈 한 번 찡긋 하는 것도 빼놓지 않는다.

반대로 전화를 바꿔줄 때는 아가씨 또한 목소리도 틀려진다. 간드러지는 전주곡이 나갈 때 시작이 되면서부터 통화가 끝날 무렵이면 이불 속에서나 흥얼거리는 숨소리나 목소리로 상대방을 녹인다.

"어머! 정말이예요? 에이, 말로만-. 제가 K사장님을 얼마나 좋아하는지 아세요? 몰라 몰라. 잠깐 기다리세요."

수화기를 내려놓음과 동시에 전화기에 버튼을 누른다. 상대방도 느긋하게 십여 초 후에 수화기를 드는 것이다. 십여 초 동안은 '손에 손잡고'란 음악이 나오고 있다. 그것은 아마도 상대방으로 하여금 대기업 사무실 인양 상상력을 키워주는 효과를 유발시켜줄 지도 모른다.

남편이 도둑놈이면 그 부인 역시 도둑년이다. 남편이 사기꾼이면 그 부인 역시 사기꾼일 것이다. 이 아가씨는 이 중 누군가와는 내연의 관계를 맺고 있다는 것이 의심할 여지가 없다.

경철은 우연히 이들과 삽교천을 지나 당진군 신평에 가게 되었다. 혹시라도 말참견 할까봐 굿이나 보고 떡만 먹으면 된다는 식으로 함구령 하라는 언질을 받았기에 시키는 대로했다.

차 속에는 앞으로 신평면이 발전되어 가는 도시계획 도면과 몇십 년 후에나 날지도 모르는 도로계획에 의해 확장되는 지적도, 신문 스크랩, 이에 관계되는 종이쪽지는 다 주워 모은 것 같다.

우실장과 경철 뒤에는 김부장과 낯모르는 손님이 있다. 눈치를 보아하니 신평면에 있는 임야를 보러가는 듯했다. 임야에 도착하기 전 논이 있었다. 그 논에는 밀짚모자를 눌러쓴 농부가 김을 메고 있었다.

이 할아버지 모습 좀 보자. 행색은 영락없는 농부다. 게다가 궁상맞기 짝이 없다. 밀짚모자 위의 뚜껑은 바람이라도 세게 불면 금방이라도 날아갈 듯 덜렁덜렁한데 힘없는 늙은 수탉이 암탉 등위에 올라타서 홀레질 하는 모습과 비슷하다.

"할아버지 말씀 좀 여쭈려고요. 저기 저 앞산 말고 그 위에 뒷산 정도면 보통 얼마나 갑니까?"

"에- 잘은 모르지만 작년 그렇게 평당 팔만 원씩 서울 사람이 샀다는 얘기만 들었수. 시골 늙은이가 알 수 있간디유."

카메라만 있었다면 우리나라 '농촌 할아버지상'으로 작품사진 정도로 찍었으면 하는 마음이 든다.

이윽고 목적지에 도착했다. 그곳에는 사십 대 후반쯤 되어보이는 중년 사내가 잡초를 베고 있었다.

"아저씨, 실례합니다. 죄송하지만 말 좀 물어 볼게요. 이 산 뒤에 있는 산 정도면 보통 얼마나 갑니까?"

"그 산은 팔린 산이유. 팔만 원 주고 샀다고 하는 것 같은디유. 지금은 십만 원 줘도 안 판대유."

이 사람도 '농촌 중년상'으로 사진을 찍고 싶은 생각이 또 든다.

아무튼 경철도 감쪽같이 속았다. 아무리 기가 막힌 마술사라고 해도 이들을 피할 길은 없을 것 같다. 한참 후에 안 얘기지만 미리미리 가공인물을 심어 논 것도 몰랐으니 말이다. 속는 사람이 있으니까 이들도 있는 법이고. 수요가 있으면 공급이 있는 법 아니겠나. 큰손 장모 여인이 말했듯이 '경제는 순환이다.' 그럴 듯한 논리이다. 그렇다면 이들이 하는 행위도 경제논리로 맞선다면 억지 논리일까.

그로부터 칠팔 개월 후에 대용기획을 가 보았다. 주위 잡풀들은 어른 키만큼 자라서 콘테이너 박스를 싸안듯이 버티고 있었다. 그 화려했던 대용기획 명패는 온데간데없고 사무실 바닥은 난장판처럼 어지럽다. 구석에는 짜장면 그릇이 몇 개 포개져 있었는데 쥐새끼 두 마리가 경철을 약 올리기라도 하듯 노려보고 있었다.

"야, 경철이 임마! 우릴 잡을 테면 잡아봐. 너도 이곳으로 들어오는 날엔 빵간다. 빵! 여기 있던 사람들 어디 갔는지 모르지롱."

꼭 이런 소리가 귓전을 울리는 듯 했다.

파레스 싸롱에 있었던 홍마담 정숙이 온양에 내려왔다. 누구한테 들었는지 경철의 팔부터 들여다 보더니 훌쩍 울기부터 했다. 제 딴엔 초라해진 모습을 보노라니 마음이 아팠던 모양이다.

이 여자. 홍마담 정숙이. 성격은 말 그대로 칼이다. 특히 금전관계는 철저하기가 이를 데 없다. 공과 사를 구분하는 것도 현역군인 못지않다. 인간마다 한 가지 단점이 없는 사람이 누가 있겠냐마는 병이라면 주사가 있다.

술을 마셨다 하면 제어장치가 전혀 무방비 상태다. 주로 폭음을 하는 편인데, 어느 땐 거의 인사불성이 되어버린다. 요즘은 술을 줄였다고는 하는데 제 버릇 개 줄 리 없을 테니 여간 신경 쓰이는 일이 아니다.

이러니저러니 할 것 없이 오랜만에 만났으니 안 먹을 수도 없고, 경철과 정숙도 밤새도록 퍼마셨다. 새벽 해장국 먹고 와서는 둘 다 취음^{醉吟}상태에서 잠들었다.

해가 중천에 뜨자 둘은 일어났고 본격적인 사업 이야기를 했다.

"오빠, 다시 한 번 생각해 봐. 술장사가 그래도 칼 맞는 일보다야 훨씬 낫지. 다행이 여긴 오빠 고향이구 물도 좋잖아. 가게만 어떻게 마련해 봐. 아가씬 내가 책임질게. 우리 다시 한 번 뭉쳐보자, 응?"

"하려면 확실히 해야 돼. 이젠 어영부영 할 순 없다."

"그걸 말이라구!"

이렇게 하여, 정숙과 장시간 의논 끝에, 경철은 다시 한 번 장사를 해보기로 했다. 일은 순조롭게 진행되었다. 상호는 '불야성', 가장 심혈을 기울인 부분은 방음 장치였다. 이런 장사는 방음이 잘되어야 꾼들이 모이게끔 되어있다. 수요는 무한정인데다 온양은 지방으로서는 이때가 전성기였다.

공급만 맞춰진다면 돈 버는 것은 시간문제인 것 같다. 바람이 불면 온양시내에 세종대왕 지폐가 휠휠 날라 다니는 것처럼 보였다. 길거리를 걷다보면 사방에서 돈 냄새가 나는 것 같기도 했다.

전국 각처에서 꾼들이 떼로 몰려왔다. 그들 중에는 순수 촌놈들, 밭떼기 몇 천 평 갖고 있다가 어느 날 갑자기 졸부가 된 뜸방놈들, 별별 놈들이 다 있었다. 겉으론 지성적이고 사회적 덕망도 있네 하며 내숭 떠는 놈, 경철처럼 Y담 얘기라면 선구적으로 앞서가는 놈….

아무튼 '불야성' 개업 날이 며칠 안 남았다. 역시 정숙은 정숙이었다. 마담은 아무나 하는 것이 아니고 관록은 무시할 수가 없다. 삼십 명은 이미 내려와서 대기 중이고 개업 이틀을 앞두고 나머지 이십 명 정도는 정숙과 같이 내려오기로 계획이 잡혀 있었다.

경철 역시 십리 밖 한적한 곳으로 살림집을 옮겨놓고 만반의 준비를 갖추었다. 이제야말로 정신 바짝 차릴 때다. 여기서 또 무너지면 이젠 끝이다. 경철은 마라톤 경기 전에 충분한 준비 운동과 심호흡을 하는 운동선수처럼 긴장했다.

그동안 얼마나 많은 허송세월을 보냈던가? 미리미리 육체적, 정신적 충전을 충분히 하기로 몇 번이고 다짐해 본다. 난희 생각이 여전히 머릿속을 감돌지만 여기에 연연할 때가 아니다. '건초는 햇볕 쪼일 때 말려라'는 때를 놓치지 말라는 뜻일 테고, '구르는 돌에는 이끼가 끼지 않는다'는 부지런함을 말하는 뜻일 게다. 그래. 이게 마지막 기회이리라. 경철은 다짐하고 또 다짐했다.

정숙이 아가씨 열한 명을 데리고 왔다. 경철이 최근에 보니 자신과 정숙의 사이는 옛날의 그런 엄격한 사이는 아닌 듯하다. 많이, 훨씬 더, 둘 사이가 가까워지고 있는 걸 알게 된다.

"오빠! 서울에서 오빠 보여주려고 가져온 게 있는데 볼래?"

"그게 뭔대?"

심심했던 차에 경철은 호기심이 발동하기 시작했다. 음란 비디오였다. TV에 연결을 시키자 장면들이 나오고 있었다. 열댓 평의 방에 커튼을 치고 보는데 사람 수는 삼십 명이 훨씬 넘었다. 남자라고는 경철 한 명뿐이다.

경철은 평생 동안 이렇게 생생한 장면들은 처음 보았다. 처음에 쥐 죽은 듯 고요하다가 막바지에 접어들자 구석구석에서 심호흡 소리들이 여기저기서 들려왔다. 잠시 후 아가씨들이 하나 둘 빠져나갔다.

경철도 거칠어진 호흡을 가다듬고 점찍어놓은 아가씨의 뒤를 몰래 쫓아가 보았다. 자기 방으로 들어간 아가씨는 성급하게 웃옷을 벗고는 거울 앞에 서있었다. 자위행위를 하기 위한 전희 동작에 돌입하기 시작하는 것이다. 자기 손으로 유방을 아래위로 문지르고 꼭지를 손끝으로 문지르고….

고개는 뒤로 제껴져 있고, 눈은 감은 채로 몸은 활처럼 휘어 있었다. 고통스런 춤사위를 추는 듯했다. 잠시 후 의자에 차분하게 앉더니 그곳에다 콜드 크림을 찍어 발랐다. 오른손 검지 중지 손가락에 붕대를 감았다.

자궁 쪽으로 손가락이 옮겨가면서 소음순을 비벼보기도 하고, 자궁 전체를 눌렀다 놓았다를 반복하고 있었다. 페니스가 들어가는 바로 위 부분을 양옆으로, 아래위로 빠른 속도로 문질러 대고는 손가락 두 개는 그 곳으로 깊숙이 처박고 있었다.

손가락 움직임으로 봐서는 회전 운동을 하고 있었다. 남자의 심볼 역할을 빈틈없이, 자유자재로 훌륭히 해내고 있었다. 의자 밑으로는 몇 방울의 애액이 뚝뚝 떨어졌다.

아가씨는 사방을 휘-둘러보고는 거울 앞에 섰다. 자기 모습을 보고는 머쓱한 표정을 지으면서 야릇한 웃음을 짓고는 침대 위에 그대로 엎어졌다. 아무것도 모르는 듯 침대 위의 시계는 '째깍째깍' 소리만 내고 있었다.

화장실로 와서 거울을 보는 순간 경철의 얼굴은 벌겋게 달아올라 있었다. 그는 좀 수치스러웠다. 도둑질을 하다 들킬 때도 이 정도는 아니었었는데….

다시 방으로 왔을 때는 정숙이 있었고, 한 명의 아가씨는 세상모르듯 자고 있었다. 정숙은 무언가 열심히 메모를 하고 있었다.

"정숙아! 얘는 고향이 어디냐?"

"음 성순이? 강원도 원주가 집인데 별명이 똥순이야. 보기보단 잘해. 됐어, 무슨 말할 건지 다 알아. 우선 급한 대로 써보고 서서히 알았지?"

연신 고개를 아래위로 흔드는 것이 더 이상 아무 말도 하지 말라는 것이다. 경철은 입맛이 싹 사라지는 기분이었지만 정숙의 결정을 따르기로 했다. 이나저나 난생 처음보는 화끈한 장면에 경철은 발동이 걸리고 있었다. 그리고 한 번 발동이 걸리면 참는 성미도 아니었다.

그것은 정숙의 경우도 마찬가지였다. 이때나 저때나 메시지가 틀림없이 올 것으로 믿어 의심치 않은 터였기 때문이다.

경철은 밖으로 나갔다. 그는 정숙을 데리고 바람을 씌고 싶었다. 송악저수지 지나서 유구 가는 쪽에서 우측으로 꺾어져 사구시란 마을로 갔다. 경철은 그 뒷산을 자주 가봤던 터라 그곳 지리는 그리라고 해도 그릴 정도였다.

그들이 은밀한 장소에 다 달았을 때 마침내 신호가 왔다.

"오빠, 하고 싶지? 나도 하고 싶었어."

정숙은 눈치가 어떻게 빠른지 팬티를 그곳만 간신히 가릴 정도로 입고 있었다. 그녀는 뒤로 돌아서서 양팔은 나무를 잡고 히프를 번쩍 치켜들고 있었다. 용어를 쓰자면 후방위 자세다.

팬티는 벗길 필요도 없었다. 한쪽으로 젖히고 하기엔 무난했기 때문이다.

행위는 의외로 싱겁게 끝났다. 정숙은 입이 댓자나 나와 가지고 부어 있었다. 경철은 어찌할 줄을 몰라했다. 공연히 손만 오므렸다 폈다 하기도 하고 바지가랭이를 긁기도 하였다.

바위 위에 산벚꽃나무가 있었는데 열매가 많이 매달려 있었다.

경철은 열매를 한 움큼 따와 가지고 정숙 앞에 내밀었다.

"미안해! 이거 먹어."

"좋아하네. 너나 먹어 자식아."

악의 없는 욕이지만 경철은 콧등에서 식은땀이 났다. 한편으론 은근히 화도 나고 약도 올랐다. 경상도 말로 쭈굴스럽게 되었다. 재시도 해보기로 작전을 다시 짰다. 문전만 더럽혀 놨으니 욕도 먹을 만하다.

그 장소에서 조금만 내려오면 편편한 곳이있다. 갈대 잎이며 검불을 뜯어다 대충 자리를 만들어 놓았다. 그야말로 하늘은 천장이요, 양옆산은 병풍이다.

이번에는 경철이 밑에서 누웠다. 웃옷은 벗어서 바닥에 깔고, 예컨대 여성 상위법에 속하는 체위지만 약간은 틀리다. 기승위 체위로 하다가 좌우법으로 바꿔보기를 몇 차례 하였다.

끈적한 애액이 흘러 경철의 성기에 난 털을 풀칠하듯 엉망으로 만드는가 싶더니 급기야 털이 엉켜 들락거릴 때마다 '따끔따끔' 아팠다.

"아- 아-"

간헐적인 신음소리에 정숙은 더 흥분되어 가고 있었다. 경철의 등 밑에서는 각종 벌레들이 우글거리고 있는 모양이다. 허벅지, 옆구리, 어깨를 가리지 않고 사정없이 물어대고 있었던 것이다.

"아- 으옥."

드높은 가을하늘 창공에 높이 날던 연이 바람이 멎자 스스로 땅 밑으로 내려오듯 정숙은 한참의 황홀경을 즐긴 후 경철의 몸에서 내려왔다. 그녀의 얼굴에는 작은 경련이 일고 있었다.

이런 걸 야합野合이라고 하던가? 정치하는 사람들은 이 말을 나쁜 뜻으로 쓰곤 하지만 경철은 그게 오히려 이상스럽기만 하다. 얼마나 스릴 있는지 해 보지 않은 사람들은 알지 못할 것이라며 경철은 정숙의 볼을 살짝 꼬집어본다.

술집의 3대 요소는 Madam, Music, Mood 등을 일컬어 '3M'이라고 칭한다. 개업한 지 며칠이 지났다. 경철은 혼이 다 빠질 정도로 정신이 없었다. 전반적인 영업을 정숙이 도맡아 하는데도 불구하고 경철은 경황이 없었다. 그만큼 영업이 기가 막히게 잘 된다는 증거였다.

총인원은 아가씨 43명, 나머지는 웨이터, 지배인 등 남자종업원이다. 어제 같으면 아가씨가 400명이어도 모자랄 판이었다. 서울에서 하던 영업방식 하고는 차이가 많이 났다.

우선, 노출되기를 꺼려하는 족들은 여관이나 호텔로 짱박기 일쑤다. 이 때, 술이며 안주며 비밀리에 이루어지는 모든 과정은 정숙이 알아서 처리한다. 파레스 싸롱에서는 그래도 신사적이었는데 여기 온앙은 그렇지가 않았다. 영업상태가 주로 거친 편이다. 하지만 로마에 가면 로마법을 따르는 수밖에 별도리가 없다.

한 아가씨가 절룩거리며 울면서 들어왔다. 출장파티에 참석했다가 일곱 명이 한 방에서 떼X을 요구했다고 한다. 뱀새끼들이 엉켜서 그 짓을 하는 거지, 사람새끼들이 어떻게 그런 개 같은 짓을 하자는 건지. 참 별놈들이 다 있다. 그것을 치르지 않는 대가로 자기 파트너한테 항문성교를 하고 왔다는 것이다. 출장을 보내지 않았으면 좋으련만….

그런데 아가씨들이 출장 가는 경우는 대개 VIP들 때문이다. VIP, 뭐 말라빠진 VIP인가! 이름나고 돈 많고 빽 있는 놈들이 그들인데, 하는 짓거리를 보면 하나같이 개차반이다. 양의 탈을 쓴 이리, 꼭 그런 모양이다. 가증스러운 족속들.

경철은 쓴웃음이 절로 나온다. 술집 아가씨들은 그러면 어떻게 살아야 하나. 물론 이를 악물고 돈을 벌어 적당한 시점에서 독립하는 경우가 아주 없는 것은 아니다. 그러나 대부분은 자포자기형이 많다. 그래서 결국에는 다른 누군가에게 종속 당하고 따라지 인생이 되고 마는 것이다.

경철은 아가씨들의 이런 인생행로를 바로 잡아야겠다고 생각하면서 모종의 조치를 취했다. 그것은 영업을 위해서도 중요하지만 개개인의 인생을 위해서도 너무나 소중한 일이었다. '불야성' 소속 아가씨들의 근무 조건은 '근무 기간 동안 무조건 적금 들기'이었다.

경철은 회의를 소집했다. 경철의 전격적인 발표에 아가씨들은 처음엔 어리둥절한 표정이었다. 어떤 경우는 황당한 표정의 아가씨들도 있긴 있었다. 누구 하나 찬성, 반대쪽에 대한 의견을 말하질 않고 있었다.

이때 정숙이 경철을 거들고 나섰다. 내가 보증하마. 내 말 잘 들어라. 이렇게 강제로라도 하지 않으면 우리들 모두 목돈을 손에 쥐기 어렵다. 돈 없으면 어떻게 되는 줄 알아? 비참해질 뿐이지.

하나 둘씩 말문이 열리기 시작했다. 지금 하는 건 좋은데, 그건 자율에 맡겨야지 근무 조건으로 삼으면 좀 심하지 않느냐, 아니다 이건 충격요법이다, 갈 사람은 가는 수밖에 없지 않느냐, 하면서 장시간 토론 끝에 결정이 났다.

일곱 명이 탈락. 즉시 짐 정리를 하고 떠났다. 통장은 본인 앞으로 하되, 통장과 도장은 본인이 보관키로 한다. 단, 경철이나 정숙의 사전 허락 없이 또는 뚜렷하게 사용목적을 밝히지 않고, 돈을 인출시에는 가혹한 벌칙이 징해졌다.

이렇게 해야 할 까닭이 반드시 있었다. 나이 들어 성년이라고는 하지만 아가씨들은 돈 관리 면에서는 여전히 빵점이다. 표면상으로는 돈 때문에 몸도 팔고 남이 겪지 않는 고초를 당하면서도 내면에 들어가보면 상상이 가지 않는 엉뚱한 짓들을 한다.

한결같이 신파극 '이수일과 심순애' 같은 비련의 여주인공이 되고 싶어 한다. 그러한 기회가 오면 아예 스스로 자처한다. 계속 당하면서도 끈질기다. 한심하기 그지없다. 어느 대학생을 학비를 대주고, 졸업만 하면 그이와 더불어. 허황한 생각에 결국은 멍들고 상처받고 스스로 자포자기한다.

그 다음은 복수와 분노, 기껏해야 여성전용술집 호스트바를 가게 된다. 회한의 고통을 푸는 것이다. 일면 대리만족을 느낄지도 모르는 일이다. 화류계 생활에서는 이것이 바로 암적인 상황이다.

단, 갑자기 돈이 필요할 때는 그 사유만 명확하다면, 어느 한도 내에서는 즉시 현금이 지급된다. 물론 이자를 올리거나 하는 야비함은 절대 없다. 이에 대한 효과는 정말 대단했다. 그야말로 백문이 불여일견 이었다. 통장은 매주 월요일 아침마다 경철이 직접 확인한다.

실감나지? 쓰지 않고 이렇게 모으는 거야. 그러면 네 인생을 살 수 있어. 조그만 장사라도 시작해서 독립할 수 있다구! 단 영혼이 병들면 안돼, 알아들어? 경철은 누구에게라도 이런 식으로 말하며 격려를 해주곤 한다.

그러니 영업이 잘 될 수밖에. 사장이 종업원들을 이렇게 대해주는데 어느 종업원이 사장을 위해 충성을 다하지 않으랴. 온갖 수단을 동원해 매상을 올려주게 마련인 것이다.

때로 환자가 생기는 경우도 있다. 성병 말이다. 경철이 생전 들어보지도 못한 에이즈(AIDS)란 무서운 성병을 알게 된 것도 이즈음이었다. 환자는 날짜에 관계없이 무조건 휴식이다. 이것 또한 절대적이다. 다른 업소에서는 쉬는 기간에도 영업비를 올리려 아가씨들을 동원하고 있지만, 경철은 그런 인사들을 가장 악질로 생각한다. '사람부터 살리고 봐야지…. 이 천하에 악종들 같으니라구….'

그런 거다. 돈 버는 데 눈이 멀면 아가씨가 사람으로 보이지 않고 돈 벌어주는 기계로 보인다. 아프건 말건, 환자건 말건, 룸에 투입해야 업소가 돌아가게 마련인 것이다. 아가씨 없다고 나간 손님은 다시 오지 않는다. 그러면서 소문이 나는 거다. '거긴 쓸만한 애가 없대',

하면서 말이다. 업주들이 꺼리는 게 바로 이런 시나리오다. 그래서 아가씨가 불가피하더라도 자기가 더 불가피하기 때문에 아가씨를 구렁텅이 속으로 내모는 것이다.

그러면 어찌 되겠는가. 손님까지 병이 옮을 수 있다. 그럴진댄 더 망하는 법이다. 하나는 알고 열은 모른다는 말은 바로 이런 경우에 해당하는 말인 것이다.

다음에는 속칭 '뻥'(처녀)에 대한 전설이다. 옛날에, 임금이 구멍에 털 없는 여자와 하고 보니 맛이 기막히게 좋았단다. 그 이후로는 딴 놈들이 할까 봐, 이거하고 하면 10년 재수 없다라는 말이 생겨났다고 한다.

이런 이야기는 이곳에서도 예외가 아니다. '뻥하고 그걸 하면 진급이나 영전한다'는 설이 있는데, 이 설은 공직에 있는 공인입네 하는 족속들 부류에서 통하고 있다.

어쩌다가 실제로 뻥이 오는 경우도 솔찮게 있긴 있다. 그럴 때면 정숙은 분주하게 전화질을 한다. 수첩에 적힌 명단이 나란히 적혀 있는데 본인만 알도록 암호로 표시되어 있다. 경철도 구체적으로 알려 하지 않는다.

보통, 뻥이 오면 순서대로 손님한테 보내게 된다. 빠꼼이들은 숫처녀 비처녀를 정확히 가리곤 하지만 호구들은 무대포로 OK하는 순진한 축도 있다.

빠꼼이들은 병아리 암. 수 구별하는 감별사보다도 더 정확하다. 어떤 호구는 임신 6개월 된 아가씨하고 하룻밤을 잤는데 유방에서 젖이 뭉클뭉클 나올 정도였다.

경철과는 둘도 없이 친한 사이인지라 경철이 놀리려 짐짓 물어본다.

"어떻대, 처녀 맞아, 맛은 어때?"

시치미 떼고 물어보면,

"음, 틀림없는 처녀야. 맛도 기가 막혀."

이럴 때마다 경철은 울어야 할지 웃어야 할지 분간하기 힘들다.

"처년지 아닌지 도대체 어떻게 구분이 되냐?"

재차 물어본다.

"어허 이런 바보 멍청이 봤나, 너 눈을 감았다 떴다 하는 것이 표가 나니? 그거하고 똑같은 얘기지."

기가 막힌 얘기다. 논리상으로도 딱 들어맞는 알맹이 같은 이론이다. 경철은 더 이상 할 말이 없었다.

경철은 지금껏 숫처녀와 경험이 딱 한 번 있었다. 손과 발, 겨드랑이, 나중엔 온몸에서 땀이 쉴 새 없이 흐르는 것이었다. 목덜미고 이마 할 것 없이 땀으로 온통 젖어 있는 데다 육체는 사시나무 떨듯 바들바들 떨고 있었다.

삽입 후 뭔가 걸리는 듯한 감은 확연했다. 끝난 후에는 선홍색 피가 손바닥만큼 묻은 것을 볼 수 있었다.

경철은 처녀라고 해서 여자의 자궁이 작다라는 선론先論에는 별로

동의하지 않고 있다. 경험자들한테 많은 얘기를 들었기 때문이다. 사실 경철이 상대한 여자들 거의가 처녀는 아니었어도 작은 것을 소유한 여자들이 부지기수였기 때문인지도 모른다.

오늘은 토요일, 경철은 서둘러 영업준비를 끝마치라고 독려한다. 토요일은 시골 장날처럼 부산하기 짝이 없다. 평일과는 달리 저녁도 한 시간 정도 당겨서 먹고 일찌감치 화장이며 모든 손질을 끝내고 만반의 준비를 갖추고 대기하고 있어야만 한다. 권투선수가 사각 링에 올라가기 전 워밍업을 하는 것과 비슷하다.

오늘 일진이 좋은가 안 좋은가는 만나는 손님에 따라 좌우가 되기 때문에 아가씨들은 님도 보고 뽕도 따는 좋은 손님만 만나기를 기다린다. 그래서 화투패를 떼는 일이 종종있다. 한 아가씨가 패가 잘 안 떨어지는 것 같다.

"마담 언니! 오늘 낮에 피부비뇨기과 갔다 왔걸랑. 얼굴에 점을 빼고 있는데 비뇨기과에 글쎄 남자 손님이 왔다. 아마 포경수술 했나 봐, 끝나고 계단을 내려가다 넘어졌어."

"그래서?

"그런데 비뇨기과에 일하는 간호원 아가씨가 뭐라고 했게?"

"좆까고 자빠졌네. 그러는 거 있지."

아가씨들은 배를 움켜쥐고 웃는다. 유머도 아가씨들에겐 매우 뛰어난 영혼의 양식이 된다. 그래 많이 웃어라. 그게 곧 밥이고 돈이고 사랑이다. 하긴 누구에겐들 그렇지 않으랴. 웃으며 사는 것은 이 세상에 사람뿐이 아니더냐. 소가 웃으며 살던가, 말이 웃으며 살던가. 이런 생각이 들자 경철은 새삼스레 유머의 위력이 느껴진다. '좆까고 자빠졌네!' 하긴 맞는 말이지 않는가.

지난번에 자위하던 아가씨가 늦게 출근을 하였다. 얼굴은 헬쑥한데다 힘이 하나도 없어 보인다. 어제 저녁 젊은 놈하고 붙어 나가더니만 밤새도록 끼고 자빠졌겠지. 그렇게 밝히니 오죽 했겠나? 밤새 철떡거렸을 테니 말야.

젠장 착실하게 도료업을 했더라면 지금쯤 중소기업체 '장' 정도는 되었을 텐데 이게 무슨 꼴인지 모르겠다며 경철은 아무래도 심사가 안좋다.

기어코 사건이 터졌다. 어제 새로 온 아가씨가 외박을 나가서는 손님 가방을 가지고 도망쳤다는 것이다. 경철이 집에서 자다가 급보를 받고 정신없이 나가보니, 주인공은 태경이란 아가씨인데 면밀하게 상담을 해보았지만 이상한 조짐은 발견할 수 없었던 아이였다. 키도 늘씬하고 인물도 반듯한데 '불야성' 수준으로는 A급 정도는 능히 되었다.

사람이 사람을 판단하는 것만큼 어려운 일은 없나 보다. 황당한 경우를 당하고 나니, 경철은 이런 생각이 안 들 수가 없었다. 어쩐지…, 오자마자 밥을 한 사발 처먹고 느긋하게 담배까지 피고서는 두 다리 쭉 뻗고 자는 게 이상하다 했어. 하지만 이런 세계에서는 그저 그러려니 하고 별 대수롭지 않게 생각을 한 것도 사실이지 않은가. 말하자면 경철은 자신의 잘못을 탓하고 싶지 않았다. 박박 닳고 닳은 년인 줄을 몰랐던 게 아차 싶기는 했다. 여하튼 발등의 불은 떨어졌다. 문제를 해결해야 했다. 손님이 투숙했던 여관 주인을 만났지만 별 신통수가 없어서 경철은 직접 손님을 만났다.

사연인즉 룸에 들어서자 끌어안고 갖은 불여우짓을 하면서 먼저 샤워부터 하라고 하더란다. 그래 그게 꼬임수인 줄도 모르고 샤워를 끝내고 나와보니까 만사 끝이더라는 것이다.

경철은 시계를 보았다. 열두시 오분쯤 되었으니까 한 삼십분 전에 사건은 발생된 것이다. 삼십분 전이니 뛰어봤자 아직도 사정권 안일 텐데, 그래도 막막하기 짝이 없다. 하늘에 별을 따는 게 오히려 쉬울 것 같았다.

그러나 우두커니 있을 수 만도 없었다. 손님은 D일보사 신문기자였다. 그는 마침 전두환 대통령이 초도순시차 충청도를 방문하던 때의 수행기자 중 한 사람이었다. 얼굴은 새파랗게 질려 가지고 가방 속 돈은 다 써도 좋으니 브리핑 서류하고 신분증만 돌려 달라는 것이다.

딱하기는 하지만 그 이상의 방법이 없었다. 서류와 신분증만이라도…, 그 심정을 장본인이 아니면 어찌 알까.

'태경이란 년. 전형적인 서울 말씨에다 머리 스타일은 가수 윤시내 모습. 노란 T셔츠에 곤색 남방을 받쳐입고….'

경철은 밤의 고속도로를 탔다. 육감을 믿는 수밖에. 무작정 서울

쪽으로 차를 몰았다. 시속 160km로 달리는 차는 하늘을 뜨듯이 질주하였다. 어차피 말썽은 났고 죽기 아니면 살기였다. 그게 경철의 스타일이다.

서울 인터체인지까지 47분 걸렸다. 밤에는 검문을 하기 때문에 차들은 200여 미터 정도까지 꼬리를 물고 줄지어 서 있었다. 경철과 정숙, 그리고 지배인 셋이서 차례대로 운전수석을 보면서 내려가고 있었다. 운전수석은 미등이 켜져 있고 밖은 어두웠기 때문에 쉽게 찾아볼 수 있는 것도 다행스러운 일이었다. 그런데….

앗! 이게 웬일인가?

거의 후미 쪽에 달했을 때 태경이란 도둑년이 조수석에 타고 있는 게 보였다. 차량번호가 '전남'인 8톤 화물트럭이었다. 차 안에서는 밖을 볼 수 없지만 밖에서는 차 안을 훤히 볼 수가 있었다. 아무것도 모르는 운전수 놈은 큰 횡재수나 한 것처럼 신이 나서 웃고 있었고, 태경이란 년은 무엇인가를 그 운전수놈 입에다 넣어주고 있었다.

이년이 보통년이 아닌 것임에는 틀림이 없다. 서방 놈한테나 할 수 있는 개수작을 아무나한테 저렇게 천연덕스럽게 할 수 있다니!

경철은 시간을 더 이상 지체하지 않았다. 검문 시에 발각이 되면 이 년이야말로 요절날 건 뻔한 일이 아닌가? 그럴 바에는 차라리 자기 손으로 잡아서 죽이든 살리든 사생결단을 내는 편이 오히려 나을 듯싶었다.

경철과 지배인은 다짜고짜 운전석으로 올라섰다. 태경이란 년은 기절초풍하고 꼼짝 못하고 굳어 있었다. 긴 말이 필요 없었다. 그녀는 순순히 따라왔다. 헌데, 어라! 운전수 녀석 좀 봐라. 완전히 닭 쫓던 개꼴이다. 심야의 횡재수가 졸지에 날아가니 두툼한 눈꺼풀만 껌벅거리고 있을 밖에.

온양으로 돌아오니 새벽 다섯시. 경철로서도 이런 일은 처음 이었다. 그 짧은 시간에 벌어진 한 편의 드라마였다. 처음에 이가 갈리도록 미웠고, 죽이고 싶도록 분노에 차 있었지만, 온양에 도착하는 동안 그는 이 생각 저 생각에 머리가 아팠다.

얼마나 다급했으면 나이도 어린년이 이런 엄청난 짓을 했겠나. 이년 목숨은 오직 내 손에 달려 있는데 굳이 징역까지 보낼 필요는 없지 않겠나?

이러고 저러고 간에 경철은 손님의 부족한 돈은 보태서 되돌려 주기로 결정을 내렸다. 돌이켜 생각해보면 자기 역시 권총강도까지 하지 않았던가?

아무튼 사건은 이런 식으로 매듭이 지어졌다. 그러고 나니 어느새 날이 밝아오고 있었다. 먹자, 그래도 아침이 왔으니 먹자, 먹어야 또 살지 않겠나, 셋이서 해장국집으로 들어갔다. 경철은 국물만 몇 수저 뜨는 둥 마는 둥 뜨겁다는 것 외에는 별 느낌이 없었다.

번갈아 가면서 얼굴이 마주칠 적마다 웃고만 있었다. 허탈한 웃음 이었다. 그러나 세상에 태어난 후로 경철은 이렇게 편안한 웃음을 지어보는 것도 흔치 않은 일이라고 생각하기로 했다.

그 홍역을 치르고 나서는 컨디션이 급격히 떨어졌다. 경철뿐만 아니라 정숙도 시무룩한 것이 영 말이 아니었다. 그녀는 경철에게 오후에 점을 보러가자고 졸라대고 있었다. 경철은 자신 외에 누구든 믿지 않는 성격에다 더군다나 미신은 질색이었으므로 보채는 정숙이 사실은 못 마땅했다. 그러나 기분도 전환할 겸 정숙의 입장도 생각할 겸 점장이 집을 찾아가 봤다.

'점'. 그거라면 뻔할 뻔자다. 점쟁이의 신통력은 우선 손님들의 기선을 제압하는 데 있다. 그렇지 않은가, 점 보러 오는 사람들 치고 걱정과 근심 없는 사람들이 있겠는가? 그러니 대충 지레 짐작으로 때려잡고서는 매우 권위있는 듯이 목소리에 힘을 주는 것이다. 이렇게 되면 십중팔구는 새끼줄에 굴비 엮이듯 엮이게 되어 있다.

"거기 앉아. 보아하니 오지 않아도 될 사람 같은 데, 조상덕이 지지리도 없어. 초년 고생은 심하구먼. 맞으면 맞다, 틀리면 틀린다 대답을 해 알았지?"

"네, 맞아요."

술장사에선 베테랑급인 정숙도 그의 권위 있는 언어 앞에선 어쩔 수가 없나 보다. 고양이 앞에 쥐다. 이것 역시 인간 생태계인 걸 어찌하랴! 그래야 점쟁이도 먹고 살지. 자기 같은 놈만 있으면 생태계가 파괴될 뿐 아니라 인간의 존재까지도 부지할 수가 없을 듯한 생각이 든다.

점장이는 이때부터 탄력이 붙기 시작한다. 산통을 정신없이 흔든다. 전혀 알아듣지도 못하는 방언이나 주문을 외기 시작한다. 남의 돈을 그냥 먹을 수는 없지 않은가?

"물장사 같은 거 해. 중년이 넘으면 재복은 타고 났어. 지금까지 남한테 주어만 봤지 받지는 못했어. 그렇지? 맞아, 안 맞아?"

"네, 맞아요. 맞다니까요."

신바람은 절로 나게 되어 있다.

"웬 남자가 그렇게 많아? 중년이 넘으면 한 남자만 만나게 될 거야. 쉽게 말하면 백마를 탄 기사를 만난다 말야, 자손은 아들 하나, 딸 하나, 상대방 성씨는 'ㅈ'자 들어가는 사람이야. 조씨, 전씨, 장씨, 정씨 알았지? 안씨, 오씨, 여씨도 좋아. 앞으로 장사하면 동남쪽서 북쪽은 절대 안 돼. 그러니까 서울, 부산, 대구 쪽이라 이 말씀이야. 지금까지 죽을 고비가 두어 번 정도 있었어. 몸에 흉터도 있고, 맞지?"

"예, 맞아요. 어려서 이질에 걸려서 죽을 뻔했고, 또 한 번은 자전거에 치어 도랑으로 넘어졌는데 도랑 밑에는 낭떠러지가 있었거든요. 그곳으로 떨어졌으면 죽을 뻔…."

"됐어, 그만 지금부터 내 말을 잘 들어 조상 중에 처녀귀신이나 총각귀신이 있어. 아이고 이 일을 어쩌나 구천에서 맴돌고 있어. 승천을 하지 못하고, 아이구 답답해 이래서 지금껏 고생을 하는 거야. 맞아 안 맞아?"

"그건 확실히 모르겠…."

그러나 점장이는 정숙의 말이 채 끝나기 전에 가로챘다.

"어허, 이 사람 큰일 날 사람일세. 선대에 있단 말야, 선대에! 점괘에 그렇게 나오는 걸 내라고 어쩌나, 그리고 올 십이월 달에서 정월 달 두 달 동안 조심해, 길거리에 차 조심하란 말야. 귀신 내쫓고 차 조심만 하면 나머지는 다 좋아. 이젠 가도 돼."

"저어, 도사님 귀신을 보내려면 어떻게 해야 되나요? 이왕 봐주신 김에 끝까지 좀 봐주세요."

"그거, 아주 간단하지. 푸닥거리 한 번해야 돼."

"어떻게 하는 건대요?"

"이런 데 처음 왔구먼. 적게는 오십만 원, 많게는 삼백만 원 들어가. 그 돈에선 십원도 내가 먹는 게 없어. 돈이 없으면 지금 살고 있는 집 동남쪽 방향에 헝겊을 감은 말뚝을 박아놔 알았지?"

"예, 잘 알았습니다."

"잠깐만, 왜 사람 죽게 되면 노자돈 주는 것 봤지. 죽은 송장이 그 돈을 십원 한 장 쓸 수 있어? 그거 하고 똑같은 거야. 준만큼 받는 거라 이 말씀이야."

기가 막히다. 한 마디도 틀린 말이 아니다. 정숙 같은 맹물딴지들이 있으니까 지방마다 흰 깃 발이 나부끼고 있나 보다. 허기야 수요가 있으니까 공급이 있겠지.

그 날 경철은 꽤나 선심을 썼다. 물경 세 군데나 다녔다. 그러나 도토리 키재기였다. 한결같이 같은 말이었다.

"오빠! 아까 그 도사님이 성씨 중에 여씨도 있다고 그랬잖아, 아무래도 예감이 오빠하고 살 것 같은 생각이 들어."

"왜 대답이 없어?"

경철은 그만 질식할 것만 같다. 너하고 몸이야 섞었어도 너하고 살 맘은 실오라기 털 끝만큼 도 없다. 너를 머리끝까지 알고 있는데, 니가 끼고 잔 놈들이 어디 하나둘이냐? 이런 말이 즉시에라도 튀어나올 판이었다.

저녁에, 경철은 말뚝을 박고 있는 정숙의 모습을 보았다.

오늘은 온양 장날이다. 사람들 모습이 분주한 것만 봐서도 추석이 코앞에 왔구나 하는 것을 느낄 수 있다. 우체국 옆에는 사람들이 많이 모여있다. 경철이 헤집고 보았더니 야바위꾼, 뱀장사들이다.

"자, 여러분들 똑똑히 보십쇼. 이 뱀이 겨우내 아무것도 먹지 않고 6개월 동안이나 지냈겠습니까? 여러분들이 보시다시피 이것이 유랑입니다. 이것이 진짜 중에 진짜올시다. 굴속에서 몇 달 동안을 이것으로 견디다 봄이 되면 세상밖으로 나오는 것입니다. 자! 뱀은 암수가 성교를 어떻게 치느냐? 잘 보십쇼. 야! 이놈아 어린놈들은 가! 빨리 못 가? 싸가지 없는 놈들 같으니. 뱀은 여러분들이 보시다시피 아시다시피 페니스가 두갭니다. 요놈이 처박으면 24시간, 그 다음 이쪽 놈이 들어가면 24시간, 도합 48시간을 꼽고 합니다. 이 지구상에 이렇게 긴 시간을 하는 것은 뱀뿐이 없어요. 사람이 이렇게 오래 합니까? 여기 계신 분 중에 이 만큼 오래 하시는 분 앞으로 나와보세요.

상금 1억을 주겠습니다. 1억, 억! 말입니다. 바로 이 병에 든 정제로 만든 이 약이 알짜만 추출해서 만든 약입니다. 이것은 징그러움이나 거북함을 덜어드리기 위해서 편리하게 잡숫도록 조제된 것이올시다. 이번에 보사부 특허 제COO호까지 받게 되었고 다년간 연구 끝에 개발된 것입니다. 회사는 병 하단부에 주소, 전화번호가 적혀 있습니다. 이 약을 잡수실 때는 온수에다 아침저녁 잡숫되, 요 기간 동안은 술, 담배를 끊어주시면 더욱 효과적입니다. 정히 못 끊으시면 평소보다는 적게 드시는 것이 좋습니다. 오늘 내일 잡숫고, 전봇대에 소변을 보시면 당장 알게됩니다. 전봇대가 흔들거리는 것을 직접 볼 수가 있습니다. 이번 기간 동안은 특별히 선전기간 동안이므로 원래는 한 병당 오만 원씩 파는 것을 단돈 이만 원! 그것도 반 뚝 잘라서 만 원! 물량이 딸리는 형편이라 선착순대로 파는 점을 이해하시기 바랍니다."

장황한 설명이 끝났다. 뱀에 대해서는 경철 또한 도사 뺨칠 정도이다. 살모사 같은 독사 종류는 태생胎生을 하고 구렁이 종류는 난생卵生을 한다.

'유랑' 이란 것은 부산 자갈치 시장에 가면 볼 수 있는 말라 비틀어진 꼼장어 알인데 한 알에 이만 원이면 산다. 그것을 물에다 하룻밤만 담가 놓으면 말랑말랑 통통해진다. 이것을 뱀 입을 벌리고 젓가락이나 집게로 강제로 집어넣는 것이다.

그러니 오늘 모인 손님들도 덤탱이를 쓰는 수밖에 없다. 순박하고 소박한 사람들. 그들을 등처먹는 사기꾼들. 말 한 번 번드르르하게 잘한다. 조심하라. 지나치게 선심을 쓰는 사람은 사기꾼일 가능성이 항상 많다.

뱀장수 옆으로는 또 다른 야바위꾼이 있다. 책상 같은 판에 함석으로 바닥을 깔고 칸칸마다 방게나 미꾸라지가 들어 있는 것인데, 각 칸마다 번호가 메겨있다.

손님들은 각자 맘에 드는 번호에다 돈을 건다. 그중 손님으로 가장되어 있는 일행은 남이 가지 않는 번호에다 돈을 걸고 있다.

"자! 다 걸었습니까? 출발합니다. 출발!"

칸막이 뚜껑을 연다. 영락없이 일행이 건 번호의 방게나 미꾸라지가 일등을 한다. 이거야말로 백전백패인걸 순박한 사람들은 알지 못한다. 장보러 나왔다가 쌈지돈 홀랑 털려야 그제서야 입맛을 쩝쩝 다시고는 사라진다. 책상 사각 모서리에 쫄대가 있는 것을 모르기 때문이다. 그 속에는 숫자 순서대로 단추만한 버튼장치가 되어있다. 각 칸마다 미세한 전류가 흐르게끔 장치가 되어 있으니 누가 알 수 있으랴. 누르는 칸만 전류가 흐르니까 결과는 뻔한 것이다.

우리나라 고유의 민속놀이 중에 윷도 마찬가지다. 윷 뒤를 정교하게 조각칼로 파고 그 안에 −, + 코일선을 박는다. 같은 재질의 고운 톱밥으로 땜질을 한 다음 페퍼질을 해서 곱게 문지른다. 그래야만 표가 안 나기 때문이다. 그리고 니스칠을 해서 마무리가 되면 감쪽같이 구별 할 수가 없다. 멍석 바닥에는 땅을 파고 전기배선을 미리 해두는 것이다. 같은 편인 놈은 옆에서 구경하다가 리모콘만 누르면 열 번이고 열한 번이고 모 아니면 윷이 나오게끔 되어있다. 결정적 순간만 사용하기 때문에 눈 멀쩡히 뜨고도 다 속아 넘어간다.

바둑, 장기 역시 마찬가지다. 1단과 1단끼리 거액을 걸고 단둘이서 두고는 있지만 실제로는 3단과 1단이 두는 거나 마찬가지인 것이다. 왜냐하면 옆방에서는 3단인 자가 CCTV에 그 광경을 그림처럼 보고 있는 것이다. 역시 리모콘으로 싸인을 주는 방법이다. 상대방은 한 수 한 수 놀 때마다 겨드랑이에 차고 있는 칩의 진동수에 따라서 놓게 되니 이거 또한 땅 짚고 헤엄치는 격이다.

그러니 세상은 정말 조심해야 한다. 세상은 위험하고 험난하다. 속지 말아야 하고 현혹되지 말아야 한다. 다른 사람을 속이려 해서도 안 된다. 특히 정당한 노력을 하지 않고 남의 돈을 먹으려고 하는 사람들은 애시당초 마음을 바꾸는 게 좋다. 그들이 일단 성공해서 소기의 성과를 거둔다 해도 끝내는 파멸하는 걸 경철은 너무나 많이 보지 않았던가.

40대의 반란

경철의 나이 38세. 내일 모레면 어언 40이다. 사람 나이 40이면 헛된 것에 미혹되지 않아야 한다 해서 붙여진 이름이 있다. 불혹不惑이 그것이다. 그런데 경철은 불혹 나이가 가까워지고 있는데 이러지도 저러지도 못하는 얼치기가 되어가더니 날이 갈수록 나아지기는커녕 광폭해지고 거칠어져만 갔다. 순수 인간미가, 자신이 생각을 해도 많이 탈색이 되었다.

장사가 장사인 만큼 율미기가 독사가 되어 버린 이유도 있을 법하다. 아침에 세수를 하는데 코피가 쏟아졌다. 그저께 세 명을 하루에 했으니 무쇠인들 안 녹겠나, 일을 하다 이런 꼴이 되었으면 아내한테 위로라도 받으련만 구렁이 몸 감추듯이 가까스로 수습을 하였다.

경철은 지독히도 못생겨 가지고 여자 복만큼은 타고난 듯하다. 지나온 세월을 추억해도 그렇고, 하루하루가 모순덩어리인 것을 그는 너무 잘 알고 있다.

그 날은 모처럼 집에 가서 하루를 쉬었다. 새벽에 아내와 정사를 나누고 숙소로 돌아왔다. 아무리 착한 아내라고 해도 최소한의 의무 방어 정도는 해줘야 했다. 족제비도 낯짝이 있다고, 그는 양심이 부끄러웠던 것이다.

아내가 그의 사생활이 문란한 것쯤은 다 알겠지 모르겠나? 탓을 하자니 소리만 커질 테고 밟아야 똥만 묻을 테니 그래서 참아주는 것이었다.

경철 역시 마음으로는 착실한 남편이 되고 싶었지만 행동은 따라가질 않았다. 이런 것들이 굳어지니까 만성이 되어 가는가 보다. 각방들을 들여다보니 다른 날보다는 아가씨들이 많이 자고 있었다. 그렇다면 어제 장사는 별 볼일 없었는가 보다.

화류계 물을 먹고사는 경철이지만 느낀 그대로 씨부려 봐야겠다. 하나 같이 자는 모습에서도 그런 티가 나니 말이다. 엎어서 자기도 하고, 다리 한쪽은 어깨까지 올려다 놓고 자질 않나, 양다리를 쫙 벌리고 자질 않나 습관이 몸에 밴 듯하다. 양반집 규수댁이 자는 모습과 종년 자는 모습은 누가 봐도 알 수 있듯이 경철은 그런 모습이 보기 싫었다. 어쨌든 팔자인 모양이다.

샤워실로 들어가 보았다. 웬일로 자위하던 그 애가 머리를 감고 있었다. 속살이 한 눈에 들어왔다. 가을철 조롱박이 매달려 있듯 희멀건 유방이 넘실대는 것처럼 보였다. 순간 포착이었지만 강한 충동이 경철의 몸 전체를 마비시키고 말았다. 손 움직임에 따라 유방은 같은 방향으로 흔들리고 있었다. 머리를 수건으로 털고 있을 때, 그는 뒤에서 살포시 유방 위에 양 손을 얹어 놓았다.

게임은 쉽게 진행되고 있는데 가정부 아줌마가 이쪽으로 오는 것이 아닌가? 한마디로 웬수처럼 보였다. 경철이 그 짓거리를 하면서도 앞에 보이는 쪽창문을 열심히 보고 있었으니까 금방 알 수 있었다.

하던 일을 즉시 중단하고 경철은 그 아가씨의 방으로 들어갔다. 이렇게도 해보고 저렇게도 시도를 해보았지만 끝내 발기가 안되었다. 경철은 다시 샤워실 그곳으로 갔다.

참, 희한했다. 그는 도대체 이유를 알 수 없었다. 그렇게도 되지 않던 것이 오자마자 대추나무 방망이처럼 꼿꼿하게 서기 시작한다. 시계방향 열한시에서 열두시 방향을 오르락내리락 하면서 주체할 수 없을 지경이다. 도대체가 신기한 일이었다.

정숙이 바라보는 눈길이 아무래도 심상치 않았다.

'저런 놈도 인간이라고 짐승만도 못한 놈.'

속으로는 이렇게 욕을 할 것만 같아 경철은 구멍이라도 있으면 숨었으면 좋겠다. 줄담배를 계속 피우면서 침묵시위에 돌입한 듯 표정 읽기가 힘들었다. 말을 걸어봐도 간단하게 단답으로 일관한다.

"몰라요. 없어요."

그짓만 안 했어도 만사가 형통인데 제 무덤 제가 파서 이런 곤욕을 치르니 경철은 스스로 생각하길 백 번 죽어도 마땅한 놈이다. 정숙은 분명 능멸하고 있는 거다. 아니면 질투이거나….

그래서 또한 경철은 스스로 생각하길, 막 보기로 하자면 이 년이나 이 놈이나 피장파장인 셈이다. 지 년도 이놈 저놈 끼고 자빠진 게 어디 하나둘인가? 정숙과도 인연이 된 지는 칠 년정도 된다. 알 만큼 알고 까 볼만큼 까 봤으니 권태기가 올만도 하다.

그나저나 이유를 막론하고 정숙의 기분을 잡치게 해봤자 경철에게 득 될 일은 파리털끝만큼 도 없다. 그는 그녀를 끈질기게 달래서 여관으로 들어갔다. 일을 끝내고 나왔을 때는 하늘도 노랗고, 땅도 노래보였다. 그리고 중얼거렸다. 두 계집. 그건 아무나 하는 게 아냐! 개 같은 날의 오후에 한 개 같은 사랑…!

아무려나 경철은 정말로, 어쩔 수 없이, 화류계에 발을 깊이 들여놓게 되었다. 직업이 직업이다 보니 그는 점점 더 아가씨들을 속 깊이 이해하게 되었고 또 그런 일이 자신의 체질에 잘 맞았다. 이미 소년시절부터 밝힘증이 있던 터였다. 중학교 때는 여선생님의 젖을 무의식 중에, 그것도 교무실에서, 주무르는 바람에 학교가 발칵 뒤집어진 사건도 있었다.

그러다 보니 이 방면에선 자연스레 도가 트게 되었다. 일종의 박사라고나 할까. 그는 정말 아는 것이 많게 되었다.

…화류계 생활이란 것이, 극단적 표현일는지는 모르나 마약과 같은 것이라고 생각한다. 왜냐하면 한 시절로 보내고 영원히 손을 떼면 누구라도 그녀에게 돌을 던질 수 없게 마련이다. 성경책에 말씀대로 '너희 중에 죄 없는 자만이 저 여자를 돌로 때려라' 라고 예수님께서

말씀을 하실 때 한 명도 없더라는 설교를 들은 적이 있다.

마약은 벼랑 끝에 도달했을 때, 생사의 갈림길에서 딱 한 번만 써야 되는 것이다. 너무 자주 쓰면 습관성이 되어서 오히려 중독자가 되어 폐인의 삶을 영위하지 않는가?

이렇듯이 젊었을 때, 가정형편이든 시대적 상황이든 바람기가 있든 그 시절은 그것으로써 영원히 손을 뗐으면 하는 간절한 마음이다.

현재도 화류계에 종사하는 수십만의 여인들이여!

빗발치는 비난을 감수하고 이 글을 쓰노니 지금이라도 새로운 인식과 굳어진 아집에서 탈피해 주길 진심으로 바랄 뿐이다.

세월의 변함에 따라서 지금은 그전하곤 많이 틀리다. 사실 옛날처럼 집이 가난해서 화류계에 몸을 담은 여성들은 극히 드물다. 미인 콘테스트에 합격이나 한 듯 요즘은 티를 내고 온 거리를 자기 집 안방인양 활개를 치고 다니는 모습을 볼 때마다 마냥 서글퍼진다.

나 자신도 같은 생활을 하고 있는 처지에 무슨 개소릴 하느냐고 할지는 모르나 분명히 말 할 것이 있다. 생활하는 자체를 비난하는 것은 절대 아니다. 피폐한 사고방식을 고치라는 주문사항뿐이다.

또 한 가지, 실지로 체험하고 겪어본 그야말로 생생한 모습들을 느껴본 바 크기 때문이다. 비참한 말로를 너무나 많이 본 것도 이유 중의 이유다. 그들을 위한 애정 어린 충고로 받아들였으면 또한 고마울 뿐이다.

화류계란 원래의 본말은 '화가유항' 이란 말이다. 때와 장소를 가리지 않고 지조 없이 놀아나는 여자. 이 정도로 풀이하면 맞을 듯싶다.

화류란 말도 옛날에는 '유곽'이라고 불리었다. 여러 명의 창기를 두고 매음 영업을 하는 집, 요즘 말로는 포주란 뜻일 게다. 종류도 다양했었다. 무기舞妓, 시기詩妓, 절기節妓, 창기唱妓.

역대 상징적인 몇 사람의 면면을 살펴보면 황진이를 빼놓을 수 없다. 다음으로 장녹수, 논개, 배정자, 두향, 만덕 할매 등을 꼽을 수 있다.

화류계에 종사하시는 분들이여!

경철은 가장 안타까운 것은 화류계 종사하는 여인들의 정신 건강이었다. 이런 저런 이유로 비록 몸은 망가진다 해도 영혼만은 건강하고 아름답게 지키기를 바라는 마음 간절했으므로 자꾸만 중언부언 떠들게 되는 것이다.

경철에게 오랜 만에 해병대에 같이 입대했던 찬희가 놀러왔다. 그는 오른쪽 눈자위가 시퍼렇게 멍이 들어 있고 시무룩한 표정이다.

"너 눈이 왜 그래, 누구하고 싸웠니?"

"창피해서 말도 못하겠다."

"너하고 나하고 말 못할 게 뭐가 있어? 무슨 일인지 얼른 말해 봐."

"한 마디로 죽고 싶다. 어제 저녁에 그 여자랑 잤거든. 그런데 어제는 나도 이상하더라구 꼽자마자 어, 어, 어? 하다가 쌌어."

"그런데 그게 어쨌다는 거야?"

"뻔한 거 아냐, 옆에 있던 부사 사과를 집어던진 것이 직빵 눈두덩이에 맞은 거야. 난 재수가 이렇게 없는 놈이다."

"그래서?"

"이 씨부랄 놈아 니가 나이가 젊냐, 인물이 미남이냐, 그렇다고 돈이 많은 놈이냐? 이거라도 시원하게 해주지 못하는 놈이! 다시는 네 놈하고 하게 되면 성을 갈 꺼다. 이 개 같은 새끼야! 하면서 가버렸어."

"원, 참 살다살다 별꼴을 다 보겠구나. 남자는 가끔 그럴 때가 있는 거야."

위로는 해주었어도 경철은 배를 쥐고 웃었다. 언제보아도 여유롭게 보이는 녀석인데 오늘은 측은해 보이기까지 했다. 실제로는 나이가 두어 살 위지만 군생활 인연으로 해서 맞먹는 사이가 되었다. 경철이 별소릴 다하고 별욕을 다해도 다 받아주는 것이 얼마나 고마운지 모른다.

"저럴 때 쟤는 냅둬야지 하다 지치면 제풀에 지칠텐데 뭘."

허허 하면서 대수롭지 않게 생각한다.

하지만 찬희는 운전에 대해서만큼은 베테랑 급이다. 그는 군에서 사령관 차를 몰았기 때문에 군에서도 알아주는 실력이었다.

"운전만큼은 꼴찌를 해야 되는 거여. 그리고 만 번이면 만 번을 다 잘해야 되는 것이 운전이여. 운전은 기술이 아닌 겨. 악세레다만 밟으면 가는 거 누군 못 혀? 그리고 백프로 양보운전이여. 관 속에 들어갈 때까지는 운전 잘한다는 소릴 하면 안되는 겨. 나도 마찬가지구 말여."

이건 찬희의 철학이자 지론이다. 경철 역시 이런 점은 철저하게 머리속에 주입되어 굳어져 있기도 하다.

둘이 이런저런 얘기를 하고 있는 데 마침 정숙이 왔다. 대청소를 끝냈는데 마당에 옷이며 구두며 반 트럭 정도는 쌓여있다고 한다. 임자 없는 물건들 이었다. 값으로 따지면 엄청난 금액이건만 떠날 때는 어지간한 것은 버리다시피 미련도 두지 않고 떠나는 것이 또한 이곳의 생리였다.

경철은 이것들을 차에다 옮겨 싣고서는 찬희랑 둘이서 인근 고아원에 갖다주기로 했다. 격세지감이다. 자랄 때는 상상도 하지 못했던 것이 현실 앞에 나타났으니 경철은 무어라고 할 말조차 버겁게 느껴진다.

검정고무신을 때워 신을 때가 바로 엊그제 같건만 그 당시 한겨울에 이기붕 부통령 냉장고에서 수박, 참외가 나왔다 해서 온 국민이 얼마나 분노를 하며 치를 떨었던가? 세상은 많이 바뀌었다. 그러나 아무리 바뀌었다고 해도 근본만큼은 지켰으면 좋으련만! 이런 게 경철의 심정이었다.

질탕하게 술자리가 벌어졌다. 화류계에서는 대부 격인 상택도 함께 어우러지고 있었으니, 물고기가 물을 만난 듯했다. 혀 꼬부라진 소리로 봐서는 그만 끝났으면 좋으련만 술이란 게 맘먹은 대로 되야

말이지.

"야! 경철아 개좆 같은 소리 좀 그만하고, 재미있는 씹 얘기나 하자."

경철 역시 취기가 거나할 만큼 기분이 좋아지고 있었다. 음담패설이라면 둘째가라면 서러워 할 경철인지라 마다할 리 없다.

"구형! 세상에서 제일 맛있는 여자 구멍이 어떤 구멍인지 아슈?"

잼싸게 경철이 가로챈다.

"그거 모르는 사람이 어디 있냐? 천. 수. 온. 축. 란! 자고로 여자 구멍은 하늘을 봐야 되고, 물이 많고, 따뜻하고, 수축이 잘 되고, 알이 꽉 찼으면 최고지."

"그게 아니고 짜식아! 1도, 2비, 3화, 4첩, 5처! 풀어 말하면 도둑질해서 먹는 유부녀, 집에 있는 종년, 돈 주고 하는 창녀, 그 다음 첩년, 마지막에 마누라! 내 말이 틀렸냐?"

옆에 있던 찬희도 한 마디 거든다.

"다 틀렸어! 1빽, 2용두질, 3씹, 이게 맞는 것 같은디?"

술은 취할 만큼 취했고 얘기는 계속해서 이어간다.

"아! 경철이 얘기도 틀린 건 아냐. 며칠 전에 어떤 년하고 한 번 했는데 황새가 우렁알을 쏙 빼먹었나 따오기 물구녕 쳐다보듯 뻥 뚫린 구멍 허구 해봤는데, 맛이 좆 같이 없드라구. 시장 생선가게 가면 고등어 배 째가지고 소금 뿌려 논 것처럼 파리가 빨다 뱉은 구멍 같은 것이 소음순은 너덜대고 말야. 멋도 모르고 했다간 신세조질 뻔했네.

이런 년하고 할 바엔 돼지고기 한 근 사 가지고 뜨거운 물에 담갔다가 칼로 푹 쑤시고 하는 게 낫지. 김이 팍 새더라구."

"씨팔놈아! 어디 니나 내나 양귀비 같은 년이 온대냐? 맘 맛으로 먹는 건데 찬밥, 더운밥 가리고 먹니, 이 좆같은 놈아!"

"그건 그렇고 이 년이 지가 소문을 퍼뜨리는 거야. 씹은 준 년이 소문낸다고 이런 년은 시집을 백 번 가도 고자만 만날 거야."

내친김에 찬희도 할 소리 못 할 소리 내뱉는다.

"이름은 못 밝히고 유부녀 년인데 하루가 멀다하고 해달라고 조르는 년이 있는데 어느 땐 물이 많이 나오고 어느 땐 한 방울도 안 나와. 내가 그래서 그년한테 그랬지. '나하고 만나기 전 삼일 전부터는 남편하고 하지 말'고 그랬더니 '명심하겠어요' 하더라고 이런 죽일 년이 있나? 엊그제 그년하고 했는데, 물이 펑펑 쏟아지드라니까. 두 번씩 그 여자하고 했으니 힘 다 빼고 되겠어. 그래서 요꼴이 된 거여. 나 같은 놈은 죽어야 돼. 국가에도 보탬이 안되고 어디 쓸모가 있어야지, 그년하고 오래하다간 간통죄로 징역 갈 것 같고 그만 끊어야지."

"구멍 껌 씹는 소리하고 있네, 땅 꺼질까 봐 씹 못하냐? 그렇게 겁나면 나나 주라. 권리금까지 적당히 줄 테니까."

경철이 쏘아부쳤다.

어느 곳이든 술자리에서는 이런 걸직한 패설들이 나오게끔 되어 있다. 약방에 감초가 빠질 수 없듯이 이래야만 술맛도 나는 법이다.

서산너머 해 기울듯 술판은 거의 끝나가고 있었다.

"야, 경철아! 한 가지만 더 얘기할게. 너 궁둥이, 응둥이, 방둥이 알어. 모르지? 내가 한 수 가르쳐 주마. 잘 들어. 궁둥이는 궁한 년들이야. 주로 오십대, 육십대 꼰대년들이지. 응둥이는 응한다 이거야. 삼십대, 사십대 들이지. 년들, 물이 한참 올랐는데 얼마나 하고 싶겠어. 방둥이는 방어한다 해서 이십대. 알갔어? 한 번은 오십대가 됐을까말까한 꼰대년인데 여관까지는 제 발로 잘 따라왔어. 방에 들어오더니 쭈그리고 앉아서는 '여기가 워디유?' 하는 데 미치겠더라구. 꾹 참고 옷을 벗기기 시작했지. 그런데 여전히 '여기가 뭐하는 디유' 하는 거야. 옷은 겹겹이 입었는데, 꼬쟁이 벗기면 백양표 내복이 나오고… 암튼 한도 끝도 없이 옷을 처입은 거야. 그래도 벗겼지. '도대체 왜 그래유?' 하면서 궁둥이는 번쩍번쩍 들어주는 거야. 참은 보람이 있구나 하면서 풀이 죽은 그것을 간신히 세웠지. 그리고 막 넣으려고 하는 데 '따르르릉' 하고 전화벨이 울리는 거야. 깜짝 놀라 수화기를 들어 본 순간, '죄송합니다. 손님께서 차를 잘못 주차하셔서, 딴 차가 나가질 못 합니다. 차 좀 잘 받쳐주세요.' 하는 거야, 그 순간 그것은 팍 죽었고, 다시는 일어설 생각을 안 하는 거야. 밥 사줘, 여관비 대줘, 돈은 돈대로 쓰고, 있는 정성 없는 정성 다 쏟고서는 결국은 하지도 못하고 나왔어, 재수 좆 같이 없는 날은 그렇드라구."

경철은 개소리에 너무 정신이 팔려서 그런지 옆자리에 정숙이 앉아 있는 것도 모르고 있었다. 상철이란 친구는 인정도 있고, 마음도 여리고, 겁도 많은 사람이다. 굳이 흠이 라면 새알 멜빵 걸머진 듯 저 혼자서만 약은 게 탈이다. 원숭이도 나무에서 떨어질 때가 있다는 것을 아직은 깨닫지 못하는 것 같다.

"오빠! 술이 너무 취했어요. 그만 끝내세요."

정숙이 재촉을 하고 있었다.

"딱 한 가지만. 경철아, 조루증 고치는 법 좀 알려다우."

"그래? 너 조루냐? 에그 불쌍한 자숙! 그럼 볼펜으로 적어. 첫째, 여자가 흥분할 때 남자는 딴생각을 하고 있을 것. 둘째, 타부시 하는 것에서 해방이 될 것 셋째, 여자 위주로 행위할 것. 즉, 썩은 밧줄을 가지고 미친 말을 끄는 고도의 기술이 필요하다 이 말씀이야."

이게 어디 말로 해서 될 법이나 한가. 정숙이 한 마디 거들었다.

"어디에서 많이 들은 얘긴데요."

하며 은근히 평가절하 했다. 넌들 별 수 있냐는 소리다. 말하자면 정숙은 이런 심정이다.

호박에 줄친다고 수박될 리 만무하고 제 버릇 개 주겠나. 여우 꼬리를 붓통에 넣었다 십 년 후에 꺼내봐도 다시 또 동그랗게 말릴 테니까.

우체국 옆에 자그마한 '준 의상실'이 있었다.

정숙이 이 집 단골 고객인 동기로 해서 경철은 우연히 들리게 된 것이다. 바로 이 집 주인이 혜란이었다.

첫인상이 너무 뚜렷하고 윤곽도 다이아몬드를 박은 듯 반짝반짝 빛나는 것이 무엇이든 해 낼 수 있는 자신만만한 동탁한 얼굴이다. 탤런트 이00과도 분간 못할 정도였다. 경철로서는 충남북에서는 처음 보는 미인인 듯싶었다.

세련미의 어울림이라든지 더구나 사고방식이 올바른 것도 마음에 들었다. 시골의 의상실 치고는 아담하면서도 고객들과의 친화를 더 해주는 분위기이다. 경철도 한 번쯤은 저런 여인과 지고지순한 아름다운 사랑을 해보았으면 하는 부질없는 생각을 해본다.

언제 보아도 생동감 넘치는 미소로 대해주는 것이 경철은 더없이 고마웠다. 어쩌면 그는 이 나이에 모성애를 더듬어 보려하는 원초적 본능을 그녀에게서 느끼고 있는지도 모른다.

그녀를 보게 되면 경철은 마치 에미 품에 안겨 있는 어떤 그런 안락함과 활력을 느끼게 되니 무조건 좋은 것이다. 이성 간은 어쩔 수 없지만, 그런 걸 떠나서 느끼는 어떤 것 말이다. 혜란은 살가운 인정미 또한 남다르고 사람을 보듬어 주려 하는 사람냄새가 물씬 풍기기도 한다.

경철이 혜란과 차 한 잔 마시면서 시간가는 줄 모르고 이야기를 나누고 있을 때, 정숙에게 전화가 왔다. 결혼한 은선이 놀러왔다는 것이다. 은선이가? 경철은 뜻밖이었다. 그 애송이 아가씨가 결혼을 하더니 놀러를…, 우리 술집엘…? 알았어. 곧 갈게.

은선은 삼 년 전 모습과 별 다른 점이 없어 보였다. 예전보다 더

명랑해진 것이 말 수가 많은 것으로 알 수 있었다. 흔히, 결혼을 하게 되면 기대에 못 미치더라도 자기연출 하느라 억지웃음이며, 어색한 행동을 하면서 위장하게 마련이다. 자존심을 구기지 않게 하기 위해서이다.

그럼에도 불구하고 은선이는 정반대의 행동을 하고 있었다. 경철이 먼저 얘기를 꺼내는 것은 혹시라도 상처를 줄까 봐 그 부분에 대한 것은 비켜가면서 조심스레 대해주었다.

은선은 경철의 달가운 말 한 마디 한 마디에 부끄러워하면서도 달려오고 있었다. 얼굴이 거울이라고 하듯 어딘지 모르게 어둡게 드리워져 있는 은선이 경철은 애처로워 보이기도 하였다. 결혼이 별 것 아니더라 하면서 말꼬리를 흐렸다. 아직 어린 아기도 없는 게 뭘 얼마나 알았다고 저러는지…. 경철은 자꾸만 은선이 측은해진다.

경철은 모처럼 시내에 있는 '예가' 레스토랑으로 두 여자를 데리고 갔다. 온양에서 꽤 이름이 알려져 있는 곳인데, 주인 아주머니는 학사 출신이었다.

'철새는 날아가고' 라는 경음악이 흐르고 실내 분위기도 아늑했다.

"오늘 메뉴는 은선이가 주문하는 대로 시키자. 은선이가 뭐든지 주문을 해봐."

함박스테이크 3인 분과 맥주 2병 그리고 칵테일 페퍼민트 두 잔이 테이블에 들어왔다.

"제가 먼저 따를게요. 사장님 잔 받으세요!"

경철은 멋쩍어 하면서,

"은선아! 앞으로는 사장소리 빼고 오빠라고 불러라."

"오빠 소리는 싫어요."

투정하듯 눈을 흘긴다.

옆에 있는 정숙은 난처해서 비좁은 의자 사이를 쳐다보고만 있다. 은선은 흐트러짐이 없어 보였다. 그 당돌함은 예나 지금이나 조금도 변함이 없었다. 칵테일 한 잔을 비우고 나서야 꼼지락거리는 정숙의 동작이 멈추었다.

"그럼 네가 부르고 싶은대로 하려무나."

"봄날이 매일 있겠어요? 앞으론 앞에 앉은 사람, 옆에 앉은 사람, 이런 식 어때요?"

"좋아…."

"때에 따라선 경철 씨라고도 할래요. 내 맘대로니까."

벌써 칵테일을 석잔 째 마시고 있었다.

경철은 미묘하다. 정숙이 보기도 민망하다. 줄담배만 피우다가 가까스레 자리를 빠져나왔다. 서울에서 지내던 그 시절만 황망하게 소비했던 것이 새삼 후회가 된다. 까닭 없이 마음도 녹고 연민도 생기기 시작한다. 살다보면 이런 일쯤은 얼마든지 있지 않던가. 어떤 방식이 되었건 경철은 은선과의 관계의 접점을 찾아보려는 충동도 있었으나 끝내는 쉽게 헤어졌다.

결혼을 하고서도 자신을 찾아온 은선을 바라보니 그는 왠지 모르게 안심이 되었다. 그러나 한편으론 혼란스럽기도 하고, 목구멍까지 차오르는 또 다른 슬픔과 알 수 없는 두려움이 앞서가고 있었다.

난희에 대한 그리움이 성큼 다가선다. 살뜰하게 정을 나누었던 난희 생각에 어떤 또다른 일이 생긴다 해도, 도저히 받아들일 수 없는 애달픈 심정이었다. 난희는 세상에서 하나밖에 없는 그의 꽃이기 때문이다.

그는 오랜만에 어머니의 묘소를 찾기로 했다.

묘소 앞에서 그는 착잡한 심경이었다. 경철은 탄식하고 후회했다. 벌써 십여 년의 진공 같은 세월의 흐름 속에 젊음의 나날이 흘러간 것이었다. 그는 땅이 젖도록 울고 또 울면서 끝이 보이지 않는 무덤 속까지 들어가고 싶었다.

효는 마음이 시키는 일이고, 불효는 세상이 시키는 일이라 했거늘 어머니에 대한 불효는 스스로 시킨 일로만 생각되었다. 빠듯한 월급 쟁이였다면 그런 대로 효를 좀 했구나 하는 자위적 생각도 해보련만 사실은 그렇지 못했던 것이 그의 가슴을 너무 아프게 만드는 것이다.

경철은 비누거품처럼 오욕스러웠던 눈물과 육체 속의 세포들이 바람 속에 사라지는 듯했다. 그러나 바다를 먹물 삼고 하늘을 두루마기로 삼아 사연을 써 본들 이제 와서 무슨 소용이 있으랴!

커 나오면서 어머니를 등대 삼고 의지 삼을 때도 있었고, 또한 볼모로 삼으면서 얼마나 많은 속을 썩혀왔던가? 천하에 둘도 없는 죄인 중에 죄인이 생각할수록 자신이었다.

그는 불현듯 환영을 보고 있다. 멀리서 앰블런스가 달려온다. 달려오는 모습이 평소와는 달리 사자가 먹이를 잡으려고 사력을 다해 질주하듯 무서운 광경이다.

흰 눈은 무릎까지 찰 정도로 엄청나게 내렸고 이상스러운 것은 저 병원차가 포장길로 오는 것이 아니고 산비탈 길로 내려오는 것이다. 멀어졌다가는 가까이 오고 그리곤 멀어지는 것이다.

이윽고 그는 이미 숨을 거두어 싸늘해진 자신의 모습을 본다. 흰 광목천은 얼굴을 가리웠고, 흰 가운을 입은 서너 명의 사람들이 급하게 사체를 싣고서는 황급히 떠나가고 있다.

퍼뜩 정신이 들었다. 그러고 보니 평상시에 맘먹은 대로 사체를 기증하는 상황으로 되어 가는 것을 깨닫게 되었다.

시신 기증인 유언서

질병을 앓는 이웃들의 고통을 덜어주고 나아가 질병 없는 건강한 미래를 우리 자손에게 물려 주기 위하여… 내 한 몸이 우리나라 의학 교육과 학술 연구에 작은 밑거름이 되어….

솔직히 말해서 경철의 시신 기증 결심은 이런 이념과는 무관하다. 살아 있는 동안 사람답게 산 일도 없을 뿐더러 배암꽃 같은 인생한테 죽을 자리를 마련해 주었으니 얼마나 고맙고 다행스러운 일인가 하는 심경이다. 기증을 하면 화장까지 하여 곱게 빻아 고운가루를 만들어 납골당에까지 안치를 해준다니 경철에겐 여한이 없는 것이다.

그것 또한 큰 적선이 아니던가. 손바닥만큼의 공간을 차지하고 싶은 마음도 손톱만큼도 없다. 쓰레기 매립장 난지도쯤에 뿌려주는 것으로도 감사한 마음이다.

여기가 바로 경철 자신이 마음 놓고 의탁할 수 있는 자리였다. 젊은 의학도들이 보잘것없는 자기 육신의 해부를 통해서 병으로 고통받는 사람들의 생명 연장과 시련을 덜기 위한 의술 발전에 조금이라도 보탬이 된다면 더 이상 바랄 것이 없는 그였다. 처음에 가족들의 반대가 너무 거세어 어려움도 있었으나 끝내는 동의서에 도장을 찍었다.

키 : 1미터 73
혈액형 : O형
체중 : 63 kg
식성 : 주로 채식

그런데 한편에서는 애진의 오열과 몸부림이 너무나 처절하다. 짝 잃은 짐승 울음소리인 듯 포효하듯 울부짖는다.

흰 국화꽃 한 다발을 가슴에 안은 채 얼굴을 묻고 고개를 가로 저으며 중심조차도 잃어가고 있다.

"여보! 제가 잘못했어요. 용서해 주세요. 이럴 줄 알았으면…. 당신
이 저한테 약속을 해놓고 이렇게 떠나면 전 어떻게 하란 말입니까?
상어가 양쪽 다리를 잘라 먹어도 몸뚱이만 살아 있으면 데리고 산 다
고 하지 않았어요…."

꿈인 듯 환상인 듯 경철은 이렇게 자꾸만 헛것을 보고 있었다.

아침나절의 삽상한 바람이 불어왔다.

"오라버니! 일어나서 아침식사 해야죠. 어제 산행을 하여 너무 과
로하신 모양이에요. 늦잠까지 주무시고. 어머! 울고 계시네?"

경철이 화들짝 놀래 깨보니 역시 꿈이었다.

꿈도 꿈 나름이지만 어쩌면 이렇게도 선명한 꿈을 꾸었는지 그는
쉽게 믿어지지가 않았다. 얼마나 울었는지 베개가 반은 젖어 있었다.

혜란을 따라 계획도 없이 지리산에 온 것이 어제였다. 그녀는 어릴
적부터 친구인 재옥을 찾는 길에 경철을 동행했던 것이다. 재옥은 근
이십 년 동안 마흔이 다 되도록 산과 결혼한 여자다. 원래 산을 좋아
하는 여자였다.

여자로서의 그런 매력은 소실이 되었다 해도 산과 자연의 때묻지
않은 또 다른 싱그러운 내음새를 물씬 풍겨주는 그녀가 오늘따라 더
욱더 인정스러워 보인다.

뱀사골에서 이곳 산장까지 걸어오는 시간도 세 시간은 족히 될 것

이다. 울창하고 청명한 산악의 분위기는 달짝지근한 향기 그 자체였다. 누구에게도 구애받지도 않고 시간에 쫓김도 없이 단 둘이서 산행을 한다는 것은 신이 내린 축복이었다.

노랫말처럼 가까이 하기에 너무 먼 당신이요, 바라만 보아도 좋은 사람이 바로 혜란이었다. 끝이 없는 많은 이야기를 나누면서 산장까지 도착한 시간은 저녁 다섯 시 쯤이었다.

혜란은 겉으로는 야멸차고 오만함과 도도함이 있어 보이는 듯하지만 그것은 어디까지나 피상적인 관찰에 불과했다. 너그럽고 당당한 자세가 잘못 비춰질 땐 그런 오해도 생기는 모양이었다.

"오라버니 역시 겉만 보고서야 누가 감히 평가를 내리겠어요. 남이 아프면 울어주고, 불쌍한 사람 보면 도우려고 하는 그런 내면의 인간미를 저도 좋아하거든요. 세상 사람들이 모두가 오라버니를 나쁜 사람이라 해도 저 하나 만큼은 그렇지않다 라고 말할래요."

딴에는 고매한 정신으로 불의를 질타해온 경철이었지만 이럴 땐 한낱 허수아비에 불과하다.

인간들을 평가할 적마다 왜 그다지도 인색하였는지. 스스로도 너무 많은 사람들을 평가절하 해온 것도 사실이다. 그런데 혜란은 자기를 너무 잘 보고 있는 것이다. 쑥스럽기만 하다.

경철은 태어나 어느 누구에게도 하지 못할 얘기들을 그녀에게는 숨김없이 털어놓곤 한다. 하다못해 들춰내고 싶지 않은 여자들의 치부까지도 마찬가지였다.

온양에 올라왔을 때는 늦은 저녁이었다. 불경기니 죽겠느니 해도 술장사만큼 잘 되는 게 없는 것 같다. 내일은 굶어 죽는 한이 있어도 먹고 즐기는 데에는 인색함이 없어 보인다.

경철은 벌써 돈 씀씀이를 봐도 점쟁이 이상 앞을 알아맞출 정도는 되었다.

…저 놈은 언제쯤 망할 놈이고 도망갈 놈인지 통박이 나오게 마련이다. 돈이란 것은 쓸 데 써야지 쓸 데 못쓰면 휴지조각만큼도 못한 것이 바로 돈이다. 휴지는 밑구멍이라도 닦는 데 쓰여도 돈은 이보다도 못한 것이 돈일 수도 있다. 술장사 하면서 터득한 것은 역시 제대로 돈을 번 사람이 쓰는 것도 제대로 쓴다는 것이다. 옛말에 돈 버는 자랑보다는 쓰는 것을 자랑하라는 말도 있듯이 다 뜻이 있는 말일게다.

광덕산 꼭대기에 텐트를 치고 미색을 겸비한 무리만 모여있다면 틀림없이 문전성시를 이룰 것이 확실하다. 소주 한 병에 이만 원, 오이 한 접시에 삼만 원 해도 헉헉대면서 기어오를 것은 불 보듯 뻔한 일일 테니 말이다. 발정난 암캐 한 마리를 보고 십리 밖에서도 수캐들이 모여들지 않던가?

정숙이 너무 취해있었다. 술만 취하면 눈알이 이렁이렁 해지면서 경철을 사시안으로 흘겨본다. 씹 못해 걸신병 들린 년처럼 색기가 꽉 차있다.

"오빠, 오늘 집에 갈거야?"

경철은 대꾸도 하지 않고 용수철처럼 튕겨 나온다. 일본 동경까지 소문나 있는 근처 아리랑 다방이나 가볼 참이다. 가끔 영업시간에도 경철이 참견해서는 안될 일이 있을 때마다 수시로 오는 곳이기도 하고, 임시 피난처 같은 곳이기도 하다.

주인 여자는 인심 좋기론 따봉인데 입담 역시 걸직스럽다. 경철보다는 서너 살 밑이니까 남여간에 이 나이쯤은 도찐 개찐이다. 농담을 주고받을 때는 이런저런 격의가 없어도 때로는 진솔된 삶에 대한 솔직한 대화도 종종 하곤 한다. 그러나 이 여자는 진지한 문제에 이르면 먹통이다. 소귀에 경 읽는 것이 더 나을 성싶다.

"너, 정신 바짝 차려! 이대로 뒈지는 날엔 논두렁 베고 간다. 그 날은 까마귀가 몸뚱이 다 파간다, 이년아!"

알아듣지 못하는 것인지 들으려고 조차도 않는 것인지 경철은 그녀가 정말 답답하고 불쌍하다.

"여사장이나 잘하셔 이 몸은 걱정 끝!"

기껏해야 이 소리가 고작이다.

경철이 이곳에 올 땐 얼굴 표정부터 눈치를 살피는 것이 이 집의 계율처럼 되어있다. 여기 마담은 꺽새 경흰데 경철에게는 비위를 잘 맞춰주는 편이다. 눈치가 여우다. 그러니까 마담을 하는 거지, 마담은 아무나 하나?

이집도 아가씨가 이십 명쯤 되는 데 밀물썰물 빠지듯 썰렁했다.

왕마담, 새끼마담, 경철, 카운터 넷뿐이었다. 오빠 맴이 동생 맴이고, 동생 맴이 내 맴여 하듯 오입쟁이들 맴 역시 한 맴이다. 동병상련이겠지.

"오빠! 무슨 차?"

경희가 묻는다.

"너 오빠를 한두 번 상대 하냐? 척하면 척이지 니가 알아서 해."

이 정도만 객기를 피워도 무슨 말인지 금방 알아듣는다. 호들갑을 떨면서 주스 넉 잔을 가져왔다. 이 집은 이 집대로의 영업방침이 있게 마련이다. 낯선 외지 손님이 오든 지 시골 뜸방손님이 올 때는 여지없이 양봉벌떼다.

"어머! 남방 색깔이 너무 예쁘다. 너무 멋쟁이셔."

너도 한 잔 나도 한 잔 순식간에 열댓 잔이 들어온다. 손님 한 명을 빙 둘러 에워싼다. 옴팡눈도 멋있고, 매부리코도 멋있고, 하마입도 잘 생겼댄다. 야죽야죽 말 빠지는 당할 재간이 없다. 그나마 이바구로 즐겁게 해주는 시간은 자로 잰 듯 정확하다. 커피는 일분 삼십초, 주스는 오분 내지 육분. 그리고는 다음 차례를 기다린다.

"오빠! 차 들어 집에 무슨 일 있어?"

"아니. 별일 없는데."

"무슨 생각을 하고 있는 것 같길래…."

"아냐."

경철은 애진과의 관계를 심각하게 늘어놓는다. 진지하게 들어준 것이 고맙기도 하고 속트림이 시원하게 뚫리듯 후련하기도 하다.

"오빠한테도 그런 면이 있었네? 잘해 줘 오빠."

옆에 있던 왕마담은 눈을 껌벅껌벅하고 있다가,

"쓰부랄 좆도 유부년이면 어때? 요즘은 시골 고추밭 메는 여편네들도 할 지랄 다하는 판인데, 골키퍼 지키는 꼴대에 공을 집어넣어야지. 빈 꼴대에 공 집어 넣어봤자 그게 무슨 재미가 있어. 안 그래?"

왕마담다운 지껄임이다.

"어떤 새끼들은 좆이 안 서 주는 구멍도 못 먹는 놈들이 숱한데, 줄 때 먹는 거지 뭐 어때. 유부녀면 어떻고, 과부면 어때. 좆 안서는 놈들은 포크레인이 들어 올려도 안 되고, 천하장사 이00이 들어 올려도 안 돼. 힘 있을 때 하는 거지 뭐."

"아이, 언니두!"

카운터 아가씨가 한 마디 거든다. 즉물적으로 표현하는 것이 아무래도 그랬든 모양이다. 이 아가씨는 온 지가 며칠 안 되었는데, 아직은 때가 묻지 않은 듯 생머리에다 오똑한 코가 매력적이다. 이름은 미선인데 생김새와 잘 어울렸다.

이래저래 둘이서 술을 마시고, 경철은 이번엔 또 미선이 사는 자그만 아파트에 가게 되었다. 정말 끝내주는 편력이다.

거실 벽에는 안개꽃 다발이 댓 개쯤 걸려있고, 안방엔 싸구려 자개장이 눈에 띄었다. 그리고 그 손잡이마다 빛 바랜 조화가 매달려 있었다.

방은 두 개였고, 한 옆에는 부처상이 모셔져 있는 데다 벽에는 어떤 놈팽이 새끼하고 카우보이 모자를 쓴 채 말 위에서 찍은 큼지막한 사진이 걸려 있는 것이 초장부터 경철의 기분을 잡치게 만들어 놓았다.

안개꽃마다 구구절절 사연이 있겠지? 박가놈, 김가놈, 최가놈 등일 테니 여자는 추억을 먹고 산다 했는데, 이 년도 예외일 수는 없는 그런 전형적인 계집년이겠지. 어째 그렇게 생김새하고는 딴판일까.

생각이 여기에 이르자 경철은 입맛이 그만 싹 가시고 말았다. 걸음아 나 좀 살려다오. 갈 곳이라곤 집밖에 더 있나, 하면서 가족들 생각을 하였다.

어느새 경철도 나이가 사십에 들어섰다. 코앞에 닥친 훗날 살 터전을 장만하느라 그는 여기저기를 아내와 쏘다녔다. 며칠간을 다니다가 계약을 마치고 나니 천하가 손 안에 들어온 듯 경철은 마음이 너무 좋았다. 온양에서 자동차로 십오분 거리인데 양옆으로는 개울이요, 앞뒤로는 병풍을 친 듯 산이 있어 최적지였다. 그는 농장을 할 예정이었다.

경철이 생각해 보면 지금껏 살아온 자신의 삶은 후안무치한 것이었다. 아내는 남편에게 정을 주고 살을 맞대며 오순도순 소박한 꿈도 꾸어 보았을 것이다. 그러나 그때마다 무시당하고 강제로 U턴 당하는 치욕적인 수모도 아내는 겪었다. 오히려 이제는 포기가 아닌 편안함으로 자신을 대하고 있는지 모른다.

이제 와서 곱씹어봐야 새로운 맛이 날 리도 없고, 옛날 속담 그대로인 것 같다. 똥이 무서워 피하나 더러워 피할 뿐이지.

"미림아! 조금만 참아. 앞으론 잘할게. 그동안에야… 살다 보니…"

어영부영 반진반농으로 말을 건네자,

"미림아빠, 잘하고 있어요. 이만해도 잘하고 있는 걸요."

아내의 양쪽 볼에는 민망함의 열꽃이 피어오르는 듯하다. 가슴 속 깊이 침전되어 있을 멍들음으로 둔중하게 남아 있는 그녀의 가슴을 날개로 새끼를 감싸듯 언젠가는 안아주리라. 경철은 이런 생각을 아니 할 수가 없다.

큰딸이 미림이, 둘째가 미혜, 이 둘은 연년생이라 그런지 크면 클수록 병아리 새끼 싸우듯 다투기만 한다. 세력 확장하는 것도 아니고 도무지 이해가 쉽게 가질 않는다.

간혹 참견할라 나서면 모른 체 하라고 적극 권유하는 바람에 몇 번이고 가을바람 아카시아잎 날려 보내듯 지나치곤 했었다. 그러던 어느 날 싸움이 크게 벌어졌다.

큰 애는 얌전하고 착한 반면, 작은 애는 와일드하면서 활동적이다.

싸움발단은 언니가 동생 옷을 몰래 입고 슬며시 갖다 놓은 것이 발각이 되었던 것이다. 경철이 언뜻 생각해서는 아무 일도 아니련만 한마디로 격세지감이다.

결과는 동생이 TKO승, 언니는 TKO패. 이미 사태는 심각했다. 게눈 감추듯 어물어물 넘길 일도 아니고 과연 어떻게 처리를 할 것인가? 경철은 잠시 고민을 하였다.

몇 번인가 그전에도 판결문작성 초안은 어느 정도 잡혀 있었던 차에 형평성이라든지 억울함이 없는 주문을 외기 시작했다.

"너, 미림이는 언니가 돼 가지고 동생한테 양해를 받았어야지. 그렇지, 어떻게 생각해?"

대답은 하지 않고 서러움이 복받쳐 계속 울고만 있었다. 울음소리는 한 템포 더 빨라진다. 아마도 동생한테 먼저 추궁할 줄 알았는데 저한테 먼저 질책한 것이 더 서럽고 억울했던 모양이다. 경철은 난감했으나 그렇다고 고삐를 놓잔 말도 말이 안되었다.

"아빠 말이 말 같지 않아? 어서 대답해!"

그제서야 겁에 질렸는지,

"미혜한테 양해를 받았어요. 아빠는 왜 저만 가지고…, 흑흑."

"그럼, 미혜 너는 양해 해놓고서는 왜 그랬어?"

내심으로는 결론이 나 있었지만 제발 확대되지 않기를 그는 은근히 바래고 있었다.

"아빠! 제가 잘못했어요. 다시는 안 그럴게요. 한 번만 용서해 주세요."

여기까지만이라도 나와 준다면 사태는 쉽게 끝날 텐데 말이다. 덧붙여서, "언니, 미안해." 여기까지는 바래지 않더라도 말이다. 그런데 예상과는 완전히 빗나갔다.

"이 년, 양해 좋아하네. 그랬어도 세탁을 해주기로 했는데 그냥 쑤셔 박았잖아. 이 년아! 왜 아빠 앞에서 거짓말시키니?"

야단났다. 이러다간 더 큰일이 일어날 지도 모른다. 경철은 결심을 굳힌다.

"너, 미혜 지금 아빠 앞에서도 언니한테 이 년 저 년 하는데 그건 잘하는 행동이냐?"

"이 년이, 언니다워야 언니라고 부르죠! 그래야 일 년차인데, 아빠는 왜 나만 갖고 그래요?"

순간 따귀를 올려쳤다. 퍽하고 고꾸라졌다. 경철은 이성을 잃은 야수처럼 재차 올려쳤다. 그는 헐크로 돌변했다. 미림이 소리치며 경철이 가슴으로 파고들었다.

"아빠! 제가 잘못했어요."

덩달아 미혜 역시 매달리며 두 손을 비비고 있었다.

"아빠, 앞으로 다시 안 그럴 게요. 아빠 말씀도 잘 듣고요."

"너희 둘이서 눈감고 손들고 있어, 아빠 들어올 때까지 반성햇!"

소리치고 그는 연못으로 뛰쳐나갔다.

'너희 둘만큼은 어느 누구 못지않게 곱게 키우고 싶은데 왜 엉뚱한 일이 벌어지는 지! 네가 아픈만큼 아빠도 아프단다. 훗날 너희들이 이 애비 맘을 알 테지? 속상하다.'

주체할 수 없는 슬픔을 이기지 못해 경철은 그만 소리내어 울고 말았다. 미혜가 태어나서 맞은 것은 그때가 처음이자 마지막이었다. 지금도 그 생각만 하면 경철은 콧등이 시큰해옴을 어쩔 수 없다.

사실은 그때부터 맨투맨 작전이 있기는 했다. 지금에야 실토하지만 미림과 경철의 묵시적인 밀약 거래도 이때부터 시작되었다. 똑같이 용돈을 주는데 있어서도 미림과는 약간의 뒷거래가 있었으니 옛말대로 품안에 자식이란 말이 절로 실감난다.

"미혜야! 넌 언니보다 키도 크고 똑똑하고, 그치? 그러니 네가 참어."

이런 식으로 중간조율 하느라 아둔한 머리가지고 꽤나 신경을 썼었다. 그러나 언니보다는 실 이득은 없었던 것을 미혜야 이제야 너한테 고백하노라! 아옹다옹하던 이런 딸들이 지금은 곁에 없으니 경철은 그 허전함을 말로 다 할 수 없다. 그는 출가한 두 딸들이 이 순간 너무 보고 싶다.

요즘 온양시내가 시끌벅적 하루도 편할 날이 없다. 이유인즉, 온양에 아가씨가 집중적으로 몰려 있는 터라 전국 유흥업 업주들이 또 다른 탈법 위에 탈법을 하는 것이었다.

너희들도 하는 주제에 우리가 그래봤자 고발이야 하겠냐? 이런 배짱이다. 괜히 쥐 한 마리 잡으려다 초가삼간 태우는 격이 되고 말테니까 속 썩어도 어쩔 수 없겠지 하는 심보다.

따지자면 경철이 대부 격인 회장을 맡고 있을 때라 명분상으로는 체면치레는 해야 될 판이다. 아가씨들이 없어지고 있으니…!

하룻밤 자고 나면 어느 업소 아가씨가 몇 명 납치, 실종, 증발….

괴 단어들이 쏟아지곤 한다. 경철은 이런 짓 하면서 사는 것도 서러워 죽겠는데, 여기다 한술 더 뜨니 환장할 지경이다. 산 너머 산! 꼭지가 돌고 억장이 무너진다. 이젠 남을 거라곤 악뿐이다.

경철은 이놈들이 인간의 탈을 쓴 놈들인지 도무지 알 수가 없다. 낮이든 밤이든 가리지 않고 사람 도적질 해 가는 이놈들 때문에 골머리가 터질 것 같다. 군대에서도 해보지 않은 비상소집을 매일 해야할 판이다. 근무 조까지 편성해서 불철주야 순찰 조까지 만들었으니 기가 막힌 노릇이었다.

수법이 너무도 다양하기 때문에 이에 맞는 작전까지 세워두었다. 무대포로 집까지 뛰어 들어와 "경찰이다."하면서 싣고 가고, 서너 명이 손님으로 가장해서 유인하기도 한다. 때로는 공갈, 협박, 폭력으로 옭조여 끌고 가기도, 마취제까지 사용하는 마피아를 방불케 하는 깽단 중의 깽단도 있다.

더 이상은 참을 수도 버틸 수도 없는 벼랑 끝까지 온 이상 경철도 칼을 빼는 수밖엔 그 어떤 선택의 여지조차 없었다. 그는 온양 유흥업의 명실상부한 대부였다. 손실도 손실이려니와 체면이 말이 아니었다. 어느 놈이든 먼저 걸리기만 하면 법이고 나발이고 요절박살을 낼 것은 불 보듯 뻔한 일이었다.

기어코 열흘 만에 두 놈이 걸려들었다. 차근차근 진상을 알아본즉, 주범 중에 도주범이었고 다른 패거리들은 수원 개통파인지, 똥나발인지 하는 족속들이었다.

결국 생각했던 대로 팔다리가 부러지고 머리통은 서너 군데씩 터져 거의 형체를 알아볼 수 없을 지경까지 되었다. 어떤 업주는 그래도 한이 안 풀렸던지 담뱃불을 콧구멍에 쑤셔 박고 비벼 끄기도 했다. 영업용 택시에다 꽁꽁 묶은 채 수원까지 보내도록 경철이 최종 단안을 내리고 나서야 사태는 가까스로 수습이 되었다. 법보다 주먹이 앞서는 해결방식이었으니 분명 문제는 불거질 것이었다. 더구나 피의자에게 린치를 가했으니 각오해야 했다. 그것이 더러운거다. 돈 좀 벌만 하면 이런 개 같은 경우가 꼭 생긴다.

수원과는 이래서 치열한 전투가 시작이 되었으나, 그는 애시당초 굳게 마음을 다져 놓았다. 이럴 때야말로 '죽기 아니면 살기' 뿐이 더 있겠나?

하루가 멀다 하고 밤, 낮, 새벽까지 괴전화, 협박전화가 빗발치듯 요란하였다. 그럴수록 경철은 오히려 평온했다.

그는 또 한 번의 비장한 각오 아래 직접 수원까지 가기로 결정을 내렸다. 지긋지긋한 것이 이런 생활이었건만 이제는 피할 수 없는 운명에 처하게 되었다. '내가 그래서 대구생활도 청산하지 않았던가! 배암꽃 같은 운명은 배암꽃처럼 살다 죽는 것이 천리인 모양이다.'

도착한 곳은 터키탕이었다. 휴게실인지 사람 죽이는 도살장인지 열댓 명이 의자를 차지하고 빙 둘러앉아 있는 분위기만 보더라도 움츠러들지 않을 수 없었다.

"씹새끼, 저 새끼가 회장이야? 너 오늘 죽어봐라, 이 개좆같은 새끼야! 사람을 패도 적당히 패 야지 완전 병신을 만들어 놓고말야, 호랑이 굴속을 제 발로 들어오다니, 보아하니 비쩍 말라 가지고 별 볼일 없는 놈 같은데….

경철은 듣고도 못 들은 체 했다.

잠시 후 오십대 이쪽저쪽 되어 보이는 '안두'라는 사람이 나타났다. 우선 지긋한 나이에 마음은 진정되긴 해도 불안한 속마음은 막을 수가 없었으니, 경철 역시 나약한 한 인간이었다. 삼십대 초반쯤의 청년이 자신 쪽으로 다가오고 있길래 경철은 말했다.

"이봐, 젊은이 목이 말라 그러니 물이든 술이든 줄 수 없나?"

씨바스 한 병과 간단한 안주가 금방 나왔다. 어차피 각오한 몸이었기에 두들겨 맞아도 생으로 맞는 것보다는 술기운에 맞는 것이 덜 아플 성도 싶고, 추한 모습은 모면해야 되지 않나 싶어 경철은 병째 들고 병나발을 불어댔다.

짜르르 술기운이 내려가면서 후들대는 세포나 연약한 신경을 금새 마비시키는 듯했다.

안두라는 사람이 서서히 다가선다. 경철은 다시 긴장했다. '가차 없이 주먹이 면상을 향해서 날러올 것은 영화 보듯 뻔할 거고, 그 다음은 무리들이 달려와서 짓밟겠지? 그리고는 병원에서…'

"혼자만 먹지 말고 나도 한 잔 줄 수 없나?"

뜻밖이었다. 경철의 각오와는 달리 그는 의자 앞에 편안히 앉아 주었다.

"긴 얘기는 하지 말고, 이쪽은 내가 알아서 처리할 테니, 그 쪽은 아우님이 처리하게나."

경철은 듣고만 있었다.

"그리고 우리 앞으로는 의형제처럼 지내기로 하고, 상호협조 하면서 자매결연 맺으면 어떻겠나?"

경철 쪽에서 고소를 취하해 줄 것과 앞으로는 두 번 다시 그런 일은 없을 것이라는 장황한 얘기를 다 듣고 난 다음, 경철은 한 마디를 건넨다.

"저보다는 연배이신데 형님으로 부르겠습니다. 지난 일에 대해서는 정중하게 사과를 드리고, 쇠가 쇠를 먹지 못한다는 최소한의 인도만 지켜 주신다면 말씀하신 대로 꼭 지키겠습니다."

너무나 멋지게 끝난 사나이들의 담판이었다. 사실 경철은 혈혈단신으로 사태를 수습하러 갔었다. 때리면 맞을 것이요, 밟으면 밟힐 각오였다. 그런데 의외의 결과가 나왔다. 아마도 그쪽에서 사람 보는 눈은 있었던 모양이다.

그는 오히려 후한 대우에 아산만까지 캄보이를 받고 무사히 올 수 있었다. 안두의 배려였다. 그는 그런대로 인간미도 있고 성글성글 생긴 그대로 시원한 사람이었다. 그 이후로는 경철과 정말로 호형호제 지간으로 친하게 지내게 되었다. 이 일이 있은 후 온양에서 경철의 위치는 더욱 확고해 지면서 회장 위상도 눈에 띄게 드높아졌다.

이럭저럭 어느 새 경철은 사십 고개에 들어섰고, 88올림픽을 전후하여 이제는 굶어 죽는 한이 있더라도 또 한 번 총정리를 해볼 참이었다. 솔직히 말해서 여자나 남자나 화류계 생활도 젊었을 때 한때 해볼 만한 것이지 않는가. 경철 역시 한계가 점점 다가오는 것이었다. 설마하니 밥이야 굶겠냐마는 앞날에 대해서 깊은 고민을 하지 않을 수가 없었다.

근래 자신도 알 수 없을 만큼 시골이 좋아지고 넉넉함이 풍기듯 몸에 베이게 된 것도 사실이다. 도피성이라고 할까? 도시 속에만 들어오면 가슴이 답답해지고, 머리 또한 지끈거리는 현상이 자주 일어난다.

욕심 내지 말고 배암꽃은 배암꽃답게 살련다고 그는 자꾸 다짐한다. 요즘은 분재에 빠져 심취된 지가 제법 오래되었다. 그는 본래 한 가지 일에 열중하노라면 온 정력을 쏟아붓는 편이다. 그 버릇 때문에 때로는 손해를 볼 때가 많다.

매일 새벽이면 어김없이 진도견을 데리고 산에 오르는 것이 거의 생활화되었다. 한 군데만 가다보면 지루하고 이 산, 저 산을 순환하는 산행을 좋아한다.

행여나 오늘은 이러이러한 것이 없으려나 하는 기대감도 즐겁고, 덕분에 힘들지 않게 산행을 하기 때문이다. 여럿이 가는 것은 싫어하고, 혼자 아니면 둘이서 가는 때가 많다.

오늘은 노간주나무 한 개와 철쭉을 채취, 분에다 옮겨 심고 있는 중이다. 신체 건장한 청장년 대여섯 명이 난데없이 들이닥쳤다.

"당신이 여경철 씨 됩니까?"

"예, 어디서 오셨는지요?"

"아, 우리는 영등포 검찰청에서 나온 수사관인데, 잠깐 물어볼 말이 있어서 동행 좀 해야 되겠습니다."

가슴이 철렁 내려 무너지면서 심장박동은 드럼박자 맞추듯 콩콩 뛰고 눈 깜짝할 사이 상황은 긴박해져 버렸다.

"왜 그러신지 사유라도 좀….."

"가게 되면 알 테니까 순순히 따라나와!"

이미 모든 것을 체념해야 된다는 것을 너무 잘 아는 경철이었다. 그들이 몰고 온 지프차에 동승을 하고 서울까지 가는 동안 그 사유에 대해선 어느 누구하나 말을 하지 않았다. 청사에 도착하자 팀장 격인 한 놈이 수갑을 채우면서 내뱉는 한마디가 금세 질리게 만들었다.

"이 짜식, 보아하니 별것도 아닌 놈이 말썽을 부려? 너 이번에 용코로 걸렸다. 청송 가서 세 바퀴만 돌고 와!"

그는 영등포 경찰서 유치장에 처박혔다. 도대체 영문을 알 수 없었다. 안두 형님이 그럴 사람은 아닌데? 에라, 사람 죽인 일도 없고 해결책은 시간이 지나면 나오겠지….

온양 화류계의 대부 경철은 하룻밤 사이에 거지꼴이 되어 가고 입 속은 소태가 번져 깔깔한 게 물 한 모금조차 넘길 수가 없었다. 보통 범죄가 발생되면 경찰 - 검찰 - 법원으로 진행되는 것쯤은 알고 있는데, 직접 검찰에서 손을 댄 것으로 보면 보통 사건이 아님에는 틀림이 없는 듯하다.

오전 열시에 청사로 불려나갔다. 어제 수갑을 채운 팀장 되는 그 놈이 의자에 몸을 젖히고 여유만만하게 괴상한 웃음을 짓고 담배를 피우고 있었다.

고양이가 쥐 한 마리 산채로 잡아놓고 이리 굴리고, 저리 굴리다가 꼴릴 때마다 나꿔채고 결국 죽이고 마는 그 형상과 조금도 다를 바가 없었다.

"경철이 앉어. 우리 처음부터 탁 까놓고 화끈하게 하자, 그래야 네 신변도 유리하고 너한테도 편해. 알았지? 그리고, 분명히 말해 둘 것은 우리가 온양 가서 너에 대한 뒷조사 다 해봤어, 그러니 거짓말 해봤자야. 자! 담배 한 대 펴."

생김으로 보더라도 어지간한 놈은 아니란 것을 인상에서부터 강하게 풍김은 두말할 나위가 없었다.

눈은 맵새 눈딱지이고, 주둥패기는 왼쪽으로 삐다닥 기울어져 있는 싹만 보더라도 이 새끼는 '나는 악질' 이라고 써있는 듯했다. 순간 수원 사건이 떠올랐다.

"너, 죄명은 폭력, 범죄단체 구성, 뇌물, 인신매매, 감금, 윤락인데 내가 맘먹기에 따라서는 몇 가지는 빼줄 수 있어. 우선 폭력은 시인하지?"

"예, 시인은 하지만 그놈들이 먼저….""

"아, 됐어, 됐어. 묻는 말만 대답해. 우리가 다 아니까, 설명까지 할 건 없어. 그 다음 범죄단체 구성 이 부분도 시인하지? 네가 총두목이고 말야 맞지?"

"무슨 범죄단체 구성이란 말입니까? 그건 친목회지 우리가 뭐 마피아 단체라도 되나요?"

"그건 그렇다 치고 뇌물은? 너 이 새끼야 좋게 말할 때 들어, 죽기 전에 통박은 빠르게 생긴 놈이 헛수작하고 있어. 맞아 안 맞아?"

동시에 의자 밑 발이 경철의 쪼인트를 명중시켰다.

"너 업주들한테 매월 삼십만 원씩 걷었잖아? 육십칠 명 곱하기 삼십 하면 이천십만 원! 이 돈 누구한테 얼마 주었는지 요것만 얘기해. 나머지는 내가 적당히 봐 줄 테니까."

아찔했다. 막다른 골목까지 왔으니 더 이상 변명할 여지가 없었다.

"솔직히 털어놓죠. 그 돈은 어느 누구한테 준 사실도 없고, 개인적으로 내가 혼자 다 썼습니다."

"어쭈구리, 이 새끼 봐라. 제법 보스답네. 네 입장도 이해가 안 가는 건 아냐. 그러니까 네가 보스지. 서울역 지게꾼 보스는 아무나 하나. 너 이러면 삼 년 살 거 십 년 살아. 그래, 네가 혼자 썼다 치자. 죄명이 몇 개 더 붙는 지 알아? 사기, 횡령, 배임, 공금유용, 잘 알면서 왜 그래? 그 돈으로 로비한다 하고서 네가 썼으니까 사기지. 이 네 가지만 합해도 삼 년, 이 년, 오 년, 십 년이 넘어. 어차피 넌 끝인데, 왜 억울하게 네가 다 뒤집어 쓸 필요가 있냐 이 말이야. 안 그래? 경철아, 자 커피 마셔."

그는 갖은 회유, 협박에 삼일 동안 고초를 겪었다. 뺨과 어깨를 얼마나 맞았던지 이젠 맞는 것도 이골이 나 있었다. 매도 맞아 본 놈이 났다고 양 볼은 항상 얼얼해 있는 것이 혈액순환만큼은 잘될 것 같은 자괴 섞인 위안이 그나마 그의 누추한 재산이다.

경철이 누군가? 씨발놈들 제 놈들도 남의 돈이라면 환장을 하는 놈들이 나 좋아 몇 푼씩 줬다고 죽게 되니까 불 것 같으냐, 네놈이 죽이기야 하겠어? 징역은 이미 각오가 돼 있었다. 끝까지 일관된 진술을 하고 모르쇠 묵비권으로 맞서는 길 외엔 어떤 방법도 없었다.

십구일 만에 법원으로 기소가 되고 난 후부터는 그 혹독한 시련기를 넘길 수 있었다. 방 안에서 곰곰이 생각해도 수원의 안두 형님이 그럴 리는 없었다. 아니기를 바랐고, 또 그렇게 믿고 싶었다. 경철은 아마도 필경 무슨 곡절이 있을지도 모르는 일일 것이라 생각했다.

감방 안은 3.8평 넓이에 스물 두 명이 생활하기엔 너무 비좁은 공간이었다. 가로세로 5m 될까말까, 콘크리트 벽에 죄수들의 출입구 철창문이 있었고, 구석진 한편에는 침구가 정리되어 있었다.

천장에는 흐릿한 전구가 있었다. '너희들이나 나나 똑같은 처지에 있는 꼴불견 신세가 되었구나' 하듯 깜박깜박 거리고 있는 것 같았다.

경철은 간수들이 들여다볼 수 있는 작은 구멍이 왜 그렇게 싫은지 몸서리가 날 정도였다. 곰팡이 냄새, 땀 냄새 쉴 새 없이 뿜어대는 메탄가스에 하루 이틀은 코를 막고 살다시피 했는데, 이 역시도 시간이 지나자 면역이 저절로 되었다. 만성이 된 후로는 쿠리쿠리한 냄새가

구수한 것 같은, 두부공장에서 김이 빠져 나오는 그 냄새하고 구분이
잘 안될 정도였다.

운 좋게도 경철이 살고 있는 감방은 3동상 106호인데 폭력범이 아
닌 경제범들이라 딴 방에 비하면 먹는 것은 남을 만큼 흡족한 편이
었다. 부정수표, 사기, 간통, 안마시술소, 이발소, 오잡놈들의 대집단
생활이란 그 자체가 징역이요, 지옥이었다.

프로덕션 하는 코미디언 김모씨도 들어와서 삼일 만에 빠져나갔는
데, 영부인과 그 어머님이 동창생이라 직빵 줄이 닿았다고들 한다.
이곳은 면회도 안 오고 돈도 없는 개털이라곤 세 명뿐인데, 하루에
오천 원씩 쓰지 못하는 대가를 톡톡히 치르는 축이었다.

오늘은 애진이 면회를 왔다. 울다 지쳤는지 눈자위는 부스스한 채
망연한 모습으로 실성하듯 힘없이 웃고 있었지만 기력은 쇠잔되어
있었다. 일부러 웃기려고 돈킹처럼 머리칼을 꼿꼿이 세운 채, 나가기
도 했지만 실제로는 효과가 별로 없었다.

경철은 애진에게 듣고서야 맞은 놈 부인이 고발한 것을 알게 되었
다. 여자는 정말 독종이구나. 남자들끼리 사나이답게 해결한 것을 여
자는 참지 못하는구나. 생각이 여기에 이르자 경철은 고개를 절레절
레 흔들었다. 여자는 정말 무엇인가?

감방 안에는 간통범들이 일곱 명이나 있었는데 이상한 것은 사내
놈들은 어떻게든 빠지려고 기를 쓰는데 상대인 기집년들은 어떻게든

빵을 살리려 하는 것이었다. 처음엔 경철도 이해가 안갔지만 차츰 지나면서 이해를 하게 되었다.

사내놈들이야 면죄부가 될 수 있어도, 기집년들은 어차피 버린 몸이니 이왕지사 갈 때까지 가보자는 심사인 것 같다. 평생 멍에를 안고 사느니 네 놈이 책임을 져라 하는 식이다. 이곳에 온 한 놈의 얘기를 들어보자.

갑이란 놈은 중국집 주방장인데 불룩한 뱃구레며 하루 종일 먹고 싸대고 무신경적으로 생긴 날 인간 같은 놈이다. 거기다 생김새도 들창코에 양쪽 볼은 두툼하니 밑으로 축 처진 것이 누가 봐도 혐오스럽기가 이를 데 없다. 메탄가스의 원폭투하의 주범인데 24시간 품어댔다 하면 방안은 갑자기 아수라장이 되고 만다.

그 집주인 년과 어슬어슬 눈이 맞아 틈만 있으면 화장실이며, 주방 구석 가리지 않고, 틈새정사를 나누다 여기까지 오게 된 놈이다.

"여름에는 더우니께 반바지에 윗통을 벗고, 밀가루 반죽을 떡치듯 일하고 있는디, 주인년이 들어와서 땀을 닦어주드라구. 그 날은 쥔놈이 경기도 포천에 가고 없었는지라. 아마도 이년이 그전부터 날 먹을려고 안달병이 날 걸 눈치는 쪼께 채구 있었구만이라우. 그런디 이년이 내가 화장실만 가면 문 앞에서 얼쩡거리고 있는 거여. 좇나게 일을 하다가 그날도 소피를 보는 데 뒤에서 끌어안길래 해부렀지. 기집년이 그 지경인디 안 할 놈 어디 있간디? 히히! 나중에 그 년이 말하는디 주방에서 밀가루 떡칠 때 비 오듯 흘리는 땀에 반했다는 거여. 한 두 번 하고 그만둘려고 했는디 이 년이 맛을 보더니 안떨어지는 겨. 그런 씹맛도 괜찮드라고잉. 본디 내가 소피 볼 때는 오줌 줄기가 굵어 누는 소리가 남보다는 큰 편 인디, 오줌 누는 소리만 들었다 하면 이년이 못 참는 겨. 재수 좆같이 없을라니께, 신세 꽉 조져 버렸당께."

빵에서나 어디서고 이런 얘기만 나왔다 하면 남녀노소 할 것 없이 군침들을 삼키곤 한다. 허기야 동물들도 혼자 살 때는 제명대로 못 살지만 짝을 지어주면 천수를 다하고도 오래 산다는데 하물며 인간들이야 더하겠지.

옆에 있던 빵잽이 을이란 놈은 정신이 홀딱 빠져 있다가

"그래서, 걸렸을 때는 어떻게 들켰는데?"

갑이란 놈은 연신 뱃통을 긁다 만지다 잠시도 손모가지를 가만히 두지를 않고 있다.

"잉. 오늘이 구월 이십 칠 일잉께 빵에 온 지 오늘이 이십 오 일 됐지라우. 구월 삼일날여. 오후 서너시쯤 됐을껴. 쥔 놈이 없길래 그날도 화장실에서 개씹으로 했지. 안 들키는 건디 이 씨발년이 색쓰는 소리가 얼마나 큰 지 때마침 지나가던 쥔 놈이 떠 들어온겨. 나는 후다닥 뺐는 디 좆물이 뚝뚝 떨어지고 있었으니 갱꼬로 걸렸지. 그 년은 그 자리에서 죽도록 맞고 말도 못하지라우."

다음은 옆에 있던 을이란 놈 얘기를 들어보자. 이놈은 제 딴에 꽤 고상 깨나 떨고 수준 있는 티를 내며 학사 출신 운운, 꼴 중에 주접

떠는 놈이었다. 자기 말로는 인테리어업자네 하는 데, 경철이 보기엔 초등학교 의자 쪼가리도 못 만들 놈처럼 생각이 든다.

빵이야말로 늙은 놈, 젊은 놈, 배운 놈, 못 배운 놈 없이 무조건 들어오는 순위에 따라 서열이 정해지기 때문에 주접떨다간 되레 좆빠지는 곳이다.

병신새끼가 지금 때가 어느 때인데 옛날 쌍팔년도 구닥다리 로큰롤, 삐빠삐룰라를 부르고는 팝송이나 째즈하면 일인자인 것처럼 으스대는 폼은 그야말로 가관이 아닐 수 없다. 십 년 전에 먹은 것을 토할 만큼 역겨운 놈이다.

허긴 이곳에 온 놈들은 알파벳 A자도 모르는 놈이 태반이니까 있는 주접 없는 주접 떨만은 하지만, 해도 해도 너무하니 하는 말이다. 어느 사장 집에 일을 할 때였는데 얘기인즉,

"중소기업 어느 사장 집 공사를 했는데 말이야. 일한 지 일주일쯤 되던 날이었걸랑. 지하실에서 일을 하고 있는데, 그 집 사모님께서 진달래술을 한 잔 주는 게 아니겠어. 조청처럼 끈적끈적 했었는데 한 잔 먹었더니 알딸딸하니 기분이 금방 좋아지더란 말씀이야. 그런데 나갔던 사모님께서 홈드레스 차림에 또 들어오셨는데 말씀이야. 진달래술을 또 주는 거야. 술기운에 홀깃 쳐다보니, 팬티도 보이고, 젖가슴도 히멀건 한 게 말씀이야. 좆이 팍 꼴리드라고, 그래서 껴안고 하긴 했는데, 잘 기억이 안 난다 이 말씀이야!"

"그래서 그 다음부터는?"

"나 참, 나중에 알고 보니 이 씨팔년이 사모님이 아니고, 이 집 식모란 말씀이야. 거기서 끝냈으면 이런 꼴로 여기까지 오지는 않았을 텐데, 일 끝나고 나서도 계속 씹을 했단 말씀이야. 그냥 저냥 남의 살이라 마누라 구멍보다는 맛이 낫드라고. 이 년하고 할 때마다 실탄을 다 썼더니 집에 가면 빈총만 가지고 빠방빵빵 개지랄을 하니 말씀이야. 여우같은 마누라가 눈치 못 챌 리가 있겠나? 그러니까 구월 십오일 날 마누라 안아줬다 이 말씀이야. 그 날 저녁 마누라 왈, '여봇, 내려와욧. 힘들게 가라 모션 그만 잡고 앞으로 조심해!' 그렇게 경고했음에도 구월 십팔일 날 그년하고 불광동 로타리 앞 여관에서 홀딱 벗은 채 현장 다구리났다 이 말씀이야. 오늘이 구일째니까 이십오일째 되는 날 난 틀림없이 나간다 요 말씀이거든."

"이십 오일째 나간다는 말은 무슨 말이야?"

"아! 그거! 그런 게 있다 이 말씀이야."

세상에 이런 때려죽일 놈이 있나? 경철은 사지가 부들부들 떨렸다. 식모란 년은 집이 연희동이고 남편 되는 사람은 동네에서 이발소를 하는 사람이었다. 결국은 을이란 놈이 제 여편네 하고 짜고서 간통 고소를 하게 된 것인데 성인군자 같은 남편 되는 놈은 어제도 지 마누라한테 찾아와 천오백에 취하해 달라고 사정하는 것을 거절하였다고 면회 온 여편네가 전해 주었단다.

"히히, 이천만 원만 주면 오늘이라도 나간다 이 말씀이야."

소리 없는 총이 있으면 쏴 죽였으면 속이 후련하겠다. 세상에 악질이라 해도 이런 악질은 처음 보는 듯했다.

간수가 공소장을 전해주었다. 들여다보니 뭐뭐 해서 전과가 9범으로 적혀 있는 것을 보고 경철은 그만 눈알이 튀어나올 것 같았다. 아니 처음 빵엘 왔는데 어떻게 전과 9범? 간수한테 물어보니 귀찮은 듯 피시시 웃기만 하고 있었다. 구형 공판은 일주일 정도 남아 있었고, 견딜 만은 한데 먹질 못하고 밤을 꼬박 새우는 게 경철은 여간 고통스럽지 않았다.

"수감번호 1307번 여경철 면회!"

아내와 혜란이 와 있었다.

밖에서 이번 사건을 보는 시각이 캄캄 굴속이라는 것을 경철은 두 여자의 얼굴 표정에서 금방 알 수 있었다. 이 안에서 아무리 몸부림쳐봤자 아예 처음부터 각오를 해야 될 듯싶었다. TV 뉴스, 신문에 크게 났으니 제때 식사하고 건강에 신경 쓰라고 이를 악물고 단호하게 얘기하는 것으로 봐도 절망적이었다.

옆에 있는 혜란은 손수건으로 얼굴을 가린 채 계속 울고만 있었다. 경철은 그 짧은 시간인 3분에 어떤 말도 할 수가 없었다. 대구 운길에게 매일 연락이 온다는 말에 절대 이 사실을 얘기하지 말 것과 사업상 일본에 갔다고만 하라고 일러두었다.

"시간 다 됐습니다."

간수가 앵무새처럼 지껄였다. 경철은 마지막으로 비장하게 말했다.

"앞으로는 연락이 있을 때까지는 일체 면회 오지마."

그러나 방에 들어와서 곰곰이 생각하니 아무래도 제정신이 아닌 것 같았다. 그 하고많은 짧은 만남의 인사 중에 면회 오지 말라는 말은 왜 했는지 도무지 이해가 가질 않았다.

밤을 뜬눈으로 꼬박 새우는 경우가 많아졌다. 날이 갈수록 경철은 탈진상태로 빠져들었다. 어젯밤 한 시쯤에는 싸이렌 소리에 잠을 설쳐 아침에는 기운이 쭉 늘어지다시피 몸 가누기도 힘이 들었다. 설마하니 죽기야 하랴. 그래도 오늘부터는 먹을 수만 있다면 먹어야 되겠다. 경철은 그렇게 독하게 마음을 먹었다.

인원점호가 끝나고 정돈을 할 무렵에 사기도박꾼 한 명이 신입으로 들어왔다. 떡대도 좋고 풍채 또한 의젓한 게 겉보기엔 회사 중역쯤 돼 보인다. 대개는 밤에 들어오는데 이상스런 일이다.

저녁때가 되서야 정해진 순서대로 신고식을 거행하게 되는데, 폭행이나 금전착취 하는 일은 절대로 있을 수가 없다. 신고식 정도는 간수들이 알면서도 눈감아주는 일종의 지루함을 달래주는 배려차원인 듯싶다.

생긴 만큼 말솜씨도 점잖았다. 집은 경기도 평택이고, 나이는 마흔일곱, 직업은 태어날 때부터 사기도박꾼, 이름은 한철만, 별명은 쭈꾸미, 아무렇지도 않은 듯 태연스레 소개를 하였다. 아! 거기에다 공식적인 마누라만 세 명이란다.

느긋하고 유들유들하게 생긴데다가 개기름까지 번들번들 흐르는 쌍판대기가 얼굴만 봐도 보통은 아니었다.

"사기도박이란 것은 일인조, 이인조가 있는 데 때에 따라서는 삼인조, 사인조 될 때도 있습…."

경철도 이에 대해선 어느 정도 알고 있는 터수였다. 그런 마당에 신참의 폼새를 보니 경철은 그가 개선장군이나 된 척 하는 게 여간 얄미웠다.

"야! 모가지 힘 빼고 똑바로 말해 이 개새끼야, 여기가 어딘데 폼 생폼사야, 개 좆 같은 새끼 뭐 잘났다구."

이래저래 홧김에 서방질한다고 경철은 한마디 쏴부쳤다. 그는 자기 밑으로도 일곱 명이나 있으니 군대 계급으로 따지면 일병 중고참 정도는 되는 위치였다.

"예, 잘 좀 봐주십쇼, 그런 건 아닙니다."

신참은 주눅이 바짝 들어서는 알아서 기더니 이야기를 다시 이어 간다.

"삼인조, 사인조인 경우에는 설계꾼, 바람잽이가 있는 경우를 말합니다. 속이는 방법은 정확하게 백 세 가지이고, 그 중에 대표적인 몇 가지만 말씀드리겠습니다. 사기도박을 보통은 연탄이라고 합니다. 연탄이란 것은 검기 때문에 붙여진 이름이고 종류별로는 도쪼, 헛장떼기, 무늬, 덮장, 사림이 있고, 공장목, 출목, 페퍼목, 테레비 등이 있습니다. 바람잽이는 수시로 수하로 캉을 보내기 때문에 꾼 아니고서는 알 길이 없습니다."

　말하자면 이곳이야말로 세상의 온갖 추악한 범죄 이야기가 꽃피는 곳이었다. 철학, 주의, 경험담 등은 어떤 면에서 보면 심심풀이 땅콩으로 듣는 이야기가 아니라 처신과 처세의 산교육이기도 했다.

　신참의 이야기 중에는 정말이지 가관인 경우가 한둘이 아니었다. 다음의 경우가 바로 그랬다. K씨 전형적인 시골사람으로 이십 년 동안을 남의 집 사슴목장 목부로 일하는 사람이었다. 워낙 착실하고 근면하기로 인정받은 터라 퇴직금을 타서 자기 몫의 목장을 성실하게 운영하고 있었다. 한 가지 병이 있다면 노름을 좋아하는 것이 흠이었다. 주위에 있는 마수의 손길이 서서히 뻗치기 시작한 것은 제법 거부가 될 만큼의 발판이 섰을 때 즈음으로서 그러니까 작년 사월쯤이었다. 그 목장으로 사십대 초쯤 되어 보이는 중년부인 네 명이서 고급 승용차를 몰고 들어섰다.

　"여기가 목장 맞죠?"

　"그렇습니다만, 어찐 일로…."

　"아, 예, 소문 듣고 왔습니다. K 사장님께서는 양심적이고, 부지런한 사람으로 정평이 나있더군요."

　"아니, 뭐 그렇게까지 원 별말씀을…."

　"사슴뿔 언제 자릅니까? 작업 날짜에 맞춰 서울에서 열명이 올거든요."

　"사모님들 편한 날짜에 하겠습니다."

선불로 백만 원을 건네주고 날짜, 시간을 정하고 부터, 귀티 나는 중년부인들은 돌아갔다. 녹혈 한 잔에 오만 원씩 팔기도 힘든 처지인데 호박이 넝쿨째 들어온 것이었다. 악의 끝은 없어도, 선한 끝은 있다고 하늘에서 복을 내려주신 모양이라고 그는 생각했다.

정해진 날짜, 시간에 정확하게 열 명이 왔다. 그 중 중년부인 한 명이 은밀한 곳으로 K사장을 불러 심각하게 얘기를 주고받았다. 주위를 환기시키듯 연신 두리번거리면서,

"K사장님, 사실은 저희 남편이 고위 공직자인데, 퇴직 후에는 이런 조용한 곳에 와서 살려고 하거든요. 그러니 딴 사람들은 믿을 수도 없고 해서 이렇게 K사장님을 찾아뵙게 되었습니다. 찻길이 닿는 곳 정도의 임야 만여 평 정도면 되겠구요. 아무래도 K사장님께서 목장 시설도 해주시고…, 처음엔 엘크 이십 마리 정도만 넣을 계획입니다. 절대적으로 보안을 철저히 지켜 주셔야 됩니다. 비밀이 누설되면 모든 것이 수포로 돌아가게 되니까요. 모레까지는 저 앞에 호텔 709호실에 친구 두 명과 있을 거예요. 저녁에 차 한 잔 하시고 더 좀 얘기해요."

그들이 간 후에 K사장은 입속이 마르고 마음은 공중에 매달려 있었다. 일손도 안잡히고, 안절부절 야단이 났다. 이 일만 잘 추진되면 2억 정도는 내손에 들어오리라. 그래도 풀은 베야지.

"노세노세, 젊어서 노세, 늙어지면 못노나니…."

생전 부르지도 않던 노래가 절로 나왔다. 그는 오후 일곱 시쯤 가

르쳐 준 709호실을 노크를 하였다. 안에서는 마치 기다리고 있었다
는 듯이,

"예, 들어오세요." 하는 소리가 났다.

방안에 들어서자 향수 냄새를 진하게 피우는 중년부인 한 명이 어
깨에 타올을 걸친 채 화투패를 떼고 있었다. 내려다보는 순간, 젖가
슴이 반쯤이나 드러나 보이는 게 정신이 없었다. 아까 은밀한 대화를
나눈 중년부인이 미소를 지으면서,

"K사장님, 어서 앉으세요."

K사장은 마른 침을 꿀떡 삼키면서 자리에 앉았다. 그러자 반라의
또 다른 중년 여인이 목욕탕에서 나오는 것이었다.

"어머! 남자손님이 계셨네?"

그녀는 구석으로 잽싸게 몸을 숨겼다. K사장은 마음속으로 황홀,
감탄이 절로 느껴졌다. 그 나이에도 아래 것은 꼿꼿이 발기가 되어
주체할 수 없을 만큼 혼미가 거듭되면서 정신을 어지럽혔다. 패를 만
지던 중년부인 하나가 이때다 싶어

"언니! 우리 심심한데 고스톱 칠래?"

"얘는 나 화투 못 치는 것 뻔히 알면서?"

"언니, 민화투는 칠 줄 알잖아. 마찬가지야. 이것도 짝끼리 먹으면
돼. 치면서 내가 가르쳐 줄게."

"점당 얼마짜린데?"

목욕을 끝낸 그 여자가 물었다.

"점당 삼만 원 짜리는 해야지."

"너무 크다 얘."

"우리가 뭐 서울역 지게꾼이야? 안 그래 언니?"

"K사장님한테 물어봐야지."

"어떠세요? 하실래요?"

"예. 예. 그렇게 하시죠."

결과는 뻔할 뻔자였다. 연 이틀 동안 뒤에서 조종하는 물주들한테 싯가 2억 정도의 엘크 사슴 일곱 마리, 레드디어 열두 마리를 일주일 만에 날리고 말았다. 그 이후 그 중년부인들은 끝내 나타나지도 않았고, 볼 수도 없었다.

P, C라는 성을 가진 두 여인들이 있었는데, 한 여자는 삼십대 후반이고, 하나는 오십대 초반의 여자였다. 이들 역시 전국을 무대 삼고 골프 연습장 또는 컨트리클럽, 소위 상류층이 모이는 곳을 거점으로 삼는 자들이었다.

때로는 몸도 주고 먹이감이 있는 곳이면 어디든 가리질 않는 족속들이 바로 이들이었다. 이들은 그럴 만한 대상자를 물색한 다음, 주로 시골 면 단위 농협 같은 곳에 1억 정도를 예치하는 수법을 썼다. 면 단위 조합장이야말로 이들이 떴다하면 발가락은 고사하고, 뒤라도 빨라면 빨아야 될 운명적 신세이니 그저 길 수밖에 없다.

이들이 내미는 명함은 그야말로 거창하다. 무슨무슨 생수판매 또는 부산 해운업 이사, 더 거창할 때는 일본 동경시의 빠징꼬 사장….

하니 일반인들은 명함만 봐도 여사님하고 고개를 숙이게 돼 있다.

D데이가 정해지면 이들은 전화를 건다.

"G조합장님, 오늘 저녁 식사나 하죠?"

안 나올 사람이 어디 있겠나. 일단 마수에 걸려들면 이들은 수단과 방법을 가리지 않는다. 위에서 설명한 유사한 방법, 때로는 몸까지 제공하면서 몇 천 만원 해먹고는 예치금을 찾아 또 다른 다음 장소로 뜬다.

신참의 이야기를 들어볼라 치면 세상은 참으로 요지경 속이다. 기는 놈 위에 걷는 놈, 걷는 놈 위에 나는 놈이 있다는게 정말로 실감이 난다.

그때 마침 호루라기 소리가 요란스럽게 들려왔다. 구치소장 순찰 점검시간이 된 모양이다. 다들 횡대로 줄을 맞춰 조용히 앉아있어야 했다.

"총원 00명! 검치 0명! 현재원 00명! 번호!"

"하나! 둘! 셋! 넷!…"

소장 순찰은 늘 하는 일이니 일종의 지정곡에 불과했다.

"애로사항 있는 분 없죠?"

"옛! 없습니다!"

그러면 그는 그 다음 코스로 직행한다. 아마도 하루 종일 의자에만 앉아 있노라면 하체에 힘이 빠질 테니 이 시간은 소장 걷기운동 시간으로 정해진 것 같다.

오늘은 부정수표, 마약, 터키탕, 이 세 명의 선고 날이다. 징역을 살든 안 살든 이 방과는 영원히 이별하는 날이기도 하다. 어느 정도는 나갈 건지 못 나갈 건지 형량에 대해서도 예견들을 하고 있으나 빗나가는 경우도 종종 있다. 부정수표는 각오를 하고 있고, 마약으로 들어온 사람은 반반이고, 나갈 수 있는 가장 유력한 사람은 터키탕 업주였다.

경철의 생각으로 마약이 나갔으면 좋겠다는 간절한 마음이 들었다. 병원에서 근무하는 일반직종의 직원인데 친구 한 명이 수술 끝에 진통을 호소하는 바람에 불쌍해서 몇 알 준 것이 화근이 된 것이다. 돈을 받고 판 것도 아니고 매번 요구하는 것을 거절하니까 그 놈이 신고를 한 것이다. 죄명은 절도, 습관성 의약품 법률 위반 두 가지다.

짐 챙기러 재판을 받고나서 오후에 세 명이 들어왔다. 부정수표 징역 3년, 마약 2년, 터키탕 징역 1년에 집행유예 2년. 유전무죄! 무전유죄!

이들과는 이것이 마지막이었다. 시간이 너무 지루한 것이 날이 갈수록 경철은 미칠 것 같았다. 그 무렵이었다.

"1307번 여경철 편지"

식구통으로 날라들어왔다.

미림이 아빠.

우리 가족의 멍에를 뒤집어 쓴 당신께 어떤 말이 위안이 될 지 ?

그 날 당신의 모습을 보니 저는 정말 가슴이 찢어졌답니다.

당신의 나약한 모습은 우리 세 사람에게 더욱더 슬픔의 늪이랍니다.

그래도 희망의 한 가닥은 볼 수 있었죠. 그게 뭔지 아세요? 자기를 이기고

밀고 나가며 꿋꿋하게 견디는 당신의 정신이 우리에게도 큰 힘이랍니다.

당신이 입버릇처럼 하던 말 '내일 지구의 멸망이 온다 하더라도

오늘 난 한 그루의 사과나무를 심겠다.' 는 말이 새삼 떠오릅니다.

여보! 뜻이 있는 곳에 길이 있고, 당신 억울함은 하느님도 아실 겁니다.

절대 실망하지 마십시오. 하고 싶은 말이 너무 많았는데….

어떠한 말이 당신기막힌 상황에 큰 힘이 될는지 ….

미운만큼 미워할 수 없는 것이 부부라는 건지 ?

우리의 아픔이 여기서 끝나길 저는 간절히 빌겠습니다.

지나간 일들이 우리에겐 너무 견디기 힘든 일이었지만, 여보! 제발 힘내고

용기 잃지 말고, 건강한 모습으로 우리 만나요. 액땜 때운다 치고 마음을

독하게 먹어요. 저는 저대로 열심히 뛰고 있으니 믿고 기다리세요.

당신 건강을 두 손 모아 기도드릴 게요. 미림이, 미혜, 세 식구가

함께 기도합니다. 그리고 영원히 사랑해요.

시월 십일일 새벽2시

당신의 아내

경철은 중간 중간 목이 메었지만 읽고 또 읽었다. 구형량이 5년을 찍혀 최소한 3년은 징역살 각오는 하고 있었지만 마음은 하루하루 흔들리고 있었다.

이러다 죽는 건 아닐까? 경철은 겁도 덜컥 나기도 하였고 점점 스스로의 마음을 종잡을 수 없이 혼란스럽기도 했다.

재판은 세 번씩이나 연기되었다. 시종일관 폭력행위에 대해서는 시인하였지만 나머지는 일관된 진술로 맞섰다. 이왕지사 주사위는 던져졌고, 어차피 징역 갈 바에야 억울함이나 벗을 각오였다. 하루가 십 년 같은 지겨운 곳에서 경철은 어언 두 달을 보내고 있었다.

수원 안두 형님과 정숙이 면회를 왔다. 안두 형님은 웃으면서 별거 아니니까 맘 푹 놓고 밥 잘먹고 있으라면서, 맞은 놈 고소장 취소서와 탄원서가 들어갔으니 좋은 소식 있을 것이라고 하였다.

"징역 3년 정도는 살게 되면 살지 경철이 너답지 않게 발발 떠냐?"

그는 여전히 웃고만 있었다. 자기보다는 뭐로 보나 통이 큰 인물임에는 틀림이 없다고 경철은 생각했다. 그러자 왠지 모르게 한결 마음이 편안해졌다.

정숙은 초췌했다. 정신적 공황상태인 듯했다. 경철이 물어보나마나 장사도 잘되지 않는 눈치다.

아침저녁으로 날씨가 써늘한게 내복을 입어야 될 정도였다. 변호사 접견이 있는데 1심에서는 거의 실형이 확실시 결정이 되었으니, 독하게 마음을 먹고 있으라 했다.

경철은 머릿속이 텅 비어 있다가 갑자기 뜨거운 이물질이 그득히 넘실거릴 때처럼 곤두박질치듯 쓰러질 것만 같았다. 매일 밤마다 짧은 수면 시간에도 비몽사몽 흉몽에 시달리는 것이 탈진될 만큼 힘들었다.

아내가 치한들한테 질질 끌려가는 환상이 나타나는가 하면, 술집 작부로 둔갑을 하여 경철 그 자신도 몰라보기도 한다.

선로에서 기차가 달리는 데 미림이 미혜가 그 위에서 놀고 있다. 기차가 계속 기적을 울리는데도 아이들은 피하질 않고 있다. 놀란 경철이 뛰어들어 두 팔로 둘을 가슴에 싸안고 둑 아래로 굴러 떨어져 버린다.

말하자면 경철은 괴상망측한 꿈만 꾸었다. 이래서는 안되겠다. 정신을 바짝 차려야지. 경철은 이를 악물고 악몽이며 환상이며 하는 것들과 싸웠다.

크리스마스 이틀을 앞둔 십이월 이십이일이 선고 날짜였다. 마음을 다지고 가다듬지만 뜻대로 되지 않았다. 그는 아침부터 출정준비하느라 머리가 텅 빈 상태에서 개 끌려나가듯 밖으로 나왔다.

법정까지 가는 지하도는 소름이 끼쳤다. 교도관들은 중간 중간 '무릎쏴' 자세로 고정되어 있고, 눈은 대간첩 작전을 방불케 하였다. 경철은 자신이 마치 무슨 전쟁 영화의 주인공이나 된 듯한 착각이 들었다.

법정은 숨소리도 들리지 않을 만큼 고요했다.

"1307호 여 경 철

… 이하 생략 …

징역 2년에 집행유예 3년"

순간 경철의 눈에 황금빛 면류관을 쓰신 예수님이 나타나시고, 그 뒤에는 인자하신 모습인 어머님 얼굴이 보였다.

끝없는 사랑, 지독한 사랑

창살 밖의 세상은 더없이 밝고 고향 하늘은 시리도록 푸르기만 했다. 경철은 삼 개월 여 동안 광대뼈 밑의 살이 홀쭉해진, 알 수 없는 악마 같은 몽유병 환자처럼 불면증에 시달리는 자신이 미웠다. 만질수록 덧나는 상처일 뿐이어서 될 수 있는 한 지난 일은 생각하고 싶지 않았다.

혜란이 허겁지겁 단숨에 달려왔다.

"오라버니, 그동안 고생하시느라…."

"어! 혜란아 잘 있었지? 여기 앉아."

결혼해서 자식을 둔 지금도 그녀는 "혜란아"하고 경철이 이름으로 불러주기를 좋아했다. 그는 이산가족처럼 혜란을 와락 끌어안고 한껏 울고 싶은 심정이었지만 차마 그렇게는 하지 못했다.

두 사람의 관계는 이성을 초월한 붉은 혈액보다도 더 끈끈한 수액이 흐르는 사이였다. 기쁨을 둘이 나누면 배가 되고, 슬픔을 둘이 나누면 반이 되는 그런 접착제 같은, 아니 접착제보다도 강한 수액인지도 몰랐다. 때 묻지 않은 결곡한 삶을 살아가는 혜란의 모습이 경철은 아름답고 존경스럽기까지 했다.

"이번엔 고소한 그 자식 가만두지 않을 거야. 잡아다 죽여 버려야지."

경철이 악을 쓰기 시작했다.

"오라버니, 살다보면 미친개한테 물릴 수도 있는데, 이만하길 다행이지. 더 이상은… 복수는 결심이 아니라 극복할 수 있는 의지를 키우는 거래요. 이젠 다 잊으세요."

표는 내지 않았지만 경철은 혜란의 이런 말에 깜짝 놀랄 수밖에 없었다. 정말 지혜로운 여자다. 혜란아, 너는…. 이런 말이 불쑥 나올 만큼 그는 금방 감동이 되었다. '극복할 수 있는 의지를 키우는 것이 복수'라구? 만고의 명언이다. 그렇지? 하고 다시 속으로 중얼거려보기도 했다.

그러나 마음 따로 행동 따로인 것을 어찌하랴. 경철은 함께 식사를 하면서도 공연히 투정을 부렸다. 그의 아내는 죄지은 사람처럼 어찌할 바 모르고 있었다.

"세상천지 언니 같은 분이 또 있을까? 오라버니는 까다롭지 않은 것이 까다로운 줄 아셔야 돼요. 언니 잘 위해주셔야 해요. 전 이만 갈게요."

혜란이 가고 보니 공연히 분위기만 깬 것 같아 경철은 금방 후회했다.

때가 되면 어김없이 찾아오는 게 자연의 이치다. 가을이 또 왔다. 경철은 고개를 들어 하늘을 보았다. 구름 한 점 보이지 않았다. 녹음 짙은 산도 보이고 도로에는 차도 보였다. 그는 실명한 사람처럼 눈을 감고 걷기도 해보았지만 좀처럼 안정이 되질 않았다.

새벽 다섯시가 될 때까지 포장마차를 순환식으로 돌면서 술로 밤을 지새기 일쑤였다. 잠이 들면 암흑 속에서도 망막을 찢는 듯 굉음이 들려오고 있었다.

그런 어느 날 눈을 떴을 때는 오후 두시였다. 애진에게서 급한 전화가 왔다. 전화로는 얘기하기가 곤란하다며 그녀는 서울에 있는 남서울호텔 커피숍에서 다섯시에 만나자고 하였다.

경철은 정숙에게만 자신의 행방을 대충 일러주고 약속 장소에 갔다. 애진의 일생을 위해서도 번번이 만나는 것은 불안한 일인데…, 하는 생각에 몰두하며 거의 정각에 도착하였을 때 애진은 미리 와 있었다.

결혼한 지 몇 년 사이 애진의 얼굴과 마음은 벌레 먹은 복숭아처럼 형편없이 상해버렸다는 걸 경철은 그 자리에서 확인했다. 하지만 다소곳이 날개를 접고 미소로 인사하는 모습은 아직까지 세상에서 제일 예뻐 보이기도 했다.

경철은 조심스럽게 기억을 더듬어 보았다. 그러니까 애진과 첫 정사를 나눈 것은 그녀가 결혼한 지 일 년 조금 넘어서, 지금부터 3, 4년 전쯤 여름 대전 리베라호텔과 대구 파크호텔에서였다.

"경철 씨! 오늘 술 좀 먹고 취하고 싶은데 시간 좀 내 주세요."

"좋아! 얼마든지."

아무리 보아도 심상치 않은 일이 생긴 것이 분명했다. 둘은 룸 키를 받아쥐고, 807호실로 들어갔다. 방안은 고급호텔답게 깔끔했다. 침대는 싱글로 된 트윈이었는데, 눈에 들어오는 미니 룸빠가 정갈하게 정돈이 잘 되어 있어서 인상적이었다. 창문에 커튼을 치고 편한 자세로 위스키와 육포를 꺼내 둘이서 잔을 부딪쳤다.

경철은 더 할 나위 없이 기분이 좋아야 되는데, 이상하게 가슴이 바윗돌에 눌린 듯 미묘해 진다. 복잡하게 생각하는 것보다는 단순히 적당한 여자가 있으면 배설만 하는 지나친 탐미적 습관이 몸에 배어 있는 경철이지만, 애진은 그런 부류의 여자가 아니란 것을 진작부터 알고 있었다.

"제가 왜 왔는지 궁금하지 않으세요?"

티없이 웃는 얼굴에 미풍이 스쳤다.

"그게 뭘 그리 급해. 천천히 얘기해도 될 걸."

경철은 그녀와 밤새워 지낼 것을 생각하니 흥분이 가라앉질 않았다. 섹스에 대해선 나름대로 일가견을 가지고 있는 터, 경철은 자신이 즐기기보다는 상대가 즐기는 것을 더욱더 음미하는 편이다.

애진으로서는 미술선생과 남편을 빼고는 경철이 세 번째 남자였다. 그녀는 이 세 번째 남자를 지금 그리워하고 있는 것이다. 경철은 그걸 금세 알아차렸다.

그는 술잔을 내려놓고 애진을 살포시 끌어안고 섬유질로 만든 붕대처럼 그녀를 감싸 안았다. 그리고 서서히 입술을 포겠다. 브래지어 속에는 잠자리 날개처럼 유방이 수줍은 듯 숨어 있었 다. 경철은 채워지지 않는 갈증에 허덕이는 것처럼 빨간 혀를 날름거렸다.

"음… 아…."

경철의 손놀림은 거미줄을 걷어내듯, 어느덧 허물 같은 치마와 팬티를 벗기고 있었다. 그리고는 은밀한 그 속을 들여다 보았다. 둔부에 두덕은 불룩 솟아올라 있고, 그 밑으로는 숨막힘을 식혀주는 작은 옹달샘이 꿈틀거리고 있었다.

애진의 머리카락은 땀으로 범벅이 되어 엉클어져 있었고, 눈은 감긴 채 잔잔한 파도가 일렁이듯 어우러져 고혹적이었고, 입은 작고, 입술은 얇은 편이어서 매우 육감적이었다.

유방을 가볍게 빨자 머루알 만한 유두는 당당하게 융기하면서, 아랫도리의 그곳에서는 진동이 울리는 듯했다.

"음– 여보, 당신은 내 꺼. 좀 더… 쎄게."

혀는 연신 낼름거리고, 히프는 공중으로 치닫고, 허리는 활처럼 휘어 있었다. 눈부신 나체는 잉어 비늘처럼 광채가 선명했다. 아무리 금강산이 비경이라 한들 애진의 자궁 속에 비하랴!

사실상 인간의 몸이 가장 아름다운 것이라고 했거늘 경철이 태어나서 이렇게 아름다움에 놀라움과 찬탄이 절로 나온 것은 처음이었다. 가을철 아녀자들이 김장철에 깨끗이 씻어놓은 배추 속 같기도 하다. 위에서는 찍어누르고 밑에서는 잡아당기는 육신의 고통을 못 참는 신음소리는 완전히 이성을 잃었다.

"여보, 더 못 참겠어. 빨리 넣어 줘."

애진은 동성애적 몽환경에 빠진 듯 허공을 향하여 절구질을 한다.

마치 방아깨비를 뒷다리만 잡고 있을 때 방아찧는 모습하고 똑 같았다. 농염한 목소리, 콧소리가 잘 조화를 이루어 거문고 튕기는 소리도 난다. 허우적거리는 양다리는 벌렸다, 오므렸다, 위로 세웠다, 내렸다 수중발레를 하는 요정의 모습이었다.

갑자기 경철이 벌떡 일어섰다. 의자에서 눕다시피한 애진이 눈이 휘둥그레지면서 바로 앉았다.

"잠깐만! 미안해."

경철은 허둥대며 옷을 다 벗고 나서 넙죽 큰절을 올렸다. 신비한 그곳을 향하여 경건하게 의식을 치르는 것이었다. 완전히 실성한 사람 같았다. 이 순간 이대로라면 더도 덜도 말고 이대로 영원히 미쳐버렸으면 좋겠다는 느낌뿐이었다.

자궁에 혀를 댔다. 애진은 쾌락의 입구까지, 혹은 죽음의 문턱까지 온 듯 본격적으로 요동을 치기 시작했다. 경철은 아래위로 빠르게 느리게 양옆으로 빨고, 물고, 씹기를 수십, 수백 번을 반복하다가 질 입구에 혀를 넣고 문질렀다.

라일락 꽃향기가 은은히 나기도 하고 백합향기도 진동을 하였다. 턱뼈와 혀는 쥐가 난 듯이 아파왔다. 잠시 멈춘 사이에 미더덕이 터지듯이 액체가 입에 꽉 차 있었다. 기도를 타고 목구멍으로 줄기차게 넘어가는 소리가 뚜렷하게 들려왔다. 서서히 침입자는 자궁 깊은 곳까지 침범했다.

"아! …너무 좋다. 온리 유! 마이 달링!"

피스톤이 움직일 때마다 절규에 가까운 침통한 신음소리는 임종을 앞둔 유언과도 비슷했다.

"여보! 내 것 터뜨려 줘. 깨쳐버렷! 음─ 악."

액체가 무더기로 분출하면서 공중을 향해 물총을 쏘는 듯한 감이 느껴졌다.

훌쩍거리는 소리에 눈을 떴을 때는 새벽 한 시였다. 애진은 잠도 안 자고 의자에 다시 앉아 있었다. 취기가 어지간히 되어있음을 금시 알 수 있었다.

"미안해! 애진아 너도 잘 줄 알았지."

"아뇨, 미안해 할 것 없어요. 유부남과의 사랑이란 다 그렇고 그런 것인데…. 우리 둘 사이는 불륜이잖아요."

"쓸데없는 소리 그만하고 무슨 일 있니?"

"저 이혼할래요. 말을 안하려고도 했지만 그래도 앞에 계신 분한테 만큼은…."

그녀는 입술을 꼭 깨물고 말을 잇지 못했다. 경철은 뜻하지 않은 소리에 온몸이 순간 굳어 왔다.

"이혼은 해서는 절대 안 돼. 살다보면 궂은 날도 있는 거야."

"알았어요. 더 이상 얘기 안하셔도 돼요. 제 일은 제가 알아서 할 테니까."

애진은 단호했다. 경철은 자기가 설득하기엔 역부족이란 것을 느끼고는 한 동안 침묵 속에 담배만 피웠다.

"왜 겁나세요? 어떤 상황이든 부담 줄 여자는 아니란 걸 잘 아시면서 굳이 그럴 필요 없어요. 걱정하지 마시고, 가끔 보고 싶을 때 이정도는 만날 수 있잖아요."

"저도 담배 좀 필 게요. 휠체어를 타고 다닐망정 호적상이나마 남편이 있어야 된다는 것쯤 너무 절실해요. 앞에 앉은 분이 저한테도 수시로 말을 했죠. 이 험악한 세상을 사노라면…"

어깨를 들먹이며 애진은 오열을 하기 시작했다. 시계는 어언 새벽 네 시를 가리키고 있었다. 둘은 꼭 껴안고 한없이 울었다. 애진의 양 쪽 볼을 타고 내려오는 눈물, 콧물을 경철은 입술과 혀로 빨아 주었다.

"애진아! 사랑해, 영원히 죽을 때까지 사랑할게."

놀랍게도 경철이 태어나서 처음 해 본 소리였다. 애정의 서투른 고백은 고백하는 자나 받는 자 모두가 부끄럽게 만들기 때문인지 경철은 하고 나서도 왠지 겸연쩍었다.

애진의 어깨를 포옹하고 있던 경철의 오른손이 사타구니 밑을 통하여 자궁을 어루만지는 동안 불은 다시 타기 시작했다. 신기한 것은 애진은 그렇게 서럽게 울면서도 경철의 검지 손가락을 자신의 속으로 끌어들이려는 듯이 강렬하게 반응하는 것이었다. 잠시 후, 애진은 원액 점유물질인 분비물을 또 다시 토해내듯 쏟아냈다.

경철이 많은 여자들을 상대해 보았어도 이런 여자는 처음이었다. 그것은 계란 노른자를 건져 낸 흰자질만의 그것하고 비슷했다. 경철은 애진의 히프의 방향을 바로 잡은 후 꼭 껴안고 앉은 채로 삽입을 하였다. 쌍무지개가 보였다. 그의 고환이 탬버린을 치듯 체내에 있는 온 정액이 집결이 되는 듯 했다. 정말 따뜻한 자궁 속이었다. 플래쉬를 터뜨릴 때 번쩍하는 불빛이 여기저기서 환영처럼 보였다. 그녀의 몸도 서서히 경철에 의해 길들여지면서 성을 눈뜨게 하고, 새로운 꽃을 피우니 애진 자신도 놀라는 눈치였다.

이틀간의 원 없는 정사를 나누고 둘은 헤어졌다. 애진은 분당으로 돌아갔다.

"도덕과 윤리를 따지는 당신한테 그 틈 사이를 비집고 들어가는 교활한 여자는 되기 싫어요. 너무 걱정하지 마시고, 우리 좋은 때 다시 만나요."

애진은 그렇게 마지막 인사를 했다.

경철은 그녀와 헤어지고 나서도 한동안 머리속이 복잡했다. 여자는 남자에 의해서 만들어진다는데 자기로 하여금 애진이 잘못 되지나 않나 싶은 두려움이 앞섰다.

그는 정숙을 불러 은밀한 대화를 나누었다. '불야성'을 정리하는 것과 그때까지는 모든 운영을 알아서 처리하라는 둘만의 비밀을 약속하였다. 다음 달부터는 삶의 터전을 장만한 그곳에 집과 농장을 짓게 된다. 생활은 검소하고 낮게 하고 생각은 고상하고 높게 하라는 위즈워스의 말이 떠올랐다.

경철은 지금 이 시점에 몸에 배어있는 생활습관을 고치지 않으면 남은 인생이 비참한 최후를 맞이할 수밖에 없다는 걸 잘 알고 있었다. 배암꽃은 배암꽃 답게 살다 죽으련다! 그는 자기만 의 길을 꼭 한 번은 가고 싶었다. 일순간의 감상이 아니고 무언가는 태어난 만큼의 좋은 일을 꼭 하고 싶은 것이었다. 하다못해 어느 사경을 헤매는 환자가 혈액이 부족하다면 기꺼이 뽑아줄 수 있는 그런 마음이었다. 그런데, 애진은 대체 어떻게 해야 되는가? 그것은 경철로서도 묘책이 없었다. 계속해서 이렇게 만날순 없었다. 그렇다고 헤어지기도 어려웠다. 그러나 어쩌랴. 경철은 벌써 사십대 중반의 유부남이고 애진 또한 젊은 유부녀인 것을…. 아, 인생이란 얼마나 안타까운 것이냐!

초겨울인데도 아침부터 눈은 그칠 줄 모르고 많이 내렸다. 경철은 근방에 있는 영인산을 혼자서 가기로 하고 소주 한 병을 옆구리에 차고 산행 길에 올랐다.

빨갛게 익은 감도 매달려 있고, 청설모는 이 나무 저 나무를 곡예하듯 바쁘게 움직이고 있었다. 중간 중간 나무 밑에 떨어진 연시를 서너 개쯤 주워 먹으면서 그는 갑자기 세상 부러울 것이 없는 듯했다. 또한 이런 기가 막힌 낭만을 혼자 느끼는 것이 그는 너무 아쉬웠다. 하산을 하면서 주운 밤이 두 되는 넘어 보였다.

동네에 들어서자 밭에는 무, 배추들이 그대로 있었다. 뽑지 않은 채 버려져 있는 것들이었다. 주인을 원망하듯이 그대로 까무러치듯 주저앉은 모습들을 보며 그의 홀가분했던 마음은 금세 싹 가셨다. 농림부 내에 수요, 공급을 조정해주는 부서가 있으면 얼마든지 가능할 테고 이런 비참한 현실은 없어지련만….

88올림픽 경기도 끝났다. 경철은 당초 마음먹은 대로 '불야성' 싸롱을 정리하였다. 정리라기보다는 공중분해 하다시피 했다. 그러나 미련이라고는 털끝만치도 없었다. 그는 공사 중인 음봉 동천리에 하루를 매달렸다.

세 번째 유산을 한 탓에 얼굴이 헬쑥해진 정숙이 애처롭고 측은하여 하룻밤을 울면서 지새운 경철이었다. 모든 것을 체념했는지 편안해 보이는 정숙과 그는 마지막으로 이별여행을 떠나기로 하였다. 목적지는 제주도였다. 3박4일 간의 시간을 솜사탕 녹듯이 달콤하게 보냈다. 경철로서는 그것이 정숙과의 마지막 시간이었다.

홍마담이라 불리던 여인. 파레스 싸롱 시절부터 불야성에 이르기까지 경철의 사업에 주춧돌이 되었던 여자. 섹스는 했어도 사랑할 수는 없었던, 그렇다고 나몰라라 할 수도 없었던 끈적끈적한 여자. 그 여자를 이제 다시 볼 수는 없으리라.

그동안은 어느 한 틀에 묶인 채 화류계에 생활하다 보니 나이 사십이 될 때까지 일가친척이며, 동창들, 주위사람들과는 가까이 있으면서도 멀리 지내게 된 것이 경철은 마음에 걸렸다. 비유컨대 그는 거미줄에 둘둘 감긴 상태에서 그 둘레를 벗어나질 못했다. 그러나 싸롱을 정리해 버린 이제는, 훌훌 털어버리고 가고 싶은 곳, 보고 싶은 사람 좀 실컷 보고 살고 싶은 게 경철의 심정이었다.

'정도산업' 글자 그대로 바를 정자에 길도. 그는 상호가 맘에 들었다. 동창생 천성이 운영하는 토목건설회사인데, 생긴대로 상호도 알맞게 붙인 것 같았다.

이 친구는 만능 스포츠맨이면서도 동창 일은 몸을 아끼지 않고 손, 발이 닳도록 앞장을 서는 편이다. 별명은 마귀인데 언뜻 느낌은 그렇다 치고 입바른 소리를 잘해서 붙여진 애칭으로 이해하면 될 듯싶다. 매일 입찰이다 공사현장 답사다 하며 개미처럼 일하는 모습을 보노라면 경철은 부럽기 한이 없다. 자신도 젊었을 땐 저렇게 살았었는데 어쩌다가 퇴폐와 타락의 늪인 화류계에 발을 담근 것이 오늘따라 천추의 한으로 느껴진다.

"천성아! 오랜만이다. 그 동안 먹고살려다 보니까 자주 못 보는구나."

"경철아! 반갑다. 소문 들었어. 그거 정리했다고 하더라."

"소문 한 번 빠르네."

"잘했지 뭘. 친구들도 네 결단을 칭찬하고 있다. 앞으로는 좀 더 자주 어울리자."

"그래야지."

주거니 받거니 얘기를 나눌 때 아산만 가기 전 인주에 사는 한무가 들어왔다. 이 친구는 '태창직물'을 운영하고 있다. 소창을 생산하는 공장인데 옛날엔 아기 기저귀 감으로 호황을 누렸던 시절이 있었지만, 요즘은 사양산업인 것 같다. 주로 절에서 행사 때마다 쓰이고 상 당했을 때 염을 하거나 묶음할 때 쓰이곤 한다. 상여 멜 때 끈으로도 쓰이고…. 이 친구 역시 열심히 성실하게 살아가고 있다.

모처럼 셋이 만나자 이야기꽃은 시간에 구애받지 않고 이어져 나갔다. 한참 동안 거리낌 없이 얘기를 많이 하였다. 결국 경철의 그동안 엽색 행각 씨리즈에 두 친구들은 넋을 잃고 있었다. 대부분의 사내들은 이런 얘기에는 사족을 못쓰고 그저 좋다고 깔깔, 낄낄대는 것이 십중팔구이지 않던가.

그리고 또 한 가지 분명한 것이 있다. 이런 이야기는 뒷말이 없고, 뒷탈이 없다는 것이다. 예컨대 경철이 그러는 데 누구누구는 나쁜 놈이고, 밴댕이 소가지, 나쁜 놈이락 "카더라" 할 때, 이 카더라가 떠돌지 않는단 말이다.

경철은 온양이 고향이지만 특별히 존경하는 선배가 없는 것이 불행스러울 만큼 외로웠다. 그런데, 언제부터인지는 몰라도 존경하고 믿고 따를 수 있는 선배 유철이 있어 경철은 어린애처럼 좋아했다.

인상으로 말하자면 그나 경철이나 도토리 키재기다. 시골 질그릇처럼 투박하게 생겼지만 그 내면에는 끈끈하고 훈훈한 인간미가 조청처럼 담겨있다. 그는 아주 분명한 성격의 소유자였다. 무엇보다 금전관계 만큼은 칼이다. 신세 지는 것도 싫어하고 누구에게든지 꼭 베풀려고 한다. 또한 자기의 치부는 드러내지 않는다.

경철이 자주 만나는 편이 아니지만 시도 때도 없이 언제든 보고 싶을 땐 편안하게 볼 수 있어 좋다.

"그렇잖아도 널 보려고 했던 참인데 마침 잘 왔다. 그동안 별 일 없었지?"

"별일은 없지. 그런데 형은 어째 전화 한 번 없는 거야?"

"이 놈 묘한 놈야! 나만 보면 꼭 시빌 건다. 난 네놈이 왜 왔는지 벌써 알고 있지. 어쨌든 형 집에 왔으니까 좀 앉아라."

경철은 엉거주춤 서성거리면서 트집거리가 없나 하면서 공연히 심통을 부려본다.

"앉아, 이놈아. 여보! 여기 아우 밥 좀 차려다 줘. 이놈이 지금 밥을 안 처먹었어. 시장기가 돌면 발작증세가 더 심하거든."

"반찬이 없는데 어떡하죠?"

십 년 전이나 지금이나 형수 역시 변함이 없다.

"김치하고 고추장이면 됐지, 별 거 있나. 손님도 손님 나름이지 처먹든 안 먹든 지 맘대로 하게 내버려 둬."

"아이구, 당신도 참."

뚝딱 차려온 밥상에는 깻잎, 무말랭이, 상추, 겉절이, 조개젓 등이 놓여있다. 경철은 보기만 해도 군침이 돈다. 이상하게도 그는 유철형 집에만 오면 식욕이 왕성해져 두 그릇 정도를 먹게 되는데, 그럴 때면 모처럼 포만감에 빠져 기분이 나른하게 젖게 되는 것이다.

"경철아! 형이 얘기하는 것을 섭하게 듣지 말아라. 사실은 그저께 형이 끌고 나가는 친목계가 있는데 너를 끼워 주려고 갖은 방법을 썼지만 워낙 반대가 심해서 뜻대로 되지는 못했다. 제발 성질부터 내지 말고 지금까지 살아 온 과거를 반성도 좀 해 봐. 누가 뭐래도 형은 너를 잘 안다. 너, 똑똑한 놈이야. 그리고 좋은 놈이야. 그런데 이런 속사정을 딴 사람들은 몰라. 너 변신하려고 노력하지 마. 그래도 네 옆에는 형이 있잖냐. 네 일이면 내가 한 번이라도 발뺌 한 적 있었니?

물론 기분상 네 심정이 좋을리야 있겠냐마는 그깟 놈의 그 친목계 못 들어가서 밥 굶는 거는 아니잖아. 알았지?"

"형, 무슨 얘긴지 다 알아. 그런데 반대가 제일 심한 놈이 누구야?"

"보나마나 너 그럴 줄 알았지. 네 성질이 어디가니? 묻지도 말고 알려고도 하지마!"

"알았어. 무슨 얘긴지 알아."

유철은 경철이 마음 아파할까 봐 대신 소주를 컵으로 벌컥벌컥 마시고는,

"세상사 남 탓해야 뭐하나. 사는 날까지 너하고 엉아하고 둥글둥글 살다가 죽자. 서운하게 생각말고."

경철은 이런 선배가 자신의 옆에 있는 자체만으로도 좋았다. 돌아오는 길에 왠지 모르게 눈물만 자꾸 흘렀다. 바람이 별로 없는 데도

눈은 대각선으로 땅 위에 소복이 쌓이고, 걸을 때마다 눈을 밟는 발자국 소리가 또렷이 들려왔다. 그는 스스로를 위안했다. 내게도 좋은 사람들이 있지. 그래. 운길, 혜란, 그리고 애진이도 있지 않은가.

그 해 늦겨울 예상은 했지만 애진이 이렇게 빨리 이혼할 줄은 생각질 못했다. 그녀는 겉으로야 태연한 척 했지만 마음 한구석으로는 비애감에 젖어있는 것이 눈에 띄게 표가 나 있었다. 그동안, 집은 안성으로 이사를 했고 에어로빅 강사 자격증을 땄다고 한다.

경철은 신경을 헤집듯이 머리가 복잡해졌다. 자기 자신이 짧은 시간 동안 애진의 환경을 너무 많이 바꿔놓은 것만 같았다. 그는 애진의 이혼이 자기 때문이라는 생각이 들자 죄책감이 들었다. 그녀를 위해 무엇을 해줄 수 있을 것인가? 위로, 사랑, 동정……?

그는 혼란스러웠다. 그러다 마침내 여행을 가기로 했다. 굳이 명분을 대자면 이혼여행이라고나 해야 할까. 이렇게라도 해야 죄책감을 좀 덜 수 있을 것 같았다. 6박 7일 간의 전국일주 투어는 그래서 시작되었다.

이혼을 하고 이제 막 새로운 여행을 떠나는 그녀. 그녀의 모습은 유난히 아름다웠다. 그녀에게 매미가 허물을 벗은 것처럼 산뜻하고 예쁘다고 말하자 그녀는 그의 목을 끌어안고 아기처럼 매달리며 좋아한다. 이제 눈을 막 뜬 토끼 새끼 같은 애잔한 면이 오히려 남성으로부터 보호본능을 끌어내는 그녀만의 매력이다.

경철은 꿈인가 생시인가 싶다. 그동안 의구심이 있었던 건 사실이다. 아무리 그래도 남의 여자가 아니었던가. 몸은 남편에게 있더라도 마음만은 자기에게 있을 것이라는 과거의 느낌이 확실히 맞는 것 같다.

"애진아. 나만을 원했니?"

"네."

"정말이야?"

"당신만이 내 몸과 마음을 아낌없이 사랑해 주었어요."

경철은 자기도 모르게 깊은 숨을 몰아쉬었다. 이것이 과연 사랑일까. 나도 그녀를 사랑하는 것일까. 그는 몇 번이나 자신에게 물어보았다.

두 사람의 여행을 축복이라도 해주려는 듯 변덕스런 꽃샘추위도 없이 보너스가 주어진 초봄의 날씨는 너무 맑았다. 가시거리가 20km는 넘을 듯했다. 동해가 한 눈에 들어왔다. 수시로 멍해지는 애진의 시선도 많이 고정된 듯했다.

포항을 막 지난 길이었다. 신호 대기선에서 한참이나 서 있다가 요란스레 울리는 뒤차의 경적 소리에 똑같이 깜짝 놀랐다. 얼굴을 맞대고 서로 웃었다.

그녀는 들떠 있었다. 한 순간도 놓치고 싶지 않다고 했다. 두 사람에게 주어진 시간을 신께 감사한다고도 했다. 서로가 서로의 상처를 덧 내지 않고 사랑 할 수 있는 시간을 가진다는 것. 그녀는 내심 이런 기회를 바라는 것이었다. 또한 자기에게 잠재되어 있는 사랑의 힘과 능력들을 마음껏 펼쳐 보이고 싶은 생각도 있었다. 그녀는 주어진 시간에 최선을 다해 자신을 불태울 예정인 듯했다.

첫날은 대구에서, 다음엔 부산에서, 회포를 풀었다. 경철은 부산이 몇 십 년 만이었다. 자갈치 시장은 옛날의 모습이 그대로 남아있는 듯했다. 그들은 바다를 병풍삼고 전어회를 소주와 곁들여 맛있게 먹었다. 경철이 덧없는 세월 속에 살아온 생을 돌이켜 보며 어두웠던 지난날들을 회상하는 동안 애진은 술기운이 올라 울먹이고 있었다.

"우리들의 인연이 너무 아파요. 이 아픔으로 당신을 더욱 더 사랑하고 싶어요. 그러나 난 슬퍼요…. 당신도 슬프죠?"

"애진아…, 애진아…!"

경철이 애진의 손을 끌어당겨 잡자 애진은 그만 경철의 품에 쓰러져 서럽게 울었다.

"이제 그만 가자."

방에 들어오자마자 그는 애진을 번쩍 안아 침대에 뉘였다. 그리고는 그녀의 몸 구석구석을 미친 듯 빨고 씹으며 헐떡거렸다. 확실히 그랬다. 참았던 슬픔, 숨겨두었던 욕정이 괴상하게 뒤엉키어 경철은 마치 미친개처럼 그녀에게 돌진했다. 그녀의 몸을 마구잡이로 물기 시작했다.

애진은 경철의 변태행위에 전혀 아랑곳하지 않고 모든 것을 다 받아들이고 있었다. 얼굴이 너무 행복해 보였다. 그녀는 쾌락과 폭력이 뒤범벅이 된 연인의 사랑에 황홀하게 길들여지는 것이었다. 그러나 경철의 영혼은 이미 그 자신의 육체의 지배자가 되지 못하고 허공 속에 떠있는 듯 허우적거렸다.

애진은 아기를 낳지 않아 그런지 유방과 배꼽이며 모든 것이 처녀나 진배없었다. 경철의 애무와 학대에 그녀의 몸은 점점 물결치듯 뭉클거리면서 꽃처럼 활짝 피어나고 있었다.

경철이 넋을 잃고 자궁 속을 들여다보니 볼펜으로 점을 찍은 듯 파란 녹두색 점이 보였다. 그것은 은하수 별 끝자리처럼 가물거리다가 크게 확대되고는 사라지는 것처럼 보이기도 했다.

비닐봉지에 담긴 물이 바늘구멍으로 흘러나오는 것처럼 그녀의 거기에서는 쉴 새 없이 애액이 나오고 있었다. 가볍게 입을 맞추는 순간 경철의 얼굴에 난데없는 물세례가 쏟아졌다. 그렇게 물총으로 쏘듯이 몇 번이고 반복한 뒤에는 마치 산란 후에 지쳐 벌렁 나자빠진 잉어인양 숨을 몰아쉬는 모습이었다.

애진의 질 속에선 수많은 즐거움이 은빛 가루를 뿌려 놓은 듯 눈부시게 반짝거리고 있었다. 경철은 한동안 그 빛의 향기에 취해 공중에 매달려 있는 착각까지 들 정도였다.

이윽고 그는 격렬하게 운동을 했다. 그 격렬함이란 애진에게도 전염되는, 서로에 대한 헌신이기도 했다. 죽음을 향해 마주달리는 열차처럼 그들은 쾌락의 절정을 향해 부딪치고 또 부딪쳤다.

그녀의 자궁 속에서, 마침내 환희의 절정으로 충돌했을 때, 그녀는 격렬하게 그를 조이고 있었다. 양말 올이 풀어지는 느낌이었다. 자신의 몸 전체가 마치 한 올 한 올 풀어지는 실처럼 느껴졌다. 경철은 꼼짝할 수가 없었다.

둘은 환호성과 신음이 기묘하게 비벼진 소리를 내며 잠이 들었다. 눈을 떴을 때는 새벽 한 시쯤이었다. 옆을 보니 애진 역시 잠을 이루지 못하고 있었다. 신경이 극도로 예민해져 불면증에 몹시 시달리는 모양이었다. 그녀는 가위에 눌리는지 진저리까지 치면서 잠꼬대를 하였다.

윗니와 아랫니가 부딪히면서,

"이혼은 하지마. 우린 아직 젊어…."

비몽사몽 속에서 사경을 헤매듯 그녀는 힘들어했다. 경철은 만질 수 있었다. 참고 삭이는 찢어질 듯한 그녀의 마음을 말이다.

이른 아침 햇살은 구름사이로 간간이 얼굴을 내밀었다 사라지곤 했다. 경포대 해변을 넘실거리는 파도와 함께 걸었다. 부산에서 강릉으로, 다시 양양의 낙산으로 가는 중이었다.

여유로운 농담까지 하면서 사십대 답지 않은 철부지 어른 모습을 하고 있는 경철을 애진은 마냥 좋아하고 있었다. 밤새 우울했던 마음도 새로운 환경에 접하다 보면 말끔히 씻어 지는가 보았다.

오후엔 호반의 도시 춘천까지 오면서 많은 이야기를 주고 받았다.

쌀 톨에서 바구미를 골라내듯 그는 조심스레 얘기를 꺼냈다.

"어젯밤에 잠꼬대를 많이 하던데?"

"뭐라고 그랬어요?"

"이혼은 안 돼. 우린 아직 젊어. 두 번씩이나 그 소릴 하더군."

"솔직히 말해서 그 사람한테도 사랑과 잠자리만큼은 원 없이 받고 살았는데…."

순간, 경철은 당혹했다. '왜 이 순간에 그런 소릴 하는지 더구나 잠자리까지….' 그는 그녀의 편안한 얼굴과 차분한 목소리 뒤에 숨어있는 그림자를 보았지만 일부러 모른 척 했다. 대꾸하기도 싫고 따지기도 싫었다.

야릇한 감정이 모락모락 굴뚝에서 연기 솟듯 치밀어 왔지만 가마솥 뚜껑을 덮듯 얼른 덮어버렸다. 심장이 멎는 듯 정신적 고통이 거머리처럼 달라붙어 괴롭혔지만 그래도 애진을 사랑하고 싶은 마음은 칡넝쿨처럼 그 자신을 휘어 감고 있었다.

춘천 막국수로 저녁을 마치고 숙소로 돌아와 일찍 잠을 청하였다. 낯선 곳을 대할 때마다 막막한 외로움이 스미지만 애진 역시 싫지만은 않은 듯, 살아 있다는 생동감을 느끼고 있는 것 같았다.

"당신 팔뚝에 난 솜털이며 흰 눈썹 하나 하나가 저한테는 소중해요."

"집에 전화 안 해도 되겠어?"

무심코, 정녕 경철이 무심코 한 말이었다. 순간 애진은 용수철처럼 튕기듯 일어나 앉았다. 사냥꾼의 총구와 맞부딪친 성난 멧돼지 같았다. 경철은 앗차! 싶었다. 애진이 이혼한 것을 까맣게 잊은 것이었다.

찬바람이 돌았다.

"언제든 헤어질 때를 대비해서 거리를 두자는 의미예요?"

경철은 자신의 모습이 너무 초라했다. 얼굴은 숯처럼 까맣게 타고 손 둘 곳을 몰랐다. 그러는 사이, 슬픔은 그녀의 마음에서 물안개처럼 퍼지고 있었다.

그는 하는 둥 마는 둥 또 한 번의 정사를 나누고는 애진을 자신의 품에 끌어안고는 같이 울다가 잠이 들었다. 오늘밤만이라도 푹 잤으면 좋으련만!

헤어져야 하는 날이 되었다. 아침 안개가 뭉실대는 소양강 댐을 바라보면서 그들은 뜨거운 사골국물로 식사를 했다. 애진은 벌써 심통이 잔뜩 나서 침묵시위에 들어간 듯했다. 경철은 여행의 시작과 끝이 천당과 지옥처럼 느껴졌다.

그녀는 정말 화가 난 것일까, 그 말 때문에? 경철은 스스로에게 이렇게 물어보면서 고개를 절레절레 흔들었다. 아닌 것이다. 애진은 그래서 우울하지 않은 것이라고 그는 생각했다.

헤어져야 된다는 아쉬움보다는 이제는 또 혼자된다는 것. 너무도 오래 너무도 뜨겁게, 둘만의 세상에서 가졌던 순간과 시간들이 이젠 그리움으로 대신하게 된다는 것, 도덕과 윤리가 답답하고 그 무게가 너무 힘들다는 것, 그것이 그녀로 하여금 화를 내게 했던 것으로 그는 생각했다.

애진아, 잘 가.

경철 씨, 언제…, 또…, 우리….

뒤돌아보지 말고 집으로 들어가. 절대로 돌아보지 마!

음봉에 짓는 집은 거의 마무리에 박차를 가하고 그럴듯한 저택이 모습을 드러내고 있다. 앞, 뒤 평수가 이천 평 정도니까 대 저택이다.

뒤쪽은 연못만 해도 육십 평 정도가 되는데 각기 자태를 뽐내며 유유히 헤엄치고 있는 비단 잉어들을 보고 있노라니 경철은 감개가 무량하다.

이 정도면 더 바랄 것이 없다. 소원성취한 셈이다. 아름드리 나무들이 하나둘씩 들어오면서 제자리를 찾아 심어지고, 자연석 바위들도 자기 위치대로 전열을 가다듬고 배치되고 있다.

재벌이라고 한들 이만큼 꾸미겠는가! 모과, 향나무, 소나무, 주목, 백일홍 등등 어쩌면 각각 나무마다 볼수록 아름다운지. 특징과 매력이 다 틀리지만 어느 하나 등한시할 나무가 없다. 그 모양은 수십 가지다. 현애목, 문인목, 직간, 쌍간 등 여러 형이 있고, 그 형에 따라서 심는 법도 틀려지게 마련이다.

대문 옆에 45도 정도 휘어 심어져 있는 소나무는 어른 팔로 한 아름도 넘는 옛날 동양화에서나 볼 수 있는 그림 같은 나무다. 현애형인데 저녁에 달빛과 어울려질 땐 옛날 선비 생각이 문득나곤 한다. 경철은 그럴 땐 자기가 마치 퇴계 이황이나 한석봉 같은 유명한 선비가 된 듯한 착각을 할 정도다.

연못에는 먹구렁이가 기어가는 듯한 조선 노향이 꾸불꾸불 물 위에 떠 있다. 그 풍경 또한 가관이다.

집 마당에는 해송들이 무리를 지어 군식이 되어있고, 그 옆으로는 물레방아가 돌아가고 갖가지 형태를 그리며 분수가 물줄기를 뿜어댈 땐 설악산의 그것보다 부럽지 않은 것이다.

경철의 새 집이 있는 곳은 아직도 시골 면 단위에 속해 있는지라 결혼 풍습이 옛날 그대로를 이어오고 있었다.

잔치가 벌어지고 있는 데 한쪽에선 신랑을 다룬다고 야단법석이다. 거꾸로 매달고는 발바닥을 사정없이 후려패니 신랑은 죽겠다고 아우성이고 친구들은 좋다고 박장대소들을 하고 있다.

어지간히 패고는 끝냈으면 좋으련만 경철이 가만히 보고 있자니 이건 장난이 아니었다. 신랑은 눈물을 찔끔거릴 때마다 살려달라고 애원을 한다. 인물도 훤칠하고 인상이 악의 없이 해맑아 보였다. 경철이 보다못해 말렸지만 신랑친구들은 막무가내였다.

원래 다듬이 방망이로 뒤꿈치를 때리는 것은 다 이유가 있단다. 남자의 뒤꿈치에는 정력을 관장하는 혈이 몰려 있기 때문에 첫날밤 남자 구실을 잘해야 된다는 배려 하에 그리하는 것이란다. 전통적인 풍습인데 옛부터 조상들이 슬기와 지혜가 숨어 있었다는 것을 잘 알 수 있다. 이런 모습을 보고 있노라면 사람 사는 맛이 절로 난다.

경철의 생각에 이곳에서 살게 되면 저절로 일소일소 一笑一少, 일노일

노심초사는 물론이고 쾌식, 쾌변, 쾌면 등의 3쾌는 하고 싶지 않아도 자연스레 될 것 같다.

요즘 도시의 결혼 풍조도 많이 변해가고 있다. 혼수문제가 그렇고 '열쇠가 세개' 문제만 해도 옛날과는 많이 변했다. 사생사사, 돈생돈사, 정생정사. 이런 신 유행어가 나올 정도니 말이다.

경철은 생각한다. 이 정도 이룩했으면 이제는 이웃과 함께 더불어 살면서 베풀면서 살리라. 꼭 도와줄 사람이 있다거나 불쌍한 사람은 틀림없이 도와주리라. 인생이 몇백 년, 몇천 년 사는 것이 아니거늘 그렇게까지 아웅다웅 지지고 볶고 살 이유가 어디 있겠나.

그는 경기도 성남 근처의 나환자들이 운영하는 가구공장 단지에 아내와 같이 가서 열두 자짜리 장롱을 맞추고 얼마 전 돌아왔다. 값은 백이십만 원인데 겉으로 봐서는 수천만 원짜리 이태리제 보다도 훨씬 좋아보였다. 준공검사도 완료되었고, 며칠 후엔 집들이를 뻐근하게 할 참이다.

오늘은 십 미터도 넘는 오리지날 노향나무 두 그루를 옮기는 날인데 온양에 있는 인목조경에서 모든 일을 도맡아 하고 있다. 사장은 박광양이라고 어려서부터 나무박사라고 불려질 만큼 재주가 좋은 사람이다. 경철과는 수십 년 동안 좋은 관계를 유지해온 사이였다. 한 그루가 이층 높이만큼 굴뚝 옆에 심어지니 그 운치야말로 형용할 수 없을 만큼 대단하다.

집들이 준비하느라 묵묵히 일하는 아내가 새삼 사랑스럽게 보인다.

'아내'란 집안의 해라고 들었는데, 환한 빛과 웃음으로 비춘다는 말도 된다. 저런 아내를 감히 누구하고 바꾸겠단 말인가. 경철은 자못 신실한 지아비로서의 면모를 이렇게 가져보기도 한다.

때가 때이니 만큼 경철은 집들이를 하기 전에 어머니 묘소를 찾기로 하였다. 사실로 말하자면 그는 오늘 소리내어 엉엉 울고 싶었다. 돌아가신 어머니가 더욱 그리워졌던 것이다. 어머님이 계시면 덩실덩실 춤이라도 추겠구만 하는 심정이었으나 돌아가신 걸 어이하나.

비온 끝이라 산에 올라가는 동안 그는 바지단이 치렁치렁 할 정도로 젖었다. 묘 주변에 심은 옥향이 너무 무성할 만큼 사이사이가 맞닿고 있었다. 갑자기 뇌리와 심장에 송곳이 박히듯 경철은 한꺼번에 울음이 터져 나왔다.

"어머님! 불효자식 경철이가 왔습니다. 자주 오고 싶어도 살다보면 뜻대로 되지 않네요. 어머님, 지난날 불효막심했던 못난 이 자식을 용서하십시오. 진짜, 잘못했습니다. 어머님 생시에 왜 남들처럼 팔짱 한 번도 껴보지 않았는지, 손목 한 번 잡아드리지도 못하고 제가 뭐가 그리 잘났다고…. 어머님도 다 아시겠지만 생시에 드린 쥐꼬리만큼 한 용돈은 제가 쓰는 몫의 백분지 일도 안 되는 것입니다. 그러면서 저는 생색만 냈던 죽일 놈입니다. 엄니, 이 죽일 놈을 용서하시고…, 돌아가신 후에야 뼈가 얼어 시리도록 늦게 알게 되다니요, 그리고…, 그리고요, 제가 대궐 같은 집을 지었어요. 오늘이 집들이 하는 날인데 밤새 잠을 못 잤어요. 너무 좋아 잠 못 자고…. 어머님이 계시다면 얼마나 좋겠어요. 풍악도 울리고, 엄니하고 손 붙들고 그 넓은 잔디위에서 덩실덩실 춤도 추고요. 어머님, 잘못했어요. 옛날 어머님 생시에 제가 파레스 싸롱 할 때 어머님은 신기하고 대견해서 '애, 경철아, 에미도 저 안에 좀 구경할 수 없니?' 하셨죠. 지금 같으면 오죽이나 좋겠습니까. 왜 그리도 몰랐던지. '노인네가 미친새끼들 미친 짓하는 저 구석을 왜 들어가? 인젠 망령까지 들었네. 주책! 늙으면 빨리 죽어야 돼.' 제가 그때 그랬죠? 어머님, 용서하세요…. 그땐, 정말 몰랐어요. 본심은 그게… 아닌데, 엄니 잘 아시잖아요."

경철은 목을 놓아 소리쳐 울고 또 울었다. 묘를 부둥켜안고 쓰다듬고 발버둥을 쳐도 아무런 응답이 없었다. 그런 것이다. 주자 선생께서 말씀하시길 부모님 살아생전에 효도를 못하고 돌아가신 후 후회하는 걸 인간의 가장 큰 후회라 했다.

경철은 별별 생각이 다 났다. 팔십만 원 돈을 모아 자기 약값 하라고 주신 분. 서울에 오실 때마다 우루사를 꼭 한 통씩을 사오시곤 했던 분. 당신께서는 제대로 약 한번 쓰지 못하고 평생을 자식들 때문에 걱정…, 여기까지 생각이 미치자 경철은 그만 설움이 복받쳐 또 울었다.

'이젠 그만 울고 어서 가거라. 오늘 집들이 할 텐데 에미 산소에 와서 힘을 다 빼면 너무 지칠라, 어서 가!'

갑자기 어머니의 음성이 들리는 듯 그의 귓전을 맴돌았다.

하루종일 북적대고 난리통이었다. 줄 것도 받을 것도 없고, 언제

보아도 부담 가지 않는 현철이 와서 호들갑을 얼마나 떨었는지 집안은 웃음바다로 흘러 넘쳤다.

이 친구는 온양에서 사오 킬로 떨어진 '신정호' 저수지에 생활터전을 기반 잡은 알부자로 소문나 있다. 봄, 여름엔 선유객들의 놀이터로써 돈도 꽤 잘 버는 편이다. 모터보트, 놀이배 수십 척을 운영하며 유선조합장직을 성실하게 수행하면서 본인이 직접 수리는 물론 배도 며칠이면 만들어 내곤 한다. 근면성은 타의 추종을 불허할 만큼 본받을 만한 친구다.

쓰지 않을 곳에선 십 원도 어림없을 정도지만, 쓸 곳에선 깜짝 놀랄 만큼 화끈하게 쓰는 성미가 천상 남자 중의 남자다. 한 가지 흠이라면 술을 전혀 하지 못하는 거다.

음악은 계속해서 이어지고 대자연의 공기는 오염물질을 걷어내듯 모든 것이 청정하기만 하였다. 항상 세련돼 보이는 흐트러지지 않는 자세를 지키고 긴장을 풀지 않는 혜란이 오늘따라 더욱 아름다웠다. 본래 인물이 특출해서 어느 곳의 군중들 틈에 있어도 한눈에 튀는 인물인 것을 대번에 알 수 있을 정도이다. 혜란이 노래 부를 차례가 되어 나가면서 경철에게 같이 나오라는 눈짓을 한다.

해바라기의 '사랑으로', 어느 노래든 다 마찬가지겠지만, 구구절절 가사가 마음에 와 닿는다.

"바람부는~ 언덕에~ 서 있어도~ 나는 외롭~지 않아."

1절이 끝나고 2절을 부를 때는 둘 다 소매깃이 젖도록 울었다. 분위기도 그렇고 감정도 고조되어 그런가보다. 감성도 풍부하고 눈물샘이 유난히 풍부한 혜란인지라 평소에도 슬픈 얘기만 하면 곧잘 울곤 한다. 노래가 끝나고도 제어가 잘 안 되는지,

"오라버니, 잠깐만."

베일 속으로 사라지듯 끝날 때까지 오지 않았다.

경철도 어지간히 술에 취해 있었고, 손님들이 가고 나면 파장에 다시 한 번 이 노래를 부르고 싶었건만 너무나 아쉬웠다.

아까부터 서울에서 내려온 그의 누나하고 막내 여동생이 보이질 않는다. 그는 연못으로 가 보았다. 그곳에서 두 자매는 서로 부둥켜안고 서럽게 울고 있었다. 지금 저 두 사람들이 왜 우는지는 너무 잘 알고 있기에 못 본 체 피해주었지만, 끝내는 경철도 울고 말았다. 이럴 때 어머님이 계시었더라면….

이름 모를 새 한 마리가 미루나무 꼭대기에서 휘파람 소리를 내면서 내려다보고 있었다.

'불쌍한 것! 쯧쯧…, 살아 계실 때 잘 해드려야지, 이제 와서 운다고 무슨 소용있나. 그만 울어라. 그러게 내가 뭐랬어. 후회 없는 인생을 살라고 일렀건만.'

새벽마다 일찍 일어나 풀도 뽑고 잔디와 나무에 물도 주고…, 경철은 새로운 삶에서 자신의 시간이 너무 빨리 가는 것 같아 아쉬웠다. 그러나 하루하루가 보람되고 활기차니 그만으로도 감사해야 한다고 생각하고 있었다. 바쁜 꿀벌은 슬퍼할 겨를이 없다는 말도 이해가 되

었다.

집 둘레와 정원에 심은 나무들은 하루가 틀리게 변해가고 있었다. 뒤쪽으로는 공작, 원앙, 칠면조 등 각 종류의 조류들이 군상을 이루고 있었고, 그 옆으로는 사슴과 각종 견, 원숭이, 너구리, 오소리, 고라니 등이 어우러져 소동물원을 연상케 했다.

각 방송국에서는 연이어 촬영을 하느라, 그럴 때면 동네 사람들 모두가 나와 구경들을 하고…, 아무튼 시골동네가 야단법석이었다.

KBS-TV '신비의 세계' 프로에 식구마다 출연을 하여 사회자 이계진씨의 기본적인 질문에 답하는 것인데 십여 회를 나갔으니 전속이나 된 듯이 붕 뜨기도 하였다.

옛날엔 이상벽 씨 진행프로인 '함께 풀어봅시다'에도 나간 적이 있었지만 그때는 너무 당황해서 3주 우승자와 동점을 겨룬 적도 있고, 그 경험을 살려 잘 해보려고 애는 썼어도 원체 생긴 바탕이 부실해서 빛이 나질 않았다.

이즈음 그는 애완동물 단체인 한국축견연합회 전국회장을 맡게 되었다. 일 년에 여나무 번 서울 또는 각 지방을 순회하며, 전람회를 개최하는 것이 행사 중 큰일거리로 되었다.

한마디로 개판 잔칫날이다. 진, 선, 미를 가리는 각종 견을 끌고 나오는 견주도 그렇지만 견공들의 몸치장 또한 대단하다. 수만 원에서 수십만 원까지 감고 나올 때면 그야말로 천차만별이다. 대회가 끝나고 탈락한 견주 가족 중에 우는 아이들이 종종 있을 때는 장려상 정도의 트로피와 상장을 주곤 하였다. 그럴 때마다 어린아이들은 좋아서 어쩔 줄을 몰라했다. 어른이 되어서도 저렇게 티 없이 맑게 동심이 묻어있다면 살맛나는 세상이 되련만….

경철의 마음 구석에는 항상 애진이 차지하고 있었지만 애써 지우려고 의도적으로 바쁜 시간을 만들었을 지도 모른다. 그는 정말로 정신없이 바빴다.

몇 개월이 후딱 지날 즈음 애진이한테 전화가 왔다. 받는 순간, 그는 죄인처럼 생경하리만치 어색한 분위기였다. 자신이 갑자기 저질스럽고 야비하다는 생각이 들었다. 빗나간 사랑이야, 우리는…. 이렇게 생각하면서도 그는 어쩔 수 없었다. 애진은 그에게 너무나 소중한 여자였다.

온양관광호텔 커피숍에 미리 나가 기다리고 있었지만 시간은 넘었는데도 애진은 나타나질 않고 있었다. 누군가가 어깨를 툭 치고 수인사를 하길래 보았더니 태봉이란 친구였다. 온양에 정우 마을금고 이사장으로 있는 이 친구는 마음 넓기가 바다처럼 포용력이 대단한 사람이다. 비교적 친구들끼리는 솔직하고 도량이 보통 사람과는 틀리듯 남을 잘 싸안는 편이다. 벼는 익을수록 고개를 숙인다더니, 경철이 말은 안 해도 3년 전 사정상 입금된 돈을 전액 빼온 적이 있던 터라 미안하기 짝이 없는 입장이었다. 언젠가는 여유 있는 대로 입금을 시켜야지…, 경철은 그렇게 생각하고 있었다. 애진이 나타났다. 그녀는 초여름인데도 하얀 털모자를 쓰고 흰 블라우스를 입고 사뿐하게 걸어왔다.

"오래 기다렸죠? 평일인데도 차가 많이 밀려요."

"앉아, 별일 없었고?"

"별일 있었어요."

"어, 무슨 별일?"

"경철 씨가 보고 싶어 이렇게 왔으니까 별일이죠."

"난 무슨 얘긴가 했지. 싱겁기는…."

사실 경철은 통째로 애진을 소유하고 싶었다. 큰 주머니 속에 넣고 다니다가 보고 싶을 땐 언제든지 보고 그 외 시간은 아무도 보지 못하도록 지퍼를 잠그고 싶었다. 그녀는 경철로 하여금 독점하고 싶은 강한 충동을 일으켰다.

목적 없이 차바퀴가 구르는 대로 간 곳은 대천 해수욕장 바다였다. 밀려오는 흰 거품, 스티로폼, 음료수 깡통 등 너저분한 쓰레기 조각들…. 이름 모를 바다벌레들은 각자의 살길을 위해 스멀스멀 기어다니는 놈도 있고, 물찬제비처럼 재빠르게 몸을 숨기는 놈들도 있었다.

경철은 누가 보거나 말거나 애진을 가슴으로 품어 안고 뜨거운 키스를 하였다. 이대로 몸이 녹아 바다 속으로 깊이 들어가 그대로 산화되었으면 좋겠다고 그는 생각했다. 애진은 벌써 좋다리가 되어 발끝을 모듬어 경철에게 기대었다.

그들은 대천 어항의 청해수산이라는 횟집에 들렀다. 경철이 가끔 가는 집이다. 이 집 주인은 주포면 신대리 농부집에서 태어난 오남매

중 장녀인데 이름은 엄경숙이고 덩치는 인왕산 호랑이도 잡을 만큼 억독해 보여도 여자의 본질은 변함없이 가지고 있는 편이다. 언제부턴가 오라버니 하면서 지내는 사이가 되었다.

"오라버니 오셨네, 어서 오세유."

"장사는 잘 되냐?"

"오라버니 덕분에 잘 되유, 뭘로 하실류?"

"네가 알아서 해."

이곳에선 손님의 식성대로 뱃전에 나가 횟감을 사오면 초장하고 찌개 끓여주는 값만 받는다. 준비하는 동안 그는 애진과 소주 한 잔씩을 나누었다.

애진은 경철이 말을 걸지않으면 좀처럼 하지 않았다. 물속에 가라앉은 구운 보리알처럼 조용한 게 경철은 오늘따라 싫었다. 이럴 땐 수다라도 떨고 너스레도 호들갑스럽게 했으면 좋으련만 언제나 똑같았다.

기껏해야 "좀 그렇드라고", "그랬었어", "했을 뿐야." 유야무야 아름아름한 단어들뿐이다.

아마도 남편과 헤어졌다는 현실이 하루하루 실체화되면서 일상생활에 대한 방어기능 같은 것이 쇠퇴화 되어가고 있다는 사실을 깨달은 모양이다. 외로움과 고립감, 모든 덧없음의 공허함만 남아있는 듯했다.

경철은 머리가 또 아파온다. 달리는 차창 밖으로 털어버리는 담배

재처럼 놓아버리면 그만인 사람들도 많건만…. 말로야 누군 못하나 그렇게 안 되니까 고민스러운 거지.

경숙이 차려온 푸짐한 회가 들어왔다. 온몸을 벗겨 토막을 쳤는데도 꿈틀대니 선도 또한 그만 이었다. 애진과 술잔을 주고받는데 경숙이 친구가 놀러왔다.

집은 군산이고 작년에 이혼을 했다고 경숙과 이야기를 주고받는다. 분위기도 바꿀 겸 경철이 합석을 권했다. 그녀는 기다리기나 한 듯이 덥석 자리에 앉는다.

"경숙아! 여기 소주 한 병 더 줘."

경숙은 당뇨가 있어 술을 하지 못한다. 애진은 경철이 합석을 권할 때 눈살을 찌푸렸으나 이내 동의하듯 풀어졌다.

이름은 금란이 나이는 서른여덟 살인데 자기 입으로 신랑 놈은 마흔한 살이라고 한다. 작년에 이혼을 했고, 지금은 예순한 살 먹은 노인하고 지내는 게 그렇게 좋다고 막무가내 될 소리 안 될 소리 떠들어댄다.

"경숙아, 네가 오라버니라고 부르면 나도 오라버니 아니냐? 저도 오라버니라고 불러도 괜찮죠?"

취기가 올라 있었다.

"그럼, 아무상관 없어. 자 한 잔 들어."

아무래도 옆에 앉은 애진이 걸리는지 경철은 눈치만 살피고 있다. 이런 때는 경철 역시 주춤거릴 필요가 없다는 것을 너무 잘 아는 바이다.

"우리도 다 그렇고 그런 사이여, 서로 간에 편하게 얘기해."

"경숙아 너도 알다시피 신랑 되는 놈은 좆도 크지도 않은데 씹만 하고나면 구멍이 아프고 못 견디겠어. 지금 지내는 늙은이는 엄청 커도 그렇게 좋다. 내가 생각해도 별꼴이여."

걸직한 입담에 경철은 술맛이 절로 당겼다. 더구나 젊은 여자가! "어차피 어느 놈이 해도 할 거 먼저 하는 놈이 임자여, 난 삼일만 안 하면 못 참어, 내가 뭐 한 두 놈하고 한 것도 아니고. 그런데 이 늙은 놈도 끝날 때가 됐어. 주제에 나 말고도 딴 년이 또 있어. 지금은 보름에 한 번 올까말까한데 젊은 년이 순번 기다리며 할 순 없고, 더러워 못 참겠어."

"어쩐지 그래서 그런지 지난번에 얼굴이 뽀얗드만, 지금은 보리개 떡처럼 누렇게 떴구나. 히히히."

"그렇다고 알지도 못하는 아무 놈하고 씹할 수는 없고…."

뱃가죽이 땡길 만큼 웃고 둘이는 나왔다. 어촌 먼산에는 온난화 현상인지 텃새가 된 백로떼들이 떼를 지어 나무 위에 앉아 있다. 바다가 훤히 보이는 스위스장 503호실에 그들은 들었다. 경철이 의자에 앉아 물끄러미 바다를 응시하고 있을 때 애진이 마켓에 들려 들어왔다.

"여보! 애진이가 당신한테 바라는 게 있다면 무얼까?"

"아무거나 다 원하는 대로!"

"내가 뭘 원하는데?"

애진은 때로는 반말, 존댓말을 쓰는 것이 예사롭다. 대답이 궁한 경철은 이번에도 자신이 가련해 보였다. 서로의 본질과는 상극되는 소모적인 논쟁에는 번번이 주도권을 뺏긴 적이 한 두 번이 아니다. 연신 담배만 피우고 있었다.

"나, 임신했어. 바짓가랭이 안 붙들 테니 걱정하지마."

경철은 순간 호흡이 정지된 듯했다. 애진을 비켜간 그의 시선은 석고처럼 굳어있었다. 금지된 사랑을 한다는 건 달콤한 만큼 쓰라림도 따르게 마련이다. 길들일 대로 길들여진 애진이야말로 성생활도 경철 아니면 안 될 만큼 식물인간화 되다시피 했다.

"세상 사람들이 아무리 비난해도 당신만 있다면 전부 받아들일 각오를 하고 싶어요. 내일 안성의 M산부인과에 예약을 해 두었어요. 죄송해요. 이런 얘기 그만할 게요. 술이나 하세요."

경철은 우두커니 앉아 있다가 따라놓은 술을 채 마시기도 전에 벌겋게 상기된 채 애진의 오뚝 솟아오른 엉덩이를 만지작거리고 있었다. 둘 다 벗은 상태였지만 밥을 먹을 때든 술을 먹을 때든 습관이 되어 원주민처럼 되어 버렸다.

우중충한 날씨였다. 비는 그칠 줄 몰랐다. 그들은 예약한 M산부인과에 도착하였다. 열락과 환희의 뒤끝은 언제나 이렇던가? 경철은 가슴이 미어지는 듯했다.

애진은 잠시 주춤거리더니 꼿꼿한 어깨가 축 하니 처져서는 들어

가고 있었다. 경철은 콧등이 시큰거렸다. 애진이 꼭 비련의 여주인공인 것만 같다. 울음이 목구멍까지 차올랐다. 참으려고 눈을 치켜떠도 눈물은 계속 흘러나왔다. 사랑하는 사람을 낯선 시골 간이역에 내려놓고 나만 살겠다고 허둥대며 도망치는 그런 생각도 떠올랐다.

애진의 운명이 표류하는 난파선인 듯도 싶었다. 날카로운 유리조각들이 그의 가슴을 계속 후벼파는 듯했다. 그는 가슴에 통증을 느꼈다. 둘만의 공간은 한없이 좋았으나 애진이 자기의 숨겨진 여자임이 한없이 슬프고 괴로웠다.

경철은 처음으로 애진의 아파트에 갔다. 몇 개의 화분이 가지런히 정돈되어 있는 실내는 아늑하고 편안했다. 다이아몬드형으로 둥글게 잘 꼬여진 벤자민이 한층 더 예뻐 보였다.

방은 넓은 편인데 두 개였고, 침대와 스탠드, 조립식 옷걸이가 복잡함을 느끼지 않게 서 있었고, 거실엔 중형 냉장고, TV, 소파가 안락함을 더해주는 듯했다.

애진은 고통스런 얼굴을 하고서도 경철이 집에 들어오니까 삭막했던 집안이 푸른 이끼가 우거지고 꽃과 새들이 날라왔다고 좋아한다. 사실 그동안 호텔 방에 들어가기까지의 과정은 언제나 담 넘는 도둑놈 심정으로 드나들었다. 혹시 남한테 들킬세라 이 눈치 저 눈치 살피면서 조심스레 드나드는 것도 이젠 지겨워지는 터수였다. 항상 스쳐가는 당혹스러움도 지칠 만큼 싫었다.

그러나 이곳 애진의 방, 그는 이곳에서만큼은 거리낌 없이 포근해

지리라는 느낌이었다. 불면증에 시달리는 애진을 위해 팔베개를 해주고 어린애 달래듯 재웠다. 애진의 숨결에 코냄새도 맡아보고 심장소리도 들어보고 독특한 체취를 맘껏 맡아보았다.

경철은 옷걸이에 걸쳐진 자신의 옷가지들이 왜 그런지 보기가 싫었다. 이곳에는 정착할 수 없다는 괴싸인을 보내는 것처럼 생각이 들어서이다.

눈을 떴을 때 새하얗게 삶아 빤 런닝셔츠와 팬티가 머리맡에 놓여 있었다. 아침을 맛있게 먹고 시간을 보려고 시계를 찾았으나 보이지 않았다. 애진이 서랍 속에 감춰놓은 것을 먹구름 표정을 지우면서 건네준다. 시간은 아홉시가 조금 넘었다. 방에서 나설 때까지 애진은 거의 말을 하지 않았다.

"내일 새벽에 일찍 올게."

검둥개 미역감듯 도망치듯이 그는 빠져나왔다. 자기가 떠난 빈 방에서 볼모로 잡혀 있는 인질처럼 외롭게 혼자 있을 애진을 생각하니 경철은 가슴이 또 저려왔다

아마 애진은 이보다 더한 고통이 온다 하더라도 자기와의 사랑을 포기하지 않으리라. 그런 생각이 떠올라 그는 머리가 어지러웠다. 눈 감고 숨죽이며 살아가는 애진이야말로 자신에 대한 혐오, 저주스러움이 가슴속 깊이 차 있을 것이라는 생각도 해보았다.

경철은 괴로웠다. 밤에는 아내를 품에 안고서도 애진의 얼굴이 떠오르는 이중적인 자신을 혐오스러워 했다. 육욕만 탐닉하는 짐승 같

은 창부자식처럼 그는 스스로가 더럽게 느껴지기도 했다.

경철은 새벽 다섯 시면 어김없이 일어나 애진에게 달려가는 것이 일과처럼 되었다. 그나마 몸과 마음을 달래줄 곳이라고는 산 밖에 없는 것 같다.

이곳은 서운산과 칠현산이 있는데, 두 곳을 순환식으로 오르내리곤 하였다. 서운산은 해발 540여 미터 정도 되는데 노송이 우거져 볼 만한 곳으로 청룡사란 절이 있고, 청룡저수지가 있어 운치를 더해준다. 맑은 날엔 정상에서 바라보면 서해바다가 코앞에 닿을 듯 보이기도 한다.

칠현산은 서운산 보다는 조금 낮은 편이고 칠장사란 절과 골프장이 있는 비교적 순한 산행 코스를 가지고 있다. 등산이 끝나고 산에서 내려오면 샤워를 끝내고 식사를 하지만 바쁜 볼 일이 있을 땐 그냥 헤어지는 것 또한 고역스럽다. 오늘도 울타리 없는 서로 다른 환경의 반란이 일기 시작하였다. 경철은 그럴 수밖에 없는 그녀가 이해는 가긴 하지만 남편 없는 사회적 생활이란 전쟁과도 같은 그런 느낌을 받으면서 모른 체 한다는 것도 못할 노릇이다.

저녁 여덟 시가 조금 지나서 애진에게서 전화가 왔다. 갑자기 배가 아파 금방 죽을 것 같으니 빨리 와달라는 것이다. 밖에는 장대비에 천둥까지 쳐대고 있었다. 그는 칠흑처럼 어두운 그곳까지는 도저히 자신이 없었다. 밤 운전은 원래 서툴기도 하지만 이곳 사정 또한 갈 수가 없는 난감한 상황이었다. 우선 119에 도움 요청을 하여 응급실

에 가 있으라는 말만 되풀이하고 꼬박 밤을 새다시피 했다. 그쪽에서
도 전화는 오지 않고 새벽 세시부터 집에는 전화를 받지 않았다.

'혹시, 잘못되어 죽은 게 아닐까? 아니면 혼수상태?'

혀는 바짝바짝 마르고 강아지 똥 마려워 안절부절 못 하듯이 일 분
이 한 시간보다 더 긴 것이 무어라 표현할 길이 없었다. 몸에서 피가
마르는 것처럼 현기증도 일기 시작했다.

경철은 더 이상 기다릴 수 없었다. 애진의 집에 4시쯤 도착했지만
아무도 없었다. 평소 즐겨 입던 진바지와 연두색 남방을 보자 경철은
자신도 모르게 왈칵 눈물이 쏟아졌다.

일단은 다시 나가 안성 시내에 있는 병의원 응급실을 모조리 찾아
보았다. 탈진상태가 되어 누웠다 일어났다를 수백 번은 더하였다. 밤
11시가 되어 차임벨소리와 함께 애진은 미소까지 지으면서 술이 약
간 취해서 들어왔다.

"어떻게 된 거야?"

"왜 그래요 당신? 엊저녁에 오지 않길래 못 오는가보다 하고 옛날
에 잘 아는 한 언니랑 그 애인하고 셋이서 인천 월미도 가서 전복죽
먹고 오는 길이에요."

"그럼 연락을 해줘야 걱정을 안 하지."

"아이, 당신두! 연락이 없을 땐 별일이 아니구나 그렇게 생각하면
되죠."

평소 찔리는 구석이 있을 땐 꼬박꼬박 존대를 쓰는 것도 애진 특

유의 성격이다. 경철은 반가움, 분노가 범벅이 되었지만 참았다.

"무슨 말을 그렇게 해. 사람을 하루 종일 이 지경을 만들어놓고."

"나는 아무렇지도 않게 생각을 했는데, 왜 그렇게 화를 내세요?"

"뭐, 화를 내? 이 쌍년! 뭐 이런 년이 다 있어!"

경철은 그만 이성을 잃고 애진의 따귀를 올려 부쳤다.

"하, 기가 막혀 이젠 때리기까지 한다. 내가 뭘 잘못했다구? 그리고, 당신이 무슨 권리 무슨 자격으로 날 때려 이 개자식아!"

"뭐, 개자식? 이 씨팔년이!"

경철의 얼굴은 열이 올랐고, 노기등등해서 악을 쓰는 바람에 목줄기에는 시퍼런 핏줄이 튀어나와 꼭 지렁이가 꿈틀대는 듯하였다. 사태는 걷잡을 수 없는 불길처럼 퍼졌다. '이럴 때야말로 옆에 누구라도 있어 말리기만 하면 오죽 좋으련만.'

"내가 네 마누라도 아니고 집토끼도 아닌 산토낀데, 아무 곳에 가서 먹이를 먹든 말든 네가 왜 참견이야. 그리고 개자식아 거리에 나갈 땐 철갑옷 입고 눈만 내놓고 다니든? 혼자 사니까 당연히 다른 남자를 만날 수 있지."

애진이 침대에 엎드려 악다구니를 쓰며 몸부림을 칠 때 힐끗 보니 입술이 많이 부어 피가 흐르고 있었다.

'그렇다면 어젯밤에는 어떤 놈하고 같이 잤다는 얘기가 분명한데… 오늘 하루 종일은 무엇을 했으며….'

사랑하는 여자가 다른 남자 앞에서 옷을 벗는다는 것은 상상하는 것만으로도 머리 터지는 일이었다.

"너 같은 늙은 놈이 싸안아도 시원찮을 판에 날 때려, 너한테 맞아 죽기 보다는 내가 스스로 죽어줄게. 똑똑히 쳐다봐 개색끼야!"

애진은 눈 깜짝할 사이 저돌적으로 싱크대를 향해 돌진하면서 머리를 처박았다. 잘 진열된 그릇이며, 유리 크라스가 한꺼번에 와장창하고 무너졌다. 왼쪽 엄지손가락이 8cm 가량 찢어져 거실에는 선혈이 낭자했다. 경철은 당황했다. 경비실에 연락하여 가까스레 병원까지 와서야 조금 진정이 되었다.

애진은 열두 바늘을 꿰맸다. 침대에 엎드린 채로 또 한번 대성통곡을 하기 시작했다.

"아이고 엄마, 왜 나를 낳아가지고…. 이렇게 사는 것도 억울한데…."

애진의 울음은 그치지 않고 그 폭이 높았다 낮았다를 몇 번이고 반복하였다. 경철은 마지막 남은 담배를 물고 밖으로 나왔지만 입속은 백태가 허옇고, 목은 따갑고 막히는 듯 누군가가 손가락으로 건들기만 해도 쓰러질 것 같았다.

몸과 맘은 썩을 대로 썩어 나무등걸처럼 되어 버렸고, 다시 들어갈까 말까를 수십 번 망설였지만 핸들은 어느새 온양 방향을 가리키고 있었다.

'어머! 미안해 여보, 심통이 나서 일부러 골탕을 먹인 건데….'

이 정도만이라도 하였으면 이 지경까지는 안 왔을 텐데…. 생각해

보면 벌써 육 년이란 세월이 흘렀다.

경철은 애진에 대한 추억으로부터 탈출하고 싶었지만 그런 노력은 호흡을 멈추는 것과 같이 쓸데없는 짓이었다. 그녀의 마음도 붉은 독버섯과 파르스름한 생명력을 지닌 이끼처럼 두 갈래 길이 갈라진 이상 그 앞길을 막아서는 안 된다는 강한 생각도 해 보았다.

그러나 경철은 스스로를 설득하고 마음정리를 해봐도 잘 되지는 않는다. 남에 대해선 진보적이고 개방된 편인데도 경철 자신은 상당히 보수적인 편이 더욱 싫어졌다.

그리워해도 만나서도 안 되는 그런 이유 때문에 경철의 참담한 눈물은 계속 흐른다. 경철의 영혼은 서서히 부패되기 시작했다.

집요하게 고개를 쳐드는 의구심과 함께 그녀의 흔적을 지우기 위해 샤워하는 물줄기 소리는 바늘로 쿡쿡 쑤시듯 아파온다. 집착이나 소유욕도 세월에는 별 수 없나보다. 더러운 행주가 맑은 물에 씻기듯, 경철은 자신이 점점 길 잃은 미아신세처럼 느껴진다.

세월이 약이고, 눈에서 멀어지면 마음도 멀어진다는 말이 꼭 그렇지만은 아닌 듯싶다. 애진은 이별이란 단어로도 지워버릴 수 없는 불행한 존재이다. 경철은 몇 번이고 다이얼을 돌리다가 맨 마지막 숫자에서 수화기 놓기를 수없이 되풀이 하였다. 한번은 혜란에게 전활 했는데, 애진이 받길래 얼떨결에 팽개치듯 내려놓기도 했다.

경철은 혼자서 그녀와 같이 갔던 설화산을 가보고 싶었다. 논길을 걸을 땐 논과 논 사이에 그녀가 끼어있었고, 지나가는 차와 차끼리의 사이에도 그 모습이 어른거렸다.

중턱쯤 올라가 졸졸 흐르는 개울을 건너자 애진이 "여보"하고 뛰어나오는 것이었다. 그녀는 와락 경철을 끌어안고 "바보! 바보!" 하면서 울고 있었다.

'이렇게 좋아하면서 왜 붙잡지 않는 거야!' 하면서….

정신을 바짝 차리고 보니 무섭고 소름끼치는 환영이었다. 그의 등줄기, 목덜미에서는 식은땀이 흥건하게 흐르고 있었다. 경철은 며칠 동안 열병에 시달려 중병을 앓고 난 놈처럼 눈은 휑하니 십리는 더 들어간 듯하였다.

경기도 양주군 백석면 가야 아파트에 해가 떠도 우산을 써야 되는 은경이란 여섯 살 먹은 여자아이가 TV에 나오고 있었다.

태어날 때부터 250여 개의 털이 나는 모반인데 햇볕을 받게 되면 숫자도 늘어나고, 점점 커지는 피부악성종양이 피부암으로 번져 생명도 잃게 되는 병이었다.

문밖 나들이래야 해가 진 후 쓰레기 버리는 십분 간의 외출이 고작이다. 다행히도 삼성 서울병원에서 80%를 지원해주고 있었다.

의사가 집도하는 과정이 TV화면에 나왔다. 경철은 처음부터 끝까지 이 과정을 지켜보면서 같이 울었다. 앞으로도 완치까지는 여섯 번의 수술을 해야 된단다. 은경을 병원까지 실어다준 양주 119에 전화 연결을 해서 은경이 엄마와 통화가 되었다.

"매월 말일 조금씩 3년 간 수술이 끝날 때까지 돕고 싶은 마음이니 달리는 생각 마시고 계좌번호나 알려 주십쇼."

고마워 어찌할 바를 몰라하는 모습, 경철은 이 모습을 마치 자신이 본 것처럼 눈앞에 그려보았다. 일순간 감정적 사치가 되지 않기를 굳게 다짐하고 즉시 통장에 돈을 보냈다.

그는 큰일이나 해낸 것처럼 마음도 몸도 가벼운게 제 정신이 돌아온 것 같았다. 그러나 오십을 눈앞에 둔 경철은 나이가 덧없음이 구름 흘러가듯 무상하였다. 아무래도 지금이 좋을듯한 막연한 생각이 그의 머리를 맴돌았다.

'내가 죽은 후 과연 어떻게 될 것인가?' 에 대한 공연한 초조와 불길한 공상이 그에게 찾아왔다. 경철이 '사체기증' 의 마음을 굳힌 것은 이때였다.

은경에게 전화가 왔다. 경철은 마치 연인한테 온 것처럼 흥분이 일기 시작하였다. 화면으로 보았을 때 더욱 똑똑하고 예뻤다. 할아버지가 보내준 돈은 잘 모았다가 중학교 들어갈 때 교복을 사 입겠다고…. 그리고 할아버지는 은경이 얼굴을 알지만 저는 할아버지 얼굴이 보고 싶고 궁금하다고 했다.

경철은 잘 나온 사진을 골라 답을 보내야겠다고 결심했다. 옛말에 제 귀염 제가 받는다더니 화면에서처럼 귀엽게 노는 것이 경철 역시도 보고 싶어졌다.

경철은 최근 해병대 예비역 모임인 온양 해병전우회 회장직을 그만두었다. 그리고나자 또 무언가는 하고 싶어졌다. 전우회는 친목과 우애를 도모하는 단체였다. 어느 조직이든 겉으로는 화합, 한몸, 한 뜻, 단합… 등의 좋은 낱말이 그 주체성을 대변하지만 그것은 어디까지나 겉치레에 불과한 표현일 뿐이지 실상은 그렇지 못한 것이 다반사이다. 갈등과 대립, 반목현상은 어디든 있게 마련이다. 어쨌든 이 일은 경철이 좋아서 한 일이고 원했던 바라 후회는 없었다. 여기에서 축적된 보람된 경험이 앞으로 살아가는 동안 알파 요인이 될 것이었다.

더구나 강태공이 월척을 잡았을 때의 환희의 마음처럼, 죽마고우처럼 지내던 대운이란 후배 겸 동생을 얻은 기쁨은 그야말로 경철의 텅 빈 가슴을 꽉 채워주었다.

그러던 중 경철에게 뜻밖의 일이 생겼다. 우연히 몇몇이서 잡담을 하던 중 시의원에 나가보라는 부추김을 받고 그는 지난 사흘 동안 깊은 웅덩이 속에서 허우적거리다 나온 느낌이었다.

사실상 경철의 정신이 맑은 상태일 수는 없었다. 애진을 잊고서 시간에 쫓기는 그런 저런 일을 찾다가 때 아닌 봉변만 당하는 꼴이 되고 만 것 같은 느낌이었다.

그는 D대학의 교수인 동생에게 전화를 하였다.

"형인데 이번에 말이야 시의원에 한번 나가보려고 하는데 우리 박사께서 찬조연설만 두어 번만 해주면 당선은 따논당상인데 그렇게 좀 해줄 수 있나?"

동생은 잠시 말이 없었다.

"여보세요?"

재차 송화기에 음성을 보내자,

"형! 지금 무슨 얘기를 하는 건지 잘 알아듣지도 못하겠고, 더구나 훈장세계에서는 그런 짓거리를 할 수도 없고, 그리고 지금 현재 형 정신상태가 제 정신이 아냐. 우선 정신감정부터 받아야 될 것 같애. 아니면 정신병원에 3개월 정도 입원치료 받은 후에 그때 가서 다시 한 번 통화하자구. 그리고 사기꾼, 협잡꾼 놈들이나 하는 짓을 형이 왜 하려고 그래? 시간 없으니까 3개월 후에 통화해. 이만 전화 끊겠어."

경철은 비명에 숨겨간 누구처럼 그냥 죽고 싶었다. 쇠절구로 정수리를 오지게 맞은 듯 하늘도 돌고 있고, 전화기도 빙글빙글 돌고 있는 듯하였다. 뭐가 뭔지 판단이 서질 않았다. 동생은 전화 한 방에 경철을 깨우쳐 주었다. 아마도 극약처방의 좋은 효과를 보는 듯 역시 이름난 명의들의 처방은 과연 틀리는구나 하는 것을 경철은 깨닫기 시작했다. 이래저래 저녁은 폭음을 하였다.

'너는 잘 나가다 엉뚱한 데로 새는 병이 있어. 가만히 있으면 2등은 무난할 걸 웬 잠꼬대 같은 개소릴 나불대 가지고, 동생한테 날벼락을 맞니? 맞아도 싸다 이 자식아! 주제파악도 못 하는 놈! 네 머리 속에 망상과 망령을 빨리 지워버려라. 네가 뭐 잘난 게 있다고 우쭐대냐? 병신 같은 놈!⋯. 너, 가끔 가다 내가 과거에 무엇무엇을 '했을

망정' 그 소릴 잘하는데 그건 어디까지나 너 혼자만의 얘기야 임마!
그건 '했을망정'이 아니고, '했었다'가 맞지. 그 '했었다'는 무덤까
지 가지고 가야된다는 걸 왜 모른 척하고 외면하려고만 드냐, 이 자
식아. 꿈에서 빨리 깨라 임마!'

그는 자멸감에 빠져 혼자서 자문자답 하다가 잠들었다. 다음날 동
이 트지 않은 새벽에 일어나 그는 시원한 공기를 가슴깊이 들여 마
셨다. 부챗살을 펴듯 조금씩 휴지조각처럼 구겨진 가슴도 펼쳐지기
시작했다. 그는 찬찬히 생각을 정리했다.

타인으로부터의 존경은 눈에 보이지 않는 굴레요, 덫이다. 언젠가
는 비난과 헐뜯음으로 바뀌는 것을 모르고 엉뚱한 생각을 한 것이 면
목이 없고, 송구스럽다.

불교에서 이르기를 입 안에 말이 적고, 마음에 일이 적고, 뱃속에
밥이 적으면 신도 될 수 있다란 말도 되새겨 본다.

신이 아닌 인간은 실수 투성이겠지만 경철 역시 살아오는 동안 자
의든 타의든 실수를 수없이 해왔던 것도 사실이다.

소름이 끼칠 만큼 기억하고 싶지 않은 부분이… 바로 의형제처럼
지냈던 대운과의 관계만 하더라도 그렇다. 미묘하게 얽힌 사연이 있
은 즉, 설령 백인데도 경철이 흑이라고 하면 같이 맞장구칠 사이였는
데도 불구하고…, 지 알고 내 알고 하늘이 알건만….

혹시 그랬을 것이다가 그렇게 했다로 단정 짓고 몰아 부치는 데에
는 대처할 방법이 없는 것이다. 연쇄반응은 악성종양 퍼지듯 걷잡을

수 없게 된다.

지금도 생각해보면 조소와 증오의 눈초리를 보냈던 대운을 원망하기 전에 경철은 자신을 꾸짖고 싶다.

닭을 세 마리 키우는 주인이 손님이 온 김에 불가불 한 마리를 잡게 될 판이었다. 내심으론 정해져 있었다. 그래도 명분은 있어야 하겠기에 세 마리를 불러놓고 퀴즈문제로 생사를 결정짓기로 하였다.

"첫 번째, 2 + 2는 뭐냐?"

갑이란 닭이 "4입니다."

"맞아, 두 번째, 2 × 2 는 뭐냐?"

을이란 닭이 "4입니다."

"너도 맞아. 세 번째 병이란 닭에게, 3,560 × 4,780은 뭐냐?"

"니미 씨발놈아 물 끓여뿌라."

죽으려면 임금님 불알은 못 차나? 식으로 자포자기 꼴이 되었듯이…. 비교가 될지는 모르겠지만 경철은 꼭 이런 꼴이 된 셈이다.

러시아 속담에,

'유대인을 속여 보라. 당신을 포용할 것이다. 유대인을 포용해 보라. 당신을 포용할 것이다.'

라는 게 있다. 좋은 뜻으로 해석을 하자면 귀감이 가는 말인 법도 하다.

경철은 평소 안면만 있는 K씨라는 사람과 만나 이 얘기 저 얘기하던 끝에 그 사람의 집에 초대를 받게 되었다. 좀 사람이 거들먹거리는 태도가 맘에 들지는 않았지만 부득이 방문을 하게 되었다.

거실 벽엔 아마존 강에서 잡은 수백 종의 야광나비가 각기 모양을 뽐내며 커다란 액자에 담긴 채 벽에 걸려있었다. 액자틀에는 씹다만 껌이 붙어있고, 수백만 원 호가한다는 란이 놓인 탁자 위에는 닳아빠진 빗자루가 놓여 있었다.

그 옆으로는 지저분한 빨랫감이 쌓여있고, 먹다만 과일 쪼가리와 음료수 병들이 놓여 있었고, 이층으로 올라가는 계단과 문고리에는 함박꽃 같은 조화가 장식이 되어 있었다.

이 집 식구들은 가진 만큼 부를 충족해줬음에도 예전에 아무렇게나 지내던 습관 그대로인 듯 생활양식에는 여지없이 거부감이 느껴졌다.

"이번에 선생께선 누굴 찍을 겁니까?"

"무슨 말씀이신지?"

"아, 왜 이번 선거 있지 않습니까?"

"예, 아직 결정을 안 했습니다."

다음달 선량을 뽑는 화제가 오르자 경철은 여기에 온 것을 금방 후회했다.

"COO씨는 여론이 어떻습니까?"

"글쎄요, 잘 모르겠네요."

"사실은 그 양반 하고 나하고 먼 사돈 간이라서…"

때마침 핸드폰이 울렸다. 내심으론 구세주가 온 듯,

"여보세요. 난데 웬일이야? 으음… 그랬어, 그쪽 일은 잘 되구? 그럼, 알았어. 지금 금방 갈게."

"아이구, 죄송합니다. 급한 전화라서 가봐야 되겠습니다."

"예, 다음에 뵙기로 하고 아까 말한…, 잘 부탁드립니다."

세상을 살다보면 별꼴을 다 보는 모양이다. 경철은 찜찜했던 발걸음을 재빨리 이동하였다.

선거에 관한한 경철의 웃지 못 할 에피소드는 하나가 더 있다. 지난 번 대통령 선거때다. 그는 삼화여상 중고교에서 투표를 했는데 이른 새벽 다섯 시에 일어나서 1순위 차례를 지키고 있었다. 시간이 되어 투표를 하고, 잠시 머뭇거리면서 선관위직원과 참관인들에게 따질 듯 항의를 하였다.

"아니, 세상에 이런 투표가 어디 있습니까? 민주국가에서."

"왜 그러시는데요?"

"저는 이회창씨를 찍었는데 나중에 다 알게 될 거 아닙니까?"

그들이 어리둥절했는지 재차 물었다.

"글쎄, 왜 그러시냐니까요?"

"이회창 씨에게 제 도장을 찍었으니까요."

"예, 어쩐지…. 그냥 가세요. 그건 무흅니다. 그 안에 붓뚜껑으로 찍어야죠. 본인이 실수를 했구먼…"

앗차! 싶었다. 그는 아침부터 큰 실수를 하고 망신을 당한 것이었다. 오지랖 넓은 체 하다가 쥐구멍이라도 숨고 싶었다. 아직 치매 올 때는 안 되었는데….

그러다가 그는 뜻밖에 애진을 만났다. 치렁치렁한 머리칼이 헤엄치는 물고기의 지느러미처럼 저녁 불빛을 반사시키고 박꽃처럼 야상야상 하던 볼 언저리가 홍조를 띄고 있었다.

눈은 물 머금은 이끼처럼 촉촉이 젖어 있었고, 겸연쩍은 한 순간을 하품을 하는 척 하면서 넘겼다.

속으론 그랬지만, 겉으로는 태연한 척 웃고 있었다.

"저, 선봤어요."

"갑자기 웬 소리야?"

"그냥 시집이나 갈래요."

"뭐 하는 사람이야?"

"회계사예요."

"그래서 현재 관계는 어느 정도야?"

"그냥 진행 중이에요."

"그건 아는데, 그럼 그것도 했겠네?"

"맘대로 생각하세요."

순간 경철은 이성을 잃은 야수처럼 얼굴색이 확 변했다.

"그동안 내가 잘못한 게 뭐야?"

"당신 잘못 없어요. 세월은 가고 언제든 당신은 제자리로 돌아가면 그만이고, 남을 피해 담을 넘는 도둑고양이 생활도 지겹고…, 이젠 너무 지쳤어요."

"무슨 방법이 없으려나?"

"방법 없어요. 당신이 너무 잘 알면서. 현실인데…."

"오늘 하룻밤 당신과 자려고 왔어요. 그렇다고 달라질 건 없지만."

유부남으로 표현되는 사랑의 대상은 불륜, 또 다른 의미로는 실현 불가능한 사랑을 암시하듯 이제는 경철도 애진에겐 이빨 빠진 늙은 종이호랑이에 불과한 듯했다.

경철 역시 애진과의 관계를 말로써 표현하기는 불가능하리라고 마음먹었다. 오히려 오해의 수치만 증가할 것이 뻔하기 때문이다. 그저 다독거릴 수밖에 없다는 것을 경철은 너무 잘 알았다. 무력한 자신이 멍하니 있는 모습이야말로 비참할 정도였다.

청양에서 공주, 정산 방향으로 가다보면 대치터널을 육, 칠십 미터 앞두고 좌회전 방향으로 칠갑사 올라가는 샛길이 나오는데 '샬레'라는 서구식 호텔이 산허리에 자리잡고 있다.

들어가는 입구부터 정취감에 흠뻑 빠질 수 있어 좋고 양쪽으로는 벚꽃나무가 잘 심어져 있는게 보기도 썩 좋다. 조용하고 명상에 잠길 수 있는 촌티도 나지 않는 정갈하고 편안한 곳이다.

218호실. 이중문은 아니지만 육중한 출입문부터 벌써 보호받을 수 있는 느낌이 든다. 천장과 벽은 같은 계통인 아이보리색에 듬직한 원탁 테이블, 핑크색인 TV 받침대, 벽에는 삼십대의 한국적 여인상인 나체 유화가 걸려있는 빨간 천으로 앞을 가리고 있는 한 폭의 그림이 돋보인다.

방을 들어서면 정면은 반원형 창문으로 되어 있고 밖에는 자연 그대로인 산의 경치가 한 눈에 들어온다. 참나무, 소나무, 그 옆으로는 천연적인 토굴이 깊이 파져 있다.

한여름철 김치독을 그곳에 묻어 먹는다면. 생각만 해도 저절로 군침이 넘어올 정도이다. 올 때 사온 과일과 김밥을 애진이 가지런히 테이블에 꺼내놓고 맥주를 한 잔씩 건배하면서 동시에 웃었다. 서로 싸우고 화해하고 하는 사이 정이 더욱 깊어졌다.

"당신 이제보니까 많이 늙었네. 더도 말고, 덜도 말고 이 상태로 십년만 묶어 놓는다면 얼마나 좋을까."

애진이 먼저 입을 연다.

"애진인 언제 봐도 예쁘다."

"정말? 그 전에 싸울 땐 유방이 적다고 흉보고선…."

"화나면 무슨 소리는 못해."

"여보, 우리 늙어서 쭈글쭈글 해도 이렇게 같이 있을 수 있을까?"

"내가 먼저 늙을 텐데 애진이라면 천년만년은 못 있겠어?"

한때 지나가는 격정이나 육욕이 아닌 감정적 삶의 진정한 부활! 로마의 윌리 파시니가 말하는 '진부하고 진정한 사랑은 오십대 이후', 말하자면 경철도 이런 사랑을 하고 싶다.

그는 가슴속 응어리가 풀리면서 기분 좋은 행복감에 젖어든다. 지금까지 긴장되어 조심스런 태도에 엷은 막을 치고 있다가 그것을 걷어 치워 버렸다.

기분 좋을 만큼 술도 취했고, 화장실에 가서 볼일을 보고 나왔을 때 애진은 술에 취하고 분위기에 빠져들어 노출한 상태에서 자위를 하고 있었다.

"여보, 한 번만 살짝 넣기만 해."

"애진아, 너도 화장실 갔다 와."

애진이 먼저 조급하거나 색념이 짙어질 때면 경철은 구렁이 담 넘듯 언제든 먼저 서두르질 않는다.

어김없이 새벽 다섯 시면 전화벨이 울린다. 애진의 가느다란 신경 또한 예민하면서도 거미줄처럼 얽혀 이 시간이면 전화기에 집중시키고 잠시도 한눈을 팔지 않고 있다.

"여보세요?"

"응."

"잘 잤어? 밖엔 추우니까 두텁게 입고 나와."

"응, 알았어."

희미한 불빛 속에 경비아저씨는 고개를 젖히고 잠들어 있다. 그들은 잔잔한 음악과 함께 상쾌한 싱그러움을 껴안고 독립기념관을 지나 오창 쪽으로 향하였다.

이슬비처럼 뿌리는 눈은 땅에 닿기도 전에 사라진다. 애진은 변함없이 경철의 오른쪽 팔 어깨에 상체를 기대어 몸과 마음을 묻는다.

경철 또한 오른쪽 볼을 깨질세라 어루만져 보고, 살짝 꼬집어도 보고는 손가락을 입에 물려준다. 애진이 금새 흠취되어 손가락을 자근

자근 물고 있는 순간,

"잠깐! 저기 보이지? 꿩! 꿩!"

"맞아, 맞다."

둘 다 똑같이 동시다발적으로 탄성이 터졌다. 같은 시간, 같은 장소에서 둘은 호흡이 정지된 상태에서 재빠르게 총을 겨누었다. 1초, 2초, 순간 "탕"소리와 함께 애진이 좋아라 차문을 열고 뛰어나갔다. 그녀는 푸드득 푸드득 거리는 금빛 찬란한 장끼를 잡아 환희와 기쁨에 즐거움을 만끽한다.

"경철이 최고!"

달음박질치듯 달려온다.

"조심! 조심!"

그러나 애진은 논둑도랑으로 넘어지면서 두어 바퀴는 곤두박질치며 쓰러졌다. 화급하게 달려간 경철이 혼비백산하여 일으켜 세웠다.

"괜찮아? 천천히 오지 않고…."

애진은 양손을 깍지 끼운 채 경철이 목을 부여잡고 오만상을 찡그리고 매달리듯 하고 있었다.

"자, 어서 일어나 하나, 둘…"

"싫어!"

"그래도, 한 번 일어나 봐."

"싫대두. 이대로 그냥 일어나기 싫단 말야. 뽀뽀도 안 해주고…."

"아! 알았어."

그는 뜨겁고 달콤한 입술을 덮어 가지런한 애진의 치아를 하모니카 불듯 Z자식으로 혀를 핥아 주었다. 고개 숙인 볏단 위에는 하얀 눈이 소복이 쌓여 마치 흰곰들이 무리를 이룬 듯한 형상을 하고 있었다.

애진은 소풍가는 어린애처럼 들떠있었고, 파란 하늘은 한층 더 기분을 고조시켰다. 차에서 흘러나오는 스잔한 멜로디가 전체를 하나로 묶어놓았다.

산중턱쯤 올라와 듣는 맑은 물소리, 바람소리, 새소리. 둘만이 느끼는 사랑의 심장소리가 온몸으로 퍼져나갔다.

해는 동쪽에서 삐죽이 얼굴을 내밀면서 상수리 나무사이로 공간공간마다 조명을 비춰준다. 경철은 애진의 얼굴을 응시하며 눈을 고정시켰다. 따가운 가을 햇살에 빨간 고추가 바싹바싹 말라가듯, 그렇게 빨갛게 타들어 가는 듯했다.

이 순간을 아쉬워하듯 멀리서 울어주는 뻐꾸기 소리와 맞물린 화음이 울려퍼지는 것 같았다. 병풍처럼 둘러싸인 산의 정기를 온몸에 받은 병사처럼 둘은 산허리까지 걷다가 뛰고 꼭 어렸을 적 병사놀이 하는 것처럼 마냥 즐거운 시간을 보냈다.

호루라기 소리에 놀란 청설모 한 마리가 힐끗 쳐다보고는 잽싸게 나무위로 올라간다.

"하나, 둘, 셋, 넷."

애진은 경철의 구령에 맞춰 여군 제식 훈련 폼으로 발을 맞춰 양

팔을 어깨 높이까지 들어올리며 걷는다. 송골송골 맺힌 이마의 땀방울을 경철은 혀로 닦아주고 힘있게 끌어안는다.

그녀는 무아몽중에 빠진 듯 자신을 헤집으면서 허리를 활처럼 휜 채,

"여보! 너무 좋아. 살아가는 동안 이 순간, 이 자리를 기억할 수 있겠죠? 이렇게만 살 수 있다면… 당신이 얘기한대로, 더도 덜도 말고."

그녀의 눈가엔 어느새 촉촉이 물기가 젖어 있었다.

한낱 표류하는 선박에 의지하여 물결치는 대로 운명을 맡긴 채 새치가 돋기 시작한 애진의 정수리는 어느새 학이 앉은 것처럼 하얗다.

삼십대가 훨씬 넘은 그녀에겐 오직 경철이 희망봉이지만….

허상적인 슬픔에 대한 미약함과 모두에 대한 덧없음에 공허감만 쌓인 채 두 사람은 한참동안 서로를 끌어안고 있었다.

"이루지 못할 사랑이라면 차라리 동반자살을 하고 싶어. 생각만 해도 아름다울 것 같지 않아?"

압구정동 현대 백화점까지 오는 동안 애진은 웬일로 잠을 자고 있었다. 차에서 졸거나 잠자는 경우는 별로 없었는데 아마 엊저녁에 몸 부딪힘이 너무 진했던 모양인가 보았다.

삼층 숙녀복 코너 '박윤수 브띠끄'에 들러 회색 원피스를 한 벌 샀다. 그 옷에 맞는 검정 벨트까지 맨 애진의 모습은 정말 예쁘게 보였다. 옷이 날개라 하지만 이 옷이야말로 애진 외엔 어울릴 사람이 없을 것 같은 그야말로 안성맞춤이었다.

그녀는 경철의 팔장을 꼭 낀채, "여보! 너무 좋아. 행복해."를 서너 번째 연발하고 있었다. 좋아서 어쩔 줄 몰라하는 애진의 모습을 바라보며 경철은 마음이 흡족했다. 게는 제 몸집에 맞는 구멍을 판다고 하듯이 경철이 애진에게 오늘 사준 옷은 색깔이며, 디자인 모두가 그녀에게 더욱더 잘 어울리는 것 같았다.

안성 애진의 집에 왔을 때는 오후 두 시 조금 안 되었다. 둘만이 있는 공간은 언제나 이처럼 편하고 부러울 것이 없었다. 흰 화분에 심어진 담쟁이와 머루나무가 한 겨울인데도 뽕글뽕글 눈이 튀어 세상 밖으로 나오려 하고 있었다.

경철은 내친김에 식탁, 소파, 그리고 침대를 갈 작정으로 안성 창전동 가구골목 장인가구 집에 들러 애진의 취향대로 모든 것을 고르게 했다. 그 모습이 꼭 신혼부부가 신접살림을 장만하는 아득한 옛날로 돌아가는 듯했다.

"여보, 식탁은 당신이 골라봐요."

애진은 마냥 좋아한다.

"아냐, 당신이 알아서 골라."

너무 자연스럽게 오가는 말에 주인아저씨와 아주머니의 의심의 눈초리가 상당히 느슨해졌다. 대금을 지불하고 차 한 잔씩 나누었다.

"군 생활 30년 만에 얼마 전 제대를 했습니다. 그동안 이곳저곳 이사하느라 제대로 살림을 장만 할 경황도 없었고, 아내만 죽도록 고생시키느라고…."

"아, 예 그렇군요, 사모님께서는 너무 젊고 미인이시네요. 처음엔 따님이신가 했습니다."

하면서 주인은 머리를 긁적거리고 있었다.

"나이는 십오 년 정도 차이가 납니다. 그래서 같이 다닐 땐 창피하기도 하구요."

"원, 별말씀을 다 하십니다. 얼마나 좋습니까? 복도 많으시네."

"제가 나이가 마흔 한 살이에요."

애진이 한몫 거들겠다고 나섰다.

"어쩜, 이렇게 젊으실까 서른이나 서른 한 둘로 봤는데, 내가 지금 마흔 셋인데요."

주인아줌마가 눈을 동그랗게 뜨고 말하였다.

집안 분위기가 싹 바뀌었다.

"하루를 살다 죽어도 이렇게 살고 싶은 게 소원이었어요. 이젠 더 바랄 게 없어요. 행복해요."

애진의 눈가에는 어느덧 눈물이 총총히 맺혀있었다. 싱크대에서 밥을 짓는 애진의 뒷모습…, 엉덩이가 더욱 보기 좋게 솟아올라 있었다. 그는 살며시 다가가 뒤에서 애진을 끌어안았다. 애진은 그의 몸 쪽으로 자신을 한층 더 밀착시키고 삽입하기 쉽도록 엉덩이를 들어 올렸다.

"한 번만 살짝 넣어봐."

경철은 거의 선채로 아주 쉽게 깊숙이 삽입을 하였다. 타고난 원초적 열정이 격렬하고 난폭한 몸놀림으로 이어졌다. 애진의 눈동자 흰 자위는 형광 빛으로 변했고, 눈 밑 그곳은 사슴이 졸고 있는 것처럼 보였다. 오므라든 입은 시든 목련꽃처럼 꽉 다물고 있고….

내일은 일요일이라 그녀는 출근을 하지 않아도 될 테고 때문에 두 사람은 근처 포장마차에서 밤새워 술을 퍼마셨다. 그녀는 휴가도 십 일쯤 받아놓은 터였다. 부담이 없었다.

경철은 어떻게 돌아가든 기분 나쁜 얘기는 안 하기로 작정을 했다. 번번이 미꾸라지 잡으려다 웅어한테 물리는 신세가…, 그것도 한두 번도 아니고 매 번마다 그랬으니까.

집에 왔을 때는 달이 창가를 비추고 있었다. 고요와 적막함만 스며 들어 왔다. 그는 잠든 아내를 바라보았다. 미안했다. 특별히 박절하 게 대하지는 않았지만 그렇다고 살가운 정이 깊이 든 것은 아니었다.

아내가 나와 애진과의 관계를 얼마나 알까? 아마도 짐작은 하고 있겠지? 그래도 별 말 없는걸 보면 무섭긴 무서운 여자다. 그는 이렇 게 중얼거리며 오랜 만에 아내 옆에 누웠다. 달빛이 그의 얼굴 반쪽 을 비추고 있었다. 그는 마치 반만 있는 남자 같았다.

이제는 정말 마지막이겠지. 더 이상은 이제 아니겠지. 애진은 결혼 한다지 않은가. 축하해. 정말 축하해. 아니야. 넌 결혼하면 안 돼. 나 를 두고 어떻게 다른 놈팽이를 만난단 말인가.

경철의 내면에서는 끊임없이 상반된 목소리들이 충돌하고 있었다. 그는 정말로 마지막 여행을 가고 싶었다. 애진을 위해서, 그리고 자신을 위해서, 둘의 만남은 언제까지나 이루어질 수 없다는 걸 잘 알고 있었다.

여행지를 괌으로 정했다. 애진은 여행용품을 챙기느라 부산하게 움직이더니 어느새 사두었던 이태리제 미쏘니 검정색 롱코드를 꺼내 경철에게 입어보라고 야단법석이다. 경철이 옅은 초콜렛색 골덴 바지와 함께 입자 애진은 한결 멋져 보인다며 좋아한다.

그들은 김포공항에서 8시 KAL 비행기를 타고 4시간만에 괌에 도착한 후 곧바로 PIC호텔에 투숙하였다. 호텔은 특급이었는데 주로 일본인 관광객들이 많았다. 각종 시설이 잘 되어 있었고, 콘도, 실내수영장, 미니 골프장, 흐름나이드, 일인용 보트를 타고 노를 저어도 될 수 있는 인공호수 등 절로 이국적인 냄새가 풀풀 쏟아졌다.

태평양 바다를 한눈에 볼 수 있으며, 각종 위락시설 외에도 야자수 나무며, 밤의 풍치는 가히 압권이었다. 드높은 하늘, 에메랄드빛 바다, 야자수 잎에 사운거리는 바람결…. 모든 게 만족스러웠고 가슴을 부풀게 하였다.

이곳에서는 일요일마다 한 번씩 야외결혼식을 교회당에서 올리곤 하는 데 어떤 축제와도 비슷했다. 신부는 남자 들러리가 서주고, 신랑은 여자 들러리가 서주는데 괌의 전통복장을 입은 들러리들은 결혼식장 교회까지 손을 붙들고 에스코트를 해주는 것이었다.

시내관광은 제주도와 엇비슷해서 특별한 이국풍의 정취는 없었지만 해저관광 만큼은 영원히 잊지 못할 추억이 될 듯싶었다.

그들은 간단한 스노클 교육을 받고, 구명조끼 착용, 입에는 호흡할 수 있는 빨대를 물고 현지 조교를 따라 물속까지 들어갔다. 장관이었다. 형형색색의 이름 모를 각종 물고기들과 한데 어 우러지다 보니 경철은 마치 용궁까지 들어온 듯했다. 이틀 간의 여행이 시간가는 줄 모르고 지나가 버렸다.

사흘째 되는 날은 초저녁부터 술 한 잔씩 나누며 끝이 없는 긴긴 이야기를 나누었다.

"지금 이대로 세월이 지나면 우린 끝이겠지요? 전 결국 그 사람을 선택하게 될 수밖에 없을 거예요. 저를 이해하시죠?"

"그 사람 회계사라고 그랬나?"

"예, 경철 씨만큼 가슴앓이 할 정도는 아니지만…. 새로운 만남을 위해선 떠남이 있어야 하는 법이잖아요. 우린 헤어져야 하는 거죠?"

경철은 연신 담배만 피우고 한숨만 내쉬고 있었다. 애진은 굳은 결심을 한 듯하였다. 생각해보면 경철이 애진에게 유일한 사랑이어야 할 이유가 없었다. 그녀도 안정적인 삶을 살 권리가 있는 것이었다. 언제까지나 경철과 도둑사랑을 한다는 것은 불가능했다. 서서히, 그러나 분명하게, 마침내 올 것이 오고야 말았다는 듯이, 미세했던 틈 서리가 보이기 시작했다.

"순진하고 착했던 너를 이렇게 독하게 만들어 놨으니…, 미안하다."

"술이나 줘요. 그런 얘기는 그만해요."

이제는 신선함도 없고, 푸근함도 없었다. 경철은 가슴이 뻐개지듯 저리고 아파왔다. 그는 자신의 삶이 하늘에도 빚을 지고 땅에도 빚을 지고 사는 저주받은 삶인 것처럼 느껴졌다.

"그동안 나쁜 것보다 는 좋은 것이 더 많았던 것 같아요. 당신 외에 어떤 사람하고 아무리 맛있는 걸 먹어도 맛을 느낄 수 없어요. 당신이 투박한 입으로 김치를 찢어 먹여주던 그 맛이 정말 좋았어요. 그리고 제가 정녕 아플 땐 당신한테 제일 먼저 연락드리고 싶어요. 저는 죽는 그날까지 당신만을 보면서 살고 싶어요."

"이제 와서 그따위 것들이 무슨 소용이 있냐?"

경철은 울분이 차는 것 같기도 하고 질투가 나는 것 같기도 하고, 그러다가 안타깝고…, 애처롭고…, 하는 등속의 애증이 밀물처럼 밀려와 몸 둘 바를 몰랐다. 공연히 허공중으로 발을 걷어찼다.

어쩌면 둘은 서로를 서로 속이고 있는 줄도 몰랐다. 안 되는 줄 뻔히 알면서도 서로에게 집착하는 것은 무엇이던가. 그것은 기껏해야 눈 먼 사랑이거나 아니면 스스로를 속이는 가증스러운 사랑일 뿐이었다. 그들은 여하튼 언제든지 각자의 삶 속으로 돌아가야만 했으니까….

애진은 금방 토라져 가지고 돌아누우며 자신을 억제하지 못하는 듯 일그러진 얼굴로 손사래를 치고 있었다. 그는 애진의 신체 구석구석을 손가락으로 세어보듯 짚어가지만 이미 장승처럼 차가워진 그녀에게는 아무런 친밀감도 느낄 수 없었다.

오른쪽 유방이 조금 커진 것 같기도 하고, 그런 집요함이 착시현상까지 일으키면서 헷갈렸다. 그 개자식이 그쪽만 집중적으로 공격하여 짝짝이가 된 것 같은데….

과거로 되돌리기엔 역부족이었다. 경철은 그래도 애진을 꼭 껴안았다.

"아이, 아퍼."

순간, 그는 분노의 눈초리로 애진을 쳐다봤다.

"왜 그래, 않던 짓을 하고 그래?"

애진은 경철의 마음을 불쾌하게 만들고 싶지는 않았다.

"미안해요. 잠깐만."

눈치 채지 못하게 목소리를 농염하게 꾸며댔다.

"이대로 영원할 순 없을까?"

"지금은 늦었어요. 그리고 너무 지쳤고요."

"이젠 내가 싫어진 거냐?"

노려보는 경철의 눈동자는 마각의 본색을 여지없이 드러내고 있었다. 속을 긁어낸 수박 속처럼 허전하고 쓸쓸하기도 했다. 한편으론 용접불꽃처럼 질투의 푸른 불똥이 칼날처럼 번뜩이기도 했다.

예전처럼 버들가지 하늘하늘 휘감기는, 나비가 앉는 듯한 상냥함은 찾을 길이 없었다. 암내를 흘리며 눈꼬리에서 색을 갈구하는 듯한 모습은 이제는 흔적도 없었다.

낯가림을 하듯 어정쩡한 감정으로 변하고 있었다. 여기 오기 전만

해도 이러지는 않았는데, 이제는 알 수 있을 것 같았다. 경철은 그녀가 머지않아 자기의 곁을 떠난다는 사실을 비로소 체감하는 중이었다.

알 수 없는 분노가 쓴물처럼 꾸역꾸역 목까지 차올랐다. 소름 끼치는 복수심이 그의 늑골까지 파고들었다. 껍질 채 박제를 하여 유리관에 집어 쳐 넣고도 싶었다.

경철은 애진의 미소조차 의미 없는 가짜 미소로만 여겨졌다. 그래, 넌 자유롭고 싶겠지. 우리의 사랑은 어쩌면 서로를 구속하는 것이니까…. 경철은 혼란스러웠고 마침내는 자신의 의식이 아득히 꺼져가는 듯했다. 거짓말, 거짓말, 거짓말! 애진의 모든 행동들이 거짓인 것처럼 느껴졌다.

"사랑해요. 행복해. 당신이 싫어진 건 아니고, 현실이 우리를 외면하는데…, 제가 시집을 가도 어떻게 당신하고 지낸 것 만큼이야 되겠어요. 서로 좋을 때 한 달에 한 번이든 일 년에 한 번이든…."

"정말 그렇게 할 수 있어?"

경철은 다시 한 번 그녀를 끌어안으려 얼굴을 비벼댔다. 애진은 물을 마시고 싶은 생각은 전혀 없었지만 물을 마시는 척 일어나 앉아 물병을 경철의 입에 대주었다.

너무 지쳐있던 경철은 그러나 그 물을 마실 수조차 없었다. 그는 자기의 가슴에 꼭 맷돌짝이 얹혀있는 것 같았다. 견디다 못해 그는 목욕탕에 들어가 토악질을 했다. 어느 사이, 애진이 다가와 그의 등을 두드리며 목을 쓰다듬고 있었다.

"당신이나 저나 이 고통쯤은 각오한 대로 각자가 이겨 나가야 돼요."

비정하기 짝이 없는 말투에 경철은 맥주 한 병을 벌컥벌컥 마셨다. 그럭저럭 술은 둘 다 만취된 상태였다.

경철은 애진이 다른 놈하고 성교를 한다는 상상 때문에 미칠 것 같았다. 그의 증오의 불길을 타올라 마침내는 오기에 찬 성욕으로 변해가고 있었다. 그는 굶주린 늑대처럼 애진의 그곳을 깨물다시피 빨아당겼다.

"그놈하고는 몇 번 했어? 할 때 좋았어? 내 것이 더 좋아, 그 새끼 것이 더 좋아?"

경철은 이미 이성을 잃고 있었다. 그는 눈이 뒤집혀 애진의 목을 조이고 있었다. 애진은 발악적으로 후다닥 일어났으나 눈알이 은행알 나오듯이 상기되어 있었다.

"뻔뻔스런 놈! 너 나랑 결혼 못하잖아. 이 개새끼야 미친놈! 네 마누라한테도 이렇게 대하니?"

그녀는 마치 미친개에게 물린 듯 고음으로 악을 쓰고 있었다.

"내가 네 첩야? 이 개자식아! 아니면 창녀야? 창녀면 돈이나 받지 이 개색끼야, 날 이 지경으로 만들어 놓고 지금은 죽일려고."

애진도 울부짖고 경철도 짐승처럼 포효하며 서럽게 울었다. 그것은 증오였을까 저주였을까, 아니면 지독한 사랑이었을까. 그들은 한

동안 그렇게 싸우다가 이내 또 서로가 불쌍해져서 끌어안고 울기도 하였다. 그러다가 잠이 들었다. 꿈속에서 저승사자가 나타나 둘 중 하나를 심판해 주길 바라면서….

어느 날 우연히 만난 행운의 선녀처럼 그녀는 경철에게 다가왔었다. 그런데 미운정 고운정 든 지도 벌써 십년이나 되었다. 애초에 언제든 떠나고 싶을 땐 입었던 날개옷을 미련 없이 주겠다고 약속했건만, 지금은 물거품이 되고 말았다.

그래도 경철은 정신을 차려야 했다. 어차피 떠날 그녀의 앞날에 축복이 있기를 진심으로 기원해주고 싶었다. 두 무릎을 꿇고 정말 경건하고 숙연한 자세로 두 손 모아 사죄하고 싶었다. 귀국하면 우선 상호신용금고에 대출 신청한 오천 만원이 나오는 대로 그녀의 통장에 입금시키기로 했다.

애진은 너무도 뜻밖에 쌀쌀했다. 잠자리도 받아들이지 않았으며 애교도 부리지 않았다. 아마도 그녀는 모질고 독하게 경철을 대함으로써 정을 떼려는 듯했다.

경철이 그걸 짐작하지 못하는 바는 아니었으나 좀처럼 적응을 할 수가 없었다. 그는 배신감에 치를 떨었고 증오심에 불탔는가 하면 영원히 소유할 수 없는 사랑을 가지기 위해 비열한 짓도 일삼았다.

이 모든 게 비정상이었다. 대체 사랑이 무엇이란 말인가? 그는 김포공항에 내려서도 도무지 마음정리가 되지 않았다. 애진에게 매달려 애걸복걸하고 싶다가도 잔인하게 찢어지고도 싶었다. 도무지 갈

피를 잡을 수 없었다.

둘은 아무런 말도 없이 헤어졌다. 경철은 자신을 위로하고 싶었다. 저렇게 냉정한 태도는 다분히 의도적인 면도 충분히 깔려있으리라. 절대로 저럴 여자가 아니란 것을 나는 안다. 그래야만 나로 하여금 빨리 잊게 하고 고통을 덜 주려하는 배려일 것이다. 지금쯤은 애진도 혀를 깨물고 오열 속에 떨고 몸부림을 치면서, '경철 씨, 제 속마음 아시겠죠? 제가 태어나서 처음으로 사랑했던 사람이 바로 당신이에요. 몸은 비록 떠나지만 죽을 때까지 당신 사랑해요.' 처절하게 울고 있을 것이다. 철조망에 핀 꽃, 그대 나의 애진이! 그대는 영원히 지지 않으리라.

그는 이렇게 속으로 작별인사를 하였다. 닦으면 닦을수록 자꾸만 눈물이 흘렀다. 뒤돌아보면 애진이 금방이라도 환하게 웃으며 달려 올 것 같았다. 그는 다음 장면을 기다리고 싶었다. 영화는 비록 끝났 지만 도취된 관객들이 마치 다음 장면을 기다리듯이 그렇게 애진이 다시 나타나기를 기다리며….

십 년은 짧고 하루는 길다

경철은 모든 면에서 무기력해지고 있었다. 애진과 헤어졌다는 현실이 직접 피부에 닿으면서 삶에 대한 일종의 면역, 방어기능이 떨어지고 있는 것이었다.

그는 이곳저곳을 떠돌기 시작했다. 그동안 살아온 삶을 찬찬히 되돌아볼 심산이었다. 그는 해남의 땅끝마을에까지 이르렀다. 전망대 밑 푸른 모텔에 임시 여장을 풀고 전망대 쪽으로 올라갔다.

짝을 맞춘 연인들이 여기저기서 기념사진을 찍어대고 있었다. 그는 문득 애진이 그리웠다. 전선의 패잔병이 고향의 애인을 그리워하는 것처럼 그는 애진의 모습이 사무치게 그리웠다.

그러나 애진은 이미 떠났다. 그것이 현실이었다. 그 옛날 난희와 헤어진 후, 다시는 아픈 사랑을 하지 않겠노라 맹세했던 일이 씁쓸하게 떠올랐다. 난희는 애진에 비교하면 아무것도 아니었다. 그는 그만큼 깊은 슬픔에서 헤어나지 못하고 있었다.

푸른 모텔 앞으로는 황토방 민박집이 있고, 뒤쪽은 갈매기 둥지 횟

집이 있었다. 그 중간쯤엔 녹색기와로 된 한옥집인 서울민박집이 있고, 앞으로는 바닷가였다. 그는 아무 생각없이 이 바닷가에서 며칠이고 조용히 혼자 쉬기로 했다.

차츰 시간이 가면 모든 것은 해결될 것이다
저 무한한 공간을 보라. 하늘을 보라
그 속에 무엇이 있는가 찾지 말고, 다만 보기만 하라
비어 있는 진공의 눈으로 보기만 하라
그동안 사나웠던 생각과 더러운 육신
모든 것을 회개하고 사죄하며 주님께 맡겨라
지금까지 살아온 것을 감사하고 고맙게 생각하라
영원히 끝나지 않는 무상함
사랑하는 나의 가족 그리고, 그립고 보고싶은 사람들이여!

그는 마치 시인이 되기나 한 것처럼 스스로를 위로하는 시를 지었다. 그리고는 스스로에 대한 반성과 참회의 시간을 가져 보았다.

경철은 지금껏 어려서의 불행함만을 탓하면서 살아왔다. 그것은 어리석은 자의 자기연민이며, 패배한 자의 궁색한 변명일 뿐이다. 그동안 아버지를 이해하고 용서하기까지는 많은 세월이 흘러왔다.

지나온 세월을 돌이켜 생각해 볼진대, 모질고 험난하고 파란만장한 나날들이었다. 한겹 한겹 들춰낼 때마다 각기 다른 사연이 얼마나 많았던가. 남다른 경험을 많이 해보았다고 자랑할 것은 아니다. 나는 과연 내 인생의 진정한 주인이었던가?

그는 마침내 이런 커다란 의문을 발견하게 된 것이었다. 내 인생의 주인공은 나인가? 표현은 다르지만 그것은 결국 하나의 수행, 하나의 정진, 하나의 위대한 의심과 같은 것이었다. 이 의심은 결국 그로 하여금 중대한 몇 가지 결정을 내리게 만들었다. 이 결정을 일러주기까지는 약간의 준비가 필요하다.

경철은 평소에 정신과 의사인 이시형 박사를 가장 존경한다. 그의 강연은 만사를 제쳐놓고 광적일 정도로 귀담아 듣는다. 신문에 나오는 글들은 전부 오려서 스크랩을 하여 모아놓고, 재산목록 1호만큼 귀하게 보관하고 있다.

최근에 그는 예기치 않은 곳에서 그의 글을 읽고 더욱 감동하여 모종의 결단을 내리게 되었다. 예기치 않은 곳이란 어디였던가.

그러니까 그게 보성의 천봉사에 잠시 들렀을 때의 일이다. 천봉사는 최근 십여 년 전에 지어진 절인데 조선시대에는 봉갑사였다. 요사채의 방 한 칸을 얻어 짐을 정리하는 중에 우연히 길에서 사 온 신문을 보다가 이시형 박사의 글을 읽게 된 것이었다.

그렇지 않아도 그는 며칠 후에 시신기증을 위한 모든 서류를 보내려던 참이었는데, 이 박사의 글이 자신의 생각과 너무도 같은 것을 보고 뛸 듯이 기뻤다. 그는 자신의 노트에 그 글을 옮겨 적고서는 소리 내어 읽어보았다.

우리 선조들은 슬기로웠다. 땅에 묻혀 한줌 흙으로 돌아갔다.
그 겸허한 정신을 되살려야 한다. '낙엽귀근' 잎은 지면 다시 뿌리로 돌아
간다. 시원스레 피었다 때가 되면 미련 없이 떨어져 흙으로 돌아가 새로운
생명의 잉태를 위해 거름이 된다. 이게 대자연의 순환 원리다.

우리는 태어나 죽을 때까지 자연이 주는 온갖 혜택을 누리며 살아왔다.
곡식, 과일, 고기, 채소, 물…, 그러고도 감사는커녕 얼마나 많은 자연을
훼손하고 파괴해 왔던가. 그도 모자라 죽어서까지, 무슨 염치로?

우린 큰 빚을 지고 살았다. 이젠 갚아야 한다. 한줌 흙으로 돌아가
다음의 새로운 세대를 위해 거름이 돼야 하는 법. 이 엄숙한 대자연의 순환
법칙을 겸허하게 받아 들여야 한다. 어떤 인간의 인습이나 제도, 윤리,
어떤 종교적 신념도 이에 우선할 순 없다.

다행히도 묘지 문제가 심각해지면서 납골당이 등장하고 있다.
하지만 이 역시 자연의 순환법칙에 반하는 일. 돌로 만든 그 두꺼운 합이
언제 썩어 흙으로 될까?

"묘도 비석도 납골당도 안 되고, 그렇다면 다 없애자는 건가?"
집안 종중회의에서 나온 어른들의 질타다. 물론 상징은 남겨야지.
문중 이름의 작은 위령탑을 만들자는 거다. 그리고 모든 선조들의 넋을
기리고 앞으로 죽을 영들을 여기다 함께 모시자. 시제 때는 여기
모여 앉아 여유 있게 이야기도 나누자. 문중의 역사, 조상의 덕담도 듣는
이런 시간을 갖는 게 묘사를 지내는 진정한 뜻이리라.
지금처럼 종중묘사가 끝나기 무섭게 자손들의 묘사를 위해

쫓기듯 헤어지지 않아도 된다.

요즈음은 산에 가는 사람도 없어 숲이 우거져 묘를 찾기도 힘들다.

사실 주인 없는 묘들이 흉측스럽게 널려 있다.

묘소 관리비도 여간 아니다. 이젠 같은 형제라도 종교도 생각도 다르다.

묘 앞에 절을 드리지 않는다고 야단호통을 맞고 쫓겨난 자손도 있고,

종중 재산 분배로 아주 콩가루 집안이 되기도 한다. 그리고 위령탑을

세우면 앞으로 죽을 사람 묘지 걱정할 필요도 없다.

"해괴 망측한 소리, 우리 문중이 어떤 집안인데,

더구나 네 애비는 성균관 양현고를 하지 않았더냐!"

그러기에 우리가 해야 한다고 우겨보지만 시골 사대부집안의 저항이

만만찮다. 하지만 올해 묘사 땐 내 유언장 일부도 공개해 어떻게든

허락을 받아낼 작정이다.

"내 모든 장기를 필요한 사람에게 나눠줘라.

시체는 가까운 의대생 실습용으로 제공해라.

해부제가 끝나면 화장한 재 한줌 얻어다 위령탑 근처에 뿌려라.

너희들이 서운하거든 손바닥만한 나무에 내 이름을 새겨라.

너희도 세상을 떠날 즈음이면 내 위패도 썩어 흙으로 돌아가겠지."

사람이 죽어 이름을 남겨야 하거늘! 물론이다.

하지만 이름은 죽은 묘비에 남기기보다 좋은 일 하는데 남겨야 한다.

대학, 교회, 병원, 예술관, 박물관 등 외국에선 훌륭한 분들의 고귀한

뜻에 따라 세워진 게 많다. 물론 이런 거창한 건물만은 아니다.

작은 의자 하나에도 기증한 분의 이름이 소중하게 남아있다.

어디 그 뿐이랴. 내 손으로 고이 기른 자식들, 정든 집, 일하던 밭,

이 모든 것들을 세상에 남기지 않았느냐. 무엇이 부족해 아무도 봐줄 이

없는 산중비석에 이름을 남겨야 하나. 훌훌 떨치고 흙으로 돌아가는 거다.

그것이 은혜를 베풀어 준 자연에 감사를 드리고

그 은혜에 보답하는 길이다. 아무렴 낙엽만 못한 인생일 순 없지 않느냐.

이 글이야말로 경철에겐 힘찬 희망과 용기를 주는 글이었다. 그는 자신의 몸 어디선가 새로운 싹이 돋아나는 것 같았다. 확실히 인간은 마음먹기에 달려 있는가 보다.

흙으로 돌아가는 인생!

몸도 가볍고, 마음도 가벼우니 그는 꼭 이제서야 날아갈 듯하였다. 글 한 편의 힘은 이렇게 누군가에게 용기와 희망을 줌으로써 증명이 된다.

천봉산을 혼자 오르고 있을 때 심마니들이 쉬려고 만들어 놓은 움막집 같은 곳이 있어 그곳에서 잠시 쉬었다. 그러나 말이 쉰 것이지 그는 사실 실컷 울었다. 그것은 아마도 지나온 세월에 대한 참회의 눈물일 것이었다. 그는 야릇한 흥분과 함께 뜻 모를 눈물을 펑펑 쏟아내었다. 아무도 없는 곳이었다. 소리 내어 울지는 않았지만 그렇다고 참고 싶은 마음도 없었다.

무주군 설천면 벌한 마을. 아직도 비포장도로를 가야 이를 수 있는

산간 오지 마을. 경철이 이곳에 머문 지도 한 달이 거의 다 되어갔다. 인근 소천리는 한과가 유명한 곳이라고는 하지만 벽촌이나 다를 바 없다.

무주의 지역 특산물로는 사과, 머루주, 한과, 호두 등이라지만 요즘은 어디고 신기술 농법으로 재배하기 때문에 별 의미는 없는 것 같다. 어릴 때만 하더라도 뱀이 많기로 유명한 곳이었다.

그는 이곳에서 자신의 생을 돌아보는 중이었다. 해 있는 동안에 주변을 돌아보고 틈틈이 메모를 하면서 그는 자신을 새롭게 만들고 있었다. 칠연폭포가 아름다웠다. 특히 일곱 군데 형상이 보기 드물게 계곡으로 쭉 이어져 있는 것이 대 자연의 섭리를 감탄하게 하였다.

구경을 마치고 시골 오지마을 방 한 칸을 얻은 민박집에 들어오니 빛바랜 벽지와 우중충한 옛날 장롱이며 말똥색과 비슷한 장판이 어둠을 더해주고 있었다. 방바닥은 얼음장처럼 차디찼다.

주인아줌마의 목소리가 갑자기 들려왔다.

"에–, 그 작크 선상님 전화 받으지라– 이."

그는 안방에 들어가 전화를 받았다. 하마터면 까무러칠 뻔했다.

"저예요. 저 지금 공항이에요. 전화번호는 운길 씨한테 간신히 알아냈어요. 출발 시간 직전에 전화 드렸어요. 저한테 보내준 돈은 받은 거나 진배없어요. 경철씨 통장에 다시 입금시켰어요. 지갑에 두둑히 넣고 다니면서 옛날처럼 젊게 사세요. 그동안 저때문에 주머니가 헐렁했었는데….(울먹이면서)그리고 건강하세요. 또 연락드릴게요."

"애진아! 애진아! 잠깐! 한 마디만….."

찰깍, 전화는 끊겼다.

"에그머니, 쯧쯧쯧."

주인아주머니의 혀끝을 차는 소리를 뒤로하고 그는 비척거리면서 자신의 방으로 가 쓰러졌다. 하늘만큼 높은 기린도 보이고, 산양도 보였다. 토끼들과 다람쥐들이 모두 그에게 모여들기 시작했다. 그는 좋아 몸 둘 바를 몰라하며 풀을 뜯어다 주는데…, 큰 구렁이가 그의 온몸을 감고 조르기 시작했다. 숨이 막힐 듯하여 그는 기겁을 하며 눈을 떴다. 꿈이었다. 애진이가! 애진이가!

그는 낮은 탄식과 함께 애진과의 질긴 사랑의 인연을 다시 한번 느끼는 중이었다. 그는 불현듯 평소에 좋아하는 시가 읽고 싶어졌다.

그리고 애진의 편지 또한 다시 보고 싶어졌다.

보고 싶은 당신에게

이곳에 온 지도 3년이 다 되어 갑니다.

그동안 어떻게 지내셨는지 궁금하군요.

책을 쓴다는 얘기는 들었는데, 마무리는 잘 되었는지요?

여러 가지가 생각나고 보고 싶군요.

처음엔 이곳 생활이 적응하기가 픽 힘들었지만 지금은 적응을 잘 하고 있습니다. 처음엔 텍사스 알파인 마을에서 일 년간 살았는데,

지금은 시카고 32번가에서 생활하고 있습니다.

알파인은 인구가 8,000명 정도로 깨끗하고 친절한 노인들이 은퇴한 후

휴양지 같은 곳이지만 이곳 시카고는 서로 바쁘고 남의 일에 간섭을

하지 않는 사무적으로만 생활들을 하니까 각박하기 짝이 없는 도시입니다.

회색빛처럼 어둡고 칙칙한 느낌을 받는다고 할까요.

한 시간 정도의 근교에는 '스코키'란 위성도시가 있는데,

이곳은 부촌마을로 평화롭고 여유가 있고 한적한 곳이랍니다. 제가 사는

곳에는 흑인들이 많고 세계 각국 다색종이 모인 곳이기도 합니다.

이곳에서 20분 거리에 다운타운이 있는데, 빌딩 숲으로서,

서울 종로거리와 비슷합니다. 모두들 활기차고 생동감 넘치는 모습이죠.

킴벌 도로에서 90번 하이웨이 그 옆에는 코리아타운 한국 슈퍼마켓이

로렌스 거리 옆으로 크게 자리잡고 있습니다.

한국과 똑같이 필요한 생필품은 무엇이든지 다 진열되어 있고,

값은 오히려 싼 것도 많이 있습니다. 그랬든 어쨌든

당신 말대로 한국에서 먹던 김치맛이며, 신토불이 음식맛 하고야 비교가

되겠습니까마는 그런 대로 잘 지내고 있습니다.

여보! 이제 와서 상념에 젖다보니 지난 일들 중에서 모든 게 저의 잘못이

너무 많았던 것 같습니다. 후회해 본들 이미 때는 늦었지만

넓은 마음으로 용서해 주시길 빌어요.

남당리에 당신과 둘이 대하 먹으러 다녔던 생각, 가을날 산모퉁이에서

밥을 해 먹으면서 당신과 지냈던 일…

그럴 때 당신은 천진난만한 어린애처럼 마냥 즐거워했고,
남의 밭에 들어가 고추를 따오고 콩 따다가 들켰던 일들이
지금은 한 토막의 추억거리가 되어 버렸군요.
부디 건강하시길 기원할게요.
이 편지를 대구 운길씨 집으로 띄우는 제 입장을 이해해 주시고요.
기회 닿는 대로 한국에 가면 꼭 당신을 찾아뵐게요.
요즘 아버님 건강이 좋지 않으신가 봐요. 아무래도 조만간 뵈어야
될 것 같아요. 만나 뵐 때까지 안녕히 계세요.

시카고에서 애진이가

경철이 시골 민박 생활과 산사 생활을 한 지도 몇 3년 지나고 나
니 행색은 거지나 다름없어 보였다. 그는 어느덧 화엄사에 이르렀다.
절이란 절은 많이 다녀도 보았지만 지리산 산자락에 깃들여 있는 화
엄사가 유독 그의 마음에 들었다.

그것은 아마도 산 때문이었으리라. 그동안 가본 산 중에서 가장 푸
근하고 넉넉한 산이 바로 지리산 아니던가. 그 품안에 들어있다는 점
만으로도 그는 지상의 모든 어머니와 함께 지내는 듯하였다. 그는 화
엄사 종무원에 근무하는 박재표 씨의 주선으로 행자스님이 쓰는 뒷
방을 함께 쓰며 기거하고 있었다.

구례에서 화엄사까지는 약 5km. 산수유, 한봉이 주산물로써 지리

산 출발점인 노고단이 구례읍을 관통하고 있는 곳. 이곳 화엄사는 유서 깊은 사찰이었다.

경철이 화엄사를 좋아하는 특별한 이유는 또 있었다. 그는 해발 470여 미터쯤에 있는 화엄 올벗나무와 일주문을 지나 50여 미터 지점에 있는 1,200년 된 장엄한 은행나무를 특히 좋아했다. 이 나무들을 바라보고 있노라면 무슨 신령스러운 기운이 느껴지기도 하였고, 오히려 인간 세계에서는 볼 수 없는 삶의 지혜와 관용과 거대한 사랑을 꿈꿀 수 있었다. 그는 바로 이곳에 와서 불경에 대한 책을 즐겨 읽곤 하였다.

가끔 운길이 그를 찾았다. 필생의 벗, 운길이. 그는 경철의 은거를 누구보다 걱정하고 또 한편으론 격려하는 사나이였다. 운길이 찾아올 때면 경철은 주로 천수식당에서 그를 맞았다. 이 집은 섬진강 구다리 좌측으로 올라가면 있는 데 30년 전통을 자랑하는 곳이었다. 은어, 누치, 참게, 쏘가리, 황어 등 즉석회와 매운탕이 일품이었다.

어느 땐 시간 가는 줄 몰랐다. 둘은 서로의 지나간 무용담을 들으면서 맘껏 취하기도 하고 앞으로 남은 날들을 보람있게 살기 위해 의견을 나누기도 하였다. 그러나 헤어질 때는 서로의 가는 길이 달랐다. 운길은 대구로 돌아가야 했지만 경철은 서산에 걸친 저녁노을을 벗삼아 화엄사 뒷방으로, 고양이 담 넘듯 살며시 스며들어야 했다.

어느 가을, 경철은 주지 박서영 스님께 작별 인사를 고하고 다시 고향 온양으로 돌아왔다. 그는 아버님, 어머님, 작은 누님 산소를 차례대로 참배를 하고 지나간 세월을 또 한번 되새겨 보았다. 어차피 소생하기 힘든 누런 떡잎은 되었다손 치더라도 이제라도 자신에 대한 우매함을 깨달은 것만도 다행으로 생각하면서 그는 오열했다. 화엄사를 떠나기 전 무릎 뼈가 흐물거릴 정도로 삼천 배를 올린 탓에 기력은 이미 쇠진해져 있었다.

어느 시인이 그랬다던가. 육신이 피로할 때 정신은 오히려 은화처럼 맑다고. 경철이 바로 그랬다. 그는 또렷이 떠오르는 자신의 의식을 보고 있었다. 후회와 반성, 참회와 뉘우침이 지난날의 격정 속에서 솟아오르고 있었다.

그는 죽음을 직전에 둔 황소처럼 대성통곡을 했다. 폐부를 도려내듯 절규하며 통곡을 하지 않으면 미칠 것만 같았다. 가장 커다란 뉘우침, 가장 정직한 반성이 그에게 찾아왔다.

주지스님의 말씀이 떠올랐다.

'인간의 가치는 자신이 소유한 많은 것에 있지 않고 자신이 창조한 몇 개 안 되는 것에 있는 것이니라.'

'꽃은 피어날 때 향기가 나고 물은 못이 될 때 소리가 없다.'

그런 것이었다. 그는 이제 탐욕과 집착에서 벗어나고 싶었다. 그는 인간의 꽃을 새로 피우고 싶었고 소리 없는 연못이 되고 싶었다.

욕심이 없으면 고뇌에 쫓기지도 않는 법. 이제는 비로소 애진과의 질긴 인연에서 벗어나 그는 홀가분해지고 있었다. 너무도 사랑했던 여인. 애증이 동면하는 뱀처럼 뒤엉킨, 자신만의 여인. 그러나 이제는 자유로운 여인. 그는 죽는 그날까지 그녀를 위하여 참회의 기도를 올리고 싶었다.

오직 그녀를 위하여!

빛과 눈동자

내가 눈동자라면

너는 내 안에서 살던 빛이었다.

너를 통하지 않고서

나는 세상의 그 어떤 것도 볼 수 없었고

너 또한 내 안에 거하지 않고서는

그 어느 순간도

빛이라 불릴 수 없었다.

우리의 인생이

아름다운 꿈으로 가득 찼던 때

우리는

우리의 사랑이 영원하리라 생각했다.

그러나 사랑이란

겨울날 세상을 한없이 떠도는

하얀 눈송이 같은 것

어느 순간 순결한 모습으로
우리들 앞에 나타나
한동안 영원할 것 같이 머무르지만
이내 부서져
자취도 없이 사라져 버리는 것
내가 세상을 제대로 응시하지 못해도
내가 빛으로 존재하지 못해도
세상의 홀로된 다른 연인들처럼

우리는
그런대로 살아갈 수 있으리라 생각했다.

그러나 우리는 알지 못했다.
서로가 빛의 형상을 잃어버린 채
상처투성이의 발로
광야를 헤매이고 있었음을
서로의 영혼이 거미줄에 걸린 채 둘이 되어버린 우리 사이에서
절규하며 소멸하고 있었음을…

한편 애진은 서울로 오는 기내에 탑승하여 두 눈을 감고 회상에 빠지고 있었다. 그동안 어리석었던 일이며 후회스러운 일들이 파노라마처럼 펼쳐지고 있었다.

지금쯤 그이의 모습은 얼마나 변했을까? 이번에야말로 진심으로 그의 품에 안긴 채 뜨거운 긴 포옹을 해보리라. 혹시 다른 곳으로 이사는 안 했는지? 그녀의 심장소리는 점점 빨라지고 있었다.

그러나 그들은 아마도 다시 만날 수 없으리라. 경철은 표표히 떠다니고 있었다. 미리 정해놓은 곳도 아니지만 그는 강원도 횡성방향으로 아무 생각 없이 발길을 옮기고 있었다.

에필로그

어떤 이들은 살아온 이야기를 쓰면, 소설 책 열 권은 넘는다는 말이 있다. 우여곡절도 많고 파란만장한 삶일수록 이런 이야기는 믿음이 가는 법이다. 얼마나 곡진했으면, 얼마나 한이 많으면, 하는 말들도 뒤이어 나온다.

들으면 들을수록 손에 땀이 나고 흥미진진한 경우도 많다. 눈물이 쏟아지기도 하고 포복절도할 이야기도 많다. 실로 이런 삶은 평범한 삶이 아닌 것은 분명하다.

그러니 나이 들어 지난 시절을 돌아보면 어찌 회환과 추억이 남다르지 않으랴. 붙잡고 싶은 것, 잊고 싶은 것, 감사하고 싶은 것…, 마음은 억장 같으나 말과 글이 따라주지 않는다.

경철이라고 예외는 아니다. 그 역시 남다른 인생 역정의 소유자로서 하고픈 이야기가 너무도 많다.

해서, 이제는 작정하고 쓰기로 했다. 체험담을 위주로 한 소설을 말이다. 언제 소설을 써본 적이 있었던가. 주위에서 알면 혹시 고개를 갸우뚱 거릴 수도 있을 것이다.

사실 그는 소설을 어떻게 써야 하는지 잘 알지도 못한다. 여기에 대해 서 특별히 배운 바도 없다. 다만 소설 읽기는 좋아해서 어지간한 통속소설은 스토리를 줄줄 꿰는 정도다.

소설을 좋아한다는 뜻이기도 한데, 그렇다고 경철이 소설을 쓴다는 것은 무모한 도전에 가까운 일종의 만용이라 불러도 좋을 듯싶다. 그도 그럴 것이 경철은 여자를 울리는 카사노바일 수는 있어도 독자를 울리는 카사노바인 적은 없었기 때문이다.

눈치를 챘겠지만 경철은 풍류남아요, 한때는 화류계의 대부이기도 했던 인물이다. 어렸을 땐 궁상과 싸웠고 젊었을 땐 좌충우돌했다. 이제 나이 지긋이 들어 과거를 돌아보니 모두가 일장춘몽인 것만 같아 허망한 것 같기도 하다. 이 이야기책은 경철의 자전 기록에 소설적 요소를 가미하여 재구성한 것이다.

그는 무엇 때문에 소설을 쓰는가? 이렇게 물으면 경철의 답은 간단하다. 나는 작가가 되려하지 않는다. 나는 단지 이야기를 들려주고 싶은 사람일 뿐이다. 그렇다면 그에게서 무슨 이야기를 들을 수 있는가? 그것에 대한 대답도 간단하다. 삶의 아픔이 인생의 진주를 만들고, 어제의 고난과 오늘의 희생이 내일의 승리와 영광을 가져다준다는 것이다. 특히 이 소설은 경철이 우리 사회의 모든 흑싸리 껍데기 같은 존재들을 위한 자기 나름의 필생의 기획이다. 그의 생생한 체험은 소설가가 감히 상상하기 어려운 대목들도 많이 가지고 있어서 오히려 훨씬 사실적이다. 경철은 이야기하는 방법을 잘 모른다. 소설 작법이 서투르다는 건 읽어보면 금방 알 수 있다. 그러나 이 소설은 경철이 살아 나온 불굴의 인생과 여성 편력이며 그네들을 위한 눈물겨운 애정이 얼마나 절절한지를 느낄 수 있게 해준다.

대부분의 그 세대들과 마찬가지로 그 역시 한 많은 사나이인 것이다. 이제 그는 책상에 앉아 마지막장 원고지 칸을 메우고 있다. 운명적인 사랑의 주인공인 은선이 등장하는 부분에서 그의 손끝은 미세하게 떨리고 있다.

그 옛날 소년 시절, 파출소에서 권총을 훔칠 때처럼….

저자와
협의하여
인지 생략

야망의 활화산

지은이 | 정권섭
펴낸이 | 一庚 장소님
펴낸곳 | 답게

초판 인쇄 | 2018년 5월 18일
초판 발행 | 2018년 5월 22일

등 록 | 1990년 2월 28일, 제 21-140호
주 소 | 04994 서울시 광진구 면목로 29(2층)
전 화 | (편집) 02) 469-0464, 02) 462-0464
         (영업) 02) 463-0464, 02) 498-0464
팩 스 | 02) 498-0463

홈페이지 | www.dapgae.co.kr
e-mail | dapgae@gmail.com, dapgae@korea.com

ISBN 978-89-7574-296-5

ⓒ 2018, 정권섭

나답게 · 우리답게 · 책답게